太湖流域春申君治水传说研究

太湖流域における春申君治水伝説に関する研究

[日]中村贵 著

中国社会科学出版社

图书在版编目(CIP)数据

太湖流域春申君治水传说研究／（日）中村贵著 . —北京：中国社会科学出版社，2020.4
ISBN 978-7-5203-6096-8

Ⅰ.①太… Ⅱ.①中… Ⅲ.①民间故事—文学研究—上海
Ⅳ.①I207.73

中国版本图书馆 CIP 数据核字（2020）第 037610 号

出 版 人	赵剑英
责任编辑	耿晓明
责任校对	周 昊
责任印制	李寡寡

出　　版	中国社会科学出版社
社　　址	北京鼓楼西大街甲 158 号
邮　　编	100720
网　　址	http://www.csspw.cn
发 行 部	010-84083685
门 市 部	010-84029450
经　　销	新华书店及其他书店
印　　刷	北京明恒达印务有限公司
装　　订	廊坊市广阳区广增装订厂
版　　次	2020 年 4 月第 1 版
印　　次	2020 年 4 月第 1 次印刷
开　　本	710×1000　1/16
印　　张	20.5
字　　数	306 千字
定　　价	98.00 元

凡购买中国社会科学出版社图书，如有质量问题请与本社营销中心联系调换
电话：010-84083683
版权所有　侵权必究

序　言

现代的国际化大都市以历史传说人物作为自己的文化代表，以民俗性符号来承载现代性空间的表达，这似乎是很罕见，但在中国，这很引人注目。如北京，原来叫"八臂哪吒城"，都市是以一个著名的神话故事命名的；同样，广州城号称"五羊城""羊城"，也是来源于一个神奇的故事，广州的城市标志就是"五羊"群像。中国最大的都市之一上海，则是拿一个历史传说人物作为自己的标识，这就是春申君，2000年前的历史人物，与江南城市群共享，并高调将其作为城市标牌。

上海的简称为"申"，表明这个城市记得自己的传统，这很了不起。春申君姓黄名歇，号春申君，是春秋时期楚国的一位政治家、军事家、水利专家，也是一位学者。上海一带，传说曾经是春申君的封地，其封地名申，故名。在今天的上海，关于春申的民俗叙事比比皆是。如上海的母亲河叫黄浦江，是因为春申君姓黄。也因为传说春申君带领民众开掘了这条河，所以叫黄浦，也称春申浦，又叫春申江，也名申江。上海学界有一个"浦江学者"的称谓，浦江便是黄浦江的省略。中国近代有一份著名的报纸，叫《申报》，最初叫《申江新报》，1872年创办，是现代报业的开端，其影响力之大，在现代中国报界，是无与伦比的。创办这个报纸的是外国人，选用"申""申江"，是对上海民俗的研究后的选择，可谓高瞻远瞩，也可见人们一直就是以春申君为地域的最高标识的。如果客观一点看，"申"就是中国现代性的重要标识，《申报》是现代中国重要的信息生产与传播源头之一。经营报馆的史量才,以及后来在《申报》及其副刊上撰写文章的鲁迅、茅盾等著名学人,似乎没有谁说过在上海办《申报》不合适的话。这在一定程度上说明,作为春申君的"申"代表上海,是一种共识。

上海也简称"滬"(沪),据说这个沪是一种捕鱼的工具。今天,官方称上海为"沪"的时候要比称上海为"申"的机会要多,可是,关于"沪"的叙事实在让人没有感觉,简体的"沪"字让人与捕鱼工具很难挂上钩来。

自战国时期就开始的关于春申君的传奇,经过秦汉的扩展,在明清时期有了新的发展,内容也更加丰富了。上海的地方志,开始明确地表示:上海的乡镇过去是春申君封地。这一两千年来不断发展的春申君故事,甚至被载入《辞海》,进入乡土教材,充分体现出上海人的文化认同。

但在20世纪后期有人质疑了。先是一些网文说春申君与黄浦江不搭界,其后也有历史学的专业人士介入。他们似乎发现了新大陆,认为黄浦江是明代疏浚的重要工程,而春申君生活在公元前300年左右,根本就不是一回事。春秋战国时期的黄浦江一带似乎都是汪洋大海。所以,春申君黄歇开掘黄浦纯粹是传说杜撰,根本就不是历史。这种讲述一下子也获得媒体的热捧,上海一下子似乎与春申君没有关系了,因为楚王封给黄歇的土地,说不定就不是上海这里的。这是一个上海文化的小小事件,也是一个城市文化建设严重错误观念的表现,也是人们对于地域文化认知误区的典型表现。

我们该如何看待承载地方文化的历史与传说呢?

历史是一种话语,一种叙事,基本上有着科学性的要求,准确性的要求,要求是据于历史事实的表述。尽管有些史学家认为,一切历史都是当代史,都是现实需求的产物。但是,真实性还是历史的生命线之一。

但是,影响人们的社会与文化生活的不仅仅是历史的叙事,还有一种叫民俗的叙事。它有一部分是据于历史事实,但是更多的是据于理想的,情感的表达。最典型的是神话传说。这些故事大都不是真实的历史，但是是真实的情感、真实的理想、真实的愿望、真实的道德评价。民俗叙事是在历史人物和事件的基础上的加工与重塑，是一种人文精神与地方观念的凝聚。这种叙事最初是以口头语言的形式流传着的，也有以语言文字形式记录着的。随后便有民俗仪式相随，并伴有景观形式。在传统时代，民俗叙事以语言文字、仪式行为和图像景观三合一的方式传承传播，以产生强大的影响力，产生强大的社会认同，形成地域的叙事，有些进而成为国家的叙事。在人类交往不断加强的时代里，这些叙事也成为跨越国家界限，具有国际性的叙事。相对而言，民俗叙事比历史叙事传播要广，影响更大。在大家津津乐道的《三国演义》的故事中诸葛亮、关羽的影响力，要远远比《三国志》叙事大很多很多。民俗信仰中关羽早已经不是历史的叙事了，今天的关羽叙事，已经是中国文化的代表性故事，是中国人的传统的价值观体现，已然成为中国伦理的符号，并跨越国界，成为人类的共同价值之一。

这就是地域文化流传的两种重要的叙事：历史的叙事与民俗的叙事。整个社会就是在这两种叙事中构型的。一般说，传统的精英阶层重视历史的叙事，而民间社会广大民众重视民俗叙事。但是也不是互相排斥。两种叙事从价值观上看，基本点都是一致的，而后者有着明显的价值强化，相关情节更加复杂。社会管理者无不非常重视民俗及其叙事的社会功能。因为民俗作为千百年情感的凝聚，价值观的凝聚，很少管理者会有人去冒犯民俗情感来独断专制，因风顺俗是历代重要的治国之策。如果统治者要推行一项有益的政令和礼仪，往往采用化礼成俗的方式。"礼从宜，使从俗"，这是《礼记》记载的重要古训，实在不可违背。

明清时期，许多上海的饱学之士，在编撰上海的地方历史的时候都强调：上海一带诸乡镇，诸府县为春申君之封邑，这是一种地方的文化认同，体现出该地域民众的英雄崇拜，与英雄为伍，以英雄为祖，这是一种积极向上的精神。春申君纵横捭阖，带领民众兴修水利，他军事政治才能出众，事业辉煌，这是有战国秦汉史料记载的。春申君是上海周边历史上最为杰出的人物，不崇拜春申君崇拜谁？在春申君治理区，存在着广泛的对于春申君的信仰，这是江南地区、太湖流域、长江流域广大区域普遍的英雄崇拜，上海春申君传说不过是这个文化区的一种表现而已。无锡、苏州、湖州的江苏、浙江等地，奉春申君为城隍、为开城祖者，比比皆是。当然还有安徽、河南、湖北等地都有春申君崇拜。这绝不是上海一地的异想天开，更不是历史上的民众和学人历史知识欠缺。实在不是上海地区的明代学人知识不够，也不是近代学人水平不行了，而是他们遵守了地方文化的基本规则：遵从民意，遵从古训，与英雄为伍，以前贤为师，为了地方的提升，建立乡贤榜样。所以，明明是明代人自己修筑疏浚的河流，以地方大德古贤春申君命名，这就是境界，也是过去的上海先哲的过人之处，不是往自己的脸上贴金，而是光前贤之德，所谓光前裕后也。

但是，上海的春申君研究不足。上海不乏春申君的崇拜者、传承者，但是真的研究者就不多。这是令人遗憾的事情。

多少年来，我一直想着，我们为什么不能对地方的开拓者有所研究呢？正好，十多年前，王孝廉老师介绍了一位博士生来华东师范大学攻读学位，这就是本书的作者中村贵。中村贵有很好的中文功底，古文阅读能力超过多数的中国学生，在民俗学学生中，百分之八十以上的中国学生，古籍阅读能力不如他。同时，他在日本研究楚国史，也有很好的积累。我想，这是春申君研究的最好人选。于是，对上海及其太湖流域重要的开拓者的研究责任，就落在了这位日本来华攻读学位的外国人身上。

论文经过了多年写作，终于完成了。这是长三角太湖流域的一件大事，也是上海文化的一件大事。我们要祝贺他，也要祝贺我们华东师范大学民俗学学科，又出了一部力作。

这部论文，文献与田野结合，是迄今为止用力最勤，资料积累最多的关于春申君研究的著作。虽然在田野资料与文献解读方面还有进一步努力的空间，在地方文化探索方面也需要更多的理论阐述，但中村贵有关春申君研究的成绩是骄人的。希望中村发挥自己在中国古籍上的优势，在民俗学领域占据独特的地位。中国民俗文化中最有价值的一部分是在中国的古籍文献中，没有文献基础的中国民俗学是走不远的。

　　这部著作还丰富了民俗学的重要传说的研究系列，从毕旭玲的传说历史研究与吴越海神研究，姜南的云南诸葛亮南征传说研究，张晨霞的晋南帝尧传说研究，雷伟平的上海三官信仰与神话研究，高海珑的豫北火神神话研究，余红艳的长三角白蛇传景观叙事研究，程鹏的泰山神话传说研究，游红霞的观音传说研究等，这些重要的民俗叙事，都是地方文化与国家文化的宝贵资源。中村贵有关上海与太湖流域的春申君研究，为中国的地方文化与地方杰出人物的传说叙事系列研究，添上了浓墨重彩的一笔。

　　所以，我也要感谢中村贵为中国民俗学和江南文化研究做出的贡献。

2019年10月6日
于海上南园

自　序

春申君（？—前238年），姓黄，名歇，战国晚期楚国令尹，与孟尝君、平原君及信陵君合称为"战国四君子"。春申君的政治生涯至少有三十年之久，前半生经历了与太子完去秦做人质、邯郸之战时带兵救援赵国等事件，肩负了外交重任。后半生是作为合纵的首脑攻秦被击退。此后，考烈王因其战败而渐渐疏远了他。被食客李园谋杀。在他的最后封地"吴墟"（旧吴地，以现在苏州市为中心）有不少有关他的遗迹被保留下来。这些遗迹也是他长期政治生活及其强大权势的"纪念物"与口头传承的证物。

以往对春申君的研究主要集中在春申君与战国晚期楚国政治、春申君个人问题，以及在各地尚存的春申君相关遗迹等问题上，关于春申君治水传说的研究却并不多见。尤其是他的治水传说的产生、发展及演变等传承过程，该传说的传承原因及传承机制，几乎没有系统性、整体性研究。

太湖流域丰富的水资源给当地人带来以稻作为中心的农业、手工业及水上贸易的发展，另一方面也带来了洪水、干旱等自然灾害。可知，太湖水系对太湖居民的日常生活极为重要。于是，历代太湖居民为了维持自己的生活，格外重视水利工程。在太湖流域历来有不少水利工程，同时在该地域也流传着治水传说。本来太湖流域是吴越地区，后来春申君虽然领有"吴墟"（旧吴地），但是太湖流域居民如何传承作为治水人物的春申君传说？目前未有对这个问题综合性、系统性的研究。

在历史的演进中，春申君如何变为治水领袖？围绕这个问题，本书探讨春申君治水传说的生成、发展及演变等产生过程，同时也探究其传承原因及传承机制。春申君治水传说从古至今流传在太湖流域，因而本书关注该传说与太湖流域的关系，以治水为关键分析在当地流传的春申君传说及其传承原因和传承机制。具体而言，本书分以下六章展开讨论。

第一章首先依靠古典文献对春申君与战国晚期楚国政治的关系进行整理与分析。其次，关于春申君的身份（封号、出身等）、"春申"之名及生卒年等个人问题，根据以往研究进行整理与探讨。对于历史人物春申君的整理与分析，是本书所探讨的春申君治水传说的基础。

第二章根据《中国基本古籍库》《中国方志库》等古籍资料以及春申君的相关资料，通过分析从战国到民国时期的春申君相关记载，探究春申君从历史人物到传说人物的过程。尤其关注春申君传说的流变性，梳理分析每个朝代有关春申君的相关记载。具体而言，"食客三千人""珠履""李园策谋"等故事产生、春申君传说的地方化过程、诗歌作品所见的春申君形象、春申君相关遗迹、春申君传说的传说圈形成等。

第三章从地理空间角度分析流传春申君传说的太湖流域的地域特性。尤其是关注历代在该地频繁发生的水灾状况，论述兴修水利对当地人及其生活的重要意义。与此同时，还要分析作为传说流传的地域，通过分析民俗事象与特定地域的关系，阐明春申君传说与太湖流域的关系。

第四章主要关注太湖流域的治水传说及其谱系。通过关注太湖流域流传的大禹、吴太伯、伍子胥及范蠡等历代治水传说与春申君传说的关系，探究各个传说之间的逻辑关系，论述在太湖流域治水传说体系中的春申君治水传说的地位。再者，通过参考传说学理论分析太湖流域春申君治水传说的传承地域，提出"治水传说谱系"的概念从而对该传说的传承地域进行探讨。

第五章主要探究太湖流域春申君治水传说的传承机制与传承原因。对于春申君传说与太湖流域的关系，以地方认同为解决问题的关键进行分析。并且，在论述过程中，关注该传说的传承形式，即口头叙事、物态叙事（景观叙事）、民俗行为（祭祀活动等）。通过观察各个叙事所说的该传说的传承内容，进一步分析该传说的传承与地方认同之间的关系，从而论述该传说的传承机制与传承原因。

第六章主要探讨在现代社会春申君传说的传承现状，根据文献资料、民间故事、相关遗迹（春申君祠堂、黄渡社区）以及田野资料，分析在上海市春申君传说的个案。本章主要涉及春申君传说变成"春申文化"，被视为上海历史文化资源之一，"申""春申"等被认为是上海地域文化代表符号的过程。

目 录

绪论 ……………………………………………………………（1）
  第一节　选题缘起及意义 ………………………………（1）
    一　选题缘起 …………………………………………（1）
    二　研究意义与目的 …………………………………（3）
    三　相关概念的界定 …………………………………（4）
  第二节　春申君传说研究现状 …………………………（10）
    一　关于春申君与战国晚期楚国政治的研究 ………（11）
    二　春申君的"身世之谜" ……………………………（15）
    三　关于春申君传说与太湖流域的研究 ……………（19）
  第三节　主要内容、研究方法与思路 …………………（22）
    一　主要内容 …………………………………………（22）
    二　研究方法与理论 …………………………………（24）
    三　写作思路 …………………………………………（31）

第一章　春申君传说的历史语境 ………………………（34）
  第一节　春申君与楚国晚期政治 ………………………（35）
    一　战国晚期楚国政治趋势 …………………………（35）
    二　史料中春申君的政绩 ……………………………（36）
  第二节　春申君相关问题 ………………………………（42）
    一　春申君的身份 ……………………………………（43）

二　春申之名 …………………………………………………… (48)
　　三　春申君的生卒年 …………………………………………… (49)
　　四　春申君与李园 ……………………………………………… (50)
　　五　春申君的评价 ……………………………………………… (53)
　小结 …………………………………………………………………… (59)

第二章　春申君传说的历史演进 …………………………………… (63)
　第一节　春申君传说的产生期 ……………………………………… (63)
　　一　战国时期 …………………………………………………… (64)
　　二　秦汉时期 …………………………………………………… (65)
　第二节　春申君传说的发展期 ……………………………………… (71)
　　一　魏晋南北朝时期 …………………………………………… (71)
　　二　隋唐时期 …………………………………………………… (72)
　　三　宋元时期 …………………………………………………… (78)
　第三节　春申君传说的演变期 ……………………………………… (93)
　　一　明清时期 …………………………………………………… (93)
　　二　民国时期 …………………………………………………… (105)
　小结 …………………………………………………………………… (105)

第三章　春申君传说与地域空间 …………………………………… (107)
　第一节　区域与地理空间 …………………………………………… (109)
　　一　划分区域的任意性 ………………………………………… (110)
　　二　统一性与整体性 …………………………………………… (112)
　　三　区域认同 …………………………………………………… (112)
　第二节　江南地区与太湖流域 ……………………………………… (113)
　　一　江南地区及其核心地带 …………………………………… (113)
　　二　太湖流域的自然环境与人文环境 ………………………… (114)
　　三　太湖流域自然灾害与"治水空间" ………………………… (119)
　第三节　春申君传说与太湖流域 …………………………………… (122)

  一　民俗事象的地域性 …………………………………（122）
  二　春申君传说风物 …………………………………（126）
  三　春申君传说与太湖流域之间的关系 ……………（136）
 小结 ……………………………………………………（137）

第四章　春申君传说与太湖治水传说谱系 …………………（138）
 第一节　传说学理论与春申君传说的传承范围 …………（139）
  一　"传说圈"与"传说中心论" ……………………（139）
  二　"传承母体论" …………………………………（141）
  三　太湖流域春申君传说的流传范围 ………………（143）
 第二节　传说学理论与春申君传说的内容结构 …………（144）
  一　"传说群" ………………………………………（144）
  二　春申君传说及其"传说群" ……………………（145）
  三　"风物传说圈"与"传说层" ……………………（147）
 第三节　太湖流域治水传说 ………………………………（149）
  一　水文化与大禹 ……………………………………（149）
  二　大禹与太湖流域 …………………………………（151）
  三　吴太伯（泰伯） …………………………………（153）
  四　范蠡与伍子胥 ……………………………………（157）
  五　太湖治水传说谱系 ………………………………（162）
 第四节　春申君治水传说 …………………………………（163）
  一　春申君治水传说与太湖流域 ……………………（163）
  二　春申君治水传说与太湖治水传说谱系 …………（167）
 小结 ……………………………………………………（168）

第五章　春申君治水传说与地方认同 ………………………（170）
 第一节　春申君治水传说及其传承载体 …………………（171）
  一　传承母体与传承地域 ……………………………（171）
  二　春申君治水传说的"传承地域" …………………（173）

第二节 传说的认同功能与春申君治水传说的传承·········(174)
    一 传说的认同功能·········(174)
    二 人物传说的认同功能·········(176)
    三 春申君治水传说的传承原因·········(177)
第三节 地方认同与春申君治水传说的传承·········(180)
    一 认同与地方认同·········(180)
    二 春申君信仰与祭祀空间·········(184)
    三 景观与景观叙事·········(190)
    四 "春申君所开"与太湖居民的地方认同·········(193)
第四节 当代太湖居民对春申君传说的认同·········(195)
    一 太湖流域春申君传说相关遗迹的现状·········(196)
    二 春申君传说的相关言论·········(217)
小结·········(229)

第六章 春申君传说与现代上海·········(231)
第一节 上海与春申君传说·········(232)
    一 上海与春申君的渊源·········(234)
    二 上海春申君传说的传承形式及传承内容·········(236)
第二节 城市空间与上海城市民俗·········(249)
    一 城市空间与城市民俗·········(249)
    二 上海城市民俗及其现状·········(251)
第三节 上海城市空间与春申君传说·········(252)
    一 "春申文化"与"春申文化论坛"·········(252)
    二 《告慰春申君》与《风情上海滩——春申君之传说》·········(255)
    三 《春申文化丛书》《春申风物》以及《春申潮》·········(257)
    四 春申君传说在现代语境下的"公共化"·········(262)
小结·········(266)

结论 …………………………………………………………（268）

附录 ……………………………………………………………（274）
  附录一　太湖历代灾异列表 …………………………（274）
  附录二　春申君民间故事汇集 ………………………（278）
  附录三　非太湖流域春申君传说相关遗迹的现状 …（291）

参考文献 ……………………………………………………（299）

后记 …………………………………………………………（311）

绪　　论

第一节　选题缘起及意义

一　选题缘起

春申君（？—前238）是战国晚期楚国令尹，[①] 与孟尝君、平原君、信陵君合称为"战国四君子"，是当时标志性的历史人物之一。作为历史人物的春申君有"四君子""食客三千人""上客皆蹑珠履""李园策谋"[②] 等故事，并且因这些故事而构成了春申君的形象。此外，春申君传说遍布中国各地，例如河南省、安徽省、江苏省、上海市、浙江省、湖北省、湖南省、四川省等地都流传有春申君的传说，其中以太湖流域最为密集。

历史上，太湖流域曾是吴越两国的领土，春秋晚期，吴国与楚国之间是对立关系，后来越国灭掉吴国，而越国在战国时期为楚国所灭。可见，吴越两国本来是楚国的敌对国。那么，在吴越地区为何传承楚国丞相春申君的传说呢？

春申君公元前262年开始统治"吴墟"（旧吴地，以现在苏州市为中心），如果他只有楚国统治者的身份，则在该地域的人们（被支配者）对他没有认同，也难以流传他的传说。然而，在文献中有很多

[①] 相当于丞相，"春秋、战国时期楚国官僚机构中地位最高的官职。其地位仅低于楚王，为百官之长。"石泉主编，何浩、陈伟副主编：《楚国历史文化辞典》（修订本），武汉大学出版社1997年版，第112页。

[②] 公元前238年，春申君被他的食客赵人李园谋杀。

关于该传说的记载，据《（康熙）常州府志》记载曰："春申祠，在锡山之麓。黄歇徙封于吴，吴人祀焉。唐狄仁杰毁淫祠，及之改名土神庙。"①《（洪武）无锡县志》也有记载曰："春申君祠，在州西惠山下，即楚公子黄歇也。楚考烈王常以歇为相封于故吴邑。歇后为李园所杀，吴人遂立祠于其地以祀之。"② 从这些例子看来，吴人也奉祀春申君。可以推知，在吴人心目中的春申君形象，并不是作为楚国（吴人的敌对国）丞相的春申君，而是春申君的其他侧面——作为吴人的祭祀对象的春申君。那么，他们是如何塑造要祭祀的春申君形象呢？

要关注的是吴越地域的地理环境。这个地域是由太湖及其水系构成的自然空间，也是由在这个地域上生活的当地人建构的治水空间。在《越绝书》里有春申君在太湖流域（即旧吴地）兴修水利的记载。春申君是否真的在该地进行了治水工程？因证据不足，难以得到证明。然而，春申君治水传说却一直在太湖流域流传与传播。由此，可以推测在太湖流域流传的春申君传说与太湖流域的地域空间有着密切关系。

也就是说，太湖流域作为治水空间，有效地将旧吴地与春申君传说结合了起来。那么，太湖流域春申君传说是如何产生、发展及演变的？其传承机制是怎样的？传承原因是什么？目前关于春申君的研究中，并没有专门讨论过这些问题，特别是对传承机制问题的讨论仍相对较少。

本书围绕太湖流域春申君传说，以该传说与治水空间为主题进行探究，首先论述太湖流域的地域特性，其次探究春申君传说与该地流传的其他治水传说的关系，再次分析春申君传说与太湖居民的地方认同，最后通过分析在太湖流域现存春申君相关遗迹，考查现代社会中春申君传说的传承。

---

① （清）于琨：《（康熙）常州府志》卷十八，清康熙三十四年刻本。
② （明）佚名：《（洪武）无锡县志》卷三下，清文渊阁四库全书本。

二 研究意义与目的

既往关于春申君的研究，主要有以下几个方面：战国晚期的楚国政治与春申君政绩的历史考据，作为历史人物的春申君与"战国四君子""食客三千""珠履"及"李园策谋"等故事的分析、遍布各地的春申君相关遗迹与当地历史文化之间关系的研究，等等。然而，以往的研究尚无关注春申君传说的产生、发展及演变，该传说在各朝代流传中的特征及其背后原因、传承与传播过程、传承机制等综合性问题。本书试图对上述问题和不足进行深入分析和考查。

首先，本书试图依靠古籍资料、地方志及其他相关资料等大量史料，详细探讨春申君从历史人物到传说人物的过程，并尝试阐明春申君传说的产生、发展及演变，分析春申君传说在每个朝代的特征，论述春申君传说的传承与传播过程，通过这些系统性、整体性分析，阐明春申君传说的具体形态特征，以及这一系列传说所建构的春申君形象。

其次，本书在分析春申君传说的传承过程的基础上，主要讨论该传说与治水空间的关系。在太湖流域历代传承的春申君传说是将春申君作为"治水人物"的治水传说。那么，本书就要探究以下三个问题：春申君的治水传说到底为何被创造？其产生过程与传承机制如何？该传说的传承原因又是什么？

对于这些问题，本书将通过语言叙事——分析文书材料，物象叙事或景观叙事——分析与春申君相关的历史遗迹及传承群体的民俗行为——主要是祭祀活动，来剖析太湖流域春申君传说，进而探索关于春申君传说的未解之谜。

最后，本书的研究对象，既不单纯局限于古代春申君传说，也不局限于现代春申君传说，而是春申君传说的整个传承的过程，因此可以说包含了从古至今、传承并存活于相关传承场域的春申君传说。那么，在现代社会语境下，春申君传说有着怎样的存在空间？又是如何传承的？

过去，主要依靠口头传承的春申君传说，由于传承者及其传承原因的变化，已经难以保持原貌。但是，现在全国各地依然保留着不少有关春申君的相关遗迹，并且当地政府在推动春申君墓、春申君陵园等景观的重建工程。可见，当今文化景观也成为春申君传说传承的重要途径之一。因此，本书对关于春申君传说的文化景观也进行了考察分析。

总而言之，本书关注传承形式的变化，探究现代社会中春申君传说的传承。同时，根据现代民俗学中方法论的转换，将"民俗"从农民、乡民的风俗习惯扩展为包括农民、乡民等各种社会群体的日常生活文化，继而从新的角度来分析该传说的现代传承。从这个层面来说，本书的研究具有现代意义。

三 相关概念的界定

(一) 传说

传说是口头散文叙事与神话、故事共同组成的民间口头文学的一个分支。对于传说的定义，德国的格林兄弟早就给它下了界定。他们在1816年出版的《德国传说》(Deutsche Sagen) 引言中说过："幻想故事更偏向是诗的，传说更偏向是历史的。"① 他们将传说与故事对比，从而指出传说的历史性特征。此后，历代学者谈到传说的特征时，纷纷提出它的历史性。

例如，钟敬文将传说称为"口传的历史"而论述："传说除了具有一般文学作品的广义的历史性外还有和历史更为密切的联系。这是由于传说往往直接讲述一定的当前事物或历史事物，有时并采取溯源和说明等狭义的历史表述形式。人民通过传说，述说历史发展中的现象、事件和人物，表达人民的观点和愿望。从这个意义上讲，民间传说可以说是劳动人民'口传的历史'。"② 张紫晨在《民间文学基本知识》中也说道："民间传说，就是劳动人民创作的一种与历史人物、历史事件以及地方风物古迹等密切联系的口头故事。它通常是以历史

---

① 转引自邹明华《专名与传说的真实性问题》，《文学评论》2003年第6期。
② 钟敬文：《民间文学概论》，上海文艺出版社1980年版，第183页。

上一定的人物、事件和各地区的山川古迹等演化出生动的情节，时常具有对相关的各种事物的幻想解释，具有历史性和可信性的特点。"① 再者，黄景春在《民间文学概论》中将民间传说定义为："老百姓用口头语言描述自己的生活、讲述自己的故事、叙述自己的历史、表述自己的愿望的一种民间文学样式……在民众中间世代流传的关于某人、某事、某物的口述性散文体故事。"② 可见，传说需要依托特定的历史人物、历史事件及其地方风物等历史性事物，并以与此相关的历史作为传说的背景和舞台。

一般来说，传说有广义与狭义之分。万建中将传说的广义和狭义分别解释为："广义的民间传说，是把一切以口头形式表达的散文体作品都包括在内，凡是民间口头上传传说说的东西，都可以列入。从民间文艺学的观点来看，实际上就是神话、民间传说和民间故事的总和……狭义的传说，则是把传说与神话、故事加以区分。凡与一定的历史人物、历史事件和地方风物、社会习俗有关的那些口头作品，可以认定为传说。"③ 关于狭义的传说，程蔷也说道："凡与一定的历史人物、历史事件和地方风物、社会习俗有关的那些口头作品，可以算是传说。"④ 高丙中也指出："传说是民间的口述历史，是民众以语言为媒介对历史和现存事物进行筛选而形成的有意义的文本，它们通常是民众对大家所关心的人物、事件和当地事物的来龙去脉的叙述，因而是一种追溯历史、解释源流的知识。"⑤ 本书所述的传说也是如上所说的"狭义的传说"。

传说虽然具有历史性，离不开历史，然而并不是历史本身。就是说"那些有关真实的历史人物的形形色色的传说故事，一般都并非真有其事，而是民间的一种口头文学创作"⑥。

---

① 张紫晨：《民间文学基本知识》，上海文艺出版社1979年版，第24页。
② 田兆元、敖其主编：《民间文学概论》，华东师范大学出版社2009年版，第61页。
③ 万建中：《民间文学引论》，北京大学出版社2006年版，第169页。
④ 程蔷：《中国民间传说》，浙江教育出版社1995年版，第4页。
⑤ 高丙中：《中国民俗概论》，北京大学出版社2009年版，第336页。
⑥ 程蔷：《中国民间传说》，浙江教育出版社1995年版，第9—10页。

除了历史性以外，传说还具有几个特点。日本民俗学者柳田国男指出："传说的要点，在于有人相信。""传说就是为了信奉而存在，并由历代的信徒保存传诵到了今天。"可见，有人相信，传说才存在，并且传说给人感觉是真人真事的那种可信性。此外，他还提出："传说，有其中心点……传说的核心，必有纪念物。"① 这个"传说中心论"对我们研究传说的基本结构及其性质起着极大的作用②。对于传说的其他特点（传奇性、解释性及黏附性），黄景春归纳先人研究而说道："民间传说有真实可信的一面，也有人物超常、情节离奇的不太可信的另一面。民间传说具有传奇性，是它作为一种虚构故事的特性所决定的。传说的传奇性表现在两个方面：一是对人物的夸张描绘，二是故事内容的超人间性。""有相当多的民间传说是对现存客观事物和文化制度的解释，说明这个事物的由来和得名，介绍这项制度是怎样产生的，这个风俗是怎样形成的。""民间传说的黏附性，表现为传说对地方事物和著名人物的依附。依附于当地的山水、古迹、特产和习俗，让人感到传说生动形象、真切可信；依附于著名的历史人物、宗教神话人物，使传说内涵丰富、影响扩大，也更加便于人们记忆和讲述。"③

以上所述的是关于传说的基本特点。除此之外，作为民间口头文学的传说还具有集体性、传承性及变异性等民俗事象的基本特征。本书所述的传说与如上所述的传说界定与特性基本相同。本书主要关注太湖流域的春申君人物传说。关于传说与特定地区之间的关系，万建中指出："传说是一种区域内的集体知识，这种知识作为一种历史文化背景或者地方性知识流传在特定区域内的民众中间。"④ 可见，传说是在特定区域内流传的"地方性知识"。高丙中也谈道："传说在流行范围内说起来很真实，很亲切，既是因为传说是关于专名（特定

---

① ［日］柳田国男：《传说论》，连湘译，中国民间文艺出版社1985年版，第9、32、26页。
② 同上书，绪论"传说学理论"。
③ 黄景春：《民间传说》，中国社会出版社2006年版，第169、176、184—185页。
④ 万建中主编：《新编民间文学概论》，上海文艺出版社2011年版，第106页。

的人、事物）的叙事，也是因为传说是地方知识。"① 可以说，传说流传到特定区域时，以特定的人物、事件以及事物流传下来，并且，正是依托这些专名的叙事，传说才具有了可信性和真实性。这些有关传说与特定地区的论述，对在本书里进行探讨春申君传说在太湖流域的流传是极为重要的理论框架。

再者，毕旭玲主要关注传说的地域认同功能，对传说与特定地域之关系进一步分析。她指出："传说是特定的聚落空间内部的共同记忆，这里的特定空间也可以指向特定的地域空间。在同一个地域空间内的个体也拥有共同的关于此地域的记忆，这些绵延流长的共同记忆构成了地域的历史，而传说就是记录地域历史的最佳载体之一。特定地域的民众共有某些特定的传说，这是司空见惯的，由此构成了传说的地域认同。"可见，传说在特定空间流传时，依靠在特定地域的人们的共同记忆（或集体记忆）传承，也可以说，传说是由人们对特定地域的认同与记忆形成的。她还说："传说的地域认同有助于增强地域内民众的凝聚力。随着旅游文化的发展，传说的地域认同产生了巨大的经济价值，促生了近些年各地争抢传说人物遗迹归属地的现象。"② 值得注意的是，传说使得在特定地域的人们不断地唤醒凝聚力（也可以说地方认同）。换而言之，传说是在与特定地区之间的互动逻辑关系上产生与传承的。

另外，姜南在其博士学位论文《云南诸葛亮南征传说研究》中，通过分析诸葛亮南征传说的"传说圈"、诸葛亮南征传说与族群关系，以及对诸葛亮的民间信仰等方面，探讨了云南的诸葛亮南征传说。③ 张晨霞在其博士学位论文《帝尧传说与地域文化》中，主要关注晋南地域的帝尧传说与地域文化的关系，阐明了晋南帝尧传说的圣地建构过程。④ 这两篇学位论文的研究视角与方法也对本书的论述具

---

① 高丙中：《中国民俗概论》，北京大学出版社2009年版，第336页。
② 毕旭玲：《20世纪前期中国现代传说研究史》，博士学位论文，华东师范大学，2008年，第8页。
③ 姜南：《云南诸葛亮南征传说研究》，民族出版社2013年版。
④ 张晨霞：《帝尧传说与地域文化》，学苑出版社2013年版。

有一定的借鉴作用。

本书所论述的传说是由春申君（历史人物）、太湖流域（特定空间）传承者（太湖居民）及其对春申君的认同与集体记忆构建的。因此，本书依据上述先人研究，进行探讨太湖流域春申君传说。再者，对春申君传说的传承形式，除了口头叙事以外，还有相关遗迹（风物）和对春申君的信仰（民俗行为）。关于民俗事象的传承形式，田兆元在《神话的构成系统与民俗行为叙事》一文中指出："神话是口头表述、书面表述、物态呈现及其民俗仪式展演的综合整体。"① 在这里，他强调在神话的传承形式中，除了口头与文本等语言、物象之外，还包括民俗仪式。民间口头叙事在传承过程中，他所提出的三种表述是至关重要的传承途径。也可以说，这三种表述是民间口头叙事传承的共通之处。本书所讨论的春申君传说，也属于民间口头叙事。因此，在探讨太湖流域的春申君传说的传承过程时，也采用了这三种表述，即探讨春申君传说的语言表述（口头与书面）、物态呈现，及其民俗仪式展演的发展过程。

（二）治水空间

本书主要讨论春申君传说在太湖流域的传承与传播相关问题。太湖流域是由太湖及其水系形成的自然空间。太湖流域的民众在这个自然空间上构建了人文空间。在地理环境上，太湖流域属于江南地区，也是它的核心地带。根据文献记载，江南地区在宋代发展成为经济中心。著名经济史学者李伯重也指出："就明清时代而言，作为一个经济区域的江南地区，其合理范围应是今苏南浙北，即明清的苏、松、常、镇、宁、杭、嘉、湖八府以及由苏州府划出的仓州……上述八府一州在地理上还有一个极为重要的特点，即此八府一州的大部分地区，都同属一个水系——太湖水系。"② 《吴郡志》又载："苏湖熟，

---

① 田兆元：《神话的构成系统与民俗行为叙事》，《湖北民族学院学报》（哲学社会科学版）2011年第6期。
② 李伯重：《简论"江南地区"的界定》，《中国社会经济史研究》1991年第1期。

天下足。""天上天堂，地下苏杭。"① 可见，太湖流域既是历代江南地区的经济中心，也是全国的重要经济中心之一。

太湖流域的发展离不开水资源。太湖流域的经济文化的发展只有伴随着丰富水资源与能利用水资源的水利技术才能发展下去。然而，"水能载舟，亦能覆舟"，水既能给人们带来恩惠，又可能带来灾害。太湖流域历代频繁发生洪水、干旱等自然灾害。例如：

1. 洪水

> 七月大风，太湖溢，漂没田庐无算，充浦沉于湖。（元）大德十年（1306）
>
> 七月大风雨，太湖溢，漂没民居，死者甚众。（明）天顺五年（1461）
>
> 春夏连雨，大水，高淳坝决，五堰之水下注，太湖横溢，六郡皆灾。（明）嘉靖四十年（1561）②

2. 干旱

> 夏大旱，太湖水退数里，内见邱墓街道；秋无稼，民饥。（宋）熙宁八年（1075）
>
> 夏，大旱，太湖涸，民饥。（明）万历十七年（1589）③

由此可见，洪水与干旱等自然灾害直接影响了当地人的日常生活。这也是历代在太湖流域进行了不少水利工程建设的原因所在。在《太湖水利史稿》中记载："太湖流域治水，六朝以来，已有1800多年的历史；如追溯到原始社会时期的治水传说，则有4000余年之久。

---

① （宋）范成大撰，陆振岳点校：《吴郡志》卷五十《杂志》，江苏古籍出版社1999年版，第669页。
② （清）金友理撰，薛正兴校点：《太湖备考》，江苏古籍出版社1999年版，第535—538页。
③ 同上。

在这一历史阶段中，人们饱尝了水旱灾害的苦难，从而逐步提高对自然的认识，总结出除害水利的各种办法，促使农业生产和社会经济的不断发展。"① 太湖流域的民众历代遭遇了不少水灾，从而意识到治水的重要性。于是，治水的意义凸显，太湖流域在其自然环境与人文空间上又形成了水利空间。

在这样的情况下，太湖流域的人们世世代代着手治水工程，同时也流传了大禹、吴太伯、范蠡及伍子胥等太湖流域治水传说。在太湖居民的眼里，这些治水人物是"兴利除害""攘除水患"等预防水灾的人物形象，并且这些治水传说依靠这些人物形象代代相传。

总之，本书所提出的"治水空间"是在太湖及其水系所构成的自然空间的基础上，因太湖居民及其生活而构建的人文空间、与在当地人当中共享的治水文化以及传承治水人物传说的传承空间建构的空间。

本书主要讨论春申君传说在作为"治水空间"的太湖流域的传承与传播，具体而言，从太湖治水传说谱系、地方认同等维度，阐明太湖流域春申君传说的传承动力、传承机制，以及这个传说与"治水空间"之间的互动关系。

第二节　春申君传说研究现状

春申君（？—前238）姓黄，名歇，战国晚期楚国令尹，执掌楚国政治二十余年，尤其在外交方面做出了巨大贡献。关于春申君的专著，目前只有无锡市吴文化研究会的《吴文化特辑·春申君黄歇》和骆科强的《春申君相关问题研究》（2006年，华中师范大学硕士学位论文）。②

---

① 《太湖水利史稿》编写组：《太湖水利史稿》，河海大学出版社1993年版，第368页。
② 此外，还有余味：《春申君黄歇》（历史小说），内蒙古人民出版社2007年版。余味：《未了春申情》，华夏出版社2009年版（这部书是笔者访问春申君相关遗迹的旅游记录）。市政协淮南市谢家集区文史资料委员会编：《春申君黄歇》，2000年12月（这部书是主要介绍春申君相关史料与诗歌作品）。

总结这两部专著与其他相关学术期刊的论文，主要讨论了以下三个问题：一是春申君与战国晚期楚国政治，二是春申君的个人问题（身份、出身及封号等），三是春申君与其相关遗迹。

一 关于春申君与战国晚期楚国政治的研究

《史记·春申君列传》记载："游学博闻，事楚顷襄王。顷襄王以歇为辩，使于秦。"① 春申君与齐孟尝君、赵平原君、魏信陵君合称为"战国四君子"，拥有食客三千人。春申君黄歇的政绩，主要资料限于《史记》《战国策》《越绝书》及《吴地记》等，从历史学的角度，分析春申君政绩的，除了《楚史》和《楚国史》等论述与楚国政治相关的春申君政绩以外，其他研究成果并不多。这些研究主要涉及春申君政绩的个案分析——江东开发和春申君与寿春的关系、对春申君政绩的评价等。

（一）春申君对江东的开发

首先，关于江东"吴墟"（旧吴地，春申君的最后领土）及其开发，原本春申君请求楚考烈王从淮北十二县改封为江东，《史记》记载："淮北地边齐，其事急，请以为郡便。"② 原因在于与齐国之间的紧张关系。然而，于束华在《论楚春申君治吴及其政治谋略》中，提出："于春申君个人而言，偏安一隅、远楚自保是其改封地于吴的真实原因。"他认为春申君为了自保而请求改封。再者，关于"吴墟"的开发，认为："远离六国征战的烽火，春申君于吴地建都邑、固城池、平物价、兴市场、修水利、揽人才，在政治上、经济上、文化上都有所建树，体现了超凡的政治谋略，为楚国边疆的稳固和楚吴文化交融作了积极贡献。"就是说，他主要依靠《越绝书》所见的春申君对吴地开发的记载，认为春申君对保卫楚国边界和楚文化传播与楚吴文化的融合做出了贡献。③

---

① 《史记》卷七十八《春申君列传》，中华书局1997年版，第2387页。
② 同上书，第2394页。
③ 于束华：《论楚春申君治吴及其政治谋略》，《湖北成人教育学院学报》2008年第2期。

骆科强在《春申君迁吴及其对开发江东的贡献》一文中，首先对春申君领有封土时期，根据当时楚国和其他国家的政治状况，论证"赐淮北十二县"从公元前263年改到公元前256年以后、"改封江东"从公元前248年改到公元前241年。这个看法依靠当时政治趋势，具有一定的说服力。其次，他涉及春申君江东开发前的状况，即吴越地区水稻栽培盛行，也发展养蚕和纺织业。此后，关于春申君在该地区推行水利工程，并且建设新都城的政绩，他指出："春申君对江东的进一步开发，对于江东的经济发展无疑起了一定的促进作用……春申君徙封江东的过程中，为了使封地有更多的收入，兴修水利，给后人留下很大的福泽，使后人对他追忆不已，用他的名字命名了许多地方。"对春申君的江东开发，他给予了一定的评价，认为正是由于这些开发工程使该地留下了春申君的相关遗迹。[①]

除了上述观点以外，马育良在《春申君、楚寿春城与晚楚文化的东渐》中还提出："春申君封吴实现了楚文化在江东东境（长江三角洲地区）的东渐……考烈王后期春申君改封吴地后，他才携带着晚楚文化，实现了楚在江东东境真正的政治统治和社会治理。"[②] 又李家勋、哈余庆、苏希圣在《春申君〈上秦王书〉及晚楚时期春申君的历史贡献》中也提出："春申君就封吴地及此后推动的文化传播、江苏开发举措，使江东大片比较后进的地区逐渐接受晚楚文化的浸染，并成为楚国的粮仓和战略后方，这推动了后来的上海、苏州、无锡、湖州等长江三角洲地区的初步发展。"[③]

由此可见，关于春申君的江东开发，学者们认为他的贡献不仅在于都城开发与水利工程等硬实力，也在于楚文化的传播等软实力。

（二）春申君与寿春的关系

寿春是楚国最后的都城，《史记·春申君列传》记载："楚于是

---

① 骆科强：《春申君迁吴及其对开发江东的贡献》，《喀什师范学院学报》2007年第5期。
② 马育良：《春申君、楚寿春城与晚楚文化的东渐》，《皖西学院学报》2010年第6期。
③ 李家勋、哈余庆、苏希圣：《春申君〈上秦王书〉及晚楚时期春申君的历史贡献》，《皖西学院学报》2012年第4期。

去陈徙寿春。"① 根据目前的文献资料，无法证明春申君与寿春有直接关联。然而，宛晋津在《建邑前后的寿春》中，他提出后代史料中在寿春（现安徽省寿县）里有"春申坊""春申台""黄间山"等不少春申君相关遗迹，因而提出："楚文化持续东渐，就更促进了寿春地区的迅速发展。这样，到公元前三世纪下半叶楚春申君封淮北时建寿春邑，自然是水到渠成的事了。"②

再者，李家勋、哈余庆、苏希圣在《春申君〈上秦王书〉及晚楚时期春申君的历史贡献》中也提道："选都寿春，带来晚楚相对稳定和繁荣的最大功臣，正是春申君，连寿春的名字都因他而获名。寿春的前身是下蔡。春申君封淮北十二县地时，下蔡易名为寿春，并进行了历史性的营建。楚寿春城承袭纪郢旧制，结合寿春的地理环境，进行设计、改造和扩建。"③ 虽然论文明确指出春申君应该对寿春城的建设及其发展有所贡献，但是春申君建设寿春城的依据并不明确。

马育良在《春申君、楚寿春城与晚楚文化的东渐》一文中，根据晋代以后的史料，指出："现在基本上可以确定，寿春最早系楚春申君黄歇在此封地内所建的一个城邑……春申君营建寿春后，寿春很快上升为一个大都会。"④ 他也认为，春申君对寿春城的建设及其后世发展奠定了基础。目前虽没有能直接证明春申君建设寿春城的史料，然而可以做出推测，战国晚期楚国迁都到寿春时，作为丞相的春申君与楚迁都和建设寿春城应该有所关联。而且，根据后代在寿春留下的春申君相关遗迹来判断，两者之间也并不是没有关系。

除了春申君的江东开发和他与寿春的关系外，李家勋、哈余庆、苏希圣在《春申君〈上秦王书〉及晚楚时期春申君的历史贡献》中，还探讨了《史记·春申君列传》所见的"上秦王书"。据说，春申君

---

① 《史记》卷七十八《春申君列传》，中华书局1997年版，第2395—2396页。
② 宛晋津：《建邑前后的寿春》，《六安师专学报》（综合版）1998年第3期。
③ 李家勋、哈余庆、苏希圣：《春申君〈上秦王书〉及晚楚时期春申君的历史贡献》，《皖西学院学报》2012年第4期。
④ 马育良：《春申君、楚寿春城与晚楚文化的东渐》，《皖西学院学报》2010年第6期。

作为使者出访秦国，而给秦昭王上书。首先关于上书内容，认为"我们有理由认为，《上秦王书》中该段文字，宜为太史公误从他书植入者，全书未可轻易否定为华阳战后春申君所作"。可见，《史记·春申君列传》可能将其他内容混入该内容，又认为："他（春申君）上书秦昭王，说秦善楚，阻止了一场即将爆发的'灭楚'战争，也奠定了他在此后建立丰功的基石"，"上秦王书"给战国晚期楚国政治很大影响，也算是春申君对楚国政治的贡献。此外，该书具有"主张仁义并天下""具有纵横家术的特点"等特征。①

（三）对春申君政绩的评价

根据上述看法，一些学者对春申君的开发江东、建设寿春城以及"上秦王书"等举动表示了肯定。但另外有学者对春申君的历史功绩的评价褒贬不一。

李玉洁、张正明等学者对春申君的政治能力，例如与六国合纵对抗秦国、招致食客等政绩表示了肯定，然而由于楚国终为秦国所灭的事实，注定了他悲剧性的结局，追究他对楚国灭亡的责任，他们也指出他缺乏任人唯贤的能力。② 此外，魏昌对春申君及其政绩进行了严厉的批评。他认为春申君相楚期间，楚国政治没落，至于他对江东的开发，实际上也并不是为了楚国，而是出于自己及其门客等的利益考虑的自私行为③（这一问题将在第一章第二节专门讨论）。

综上所述，以往关于春申君及其政绩的研究，主要是对春申君的江东开发和他与寿春的关系、对春申君政绩做出评价。各位学者对于他的政绩，有肯定，也有否定。否定意见很可能是根据楚之亡于秦和春申君的悲剧性结局而来。

---

① 李家勋、哈余庆、苏希圣：《春申君〈上秦王书〉及晚楚时期春申君的历史贡献》，《皖西学院学报》2012 年第 4 期。
② 李玉洁：《楚国史》，河南大学出版社 2001 年版，第 401—402 页；张正明：《楚史》，湖北教育出版社 1995 年版，第 358 页。
③ 魏昌：《楚国史》，武汉出版社 2002 年版，第 312、315 页。

二 春申君的"身世之谜"

在战国四君子中,春申君的名声远不如孟尝君,也超不过平原君、信陵君。然而,春申君却是四君子中最"神秘"的人物。关于他的前半生,司马迁只云:"春申君者,楚人也,名歇,姓黄氏。游学博闻,事楚顷襄王。"①《史记·春申君列传》中没有他前半生的记载,出身不详。司马迁根据那些资料写"游学博闻"也不明确,在其他资料里也没有类似"游学博闻"的记载。春申君个人问题就是他的身份(称号与出身)、如"春申"之名、对春申君的评价等。

(一)春申君的身份问题

《史记·游侠列传》记载:"近世延陵、孟尝、春申、平原、信陵之徒,皆因王者亲属,藉于有土卿相之富厚,招天下贤者,显名诸侯,不可谓不贤者矣。"②围绕春申君的身份,历代学者提出春申君公子说、君子说及士人说,众说纷纭,莫衷一是。

蒋晓莹在《战国四君之称号考》中,认为春申君与王族无关,并且四君子在各国中地位高、有着强大权势,因此被称为"战国四君子"③。张兴杰、王秋梅、李文高在《公子乎?士人乎?——春申君身份新论》中也认为春申君是士人阶层,与其他三人区分开来。④

与此相反,也有些学者提出春申君公子说。钱穆曾经在《先秦诸子系年》中考证《韩非子·奸劫弑臣》里的"楚庄王之弟春申君"⑤。按照他的看法,庄王就是顷襄王,从而春申君绝不是游说家,而是顷襄王弟,显然是王族公子。⑥骆科强在《春申君的身份及其生年的大致推定》中,根据《史记·游侠列传》《韩非子·奸劫弑臣》的记载

---

① 《史记》卷七十八《春申君列传》,中华书局1997年版,第2387页。
② 《史记》卷一百二十四《游侠列传》,中华书局1997年版,第3183页。
③ 蒋晓莹:《战国四君之称号考》,《青年文学家》2009年第6期。
④ 张兴杰、王秋梅、李文高:《公子乎?士人乎?——春申君身份新论》,《甘肃社会科学》1996年第2期。
⑤ (清)王先慎撰,钟哲点校:《韩非子集解》,中华书局1998年版,第103页。
⑥ 钱穆:《先秦诸子系年:外一种》,河北教育出版社2000年版,第439—443页。

和钱穆的看法，指出春申君是楚王亲属，或者是楚王族。① 何琳仪在《楚郱陵君三器考辨》中，关于在楚郱陵君铭文中所见的"王子申"，他首先引用《史记·游侠列传》论证春申君与其他三人同样是王者亲属，并指出春申君黄歇属于楚王族，因而将他称为"王子申"②。另外，何浩主要关注春申君的官职（令尹），认为春申君是王族，但不是直系而是旁系。③

总之，对于春申君的称号，有的学者按照《史记》《韩非子》的记载认定他是公子，也有的学者注意到《史记·游侠列传》与《史记·春申君列传》之间的矛盾，从而根据当时的公子称呼的含义等，认定春申君是士人或君子。

（二）春申君的出身

以往的研究中，关于春申君黄歇的出身，有黄氏后裔、楚王弟及楚国王族等三种说法。

1. 黄氏后裔说

陈直、黄德馨、魏昌主要依靠《左传》《族谱》等资料提倡春申君是黄氏后裔。④

2. 楚王之弟说

关于这个说法，《韩非子·奸劫弑臣》记载："楚庄王之弟春申君。"⑤ 钱穆释：即春申君是庄王（顷襄王）之弟。根据钱穆的解释，骆科强进一步推测春申君是怀王之子，叫王子歇。⑥

3. 楚国王族说

关于这个说法《史记·游侠列传》有记载，如上所举的何琳仪、

---

① 骆科强：《春申君的身份及其生年的大致推定》，《喀什师范学院学报》2008年第2期。
② 何琳仪：《楚郱陵君三器考辨》，《江汉考古》1984年第1期。
③ 何浩：《郱陵君与春申君》，《江汉考古》1985年第2期。
④ 陈直：《史记新证》，中华书局2006年版。黄德馨编：《楚国史话》，华中工学院出版社1983年版。魏昌：《楚国史》，武汉出版社2002年版。
⑤ （清）王先慎撰，钟哲点校：《韩非子集解》，中华书局1998年版，第103页。
⑥ 骆科强：《春申君的身份及其生年的大致推定》，《喀什师范学院学报》2008年第2期。

何浩等的看法与之相同。此外，郑威在《楚国封君研究》中，通过分析各种说法而谈到自己的看法，认为春申君是旁系王族，但是因以黄国为封土，从而姓为黄氏。①

综上所述，对于春申君的出身，根据司马迁的看法（春申君是姓黄，名歇），也许他与黄国（春秋时期被楚国灭亡）有关，根据《史记·游侠列传》，他也有可能是王族亲属。但是，不管哪个看法都没有明确的证据，只是推测而已。

（三）"春申"之名

关于"春申"之名由来的话题，一直以来也为许多学者热切讨论。目前大致有三种看法。

1. 谥号说

张守节在《史记正义》中云："然四君封邑检皆不获，唯平原有地，又非越境，并盖号谥，而孟尝是谥。"② 他认为，四君中只有平原是地名，其他都是谥号。然而，钱林书在《战国"四公子"的君号》中指出："《战国策》载有春申君之名及事，1973 年马王堆三号汉墓中发现的帛书《战国纵横家书》中也记有春申君之名及其事，可见春申君之名当非号谥。"③ 用考古资料否定了谥号之说。

2. 雅号说

刘泽华、刘景泉在《战国时期的食邑与封君述考》中通过历史考据，将战国封君的君号分别为"以封地为号""以原籍或发迹地为号""以功德为号""以谥号为号""以雅号为号"④。其中，春申君与赵长安君、秦吕不韦（文信侯）一样属于雅号。

3. 地名说

在"春申"由来的看法中，认定其为地名说的学者最多。童书

---

① 郑威：《楚国封君研究》，湖北教育出版社 2012 年版，第 165 页。
② 《史记》卷七十八《春申君列传》，中华书局 1997 年版，第 2394 页。
③ 钱林书：《战国"四公子"的君号》，《文史知识》1997 年第 8 期。
④ 刘泽华、刘景泉：《战国时期的食邑与封君述考》，《北京师范大学学报》（社会科学版）1982 年第 3 期。

业曾经提出"春申"是春申君的封土,位于淮北之地。① 郑威通过文献分析与参考其他学者的论考,承认童书业的看法有一定的道理。②

另外,钱穆、郑威等学者提出"春申"与楚国都城寿春具有一定联系。他们推测黄歇的初封地也许是"春申",它与寿春之间有关系。③ 骆科强也认为,寿春也许是春申君封土,旧名就叫春申。④

由此可见,学者多认为"春申"之名与春申君封土的史实有关。这个看法与谥号说、雅号说相比更有说服力(在本书第一章第二节专门讨论)。

(四)对春申君的评价

对春申君的评价古已有之,这与战国四君子间的优劣也有关系。例如《汉书·古今人表》里的品第,⑤ 春申君被评为"中中",除了平原君(中上)之外,孟尝君、信陵君与春申君相同。可见,古代人早就开始对战国四君子进行对比。骆科强以孟尝君、平原君及信陵君为比较对象,专门讨论"四人的智力、任贤和纳谏气度、合纵方面的才能、死亡及其身后比较、政绩、名声"⑥ 等问题,从多方面对春申君进行评价。关于春申君的评价及其背后原因,本书将在第一章展开讨论。

(五)"春申君纳李园妹"

这个故事以楚考烈王无嗣子为开端,春申君被他的食客李园及其妹李环策谋,结果他遭到"身首分离"的悲剧性结局。这个故事在《战国策》《史记》《列女传》《越绝书》等文献都有记载。关于

---

① 童书业:《童书业历史地理论集》,中华书局2004年版,第257页。
② 郑威:《楚国封君研究》,湖北教育出版社2012年版,第166页。
③ 钱穆:《史记地名考》,九州出版社2011年版,第532页;郑威:《楚国封君研究》,湖北教育出版社2012年版,第167—168页。
④ 骆科强:《春申君相关问题研究》,硕士学位论文,华中师范大学,2006年,第16页。
⑤ 《汉书》卷二十《古今人表》,中华书局1997年版,第949—950页。
⑥ 骆科强:《春申君相关问题研究》,硕士学位论文,华中师范大学,2006年,第28—58页。

这个故事，清代的黄式三、缪文远等学者提出了该故事的虚构性。①再者，骆科强在《春申君纳李园妹辨及其相关问题》中，通过文献分析，提出了新的看法，即"我之所以怀疑李环并非李园的亲妹妹，而是李园为了其计谋而找来的一个美女，是因为李环所生的第二个儿子熊犹的身份太让人生疑……最有资格当熊犹父亲的人就只有李园一人"。②

三 关于春申君传说与太湖流域的研究

学者对春申君传说与太湖流域的研究，主要有三个方面：一是春申君传说与太湖流域之间的关系，二是在上海流传的"春申君开凿黄浦江"传说，三是春申君传说与上海当地学者提出的"春申文化"。

（一）春申君传说与太湖流域之间的关系

春申君传说及其相关遗迹遍布于河南省、安徽省、江苏省、上海市、浙江省、湖北省、湖南省、四川省等省市，太湖流域尤为密集。涉及春申君传说与太湖流域之间关系的论考，主要通过分析春申君相关遗迹与春申君对当地的贡献，探讨春申君传说与每座城市之间的关系，虽然数量不少，但是大多只是在说明各个城市的由来时，提出了春申君的名字与遗址，③ 专门探讨两者之间关系的并不多。

例如，在无锡市吴文化研究会《吴文化》特辑《春申君黄歇》里，主要探讨的是春申君在无锡留下的痕迹：沈虹太在《黄歇在无锡

---

① （清）黄式三撰，程继红点校：《周季编略》，凤凰出版社2008年版，第281页；缪文远：《战国史系年辑证》，巴蜀书社1997年版，第233页。

② 骆科强：《春申君纳李园妹辨及其相关问题》，《南都学坛》（人文社会科学版）2008年第4期。

③ 例如，"上海的别称之一'申'，追溯起源，要回溯到两千年前的战国时代，楚灭越后上海是楚相春申君黄歇的封邑"。刘敏：《上海与航海》，《航海》1982年第6期。"湖州地处太湖南岸，历史悠久，自战国楚春申君筑建菰城至今已有2300多年的历史，素有'丝绸之府、鱼米之乡、文化之邦'的美誉。"姚新兴：《湖州湖笔》，《上海工艺美术》2001年第4期。"江阴古称暨阳，简称'澄'。春秋战国时江阴为吴公子季札、楚相春申君黄歇的封地，故又有'延陵古邑''春申旧封'之称。"张敏载：《江尾海头处　渡江第一船》，《风景名胜》1999年第7期。

留下的遗迹》中,举了"春申君祠""黄歇行宫""黄城"等例子,强调春申君及其传说与无锡历史文化有着密切关系。顾一群在《试述春申君治吴功绩及其启示》中,以芙蓉湖(古称"射贵湖",或"无锡湖")为例,论述了春申君开凿芙蓉湖的贡献,然后对"龙尾陵道""申港""黄田港"等在当地流传的春申君相关遗迹加以介绍。浦学坤在《略谈春申君与玉祁古迹保护》一文中,认为,春申君依靠他的治水贡献,被列入了无锡历史文化,并且春申君的治水工程被认为是无锡历史文化遗产之一。[①]

此外,关于春申君传说与苏州之间的关系,在《苏州城隍庙》一书中,首先主要依靠《越绝书》中所记载的春申君对吴地的治水贡献,展开了春申君与苏州之间关系的讨论。其次,通过春申君对吴地的贡献,"吴地百姓为纪念春申君,在城内建庙祭祀……苏州人民一直没有忘记春申君对苏州做出的贡献"[②]。可见,把春申君传说与苏州联系在一起,主要是根据其治水贡献。当地人将春申君称为治水人物,并且他们主要依靠这个人物形象,将春申君传说代代相传。

如上所述,关于春申君传说与太湖流域之间的关系,主要根据当地流传的春申君传说与相关遗迹,说明春申君与当地之间存在着密切关系。这些研究虽然在研究太湖流域春申君的问题上很有参考价值,但是仅仅涉及春申君传说与一座城市之间的关系,几乎没有对整个太湖流域流传的春申君传说的分布情况、流传原因以及传承机制等问题进行探讨。

在太湖流域的城市中,上海是与春申君关系最密切的城市之一。既往研究对上海与春申君之间关系的论述,主要集中于两个方面:一是在当地流传的"春申君开凿黄浦江"传说,二是春申君传说与当地学者提出的"春申文化"。

[①] 无锡市吴文化研究会:《吴文化》特辑《春申君黄歇》总第28期,江南晚报社2007年版,第33、5—6页。
[②] 蔡利民、贠信常:《苏州城隍庙》,宗教文化出版社2011年版,第40页。

(二) 在上海流传的"春申君开凿黄浦江"传说

众所周知,黄浦江是上海的"母亲河",明代以后,黄浦江代替吴淞江成为太湖的主要排水河流,同时也是支撑上海发展的重要河流。根据《(正德)松江府志》《江南经略》等文献可推测,① 黄浦(别称春申浦)从战国时期春申君黄歇开凿而得名。然而,龚家政、曹竟成从历史学的立场反驳了这个说法。他们认为这个说法纯属后人牵强附会之说,纯属讹传。②

从历史学的角度来看,两位学者所说的看法没有错误。但如果传说也可以说成是被人们创造的"历史事实",那么,本来无关的黄浦与春申君是如何联系起来的,而后被创造出"春申君开凿黄浦"传说的呢?对于这个问题,仅进行历史考证是无法解决的,因为这涉及民间社会的历史传承。

(三) 春申君传说与"春申文化"

2010年在上海闵行区举行的"春申文化论坛"上,仲富兰、佟瑞敏、张乃清、田兆元等专家公开讨论了春申君与上海之间的关系,以及"春申文化"的创造过程。他们探讨了春申君传说演变为"春申文化"的过程、作为上海历史文化资源的"春申文化",以及"申"与"春申"等表示上海的地域文化符号的过程。

此外,周雨烨在《春申君与上海地域形象建构研究》一文中,也探讨了春申君传说在上海的地方文化资源化过程,并且对在地域形象建构中的"春申文化"及其作用做出了探讨。③ 在春申君传说研究中,春申君及其传说的当地化、当地历史资源化是新的趋向,也是值得深入研究的课题(在本书第六章专门讨论)。

综上所述,先人研究主要涉及春申君与战国晚期楚国政治、春申

---

① "黄浦一名春申浦,相传春申君凿,黄其姓也"《(正德)松江府志》。"黄浦为松江府南境巨川。战国时楚灭吴,封春申君黄歇于故吴城。命工开凿,土人相传称为黄浦,又称春申浦"《江南经略》。

② 龚家政:《春申君和申江正误》,《上海师范大学学报》(哲学社会科学版) 1998年第2期;曹竟成:《黄浦江究竟是谁开凿的》,《治淮》1995年第6期。

③ 周雨烨:《春申君与上海地域形象建构研究》,载《俗文学与民间文化学术研讨会暨第八届民间文化青年论坛论文集》,华东师范大学,2010年7月。

君个人问题以及在各地尚存的春申君相关遗迹。① 关于春申君的历史考据，主要限于《战国策》《史记》《越绝书》及《吴地记》等资料，因而对春申君的历史学研究并不多。与此相反，对于春申君封号与出身，在史书中没有明确的记载，因此不少学者关注春申君个人问题。再者，对于春申君相关遗迹，一般都将它作为当地历史文化的一部分。但是严格来说，这些遗迹来源于作为传说人物的春申君，并不是史实。

如上所提到的研究中，主要探讨作为历史人物的春申君政绩和春申君个人问题。关于春申君传说的产生、发展及演变等传承过程，该传说的传承原因及传承机制，却几乎没有研究。再说，传说是一种地方性知识，遍布中国各地的春申君传说应该与各地有着密切关系。那么春申君与各地传说是怎样结合起来的？或者说依靠什么来建立的联系？对于这些问题，目前没有专门讨论的论著。

本书探讨春申君传说的生成、发展及演变等产生过程，同时也探究其传承原因及传承机制。在各地分布的春申君传说中，着重讨论太湖流域春申君传说，主要关注该传说与以地理环境和人文环境构成的治水空间的关系，以治水为关键分析在当地流传的春申君传说及其传承原因和传承机制。

第三节 主要内容、研究方法与思路

一 主要内容

本书主要以春申君传说与治水空间的关系为主题探讨春申君传说。由于太湖及太湖水系构成的太湖流域是自然环境上的自然空间，

---

① 本书所提到的以往研究之外，还有考古学方面的研究。关于1992年在苏州真山D1楚墓出土的铜印中的文字"上相邦玺"，曹锦炎在《关于真山出土的"上相邦玺"》中指出："由于'上相邦玺'出土于战国晚期的楚墓中，说明墓主曾担任楚国'上相邦'之职，结合该墓的墓葬规格、随葬品特点，苏州又是春申君的封地等多种因素考虑，我才提出此墓'属于春申君的可能性最大'。"（曹锦炎：《关于真山出土的"上相邦玺"》，《故宫博物院院刊》1999年第2期。）骆科强在《"上相邦玺"新考》中认同曹锦炎的看法，对"上相邦玺"进一步解释。请参阅骆科强《"上相邦玺"新考》，《东南文化》2005年第6期。

太湖流域居民在自然空间的基础上创造人文空间。据历代有关太湖记载，例如，"太湖涸，民饥""太湖溢，害稼，饥疫""太湖溢，谷贵民饥"。① 可知，太湖水流对太湖居民的日常生活极为重要。于是，历代太湖居民为了维持自己的生活，格外重视水利工程。在太湖流域历来有不少水利工程，同时在该地域也流传着治水人物的传说。在这里所说的治水空间即由太湖及其水系构成的自然空间、在此基础上生活于此的太湖居民及其所构建的人文空间、当地人所共享的治水文化以及治水人物传说的传承空间共同建构的空间。

楚国丞相春申君与太湖流域的治水空间联系起来而被称为"治水英雄"。本来，太湖流域是吴越地区，后来春申君虽然领有"吴墟"（旧吴地），但是太湖流域居民如何传承作为治水人物的春申君传说？目前未有对这个问题综合性、系统性的研究。因此，本书从如下视点解决这个问题。

首先，从地域史的角度分析流传春申君传说的太湖流域的地域特性。尤其是关注历代在该地频繁发生的水灾状况，论述兴修水利对当地人及其生活的重要意义。再者，分析作为自然环境的太湖流域的地域特性，同时要分析作为流传传说的传承地域，通过分析民俗事象与特定地域的关系，阐明春申君传说与太湖流域的关系。

其次，主要关注太湖流域的治水，尤其是治水传说。通过太湖流域传播的历代治水传说与春申君传说的关系，探究各个传说之间的逻辑关系，论述在太湖流域治水传说体系中的春申君传说的位置。再者，通过参考传说学理论（"传说中心论""传说圈""传说群""传说层"）分析太湖流域春申君治水传说的传承地域，提出"治水传说谱系"的概念而对该传说的传承地域进行探讨。

再次，春申君传说与太湖流域的关系，以地方认同为解决问题的关键进行分析。本来，认同是个人的心理作用，地方认同是人们对特定地域的归属意识。本书用地方认同概念阐明春申君治水传说在太湖

---

① （清）金友理撰，薛正兴校点：《太湖备考》，江苏古籍出版社1999年版，第535—538页。

居民对太湖流域的地方认同的基础上成立,并且太湖居民传承该传说。春申君治水传说在太湖居民对太湖流域产生地方认同时,扮演了强化地方认同的积极角色。也就是说,我们将要阐明春申君治水传说与太湖流域之间的逻辑关系。

最后,本书主要探讨春申君传说的传承过程,从而要谈到在现代社会上春申君传说的传承现状。在现代社会,民俗事象容易被当地政府利用,而被视为历史文化资源、旅游资源。我们要留意这个倾向,分析春申君传说在各地方被资源化的现象。与此同时,分析并探究在上海市春申君传说的个案,主要涉及春申君传说变成"春申文化",被视为上海历史文化资源之一,被认为"申""春申"等表示上海的地域文化符号的过程。

二 研究方法与理论

(一)研究方法

本书主要探讨春申君传说的传承与传播的过程,因此主要资料以文献资料为主。具体而言,主要依靠《中国基本古籍库》《中国方志库》及其他相关古籍、野史、文人笔记等大量资料,对于从古代至近代的春申君传说,进行收集、整理及分析。

本书也关注春申君传说与作为治水空间的太湖流域地区。笔者从2012年开始去实地考察太湖流域的上海市、苏州市、无锡市、江阴市、湖州市等城市,收集了大量宝贵资料。其中,对于上海市松江区新桥镇的春申君祠堂,笔者曾多次进行考察研究,对祠堂的管理人员进行了详细的采访调查。[①]

(二)研究理论

1. 历史民俗学理论

本来,关于人物传说的产生、发展以及传播等传承过程的研究是属于历史民俗学的范畴。历史民俗学是民俗学的重要学问体系的

---

① 具体访谈调查日期:2012年5月16日,2013年6月19日、9月11日、12月13日,2014年6月13日、6月22日、12月19日。

一部分，其目的是"从现存民俗事象出发，对其形成演变进行历史向度的探寻"，"以过往的历史社会时期形成的民俗文献为依据，研究历史时代具有传承性的民间生活文化事象以及对这些民俗事象进行的记录与学理性评论"①。换言之，历史民俗学的关注点不是过去、现在等特定的时点，而是把过去—现在—未来联结在一起的历史过程。其中主要目的是关注民俗事象的变迁过程。与此同时，民俗事象的演变和民众对它的共同认同也是历史民俗学的研究对象。

关于民俗学与历史学的关系以及历史民俗学的重要性，著名历史学家白寿彝曾经说过："各民族的风俗、习惯、信仰和民间文学，都是社会的存在，也都是历史的一部分……研究历史，不能完全摆脱民俗的研究。研究民俗，也常常要采用历史的解释。""在'察古明今'这一点上，历史学和民俗学是一致的。"②他强调历史与民俗具有共通性，并且两者之间有着密不可分的关系。

日本也有不少历史民俗学的研究成果。除了研究"常民文化"的历史演变过程的柳田国男以外，③还有宫田登在《"历史民俗学"札记》一文中指出："由于民俗学者一味轻视历史文献，单纯地造成了历史文献和传承的对立。但是，只有在充分地仔细研究历史文献之后，再把重点放在传承上的姿态，才能够坚持历史文献的民俗认识的立场……'历史民俗学'不拘泥历史文献及传承的形态之差别，在提出'缓慢的时间'论和空间论的视角的同时，如果能够把握好'日常性'的话，从民俗学的视角进行立论的历史研究将会更加得到充实。"④他指出，不需要让历史文献和（口头）传承对立，并在民俗学上利用历史文献的有效性，从而论述历史与民俗结合起来的历史

---

① 萧放：《中国历史民俗学的理论与方法论纲》，《北京师范大学学报》（社会科学版）2010年第2期。
② 白寿彝：《民族宗教论集》，河北教育出版社2001年版，第746—748页。
③ "常民"是柳田国男提倡的概念，指的是民俗传承的主体。
④ 王晓葵、何彬编：《现代日本民俗学的理论与方法》，学苑出版社2010年版，第126页。

民俗学的可能性与有效性。

本书在涉及春申君传说的传承过程时，参照如上所提的历史民俗学的论考。具体而言，本书并不是从历史学的角度来分析春申君传说，但探究这个传说的传承及其原因、传承机制时，要在历史语境下探究这些问题。

2. 历史地理学理论

本书采用历史民俗学来进行纵向研究，同时还关注太湖流域这一特定空间来进行横向研究。在这里，空间可以说是区域，"区域是地理空间的一种分化，分化出来的区域一般具有结构上的一致性或整体性"[1]。

众所周知，区域是由地理环境及其背景下的政治、经济、思想、历史等人文要素共同构成的。在特定区域产生的文化（区域文化）绝不是固定不变的，而是随着时代变迁不断变化的。关于区域文化与其历史之间的关系，周振鹤指出："任何文化现象的历史演变总有地域上的表现相伴，而任何区域的文化面貌又总是特定历史过程的产物，所以文化的全息图景必须由时间与空间这两个坐标轴来表现。"[2] 他认为，区域文化与历史之间有着密切关系，研究区域文化的历史过程是极为重要的。

如上所述，区域研究属于地理学的范畴，因此本书采用历史地理学的研究方法。关于历史地理学的研究对象，鲁西奇认为"历史地理研究必需考虑到其研究对象在历史时期的区域状况，其区域的设定与划分，即必然以某一历史阶段的共同性和某种社会经济文化特征等特点为依据"[3]。本书所提出的地域对象是现在的太湖流域，其时代范围涉及从先秦时期到现代。

在春申君传说中有不少作为开拓水利工程的春申君形象。例如《越绝书》载："春申君时盛祠以牛，立无锡塘。去吴百二十里。"

---

[1] 李孝聪：《中国区域历史地理》，北京大学出版社2004年版，第3页。
[2] 周振鹤：《中国历史文化区域研究》绪论，复旦大学出版社1997年版。
[3] 鲁西奇：《区域历史地理研究》，广西人民出版社1999年版，第29页。

"无锡湖者,春申君治以为陂,凿语昭渎以东到大田。田名胥卑。凿胥卑下以南注大湖(太湖),以写西野。去县三十五里。"①

除了这些记载以外,还有春申塘、黄埠墩等遗迹,也有黄浦、歇浦、黄浦江、春申江等河名。由此可见,在江南地区被传承下来的春申君传说当中,有关他兴修水利的比较多,这与该地区的地理环境有着密切关系。

江南一带历来是水源丰富的地区。从太湖流出了三条河:娄江(今浏河),淞江(吴淞江,今苏州河),东江(今黄浦江)。历代,当地人为了灌溉田地、水运以及军事,开凿运河。因此,水利工程对为政者来说是极为重要的项目,与此同时,江河的泛滥对当地民众的影响也可想而知。

3. 传说学理论

传说是与神话、民间故事等类似的民间口头散文叙事,也是构成民俗、民间文化的重要元素之一。历来,国内外民俗学者格外注重传说研究,且已有相当丰富的研究积累。关于其代表作品,例如西方德国格林兄弟的《德国传说》、中国顾颉刚的《孟姜女故事研究集》、张紫晨的《中国古代传说》、程蔷的《中国民间传说》、黄景春的《民间传说》、日本柳田国男的《传说论》等。这些专著和传说的相关研究,积累了许多相对成熟、可供后来学者借鉴与参考的传说学理论与观点。

(1)"传说中心论"与"传说圈"

日本学者柳田国男提出了两个传说理论。即"传说中心论"与"传说圈"。所谓传说中心论是,每个传说都有中心,在其中心点必有与传说相关的纪念物。这表示传说的地方性特征,也是传说与具有普遍性的故事之间的区别。"传说圈"是传说在传承与传播上的特定流传范围,如果同一类型的传说同时存在于同种类、同内容的传说圈相互接触的地方(甚至有重叠着的部分区域),两个传说之间或者发

---

① (东汉)袁康、吴平辑录,乐祖谋点校:《越绝书》,上海古籍出版社1985年版,第15页。

生征服,或者发生博弈,而最后渐渐地趋于统一。①

柳田认为"传说圈"有中心,在其中心有作为纪念物的风物。然而,按照他的看法,传说中心是一个"点",因而他不太考虑传说的地域范围或传说流传到具有共同点的地域的状况。

(2)"传说群"

顾希佳在《传说群:梁祝故事的传说学思考》中,以梁祝传说为例论述传说的传承形态及其编辑、再创造,从而提出了"传说群"的概念。②

他所述的"传说群",通过在传承过程中的编辑和传说与具体风物的结合,使传说的母体(其实很难认定哪个是传说的母体或定型的)和从传说母体分离开的新的传说成为一体。可以说,如果传说的母体是一棵树,那么与其相关的传说是随着时间的流逝从树干长出的枝叶。就是说,相关传说本来是从传说母体产生的,所以是构成"传说群"的一部分。

他所举的梁祝传说在传承过程中,受到加工、编辑。通过这个程序,新的传说和相关遗迹不断地被创造出来。值得注意的是,新的传说因素的创造不能完全与梁祝传说母体分离开来,像树叶的产生必须依托其树干这一母体一样,它们构成了一个"传说群"。

(3)"风物传说圈"与"传说层"

乌丙安在《论中国风物传说圈》中关注风物传说,通过风物与民族、历史人物及宗教信仰之间的关系,对"风物传说圈"加以分析。

他指出,在"风物传说圈"里有作为"可信物"的风物,并且通过对柳田国男所提倡的"传说中心论""传说圈理论"进行批评,特别关注风物传说与地缘共同体的"乡土生活"和"地缘观念"之间的关系。

另外,乌丙安将各个时代在特定地区存在的风物传说圈定义为

---

① [日]柳田国男:《传说论》,连湘译,中国民间文艺出版社1985年版,第26—27、49页。
② 顾希佳:《传说群:梁祝故事的传说学思考》,《民俗研究》2003年第2期。

"传说层"。这个理论揭示了历史人物传说与特定地域风物的关系，而且深入地分析了在特定地域传播与传承的几个人物传说之间的历史性脉络。

然而，乌丙安在具体分析过程中，只选定某个特定地区，不太考虑人物传说与其相关风物的地域性，并且他只按照历史前后罗列出历史人物，没说清楚历史人物之间的关系。

（4）记忆论

记忆是历史学、人类学以及社会学等学科领域的重要概念之一。关于记忆研究，20世纪80年代以后问世了重要的研究成果。首先，法国学者莫里斯·哈布瓦赫（Maurice Halbwachs）关注集体的记忆，关于集体记忆，他解释说："尽管集体记忆是在一个由人们构成的聚合体存续着，并且从其基础中汲取力量，但也只是作为群体成员的个体才进行记忆。"[1] 他主要分析记忆与共同体之间的关系。其次，法国学者皮埃尔·诺拉（Pierre Nora）创造出"记忆之场"（记忆场所）概念并且讨论公共记忆。再次，美国社会学者保罗·康纳顿（Paul Connerton）在《社会如何记忆》中提出"群体的记忆如何传播和保持"[2]。谈到群体记忆与其维持，还有与社会之间的密切关系。

以上三位学者的论述，是记忆论研究上最重要的论考。他们的问题意识反映了民族国家、国民意识等近代社会现象。这些研究都属于社会学、历史人类学的范畴。本来，记忆是在人们大脑里留下的过去的事情。有的记忆是随着时间流逝就消失，也有的记忆是经过重新记忆的，甚至是有再创造的记忆。就是说，记忆与人们对某件事情的传承有着密切关系。

本来，在"传承之学"的民俗学研究里，采用记忆论来进行分析的研究还是为数不多。不过，近年一部分中日学者提出，记忆可以作为民俗学研究方法。首先，赵世瑜认为，关于传承与记忆之间的关

---

[1] [法]莫里斯·哈布瓦赫：《论集体记忆》，毕然、郭金华译，上海人民出版社2002年版，第40页。

[2] [美]保罗·康纳顿：《社会如何记忆》导论，纳日碧力戈译，上海人民出版社2000年版。

系,"在探索传承机制的过程中,记忆的机制是不可或缺的内容,因为传承得以实现主要是凭借集体或个人的记忆。""关键在于作为民俗学方法的记忆是服从与'传承'的,是关于'传承'的'记忆'。"① 赵世瑜论述记忆在传承与其过程中扮演着极为重要的角色,记忆是在民俗学研究领域上,构成了传承的一部分。其次,日本学者岩本通弥在《作为方法的记忆——民俗学研究中"记忆"概念的有效性》中对"民俗学"下了这样的定义,"民俗学就是不借助记录,而是以'记忆'为对象,通过'访谈记录'的技法,通过人们的'叙述'、'对话'来研究人们的生活和意识的学问"。再说"对民俗来说,记忆成了最本质性的存在"②。他认为,作为方法的记忆的重要性,记忆是民俗学的本质性的东西。再说,王晓葵关于"社会记忆"也有如下议论,"社会记忆是我们维系文化传承的基础,而任何一个社会的记忆都是不断被重新建构的,这个重新建构的过程也就是生活文化传承的过程"③。他认为,社会记忆是不断地再建构,还有这些过程与人们的生活文化有密切关系。

如上所述,近年来有些学者承认记忆论对民俗学研究很有帮助,同时采用记忆论来进行研究。本书也采用这个研究方法。春申君传说可以说是从先秦时期到现在流传下来的典型的人物传说。就是在其传承过程中,由口头传承、文字记载以及遗址等多样方式传承下来。在这个过程中,重要的是传承人(特定群体)的记忆。如果他们的记忆被破坏或消失(集体记忆或社会记忆),口头传承就会中途消失,文字记载也没有,遗址、纪念碑也无法建立。再说,在传承过程中,人物传说不断地被再创造,其内容也被选择,有时被排除,有时附加新内容等,就是说传承是动态的。这点与记忆是相同的,"记忆是一

---

① 赵世瑜:《传承与记忆:民俗学的学科本位——关于"民俗学何以安身立命"问题的对话》,《民俗研究》2011年第2期。
② [日]岩本通弥:《作为方法的记忆——民俗学研究中"记忆"概念的有效性》,王晓葵译,《文化遗产》2010年第4期。
③ 王晓葵:《记忆论与民俗学》,《民俗研究》2011年第2期。

个带有可塑性的动态系统"①。由此可见，对人物传承的集体记忆（或群体记忆、社会记忆）的研究是研究其传承过程的重要部分。

三　写作思路

本书主要探究春申君传说与太湖流域的治水空间之间的关系。春申君传说遍布于中国各地，其中该传说密集在太湖流域。太湖流域属于吴越地区，楚国丞相春申君本来与该地域并无关联。从太湖流域春申君传说的具体内容来看，比较多的是春申君在太湖流域各地兴修水利的治水传说。

于是，我们可以推知春申君传说在太湖流域的传承与该地域的治水空间有关联。关于太湖流域春申君传说的传承与传播，目前未有系统地、综合性地分析其具体传承与传播状态、春申君传说的地方化过程与分布状况，以及该传说的传承机制和传承原因等问题。另外，春申君传说并非过去的产物，而是自古传承至今的，因此，考察其传承的过程必须涉及其在现代的传承现状。本书为了阐明如上所提的问题，分以下六章展开讨论。

第一章　春申君传说的历史语境

第一章首先主要分析春申君与战国晚期楚国政治的关系，尤其是作为楚国丞相的春申君对楚国政治做出的贡献。其次，关于春申君的个人问题，参考以往研究进一步分析。关于春申君的既有研究，由于史料有限，主要集中在春申君的身份（封号、出身等）、"春申"之名及生卒年等个人问题。本书的主要目的并不是论述春申君政绩与他的身世和身份，但是作为春申君传说的基础，我们有必要对其进行整理和探讨，并且提出自己的看法。

第二章　春申君传说的历史演进

第二章根据《中国基本古籍库》《中国方志库》及春申君的相关资料，通过整理、分析从战国到民国时期的春申君相关记载，进行探究春申君从历史人物到传说人物的过程。对于历史人物的传说化，当

---

① 王晓葵：《记忆论与民俗学》，《民俗研究》2011年第2期。

然会有产生、发展及演变等过程,并且这个过程与时代变迁同时进行。

第二章主要关注春申君传说的流变性,梳理分析每个朝代的春申君相关记载,具体分析"食客三千人""珠履""李园策谋"等故事产生、春申君传说的地方化过程、诗歌作品所见的春申君形象、春申君相关遗迹、春申君传说的传说圈形成等问题。

第三章　春申君传说与地域空间

第三章主要探讨春申君传说传承与传播的地域空间问题。首先,按照历史地理学理论,论述地理空间的区域区分的任意性、统一性、整体性等特征。其次,根据历代史料,探讨春申君传说密集分布的江南地域,并且论述的核心地带就是太湖流域。最后,太湖流域历代频繁发生干旱、洪水等自然灾害,由此导致当地人的日常生活被破坏。第三章的讨论也涉及太湖流域这一治水空间,为了改善生活环境,历代较为重视治水工程。在这样的自然与生活环境下,形成了治水空间。

再者,用地理学理论来对特定地域与民俗事象的关系加以分析,在此基础上,专门讨论春申君传说与太湖流域的关系。

第四章　春申君传说与太湖治水传说谱系

第四章首先要探讨太湖流域流传的大禹、吴太伯、伍子胥及范蠡的治水传说,从而分析春申君治水传说与这些治水传说之间的关系。再者,对于太湖流域春申君传说的流传,依靠传说学理论("传说中心论""传说圈""传说群"及"传说层"),分析该传说的分布情况与传承载体。

其次,通过如上分析的太湖流域治水传说的结果,提出"治水传说谱系"的概念,并证明春申君传说属于太湖流域治水传说系统之一。

第五章　春申君治水传说与地方认同

第五章按照第一章到第四章的考察结果,主要探究太湖流域春申君治水传说的传承机制与传承原因。首先,阐明太湖流域春申君传说的传承母体。其次,着重关注地方认同,按照这个概念分析该传说的传承者对太湖流域的地方认同,并且探讨其与春申君治水传说之间的互动关系。在论述过程中,要关注该传说的传承形式,即口头叙事、物态叙事(景观叙事)、民俗行为(祭祀活动等)。通过观察各个叙事所说的该传说的传承内容,进一步分析该传说的传承与地方认同之间的关系,从而论述该传说的传承机制与传承原因。

第六章 春申君传说与现代上海

本书的主要关注点是春申君传说与太湖流域的治水空间。在这个研究过程中,我们还要涉及该传说的当代传承。对春申君传说在上海的流传,根据文献资料、民间故事及相关遗迹(春申君祠堂、黄渡社区)进行个案分析。上海与春申君,由春申君开凿上海的"母亲河"黄浦江的传说而结合,历来两者之间一直有着密切关系。

然而,在现代城市空间下,是否存在口头叙事的传说的生存空间?本书关注城市空间的民俗事象传承,具体分析现代上海的城市民俗。此后,以"春申文化论坛""告慰春申君"(庆祝申博晚会的主题歌)、"风情上海滩——春申君之传说"(纪念上海世博会的纪录片)为资料进行探讨现代上海的春申君传说。通过这些分析,我们论述春申君传说的历史文化资源化、地域符号化及"公共化"。

第一章　春申君传说的历史语境

本章首先通过分析《战国策》《史记》及《越绝书》等古典文献，试图了解作为历史人物的春申君的经历与政绩。虽然本书主要讨论的是作为口头叙事的春申君传说，而不是探讨春申君的历史问题，但因为"凡与一定的历史人物、历史事件和地方风物、社会习俗有关的那些口头作品，可以算是传说"①。传说的产生必然伴随着史实的依据。所以，本章根据历代史料，对春申君在战国晚期楚国政治和当时时局下的经历与政绩加以分析。

其次，我们还要涉及春申君个人问题。如上所提的对于春申君历史的研究，由于史料有限，并不多见。对于春申君个人问题，司马迁只云："春申君者，楚人也，名歇，姓黄氏。游学博闻，事楚顷襄王。"②《史记·春申君列传》在史书中没有他的前半生的记载，出身不详。因此，以往关于春申君的研究，主要集中在春申君身份（封号、出身）、"春申"之名、生卒年、"春申君与李园"故事、对春申君的评价等问题。

如上所述，本章对春申君的历史传说进行分析考证，并且在以往研究的基础上探讨作为历史人物的春申君，从而阐明春申君传说的基础因素。

---

① 程蔷：《中国民间传说》，浙江教育出版社1995年版，第4页。
② 《史记》卷七十八《春申君列传》，中华书局1997年版，第2387页。

第一节　春申君与楚国晚期政治

一　战国晚期楚国政治趋势

春申君（？—前238）姓黄，名歇，辅助楚顷襄王与考烈王，为令尹（相当于其他国家的丞相）掌握楚国的政权25年有余，在楚国的外交方面做出了巨大贡献。他与齐孟尝君、魏信陵君及赵平原君合称为"战国四君子"，在当时他的事迹脍炙人口。

关于他的生平与政绩，《史记·春申君列传》里有最详细、系统的论述。除此之外，《战国策》《韩非子》《荀子》《汉书》《越绝书》等书籍里也有与他有关的记载。本节结合当时的政治情况，来探讨春申君的生平与政绩。

> 楚虽三户，亡秦必楚也。①《史记·项羽本纪》
>
> 凡天下强国，非秦而楚，非楚而秦。两国敌侔交争，其势不两立。②《战国策·楚策一》
>
> 楚，天下之强国也。大王（威王），天下之贤王也……地方五千里，带甲百万，车千乘，骑万匹，粟支十年，此霸王之资也。③《战国策·楚策一》

楚国是江南地方的强大国家之一，战国中期楚国与秦国争雄天下。但是秦国经过商鞅的变法而成功地完成了国内变革，国力大增，开始逐渐用武力压迫六国。战国中期以后，楚国也遭受秦国的进攻，公元前299年被囚的楚威王在秦国客死。楚顷襄王时期，秦国不停地进攻楚国，占领了楚国西部的巫、黔中，又攻陷了上庸、鄢、邓等重要的地方，终于楚郢都沦陷，楚先王墓被烧毁，楚国不得不向东迁都

---

① 《史记》卷七《项羽本纪》，中华书局1997年版，第300页。
② （西汉）刘向集录：《战国策》，上海古籍出版社1998年版，第505页。
③ 同上书，第500页。

到陈。而秦国在楚迁都后仍继续伐楚，楚国面临灭亡的危机。

二 史料中春申君的政绩

在国家面临危机，生死存亡之际，春申君黄歇登上了历史舞台。《史记·楚世家》云："（楚顷襄王）二十七年……复与秦平，而入太子为质于秦。楚使左徒侍太子于秦。"[1]［（唐）张守节《史记正义》云："尔时黄歇为左徒，侍太子于秦也。"］公元前272年，黄歇与太子完（考烈王）去秦国做人质留数年。当时春申君是左徒，左徒这一词语在《史记·屈原列传》里云："入则与王图议国事，以出号令，出则接遇宾客，应对诸侯。"[2]即服侍国王的左右而参与国家政治，在外交方面与各诸侯进行交涉，就是说它在国家政权中占有重要地位。

表1—1　　　　　　春申君年谱与战国晚期大事

时间	春申君年谱	大事
前272年	（楚顷襄王）二十七年 楚遣左徒黄歇侍太子完为质于秦	
前263年	三十六年 顷襄王病。黄歇设谋使太子完得以离秦返楚。秋，顷襄王卒，太子完立	
前262年	（楚考烈王）元年 考烈王以黄歇为令尹，予淮北12县地，封为春申君	
前260年	三年	秦将白起大败赵于长平，活埋战俘四十多万人
前259年	四年 赵以灵丘封楚相春申君	
前257年	六年 （秦）围邯郸，邯郸告急于楚。楚使春申君将兵往救之。秦兵亦去。春申君归	

---

[1] 《史记》卷四十《楚世家》，中华书局1997年版，第1735页。
[2] 《史记》卷八十四《屈原贾生列传》，中华书局1997年版，第2481页。

续表

时间	春申君年谱	大事
前255年	八年	楚取鲁，鲁君封于莒
前253年	十年	楚徙于钜阳
前251年	十二年 秦昭王卒，春申君吊丧于秦	
前249年	十四年	楚灭鲁，顷公迁卞为家人，绝祀
前248年	十五年 春申君献所受封之淮北12县为郡，旋被考烈王改封于江东。春申君因故吴墟，以自为都邑	
前241年	二十二年 与诸侯共伐秦。考烈王为纵长，春申君用事，军至函谷关，秦师反击，五国兵罢	楚东徙都寿春，命曰郢
前238年	二十五年 考烈王卒。李园杀春申君	

资料来源：《史记·楚世家》《春申君列传》《六国年表》等由笔者制作。

据《史记·春申君列传》记载，黄歇上书秦昭王，从秦与六国之间的关系分析秦与楚结盟的重要性，结果促成秦楚两国联盟，从而使楚国防患于未然。为了维持这个联盟，黄歇与太子完去秦做人质。先秦时期，诸侯的太子或公子去他国做人质是很普遍的现象，通常反映出两国之间的实力差距。秦国没有进攻楚国而将楚太子与楚王的亲信拘留，这意味着在两国关系上，秦国处于优势。

公元前263年，楚顷襄王病状恶化，黄歇以此为由帮楚太子重新返回楚国。关于这件事情，据《史记·春申君列传》记载，黄歇将太子伪装成御者从秦国逃出去后，自己留下来以死抵罪。《史记》载秦臣应侯之言云："（春申君）为人臣，出身以徇其主。"[①] 司马迁认为他是一个"股肱之臣"，而给予他这样的评价。次年，太子完即位为考烈王。公元前262年，黄歇由于对楚国与考烈王做出了巨大贡献，被考烈王任命为令尹，封为春申君，赐给他邻接齐国的淮北十

---

① 《史记》卷七十八《春申君列传》，中华书局1997年版，第2394页。

二县。①

公元前257年，秦围赵之邯郸，楚考烈王让春申君派兵救援。楚与赵、魏合纵对抗秦而击败了秦军。此后，楚国开始向泗水流域（与齐国的缓冲地带）进攻，"十九年，楚伐我（即鲁国），取徐州"②。接着攻进鲁国领土。之后，"二十四年，楚考烈王伐灭鲁。顷公亡，迁于下邑，为家人，鲁绝祀，顷公卒于柯"③。公元前249年终于灭了鲁国。

据《史记》记载，"当是时，楚复强"④。楚国将泗水一带纳入了自己的版图，并企图将领土扩到国都（陈郢）的东北地区⑤。这个行为就像同年秦灭西周，公元前254年魏灭卫一样，大国灭亡小国算是一个时代的趋势。但从其他角度来看，这意味着西周以来一直到春秋时期存在的以周王室为中心的血缘秩序被身为"夷狄"的秦与楚彻底破坏了。从血缘秩序的崩溃到战争频发，从七强合纵连横到秦统一天下，这一段时期即是战国时期。

公元前251年，秦昭王卒，"韩王衰绖入吊祠，诸侯皆使其将相

---

① 淮北十二县的具体位置尚不明确。本来"淮北"指淮河之北岸，战国后期围绕淮北的归属，齐、楚及宋之间发生了纠纷。"（顷襄王）十五年，楚王与秦、三晋、燕共伐齐，取淮北。"（《史记·楚世家》）前284年淮北被纳入楚领土。此后，淮北于前278年成为庄辛（阳陵君）的封土，前262年成为黄歇（春申君）的封土。前248年春申君迁到江东后，淮北十二县成为楚郡了。"淮北地边齐，其事急，请以为郡便。"（《史记·春申君列传》）这与当时在靠近邻国的地区设置郡的倾向是一致的。关于淮北十二县的具体位置，徐少华指出："今徐州市以南以宿州、灵璧为中心的淮北地区。"（徐少华：《周代南土历史地理与文化》，武汉大学出版社1994年版，352页）郑威云："约在今山东鱼台一带往南直至安徽东部的淮水北岸一带的范围内。"（郑威：《楚国封君研究》，湖北教育出版社2012年版，第164页）各种说法，众说纷纭，不一而足。
② 《史记》卷三十三《鲁周公世家》，中华书局1997年版，第1547页。
③ 在《史记·六国年表》里也有类似记载："取鲁，鲁君封于莒"，"楚灭鲁，顷迁卞为家人，绝祀"。
④ 《史记》卷七十八《春申君列传》，中华书局1997年版，第2395页。
⑤ 《史记·六国年表》："徙于钜阳"可见从陈迁到钜阳（巨阳）。但是，这句在《史记》的《楚世家》《春申君列传》及其他文献里没有记载。到底是迁都，还是将国王的居城暂时搬过去不明确。[日] 泷川资言在《史记会注考证》中指出："是时楚都于陈，无徙钜阳之事。"梁玉绳在《史记志疑》中指出："故《汉书·地理志》于九江寿春下注云'楚考烈王自陈徙此（即寿春），不云自钜阳也'。"历代学者解释楚国从陈直接迁到寿春。但是，张正明认为钜阳就是"陪都"。（《楚史》，湖北教育出版社1995年版，第355页）可以推测，钜阳有楚国的据点，且钜阳位于从陈到寿春的路途上，所以它被设为临时国都。

来吊祠，视丧事"①。秦昭王去世后，韩恒惠王自己穿丧服去秦吊问，其他国家也派遣将相前去吊唁。"秦昭王卒，楚王使春申君吊祠于秦。"② 楚考烈王让春申君作为楚国的代表去参加吊问仪式。从各国的吊问可以看出，各国通过与秦缔结友好关系，来维持自己国家的安全。

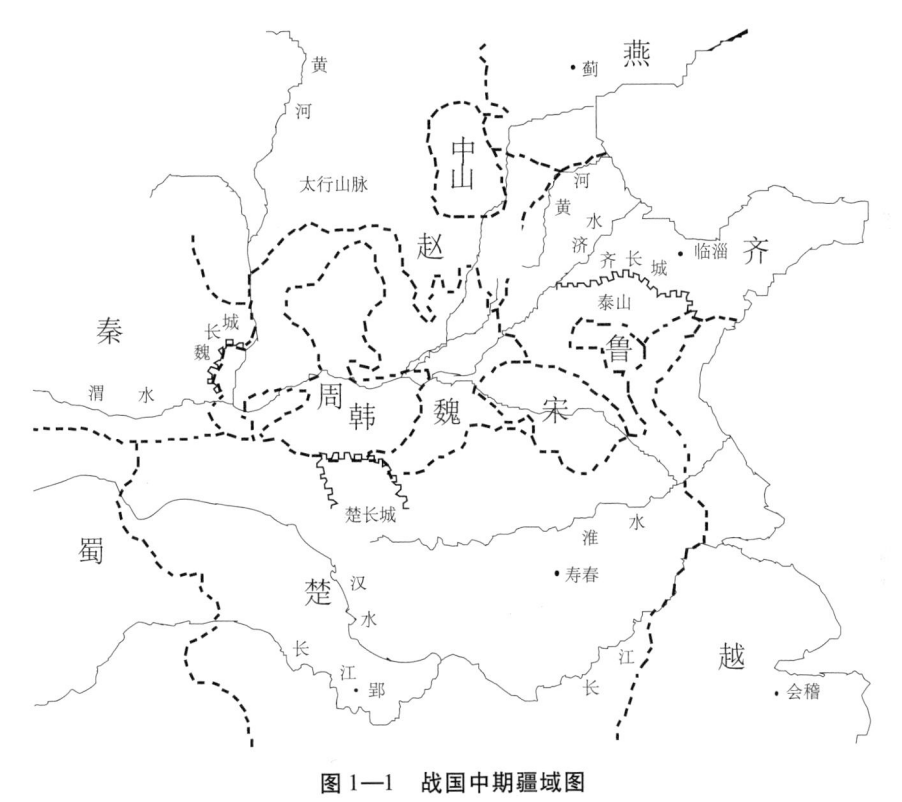

图 1—1 战国中期疆域图

本图参照谭其骧主编《中国历史地图集》第一册，地图出版社1982年版，第31—34页，由笔者制作。图中的粗线表示各国的势力范围。战国中期以后，楚国受秦国的侵略，从郢迁都到陈再到寿春。

公元前248年，春申君请求考烈王改封江东（长江下游南岸地

---

① 《史记》卷五《秦本纪》，中华书局1997年版，第219页。
② 《史记》卷四十《楚世家》，中华书局1997年版，第1736页。

区）为自己的领地,"黄歇言之楚王曰:'淮北地边齐,其事急,请以为郡便。'因并献淮北十二县,请封于江东。考烈王许之。春申君因城故吴墟,以自为都邑"①。其原因是淮北十二县邻近齐国,而齐楚两国局势紧张。与其把淮北十二县作为一个臣下的封土,不如把十二县统一,作为楚郡来对抗他国的袭扰。魏昌认为:"齐、楚关系紧张;秦又灭东周,置三川郡(今河南洛阳东北),北部边境吃紧,黄歇不得不改请徙封于吴,楚国重心转往东南。"② 就是说,春申君的改封不仅与齐和楚的关系有关,还与由秦国领土的扩大造成的楚国边境形势紧张分不开。这就是春申君请求改封的原因。当时齐楚两国围绕泗水流域的归属问题发生纠纷。与此同时,秦灭东周(前249),又进攻赵、韩两国(前247),已逐渐开始"东进",淮北十二县面临着秦国的威胁,岌岌可危。

如上所述,通过当时的情势来分析春申君改封的原因是比较合理的。除此之外,还有春申君自身回避他国的侵略与楚王的压迫、为了统治江东地区(楚国的重要据点)等看法。③

"诸侯患秦攻伐无已时,乃相与合纵,西伐秦,而楚王为纵长,春申君用事。至函谷关,秦出兵攻,诸侯皆败走。楚考烈王以咎春申君,春申君以此益疏。"④ 公元前241年,楚、赵、魏、韩、燕五国

---

① 《史记》卷七十八《春申君列传》,中华书局1997年版,第2394页。
② 魏昌:《楚国史》,武汉出版社2002年版,第320页。
③ 《战国策·楚策四》里虞卿与春申君曰:"为主君虑封者,莫如远楚。"他跟春申君建议了领土相关问题。[日]泷川资言在《史记会注考证》里引用该文后云:"楚策,虞卿谓春申君曰,臣闻之,于安思危,危则虑安。今楚春秋高矣,而君之封地,不可不早定也。为主君虑封者,莫如远楚。春申盖从其计也。"他解释春申君之所以从淮北十二县迁到江东,因为接受臣下的建议(即该迁到离楚都远距离的地方)。于東华指出:"《越绝书》载:'以吴封春申君,使备东边。'这说明考烈王封春申君于吴有巩固江东边防、拱卫楚国大后方的考虑。"(《论楚春申君治吴及其政治谋略》,《湖北成人教育学院学报》2008年第2期。)就是说,对楚国政治,统治旧吴地是具有十分重要的战略意义的,因此春申君迁到江东之地。《越绝书·外传春申君第十七》里云:"十年,烈王死,幽王嗣立。女环使园相春申君。相之三年,然后告园:'以吴封春申君,使备东边。'园曰:'诺。'即封春申君于吴。"这句话是李园与其妹李环的对话。其时代是幽王期。其内容与《史记》《战国策》不相同,不可作为史实。但于東华所说的是具有一定的道理的。
④ 《史记》卷七十八《春申君列传》,中华书局1997年版,第2395页。

合纵攻秦，却被秦军击退了。这次合纵是楚考烈王担任首脑的，但是他让春申君当权主事。其结果是，楚王因此将战败之罪归于春申君，而此后疏远了他。①

由于这次合纵抗秦失败，秦的攻势开始变得凶猛猖獗，六国面临被秦灭国的危局。由于楚都陈靠近魏国的边境，秦攻破魏国后容易受到秦进攻。于是，楚迁都到寿春（今安徽省寿县西南）。在《史记·春申君传》里有如下记载："客有观津人朱英，谓春申君曰：'人皆以楚为强而君用之弱，其于英不然。先君时善秦二十年而不攻楚，何也？秦逾黾隘之塞而攻楚，不便。假道于两周，背韩、魏而攻楚，不可。今则不然，魏旦暮亡，不能爱许、鄢陵，其许魏割以与秦。秦兵去陈百六十里，臣之所观者，见秦、楚之日斗也。'楚于是去陈徙寿春。"②

据《史记》记载，食客朱英给春申君提出了迁都的建议。朱英指出，假如魏国许、鄢陵为秦所攻破，陈城离该地只有一百六十里（约六十五千米）的距离，容易受到秦的进攻，从而建议迁都到寿春。对于寿春，刘和惠说明："位于东境的中心，北临淮河，肥水贯通南北，交通四达，是一个理想的建都之地。"③ 寿春位于淮河南岸，四通八达，并由于淮河天险，没有受到秦进攻。可见寿春是作为新都的理想位置。再者，"春申君由此就封于吴，行相事"④。楚迁都寿春之后，春申君在自己的封地（即江东地域）行使令尹的职权。这也许与楚王的关系恶化有关，但只是推测而已。

公元前238年考烈王去世，太子悍即位，是为幽王。同年，在

---

① 《史记·赵世家》："赵悼襄王四年，庞煖将赵、楚、魏、韩、燕之锐师，攻秦蕞，不拔。"就是说，五国的首领是纵横家、兵法家的庞煖。这句与《史记·春申君列传》所说的首领是春申君矛盾，一般来说一个纵横家、兵法家不可能掌握全军的指挥权。但是可以以参谋身份参与军事。可以推测，从庞煖是赵国的将军为出发点考虑，那么在《史记·赵世家》里的记载有被加工、改编的可能。

② 《史记》卷七十八《春申君列传》，中华书局1997年版，第2395—2396页。

③ 刘和惠：《楚文化的东渐》，湖北教育出版社1995年版，第115页。

④ 《史记》卷七十八《春申君列传》，中华书局1997年版，第2396页。

《史记·六国年表》《史记·楚世家》里云："李园杀春申君。"① 春申君被他的食客赵人李园谋杀，他的一生就这样结束了。关于该事件的细节，在《战国策·楚策》《史记·春申君列传》《列女传·孽嬖传》《越绝书·越绝外传春申君》里有记载。后人以春申君对楚国的巨大贡献以及他的悲剧性结局为主要题材，为春申君作传，在后世流传下来。

如上所述，以《战国策》与《史记》为主要来源论述在战国后期楚国的政治情况下春申君的政绩。在他的政治生活中，前半生是他与太子完去秦做人质，邯郸之战时带兵救援赵国等，肩负了外交重任。不过，后半生是作为最后合纵的首脑去进攻秦，却被击败。此后，考烈王让他承担战败之责而渐渐疏远了他。最后被食客李园谋杀而导致了悲剧的结局。

春申君的政治生涯至少有三十年之久。对他的政治生活，可以划分两个时期。前半时期大显身手，后半时期是悲剧的终结。这两个时期具有鲜明的对照性。后来，他与李园、李环之间的故事随着时间的推移，该故事通过不断地加工、改编而被传承下去。在他最后的封地（即"吴墟地"）有不少有关他的遗迹被保留下来。这些遗迹也是由于他的长期政治生活及其强大权势，作为"纪念物"与口头传承的证物，代代相传。

第二节　春申君相关问题

在春申君的一生当中，关于他的身份、封号、生年以及评价，历代学者纷纷提出过不同的看法。例如对于春申君的身份，古籍里没有明确的记载，虽然有些零碎记载，但对这个记载可以做出多种解释。换言之，这是古籍记载不明确，所以产生了多种看法。

为了解决这个问题，需要发掘可信的新资料（古籍或出土文献），

---

① 《史记》卷十五《六国年表》，中华书局1997年版，第752页；《史记》卷四十《楚世家》，中华书局1997年版，第1736页。

或者提出让人信服的解释。本节的目的是在探讨春申君传说的前提下，梳理春申君的生平及政绩相关的问题，尤其是对其焦点进行探究。再者，除了探究多次被提出来的他的身份与封号问题之外，还要对被付之阙如的他的人物评价也加以说明。

一 春申君的身份

春申君黄歇到底是楚王族，或是黄国之后裔，或是士人？关于他的身份，历代学者提出各种看法，众说纷纭。有各种意见的原因即在于古籍记载不太明确，又在于这些记载缺乏可信性。笔者认为，春申君的记载不详细起因于春申君的身份不明。就是说，不仅战国后期的资料不多，而且，虽然在《战国策》《韩非子》《史记》《汉书》《列女传》《越绝书》里有关于春申君的记载，但是对于他的身份，这些记载不太明确，没有统一看法。由此可见，在各个古籍编纂时关于春申君身份的资料就比较贫乏。例如，作为春申君兰陵令的荀卿，在与其弟子所著的《荀子》里，只有一条有关春申君的记载（《荀子·成相篇》："世之愚，恶大儒，逆斥不通孔子拘。展禽三绌，春申道缀基毕输。"[1]）除此之外，在同时代（即战国末期）的其他资料里几乎没有有关春申君的记载（参阅第二章第一节"战国时期"）。

尽管如此，从古籍里的零碎记载里，我们还是可以大致推断出春申君的身份。历代学者通过解释古籍及参考当时的身份制度提出了多种看法。在这里，首先列出每个看法，然后逐一解释，在本节结尾提出对春申君身份的个人看法。

1. 楚王之弟说、楚国王族说

钱穆在《先秦诸子系年》里指出春申君是楚顷襄王之弟。他在论述过程中，首先列举了古籍上顷襄王被称为"庄王"的例子，[2] 其次

---

[1] （清）王先谦撰，沈啸寰、王星贤点校：《荀子集解》，中华书局1988年版，第459页。

[2] 例如《战国策·楚策四》："庄辛谓楚襄王曰"，（东汉）高诱注引《荀子》作"庄辛谓楚庄王"。《战国策》里的楚王是（顷）襄王，高诱引用的《荀子》里的楚王是庄王。但是文义相同，因此有时楚顷襄王被称为庄王。

分析《韩非子·奸劫弑臣》里的"楚庄王之弟春申君"①，认为庄王即（顷）襄王，因此春申君就是顷襄王之弟。骆科强赞同钱穆的看法并进一步分析，引用了《史记》与《汉书》里的相关记载。具体如下：

> 近世延陵、孟尝、春申、平原、信陵之徒，皆因王者亲属。②《史记·游侠列传》
> 由是列国公子，魏有信陵，赵有平原，齐有孟尝，楚有春申，皆藉王公之势。③《汉书·游侠传》

钱穆根据这些记载指出春申君是楚国的王族成员之一，也是楚公子，因此他应当是顷襄王之弟，怀王之庶子。④但是，这个"春申君是顷襄王之弟"的说法依据不足，毕竟，能解释这个说法的例子只有《韩非子·奸劫弑臣》里的记载而已。就春申君的身份而言，"顷襄王之弟"的信息极为重要，但只是《韩非子》一书的孤证，不足以令人信服。钱穆说："韩非亲与春申同时，其言当可信。"⑤尽管韩非子与春申君是同时代的，但作为韩公子的韩非不一定知道春申君的身份。

> （李）园女弟承间说春申君曰："楚王之贵君，虽兄弟不如。今君相楚王二十余年，而王无子，即百岁后将更立兄弟。即楚王更立，彼亦各贵族其故所亲，君又安得长有宠乎？"⑥《战国策·楚策四》

---

① （清）王先慎撰，钟哲点校：《韩非子集解》，中华书局1998年版，第103页。
② 《史记》卷一百二十四《游侠列传》，中华书局1997年版，第3183页。
③ 《汉书》卷九十二《游侠传》，中华书局1997年版，第3697页。
④ 骆科强：《春申君的身份及其生年的大致推定》，《喀什师范学院学报》2008年第2期。
⑤ 钱穆：《先秦诸子系年：外一种》，河北教育出版社2000年版，第442页。
⑥ （西汉）刘向集录：《战国策》，上海古籍出版社1998年版，第576页。

此处列举的文献，从字面上来看，春申君不算是楚王的兄弟，也不算是与楚王关系密切的"各贵族"。这个记载是描述春申君的食客李园与其妹之间的对话，也许是后代编撰出来的。但可以肯定的是，如果春申君是顷襄王之弟，就绝对不会有这样的记载。

总之，虽不完全排除春申君是王族出身，但是"顷襄王之弟"说也没有让人信服的依据而不足凭信。

2. 黄国之后裔

陈直在《史记新证》中指出："春申君疑为黄国之后，《左传》所谓'汉阳诸姬，楚实尽之'。灭国以后归于楚，故称为楚人。"① 黄德馨也在《楚国史话》里指出："黄歇的生年历史无记载，他可能是被楚灭亡了的黄国的后裔，以国为姓。"② 这两位学者将春申君黄歇与黄国联系起来，就提出了春申君是黄国之后裔的看法。黄国是位于今河南省潢川县附近的嬴姓小国。据《左传》记载，僖公十二年（前648），黄国为楚成王所灭。目前文献上没有证明春申君与黄国之间的直接关联的记载。证明两者之间的关系，仍然依据不足。但是，郑威认为："黄歇为楚王族，其先曾任职或食邑于黄，故以之为氏。"③ 楚灭黄国后，也许将王族派遣黄国，此后王族以国名（黄）为姓。从楚王分出来的世族，把世族的姓改成封土或封地的名称。例如（宋）洪兴祖在《楚辞补注》里所引《元和姓纂》云："屈，楚公族芈姓之后。楚武王子瑕食采于屈，因氏焉。"④ 屈氏、景氏及昭氏等有势力的宗族就是它的典型例子。关于黄国，包山楚简里有"黄君"⑤的称呼，也有不少姓黄的人物。⑥ 可以推测，春秋初期黄国灭亡后，楚国的中央机关令将王族之一族派遣到黄国。

如上所述，"春申君是黄国之后裔"之说，迄今没有直接证明。

---

① 陈直：《史记新证》，中华书局2006年版，第133—134页。
② 黄德馨编：《楚国史话》，华中工学院出版社1983年版，第184页。
③ 郑威：《楚国封君研究》，湖北教育出版社2012年版，第165页。
④ （宋）洪兴祖：《楚辞补注》（重印修订本），中华书局2002年版，第1页。
⑤ 请参阅郑威《楚国封君研究》，湖北教育出版社2012年版，第64—67页。
⑥ 请参阅石泉主编，何浩、陈伟副主编《楚国历史文化辞典》（修订本），武汉大学出版社1997年版，第362—365页。

但是，假如春申君是王族身份，并且他的封地是黄国，派到黄国改姓，那就正如郑威所说那样，作为楚王族的春申君，以前被派遣到黄国，此后以其国名为姓。这个看法将"春申君是王族出身"与"春申君与黄国有关"联系在一起，通过文献的解释与楚国的政治制度的相关历史背景，可以算是有一定的可信度的看法。

3. 士人阶层

除了有王族、黄国之后裔、王族并旧黄国出身等说法以外，还有春申君是出身于士人阶层的看法。笔者认为这个说法具有一定的可能性。

众所周知，士人是下级贵族，辅助卿或大夫的。如《国语·晋语四》："公食贡，大夫食邑，士食田"① 所云，他们（士人）享有禄田。到春秋后期，例如鲁的阳虎放逐世族（孟孙氏、叔孙氏、季孙氏）而夺权，出现了士人篡夺国权的现象。进入战国时代，士人靠自己的能力来游历各国，有人像苏秦、张仪那样通过自己的才智和能言善辩做官。

假如春申君是士人，就与楚王族之间没有血缘关系。需再次强调的是，关于春申君的身份问题，向来众说纷纭，正是在于相关记载的不明确性，并且根本原因在于他的身份本身就是个谜。公元前262年楚考烈王任命春申君为令尹之前，据《史记·楚世家》记载，他的身份是"左徒"，但是除此记载外没有证明他是左徒的资料，甚至他成为左徒之前的身份也不明确。如果他是直系王族或公族，那也许在古籍里有有关他的经历。据《史记》记载，关于"四公子"有如下介绍：

> 孟尝君名文，姓田氏。文之父曰靖郭君田婴。田婴者，齐威王少子而齐宣王庶弟也。②《孟尝君列传》
> 平原君赵胜者，赵之诸公子也。③《平原君虞卿列传》

---

① （清）徐元诰撰，王树民、沈长云点校：《国语集解》（修订本），中华书局2002年版，第350页。
② 《史记》卷七十五《孟尝君列传》，中华书局1997年版，第2351页。
③ 《史记》卷七十六《平原君虞卿列传》，中华书局1997年版，第2365页。

魏公子无忌者，魏昭王少子而魏安釐王异母弟也。①《魏公子列传》

春申君者，楚人也，名歇，姓黄氏。②《春申君列传》

《史记》里明确记载孟尝君是齐威王之孙子，平原君是赵王之公子，信陵君是魏昭王之子。就是说他们显然是各国的王族。反过来，《史记》里对于春申君如何记载？《春申君列传》的开头部分里只写"楚人"。这个"楚人"意味着什么？我们可以做如下解释。首先，春申君不是他国人，而是出身于楚国。其次，虽然他是楚国人，但与其他三君子不同，至少他不是直系王族。最后，也许关于他的身份没有什么可说的。

再者，《春申君列传》里有"游学博闻"，这一句是体现春申君靠自己的能力周游各国的士人的性格。因此，我们可以推测春申君担任左徒、令尹等要职之前，可能像苏秦、张仪那样，周游各国，宣传主张。

近世延陵、孟尝、春申、平原、信陵之徒，皆因王者亲属，藉于有土卿相之富厚，招天下贤者，显名诸侯，不可谓不贤者矣。③《史记·游侠列传》

由是列国公子，魏有信陵，赵有平原，齐有孟尝，楚有春申，皆藉王公之势，竞为游侠。④《汉书·游侠传》

关于"战国四君子"的说法，何浩说："所谓孟尝君、平原君、信陵君、春申君为'四公子'的说法，也只是后人对此四个封君的笼统的尊称，并非实指春申君为楚王之子。"⑤ 后代人把四君子评价

---

① 《史记》卷七十七《魏公子列传》，中华书局1997年版，第2377页。
② 《史记》卷七十八《春申君列传》，中华书局1997年版，第2387页。
③ 《史记》卷一百二十四《游侠列传》，中华书局1997年版，第3183页。
④ 《汉书》卷九十二《游侠传》，中华书局1997年版，第3697页。
⑤ 何浩：《鄀陵君与春申君》，《江汉考古》1985年第2期。

为"(国王)亲属"或"列国公子",我们并不必要认为它是史实。春申君出身不明,此后却一直升任到令尹。他参与国策,主要负责外交方面,而且扮演十分重要的角色。当时他门下食客三千,因此与孟尝君、平原君及信陵君并称为"四公子""四君子"或"四豪"。不过,按古籍记载,这些名称是从汉代以后流传下来的。所以,根据这些名称来说明四个人都是公子是缺乏信赖性的。总之,我们不能否定春申君的出身与士人阶层有关。

二 春申之名

"考烈王元年,以黄歇为相,封为春申君,赐淮北地十二县。"[①]《史记》单独为春申君设传,可见春申是封号,春申君是封君名称。那么这个"春申"到底意味着什么?

对于这个字义,历来提出了封号名称、地名等看法。杨宽在《战国史》里指出封君的三种类型,即是"以封邑名为封号、以功德为封号、只有封号而无封邑(宠臣)"[②]。杨宽认为,春申君与张仪(武信君)、吕不韦(文信君)及廉颇(信平君)相同,都是以功德为名的。对于封君的类型,除此之外,还有以战功为名的白起(武安君)、赵奢(马服君),又有安陵君、鄢陵君及寿陵君等宠臣。

本来,黄歇于公元前272年与王子完去往秦国为质,此后,由于春申君的计谋二人从秦国逃脱,而王子完即位为考烈王。考烈王由于黄歇对自己做出贡献让他担任令尹而赐给封号与封土(淮北十二县)。由此可见,杨宽所说的以功德为名有一定的说服力。此外,童书业等学者还提出了地名说。"(建兴)二年……十一月,有大鸟五见于春申。"[③]《三国志·吴书·三嗣主传》中"春申"应为地名。童书业也举了个以"春申"为地名的例子,即是"'春申'应为地名,但不知在何处。看'平原'、'信陵',也都像是地名,则'春申'是

---

① 《史记》卷七十八《春申君列传》,中华书局1997年版,第2394页。
② 杨宽:《战国史》,上海人民出版社2003年版,第268—269页。
③ 《三国志》卷四十八《吴书·三嗣主传》,中华书局1997年版,第1152页。

地名，似无可疑。'春申'当本在淮北，为黄歇原封的都城所在地"①，就是说，他认为春申是黄歇被赐给的淮北十二县中的都城的名字。对于这样的地名说，钱穆也指出："春申若系地名，应在淮北……或黄歇初封淮北，即在今寿县、凤台境，则其号'春申'，应与寿春有关。"② 认为春申是置于淮北的地名，与楚都寿春有关联。

在提出地名说的学者当中，大多数人认为春申与寿春是有关联的。例如，骆科强提出："春申君最早被封于寿春故地，是在他被赐予淮北十二县之前……大概他的封地驻地就是名叫'春申'的地名。"③ 他推测春申是黄歇被赐给淮北十二县之前的封地，并认为它是寿春的故地。郑威也认为："顷襄王时期有寿陵君，封地在寿陵，可能在寿春故城附近。若春申君之封邑名'春申'，也在这一带的话，则'寿春'之名可能是合寿陵、春申而来。"④ 他猜测春申是寿春与寿陵的合称，而且春申是黄歇的封邑，位于寿春附近。

如上所述，虽然有不少提出地名说的学者，但都只是推测而已。目前没有资料证明战国时期有叫春申的地名。由于地名说的证据不足，而与此相比，《史记》里有考烈王赐予黄歇封号的记载，因此，笔者认为封号说更有说服力。

三 春申君的生卒年

春申君的卒年是公元前238年，但是生年不详。关于春申君的生年，骆科强认为他是楚怀王的四子（太子横、阳文君、令尹子兰及春申君）之一，按照他们的年龄顺序，推测："春申君大致出生于公元前320年，年寿在82岁左右，是一个长寿型的政治家。"⑤ 他的观点

---

① 童书业：《童书业历史地理论集》，中华书局2004年版，第257页。
② 钱穆：《史记地名考》，九州出版社2011年版，第532页。
③ 骆科强：《春申君相关问题研究》，硕士学位论文，华中师范大学，2006年，第16页。
④ 郑威：《楚国封君研究》，湖北教育出版社2012年版，第168页。
⑤ 骆科强：《春申君的身份与其生年的大致推定》，《喀什师范学院学报》2008年第2期。也可参见骆科强《春申君相关问题研究》，硕士学位论文，华中师范大学，2006年，第11—12页，"春申君生年考"。

是值得考虑的，但是这个观点的前提，就是春申君是怀王的子息之说目前是没有根据的。

据古籍记载，春申君曾辅助过顷襄王（前298—前263年在位）与考烈王（前262—前238年在位），在考烈王去世时（前238）被李园谋杀了。在《史记·楚世家》里关于"左徒"春申君的记载是前272年的。所以他至少有35余年参与了楚国政权。当然，之前他可能担任其他职位，假如前272年的时候，他的年龄是30岁至40岁之间，那其生年是前312年至前302年之间。

《战国策·楚策四》里云"君相楚二十余年矣"①，可见，春申君担任令尹后，一直掌握了政权。而且，在《史记·春申君列传》里云："太史公曰……初，春申君之说秦昭王，及出身遣楚太子归，何其智之明也。后制于李园，旄矣。"②这个"旄"字同为"耄"，《礼记·射义》也云："旄期称道不乱者，不在此位也。"（唐）孔颖达所注："八十九十曰旄。"③《史记》所说的不是他的实际年龄，而是说他衰老的样子。因此他的年龄是八九十岁的说法是一种浅见。然而据《礼记》《战国策》及《史记》记载，骆科强所说的春申君是个"长寿型政治家"，确实有一定的道理。

四　春申君与李园

> 李园杀春申君。④《史记·六国年表》《史记·楚世家》
>
> 楚考烈王崩，李园果先入，置死士，止于棘门之内。春申君后入，止棘门。园死士夹刺春申君，斩其头，投之棘门外。于是使吏尽灭春申君之家。⑤《战国策·楚策四》

---

① （西汉）刘向集录：《战国策》，上海古籍出版社1998年版，第579页。
② 《史记》卷七十八《春申君列传》，中华书局1997年版，第2399页。
③ 《礼记正义》卷六十二《射义》，（清）阮元校刻：《十三经注疏（清嘉庆刊本）》，中华书局2009年版，第3664页。
④ 《史记》卷十五《六国年表》，中华书局1997年版，第752页；《史记》卷四十《楚世家》，中华书局1997年版，第1736页。
⑤ 《史记·春申君列传》里也有类似内容。

第一章　春申君传说的历史语境　/　51

据古籍记载，春申君为李园所杀。这个事件在《战国策》与《史记》里都有记载，可以基本认定这是真实的，或实际发生的。然而对于其背景，《战国策》《史记》《列女传》《越绝书》里有这样的记载，即是李园与其妹（《越绝书》里称她"李环"）因企图篡夺国权而牵连春申君。根据其内容情节，我们认为这个情节并非史实，或我们不能认定这个内容情节就是史实。

再者，《列女传》里增加了在《战国策》与《史记》里没记载的内容，《越绝书》的情节与其他书相同，但其形式是以李园与李环的对话为主。由这些差异可以推知，《列女传》与《越绝书》是根据史实被后世改编的。

关于春申君与李园的基本情节如下。

春申君考虑到考烈王没有后嗣，因此为考烈王物色了很多嫔妃，但却始终没生儿子。赵人李园想要将其妹李环送到宫廷，让李环接近考烈王，并图谋让李环生国王后嗣而当王后，他也作为外戚掌握国权。李园首先做了春申君的食客。李园与其妹李环设计谋使得李环接近春申君，并且成功地怀了春申君的骨血。但是，他们兄妹向春申君隐瞒了李环怀孕的事。之后，李环接近考烈王，并成功入宫，果然受到国王的宠爱而生了后嗣（实际上是春申君之子），李环当了王后。因此，李园也当了外戚受到国王的重用。自此，李园与李环担心其阴谋败露，从而企图谋杀春申君。那时，春申君的食客朱英知道这个阴谋后告诉春申君，建议让自己担任郎中而防患于未然。但是，春申君认为与李园关系好，没有采纳他的建议。考烈王病死后，春申君去吊丧时，在都城的棘门被李园埋伏的手下杀害了。

如上内容，《战国策》与《史记》大致相同，然而《列女传》里没有朱英的建议，并附加这样的情节：楚哀王（幽王之弟）即位后，考烈王之弟公子负刍与同伙知道幽王不是考烈王之子的消息，继而怀疑哀王的身世。后来，他们灭掉了哀王、李园妹以及李园一族。

再者，对于《越绝书》的记载，用以"昔者"为起首就显示其情节从以前传下来的。其内容是多以李园与李环的对话（即李园之妹，初见于《越绝书》）为主，春申君被李园威胁就将李环推荐给楚王。另外，该书里没有春申君被谋杀的记载，并描写了李园与李环篡夺国权后，由于他们的建议，春申君统治了吴地。

关于这些内容与其异同，清代黄式三在《周季编略》里提道："此必后负刍谋弑哀王犹之诬言也。"① 他解释这些记载都是在哀王与负刍之间的王位继承争论时被散布了的谣言。就是说，他认为《越绝书》的记载是史实，根据它来提出自己的看法。不过，该书修纂的时期在上述书籍中是最晚的，是南北朝时期编的。② 因此，笔者认为《战国策》与《史记》里没有的记载就是被后代附加的。

与此相反，钱穆指出："战国末年，有两事相似而甚奇者，则吕不韦之子为秦始皇政，而黄歇之子为楚幽王悼是也。然细考之，殆均出好事者为之，无足信者。"③ 就是说，广泛流传的吕不韦与春申君的故事是好事之徒的编造，因此是不可靠的。缪文远也认为："李园、春申君之事与吕不韦、公子异人事如出一辙，乃小说，非信史。"④ 他说，春申君与李园相关的记载不是事实，而是被创造出来的故事。

笔者赞同这两位学者的看法。该情节本身就证明了故事的虚构性。假如《战国策·楚策四》里有春申君与李园、李园妹之间的对话。实际上，第三者不可能听到这个对话并且记录下来。可见，这些内容是基于春申君被李园谋杀的史实，并非信史，而是被创造的。

但值得注意的是，司马迁在《史记·春申君列传》里写"国人颇有知之者"⑤。这就是"李园企图谋杀春申君"也许是公开的秘密。以此可推，当时这个传闻已经广泛流传，人们之间有各种各样的猜测。这可以说是《战国策》《史记》《列女传》《越绝书》收录被编造出的"春申君与李园"故事的起因。

各位学者只对"春申君与李园"的虚构性与传说化提出异议。

---

① （清）黄式三撰，程继红点校：《周季编略》，凤凰出版社2008年版，第281页。
② ［日］泷川资言也在《史记会注考证》中指出："越绝，晚出之书，不足信据，姑书备考。"《史记会注考证》，大安出版社2000年版，第946页。
③ 钱穆：《先秦诸子系年：外一种》，河北教育出版社2000年版，第524—525页。
④ 缪文远：《战国史系年辑证》，巴蜀书社1997年版，第233页。
⑤ 《史记》卷七十八《春申君列传》，中华书局1997年版，第2397页。

但是笔者认为，对于研究者来说重要的是如何把握该故事情节。尤其是，该故事里如何描写中心人物（即春申君）。从故事中了解出来的"春申君形象"是什么样的形象呢？那就是他的悲剧性结局。具体而言，他被自己的食客背叛且谋杀了，不采纳臣下的建议就招致悲剧（"朱英之建议"这一因素强调春申君自己招来悲剧），作为令尹掌握国权，荣华富贵，却招致了不幸的结局。这个故事情节正如司马迁所云："语曰'当断不断，反受其乱。'春申君失朱英之谓邪。"① 他自己招来不幸结局，并被认为是悲剧性结局。

五　春申君的评价

春申君在战国末期如何从事政治，我们目前只好用古典文献来解释。与此同时，对春申君的评价也只好靠古籍资料来分析。② 在这里，我们分析对春申君政绩的评价（关于文人、诗人作品中的"春申君形象"，第二章详述）。

首先，对春申君评价中，最可靠，又最早的，是司马迁。

> 以身徇君，遂脱强秦，使驰说之士南乡走楚者，黄歇之义。③《史记·太史公自序》
> 太史公曰："吾适楚，观春申君故城，宫室盛矣哉。初，春申君之说秦昭王，及出身遣楚太子归，何其智之明也。后制于李园，旄矣。语曰：'当断不断，反受其乱。'春申君失朱英之谓邪。"④《史记·春申君列传》

司马迁是西汉人，离战国末期的春申君一百多年的时间间隔，然而他去楚地亲眼看到春申君故城并夸耀其雄伟，从中感受春申君

---

① 《史记》卷七十八《春申君列传》，中华书局1997年版，第2399页。
② 在马王堆汉墓出土帛书《战国策》里有有关春申君的记载。其内容大致相同于《战国策·楚策四》。
③ 《史记》卷一百三十《太史公自序》，中华书局1997年版，第3314页。
④ 《史记》卷七十八《春申君列传》，中华书局1997年版，第2399页。

其人，讲述对春申君的生平感想。具体而言，他谈到春申君以忠义事君主，并对楚国做出了很大贡献。再者，他将春申君的政治活动分为两期，前期发挥智慧与秦国进行了谈判，并让太子完（即后为考烈王）从秦国返回，对楚国做出了巨大贡献。后期不纳食客朱英的谏言，而遭受了李园的谋杀。① 司马迁认为春申君之所以被李园谋杀，是因为"旄"即昏聩无能。可以说，他的昏聩无能起因于他的三十余年的长期政治生活。司马迁还用古语来说明由于年老而昏聩，春申君不纳朱英的谏言。如此看来，司马迁将春申君政绩分为前后两期，认为被谋杀原因在于春申君的昏聩。这个看法影响到后代人对春申君的评价，由而此后对春申君的评价在他的"昏聩说"的基础上展开了。

接下来，（西汉）扬雄在《扬子法言》云："或问：'信陵、平原、孟尝、春申益乎。'曰：'上失其政，奸臣窃国命，何其益乎。'"② 扬雄认为春申君与其他"四君子"同样，是一个"奸臣"。春申君担任了丞相，掌握国权，与李园等谋议要把自己之子当国王后嗣，结果被李园谋杀了。此后，楚王族之间发生了纠纷，在秦国的进攻下灭国了。从此可以看出，扬雄对春申君的评价是根据一定的历史背景来构成的，并不是偏见。

司马光在《资治通鉴》卷六《秦纪一》里讲述春申君的故事后，引用了上述扬雄的文章。日本学者永田德夫对这个引用指出："司马光认为'战国四君'只不过是玩弄了国家命运的人物，提出了自己严峻的见解。"③ 就是说，司马光依托扬雄之言，对春申君下了批判性评价。

《汉书·古今人表》里有关春申君等战国四君子及其相关人物的品第如下。

---

① 司马贞也在《史记索隐述赞》云："黄歇辩智，权略秦、楚。太子获归，身作宰辅。珠炫赵客，邑开吴土。烈王寡胤，李园献女。无妄成灾，朱英徒语。"
② 汪荣宝撰，陈仲夫点校：《法言义疏·渊骞卷》，中华书局1987年版，第423页。
③ ［日］永田德夫：《〈资治通鉴〉における春申君》，《驹场东邦研究纪要》第35号，2007年。

表1—2　《汉书·古今人表》里四君子与相关人物的品第①

四君子	品第	相关人物	品第
春申君	中中	朱英	上下
孟尝君	中中	吕不韦	中中
信陵君	中中	楚考烈王	中下
平原君	中上	李园	下上

资料来源：《汉书·古今人表》由笔者制作。

春申君被评为"中中"，除了平原君（中上）之外，孟尝君、信陵君与春申君相同。与顷襄王（下上）、考烈王（中下）相比，可以说司马迁对他的评价是相当高的。这个原因可能在于他的前半期的政治功绩及其对楚国的贡献。如上提到的是对春申君生平的总评，下面介绍对春申君的结局的评价。

> 春申君所以至于此，锢宠而暗于事也。使万有一如李氏女所陈者，归相印而老江东之封，不已尤乎。春申于楚，非若商君之于惠文。又如不可，则杖策而去，扁舟五湖，为世陶朱抑可矣。春申不为此，而计出于灭宗，盖小人患失之祸，势必有此，不可不戒也。朱英之言深矣，然未闻道也。春申之纳女，前日事耳。英不以此时，匡之以大臣之义，而以一卒自任，虽多言亦何救于乱哉。②《战国策》鲍彪注

关于春申君被李园陷害而遭到谋杀，（宋）鲍彪以"锢宠而暗于事"批评他的愚昧，假如他年老而昏聩，应该退让令尹的职位而隐居江东之封地。此外，他以春申君的结局为"盖小人患失之祸"，提醒后代人要从春申君的事例中汲取教训。

（明）凌稚隆在《史记评林》卷七十八《春申君列传》里云：

---

① 《汉书》卷二十《古今人表》，中华书局1997年版，第949—950页。
② （西汉）刘向集录：《战国策》，上海古籍出版社1998年版，第581页。

"按此传，前叙春申君以智能安楚，而就封于吴。后叙春申君以奸谋盗楚，而身死棘门为天下笑，摹写情事春申君殆两截人。太史公谓平原君利令智昏，余于春申君亦云。"① 他参照司马迁的看法，将春申君的政绩分两期，论述前期发挥智慧对楚国做出了巨大贡献，后期为了篡夺国权却被谋杀而被人笑话。他对春申君的前后期说"殆两截人"，强调前后期的对照及其"落差"。他还指出春申君之所以陷入谋略，是因为"利令智昏"，为追求"利"，篡夺国权，使头脑不清醒，不能出谋划策。

如上提出的鲍彪注释里还有两个人（即杨维桢与余有丁）的解释。

> 志天下之奇货者，必中天下之奇祸。传曰："圣人甚祸无故之利即吾所谓奇祸也。"楚之春申君、秦之文信侯，是也。春申售娠姬于考烈王而生悍。文信售娠姬于庄襄王而生政。文信卒杀于政。春申免于悍而杀于园。此岂非天下之奇祸，足为小人奇贪之戒哉。或曰："悍非歇之娠也。园妹欺歇。而又以其欺者，欺考烈耳。"②（杨维桢之言）

（元末明初）杨维桢说："志天下之奇货者，必中天下之奇祸。"③ 然后举出春申君与吕不韦的遭遇为具体例子。列举这二人的遭遇是因为有相似的经历，即篡夺国权、被谋杀等，而且历代人也认为二人的遭遇相似。

> 春申之死，智以利昏也。使当园妹进说之时，峻斥之则无此

---

① （明）凌稚隆辑校，（明）李光缙增补，于亦时整理：《史记评林》卷五，天津古籍出版社1998年版，第369页。
② （西汉）刘向集录：《战国策》，上海古籍出版社1998年版，第581页。（明）凌稚隆辑校，（明）李光缙增补，于亦时整理：《史记评林》，天津古籍出版社1998年版，第389页。
③ 同上。

祸矣。既惑于邪谋而包藏祸心移人家国，则乱贼而已，以乱召乱，理固宜然。故歇之旄，不在于失朱英，而在于惑园妹也。①（余有丁之言）

对于春申君被谋杀的原因，（明）余有丁认为"智以利昏也"②。这个看法与凌稚隆相同。此外，他推测假如春申君坚决拒绝李园的意见，就不会有这样的结局。他还提出，春申君的"旄"在于被李园之妹诱惑。

如上所说的，是对春申君政绩的评价。从这些例子里可以看出几个特点。首先，对春申君的政治生活进行总评是从司马迁开始的。他将春申君的政绩分为前后两期，评价前期为"智"而后期为"旄"。这个区分和被谋杀原因为"旄"作为后世春申君评价的基础而被继承下来的。

其次，对作为战国四君子的春申君评价并不高。四君子虽然食客三千，炫耀威力，但结果不能反抗秦国的进攻导致国家灭亡。就是说，对四君子的评价与这样的历史背景有密切关系。再说，春申君的结局成为人们的关注对象。不过，由于被人陷害及不纳朱英的谏言，给他带来了批判性评价。

从人物传说的观点来看，春申君的政治生活前后的"落差"和悲剧性结局成为人物故事在传说中的不可或缺的因素。例如文人、诗人作品中的"春申君形象"是由这些因素来构成的。可以说，这些因素作为人物故事传承的"动力"之一，使其故事在后世流传。与此同时，春申君传说的形成也与其他传说相同，以他的政绩为基础，并在他的结局中附加李园及李园之妹（或称李环）的故事。

春申君与李园的故事是为了强调上述春申君的悲剧性结局而被后人创造出来的。不仅《战国策》收入了这个故事，而且司马迁也依

---

① （西汉）刘向集录：《战国策》，上海古籍出版社1998年版，第581页。（明）凌稚隆辑校，（明）李光缙增补，于亦时整理：《史记评林》，天津古籍出版社1998年版，第332页。

② 同上。

据这个故事、其他记录及实地考察来编出《春申君列传》。由此可见，春申君传说的基本框架至少在汉代已经完成。

另外，当代学者也对春申君及其政绩给予了评价。例如，李玉洁在《楚国史》中提出："春申君相楚，保于陈城，与秦维持暂时的友好关系，又灭鲁国，于是楚出现一片升平之象。楚国的升平之象是虚假的，楚国君臣并未有卧薪尝胆式的发奋努力，而是依靠楚国数百年的积蓄，以及对楚国人民的残酷搜刮，更加奢侈享乐。"① 她根据楚被秦灭亡的史实，强调了楚国没落的原因在春申君身上。

再者，魏昌在《楚国史》里严厉地批评了春申君及其政绩，他首先指出："在黄歇'相楚'的二十五年中，楚国政治没落"，其次又提道"王权旁落、相（令尹）权膨胀，封君坐大、结党营私，追求享受、无进取之志"等观点。关于春申君的江东开发，他指出："（开发江东）在客观上固然有益于江东地区的开发，但其目的当然不是为了供应楚国军民食用的，而是为了满足自己和庞大的门客队伍挥霍的需求。"断定江东开发不是为了楚国，而是为了私利。他还指出："黄歇遇害，是黄歇执政以来养士自重、专权自恣的必然结果。"② 可见，他主张彻底批评春申君及其政绩。

著名楚史与楚文化研究学者张正明也在《楚史》中指出："春申君挟异智，居相位，而不免于身死人手，似属偶然，实非偶然。论胆略和才识，他是有余的；论知人而善任，他就不足了。"③ 他高度评价了春申君的政治能力，然而由于缺乏任用能力，认为春申君的悲剧性结局是必然的。

田兆元、孟祥荣在《〈战国策〉选评》中，对春申君纳入食客汗明的故事，首先认定春申君作为"战国四君子"之一，在楚国政治上做出了巨大贡献；其次认为："这样一位开明、纳贤的楚国贵族，吸引了大批才学之士慕名而往，才发生了汗明被延纳的故事。"他们

---

① 李玉洁：《楚国史》，河南大学出版社2001年版，第401—402页。
② 魏昌：《楚国史》，武汉出版社2002年版，第312—325页。
③ 张正明：《楚史》，湖北教育出版社1995年版，第358页。

对春申君吸引人才的方面也给予了一定的积极评价。然而，对于其结果，他们指出："春申君养士三千，实无所用之。贤才如汗明，也只是徒养而无功。可见知人还需善任。"① 由此可见，他们虽然对春申君的政治能力给予了很高的评价，但是对他的任用能力提出了质疑。

综上所述，当代学者对春申君及其政绩的评价，基本上继承了司马迁的看法，即前期为"智"而后期为"旄"，也就是说，在春申君的前半生，他作为楚国丞相，退秦救楚、辅助楚王、重振楚国，颇有政声；然而，在其后半生，合纵崩溃、楚王疏远他、被李园谋杀，最终落得悲惨结局。这也成为历代学者对春申君及其政绩的评价褒贬不一的主要原因。

小　结

战国晚期，秦国与六国合纵连横，秦国终于统一天下。在这样的政治背景下，春申君作为令尹从事外交对楚国做出了巨大贡献。具体而言，他不但参与他国联盟，而且率领楚军去打仗，甚至去秦国做了人质。虽然他未得善终，并且他死后不久楚国就被灭亡，但是他的政绩青史留名，永垂不朽。

与这个辉煌的政绩相反，关于春申君的出身、名字由来及生年，有许多不明之处。例如，关于出身有"王族说""黄国后裔说"及"士人阶层说"等各种看法。历来注释者与学者对这些问题议论纷纭。这大体上有两个原因。其一，当时有关春申君的资料不多，也几乎没有明确的证据。其二，司马迁谈论战国四君子时，他明确写出孟尝君、平原君及信陵君是王族，不过对于春申君只是写出"楚人"。可以推测，春申君的出身本身不明确，他作为左徒登上了政治舞台，也许没有值得记载的显赫地位。由上可见，笔者认为春申君的出身是除了直系王族以外，还有黄国之后裔、以旧黄国为封地的公族及士人

---

① 田兆元、孟祥荣撰：《〈战国策〉选评》，上海古籍出版社2005年版，第123、121页。

阶层等的多种可能性。其中，考虑到春申君"游学博闻"(《史记·春申君列传》)与外交方面的贡献，也许有曾担任过楚国的说客的可能性。

本章除了春申君的政绩、出身、名字由来及生年外，还论述了春申君与李园的历史故事和历代以来史家、学者对春申君的评价。他与李园的故事，除了《战国策》与《史记》以外，在后代的《列女传》《越绝书》里也有记载。但是其内容有差异，随着时间的推移，有明显的改编、加工。钱穆也指出了该故事的附会成分。可见，该故事是根据春申君被李园谋杀这一史实被创造出来的。值得注意的是，由于该故事的存在，春申君的结局更具有悲剧性，且这个悲剧性故事构成了春申君传说的重要因素之一。对春申君的评价反映着后人对春申君形象的认识。对春申君的总体评价是从司马迁肇始的。他将春申君的政治生活分为前后两期，前期为"智"而后期为"庞"。这个看法成为后人对春申君评价的基础。

从人物传说的观点来看，春申君的政治生活前后的"落差"和悲剧性结局成为人物传承的不可或缺的因素。例如文人、诗人作品中的"春申君形象"就是由这些因素构成的。可以说，这些因素为其故事传承的"动力"之一。与此同时，春申君传说的形成与其他传说类似，以他的政绩为基础，并对于他的结局附加上李园及李园之妹（或称李环）的故事。春申君与李园的故事被认为是为了强调春申君的悲剧性结局而被后世附会出来的。《战国策》已录入这个故事，司马迁依据这个故事、其他记录及实地观察而编出《春申君列传》。由此可见，春申君传说的基本框架至少在汉代就已经完成了。

本章分析了春申君传说的基础，即春申君的生平与政绩。最后论述传说与历史、传说的产生及本文的研究目的。众所周知，传说是"凡与一定的历史人物、历史事件和地方风物、社会习俗有关的那些口头作品"[①]。传说是根据"历史事实"被创造出来的。在传承过程中，尽管传说不断地被改造、加工，却依然离不开历史。

---

① 程蔷：《中国民间传说》，浙江教育出版社1989年版，第4页。

但是，近代以来，学者开始对"历史事实""历史的客观性"表示怀疑。著名历史学者 E. H. 卡尔（E. H. Carr）对历史下了定义："历史是历史学家与历史事实之间连续不断的、互为作用的过程，就是现在与过去之间永无休止的对话。"他还对历史与历史事实进行论说，指出："我们所接触到的历史事实从来不是'纯粹的历史事实'，因为历史事实不以也不能以纯粹的形式存在，历史事实总是通过记录者的头脑折射出来的。""历史学家可以得到他想得到的事实。历史意味着解释。"①

虽然卡尔对作为记录者的历史家的角色过于看重，但他指出"历史事实"是由历史家的选择被建构出来的。就是说，实际上没人关注的"历史事实"是不存在的（或没记录）。换而言之，在书上或口头上被传承下来的"历史事实"或多或少包含着记录者、历史家的主观性。可以说是"主观性事实"。

再说，法国后现代思想家米歇尔·福柯（Michel Foucault）提出："应当使历史脱离它那种长期自鸣得意的形象，历史正以此证明自己是一门人类学：历史是上千年的和集体的记忆的明证。"② 他认为，历史是被历代人们的集体记忆来构建的，并且他还关注这个历史话语是如何形成的。万建中引用福柯等后现代思想的观点而指出："历史客观性只是话语建构而成的。"③ 历史是由历史话语来建构的，而历史话语则是以人们的历史记忆为基础。

笔者赞同如上与历史有关的观点，历史是记录者、传承者的叙事形式之一，"纯粹"的历史事实或"客观"的历史是不存在的。"历史事实"是人们对某个历史事象的认定，依据集体、历史记忆来建构出来的。由此可见，历史虽然不像传说那样随便改编，只能记录"历史事实"，但是产生过程中"传说和史料都是对过去的选

---

① ［英］E. H. 卡尔：《历史是什么？》，陈恒译，商务印书馆2007年版，第115、106、108页。
② ［法］米歇尔·福柯：《知识考古学》，谢强、马月译，生活·读书·新知三联书店2003年版，第6页。
③ 万建中：《民间文学引论》，北京大学出版社2006年版，第179页。

择、描述与建构"①，历史与传说之间有共同之处，并两者的界限模糊。

如上所述，简单地介绍一下有些学者的历史观点与理论框架，我们研究传说时，也要采取其方法。亦即，不是直接采纳后现代思想的研究方法，而是要参考被提出来的问题意识（如批评历史客观性）及其研究视角、研究内容（"历史事实"所创造的历史话语及人们的历史记忆）。具体而言，研究传说的时候，不但需要分析传说的产生、发展及演变等民俗事象，而且还需要探究作为叙事的传说是在怎样的社会背景下被建构出来的，人们如何记忆传说等，即普遍意义上的传说背后所承载的传承空间和传承主体。

关于这一点，万建中对诸葛亮、鲁班传说已经指明："这类传说产生和流传的过程恰恰是一个历史真实，就是说人们为什么去创作这个东西，究竟是什么人创作出来的，传说是怎么样出笼并且流传至今的，这些是实实在在的历史问题，即传说的历史动因以及后人对传说的历史记忆。"②

笔者参考上述的关于历史与传说的观点和视角，除了分析传说的产生、发展、演变（即是传统意义上的传说研究）外，也探讨春申君传说的传承动力、作为传承动力的基础的传承主体对春申君及其传说的历史记忆和认同。这就是本书的研究目的。

---

① 万建中：《民间文学引论》，北京大学出版社2006年版，第180页。
② 同上书，第179页。

第二章　春申君传说的历史演进

本章根据春申君传说的历史演进过程,将相关历史文献分为产生期、发展期、演变期,并围绕以下问题对分析春申君传说的历史变迁进行分析。具体而言,历代的人们是怎样塑造春申君人物形象的?如何将它传承后世?探讨这些问题时,不仅要分析历史文献,还需关注历代文人的诗歌等文学作品,以便多方位深入了解春申君这个人物形象。因此,本章的分析资料除了历史文献之外,还包括了诗歌等文学作品。

第一节　春申君传说的产生期

本节依靠古典文献,专门探讨春申君传说的产生、发展以及演变。所谓传说,就是"凡与一定的历史人物、历史事件和地方风物、社会习俗有关的那些口头作品"[1]。传说并不是无中生有的,而是与所依据的历史密不可分。也就是说,春申君传说是根据春申君其人及其政绩被创造出来的。从春申君其人到传说中的春申君,这个过程也是春申君传说的产生过程之一。因此,本节首先探讨春申君传说的产生,依靠史料,从战国时期春申君其人开始论述。其次,对秦汉以后的春申君传说的历史演变过程展开了讨论。

---

[1] 程蔷:《中国民间传说》,浙江教育出版社1995年版,第15—22页。

一 战国时期

关于战国时期的资料，例如有诸子、《战国策》《史记》《竹书纪年》及《战国纵横家书》等。但是这些文献中大多数是战国以后的史家编纂的，战国时期编纂得并不多，"当代资料"只限于《孟子》《荀子》《老子》《庄子》及《韩非子》等诸子著作。但这些"当代资料"当中，有关春申君的记载还是极少的。[①] 这是因为，首先春申君是战国后期人物（？—前238），与他同时代的诸子只有荀子（约前313—前238）以及韩非子（？—前233年前后），这一点也可从战国后期的其他史料中很少人谈到同时代的春申君得到证明。再者，编辑列传和传记也像编辑《二十四史》那样，往往是后代编纂的。有关春申君的记载也跟其他先秦人物的相同，在下一代——秦汉时期——的《战国策》《史记》里开始出现有关他的记载与列传，此后历代文献里陆续有他的记载。

以下将对战国时期资料中有关春申君的记载进行分析。首先，《荀子·成相篇》云："世之愚，恶大儒，逆斥不通孔子拘。展禽三绌，春申道缀基毕输。"这句话记述了春秋鲁展禽（即柳下惠）和春申君的事例。二人都原本主张君主要尊重贤人，远离谗言之人。尽管他们都是贤臣，最终却遭遇不幸的结局。唐代的杨倞指出："春申，楚相黄歇，封为春申君……言春申为李园所杀，其儒术、政治、道德、基业尽倾覆委地也。"他认为春申君被李园杀害后，楚国从此中断了儒家道德的教育与春申君对政治的贡献。清代的郝懿行云："荀本受知春申，为兰陵令，盖将借以行道，迨春申亡而道亦连缀俱亡。"[②] 他指出，荀子之所以谈春申君，与荀子晚年在春申君的保护下在楚地生活过有着密切关系。

[①] 《战国策》虽然是一部重要的战国史料，但本书是由西汉刘向（前77—前6）参照《国策》《国事》《短长》《事语》《长书》《修书》等资料编辑的。因此，本文不算把这部书纳入战国时代的"当代资料"。

[②] （清）王先谦撰，沈啸寰、王星贤点校：《荀子集解》卷十八《成相篇》，中华书局1988年版，第459页。

接下来，《韩非子·奸劫弑臣》云："楚庄王之弟春申君妾曰余，春申君之正妻子曰甲。"① 关于这句话的意思，众说纷纭。庄王（前613—前591年在位）是春秋中期的楚王，与战国后期的春申君隔了大约320年的时间。陈奇猷认为，应该把庄王改为顷襄王（前298—前263年在位）。② 假如春申君是顷襄王之弟，他就是王族直系，因此他的姓是熊（楚王族姓），并不是姓黄。所以这个说法是不成立的。吴双松提出："春申君，言楚庄王之弟，别是一人，非黄歇也。"③ 他认为春申君是庄王时期的"春申君"，不是战国后期黄歇的封号。目前，在其他资料里没有关于春秋时期的"春申君"记载，但是若按照原文的思想来解释这句话，他的说法是的。

综上所述，我们从战国时期资料所见的春申君记载得出结论，春申君本来是战国后期人物，因此在战国时期的文献中极少看见他的名字。由此可以推测，春申君的政绩及他的传说主要成形于下一朝代（即秦汉时期），主要见于《战国策》《史记》等记载。

二 秦汉时期

一般来说，编辑古籍都像编辑《二十四史》一样，不是当朝代的史官史家所作，而往往是下一朝代的任务。关于战国后期的春申君政绩，也是在秦汉时期被编辑整理的。在这个时期，司马迁编著《史记》，在《春申君列传》中整理了春申君的政绩与故事，刘向也编著了《战国策》，《楚策》里收录了春申君与游说家之间的对话。可见，从秦汉时期开始出现有关春申君的详细记载。后代人想象中的"四君子""食客三千人"等春申君形象是根据这些记载刻画出来的。因此，秦汉时期，可以说是春申君传说的创始期，也是研究春申君政绩

---

① （清）王先慎撰，钟哲点校：《韩非子集解》卷四《奸劫弑臣》，中华书局1998年版，第103页。
② "此庄王疑顷襄王之误。盖庄、襄音近误为'顷庄王'，后人见楚无顷庄王，遂又删去'顷'字也。"陈奇猷校注：《韩非子新校注》，上海古籍出版社2000年版，第291页。尹桐阳指出："春申君者，谓封申而为长也。申，姜姓……后黄歇封春申君，与此异人。"张觉校注：《韩非子校注》，岳麓书社2006年版，第134页。这些看法都值得一考。
③ 张觉校注：《韩非子校注》，岳麓书社2006年版，第134页。

及其传说必须关注的重要时期。下面笔者将分三个部分，即"编辑史实""传说的产生"及"传说的地方化"来论述这一时期春申君传说的特征。

1. 编辑史实

《史记·春申君列传》中所载关于春申君的政绩，可以说是从战国到秦汉时期的记录和传承中整理编辑出来的。司马迁称："吾适楚，观春申君故城，宫室盛矣哉。"① 他在编《春申君列传》时，不仅参考宫室所藏的资料，而且去考察春申君故地。该传后半部分记录李园之谋略与春申君的悲剧性结局，类似的内容在《战国策》《越绝书》及《列女传》里也有记载。由此推知，春申君的事迹是在从战国到秦汉时期民间广泛流传。这也说明，《史记·春申君列传》是史实与传说并存的传记，它在春申君传说的传承过程中，起着十分重要的作用。

此外，《战国策》中有关春申君的记载，在春申君传说的形成过程中与《春申君列传》同样重要。刘向编《战国策》云："臣向以为战国时，游士辅所用之国，为之策谋，宜为战国策。"② 虽然刘向指明了该书记录了战国时期各国周游的说客的权谋，并不是记录历史事实。但是例如《战国策·楚策》所见的春申君与唐且（雎）、汗明、虞卿、朱英等说客、赵国使者魏加之间的问答，还有如：

今君相万乘之楚，御中国之难。③《战国策·楚策三》

今（魏）王恃楚之强，而信春申君之言，以是质秦，而久不可知。即春申君有变，是王独受秦患也。④《战国策·魏策四》

（春申君）谓使者曰："子为我反，无见王矣。十日之内，数万之众，今涉魏境。"⑤《战国策·韩策一》

---

① 《史记》卷七十八《春申君列传》，中华书局1997年版，第2399页。
② （西汉）刘向集录：《战国策》，上海古籍出版社1998年版，第1195页。
③ 同上书，第548页。
④ 同上书，第889页。
⑤ 同上书，第963页。

由此记载可以推知，在当时合纵连横的情况下，作为楚令尹的春申君掌握了朝中政权。这些记载都反映出史实的一部分。

总之，《史记》与《战国策》所见的春申君记载，一方面显示出史实，另一方面包含根据史实而创造的故事及问答记录，这些记载都是构成春申君传说基础部分的重要因素。

2. 传说的产生

先秦和秦汉时期，除了有关春申君的史实编纂外，还创造了春申君传说。具体而言，在这个时期的文献中，开始出现作为"四君子"或"四公子"之一的春申君形象。从汉代到现代，作为"四君子"的春申君形象是被流传下来的最普遍的春申君的相关记载。

除了上述"四君子"形象之外，古籍里经常看到"上客皆蹑珠履"[①]的记载，也是组成春申君传说的重要因素之一。我们无法知道当时他的上客是否真的穿"珠履"，但这些记载暗示了春申君的权势，经常被后世所引用。另外，"春申君与李园"的传说也在后世广泛流传。该传说在不少古籍里能看见，虽内容情节各不相同，但《史记》记载春申君被他的食客李园所杀，所以基本可以认定这件事是真实发生过的事情。

综上所述，汉代是春申君传说形成的重要时期。在这个时期"四君子""珠履""李园谋杀"等春申君传说的重要因素被创造出来。程蔷提道："那些有关真实的历史人物的形形色色的传统的故事，一般都并非真有其事，而是民间的一种口头文学创造。"[②] 虽然，这些传说因素是在民间被创造出来的，但值得注意的是，这个创造的背后有春申君作为令尹执掌朝中大权、与六国合纵对抗秦国、招致食客等史实。春申君传说的主体部分是在这些基础上才形成的。

3. 传说的地方化

这个时期除了编纂有关春申君的史实和产生春申君传说以外，还推动了该传说的地方化。《越绝书·吴地传》里有关于春申君及其相

[①] 《史记》卷七十八《春申君列传》，中华书局1997年版，第2395页。
[②] 程蔷：《中国民间传说》，浙江教育出版社1989年版，第10页。

关的山川、遗迹的记载。《越绝书》被称为是一部"奇书",关于其作者、编纂年代等至今仍无定论,众说纷纭。然而就其内容而言,记载了从先秦到秦汉(到东汉建武二十八年即公元52年)吴越地区的政治、经济、军事、文化等,是确凿无疑的。

《越绝书》因多谈到吴越地区的内容,因此被认为是地方志、地方史或"杂史"。众所周知,吴越地区是从春秋后期日渐知名的吴越两国之间的领土。关于吴越两国的记载是在《左传》里的与楚、中原诸国之间的抗争中,还有《史记·吴太伯世家》《越王勾践世家》里也有相关记载。这些内容大多数是吴越的政治外交方面的记载,几乎没有有关吴越地区的风土人情的记载。

这个原因在于大多数文献在中原地区编辑,从而有关"蛮夷之地"的吴越地区的记载并不多。与此相反,《越绝书》与《吴越春秋》虽然是汉代编纂,但主要内容都是吴越两国的角逐,吴越地区的风土人情。因此,该书是研究吴越地区的珍贵史料。在这里参考《越绝书·吴地传》,从吴太伯到东汉光武帝刘秀建武二十八年(52)的有关吴地的记录,从中抽取与春申君相关的叙述并做分析。

从表2—1可以看出,该书里有不少春申君的相关遗迹。

首先,较为重要的是吴国、吴地的来龙去脉。公元前473年吴国被越国灭亡,战国后期楚国灭掉了越国。实际上旧吴地变成了楚地,但是其称呼仍然是"吴地",并且此后也叫"吴县""吴国"(三国志)及"三吴"等,"吴"的称号代代因袭。可见在当地人看来,这个地区一直被认为是吴地。

表2—1 　　《越绝书》所见的春申君相关遗迹一览表

名　称	原　文
春申君府	南城宫,在长乐里,东到春申君府。
历山	无锡历山,春申君时盛祠以牛,立无锡塘。去吴百二十里。
无锡塘	无锡历山,春申君时盛祠以牛,立无锡塘。去吴百二十里。

续表

名　称	原　文
无锡湖	无锡湖者，春申君治以为陂，凿语昭渎以东到大田。田名胥卑。凿胥卑下以南注大湖（太湖），以写西野。去县三十五里。
龙尾陵道	无锡西龙尾陵道者，春申君初封吴所造也。属于无锡县。以奏吴北野胥主疁。
春申君客卫公子冢	胥女南小蜀山，春申君客卫公子冢也，去县三十五里。
白石山	白石山，故为胥女山，春申君初封吴，过，更名为白石。去县四十里。
桃夏宫	今太守舍者，春申君所造，后殿屋以为桃夏宫。
春申君假君宫	今宫者，春申君子假君宫也。前殿屋盖地东西十七丈五尺，南北十五丈七尺。堂高四丈，十霤高丈八尺。殿屋盖地东西十五丈，南北十丈二尺七寸。户霤高丈二尺。库东乡屋南北四十丈八尺，上下户各二；南乡屋东西六十四丈四尺，上户四，下户三；西乡屋南北四十二丈九尺，上户三，下户二；凡百四十九丈一尺。檐高五丈二尺。霤高二丈九尺。周一里二百四十一步。春申君所造。
吴两仓	吴两仓，春申君所造。西仓名曰均输，东仓周一里八步。后烧。更始五年，太守李君治东仓为属县屋，不成。
吴市	吴市者，春申君所造，阙两城以为市。在湖里。
吴诸里大闲	吴诸里大闲，春申君所造。
吴狱庭	吴狱庭，周三里，春申君时造。
贵人冢次	土山者，春申君时治以为贵人冢次，去县十六里。
楚门	楚门，春申君所造。楚人从之，故为出门。
春申君客冢	路丘大冢，春申君冢。不立，以道终之。去县十里。
巫门外罘罳	巫门外罘罳者，春申君去吴，假君所思处也。去县二十三里。

资料来源：《越绝书》记载由笔者制作。

吴地本来是吴国领土，对当地人来说春申君是"敌人"，然而该书里他与吴太伯、吴王阖闾、夫差及伍子胥等人一样，被看作是对吴地做出了贡献的历史人物之一。由此可以推知，当地人以春申君统治过"吴墟"，认为春申君与吴地之间有着密切关系。不过，还需要进一步分析《吴地传》（为唐朝文献）所见的春申君相关记载。从《吴地传》里可以看出，春申君在当地兴修了水利。他在无锡湖（别称芙蓉湖或射贵湖）南岸做了"无锡塘"，并开凿了"语昭渎"。吴地

（现江苏省苏州市一带）属于太湖水系，太湖地区的水资源促进了农业和手工业的发展，"吴地膏沃，百物阜成"，就是说吴地水利给当地人带来了恩惠。

其次，"白石山，故为胥女山，春申君初封吴，过，更名为白石"。"今太守舍者，春申君所造"以及"今宫者，春申君子假君宫也"①。显而易见，这些记载里的山名、宫殿名都由于春申君而得名。但这些遗迹是否真的与春申君有关，尚待进一步查证。但重要的是，钟敬文曾经说过："传说的突出特点是它与特定的自然或社会事物相关联，以明确的'这一个'人物、地方、史事、风俗、自然物或人工物等为对象，借以创造多种多样的故事。"② 传说往往是在与特定的自然环境、社会事物结合后才流传后世的。传说通过这样的结合才能成为"特定的"传说。也就是说，春申君传说也与吴地的山名、宫殿结合起来，才具有特定的地域性。这就是春申君传说在吴地流传的原因之一。

再次，《越绝书·吴地传》所见的"吴两仓"（粮仓）、"吴市"（市场）、"吴狱庭"（监狱）、"吴诸里大闬"（城门）、"楚门"（城门），即是对春申君在吴地开设市场、管理粮食、建监狱及盖城门等行为的记载。无不表明他对当地的政治与经济方面做出了一定的贡献。但是，《吴地记》是在汉代后编纂的，并且以"春申君所造"流传下来，是否真实不得而知。虽然春申君在吴地的政绩还存疑，但从古籍里能看得出他与在吴地的史迹之间确实有关联，因此也为春申君在吴地的政绩提高了可信度。与此同时，骆科强指出："春申君徙封江东的过程中，为了使封地有更多的收入，兴修水利，给后人留下很大的福泽，使后人对他追忆不已，用他的名字命名了许多地方。"③ 这一说法不仅可以认证在春申君传说产生过程中当地人对春申君的怀念是该传说产生的重要因素，而且也印证了春申君统治吴地的史实和

---

① 李步嘉校释：《越绝书校释》卷二《吴地传》，中华书局2013年版，第39页。
② 钟敬文主编：《民俗学概论》，上海文艺出版社2009年版，第237页。
③ 骆科强：《春申君迁吴及其对开发江东的贡献》，《喀什师范学院学报》2007年第5期。

他对当地做出的贡献有着密切关系。

《吴地记》所见的春申君传说是由于春申君统治"旧吴地"、他对当地的贡献以及当地人对乡土的感情、对春申君的怀念创造出来的。张紫晨说过:"古代传说既带有乡土气息和地方风物特点,又有着浓厚的爱乡土爱家乡的感情。它处处表露着淳厚的乡土气。"① 本来传说带着浓郁的地域性,因此传说靠特定的地区得以发展,并被后代传承下来。程蔷也提出:"对于那些由外地传入的现成传说,则往往加以改造,除去那些与本地景观不合或为本地人们所不甚喜爱的部分,然后加入一些具有本地特色的内容。"② 对吴地人而言,春申君是敌国楚国的丞相,但在吴地春申君传说产生的过程中,"敌人"的性质被消除了,他被塑造成对吴地做出巨大贡献的人物形象。通过这样的创造再生过程,春申君传说才得以"本土化"或"乡土化"。如上所述,在吴地春申君传说的产生,构成了本书所述太湖流域春申君传说的至关重要的基础。

第二节 春申君传说的发展期

一 魏晋南北朝时期

秦汉时期是春申君传说的产生时期,那么,顺理成章,魏晋南北朝时期应该是其传说的发展时期。然而,从三国时期到南北朝约360年间的古籍里所见的春申君传说并不多,也许与三国鼎立及南北分裂等政治变动有所关联。下面我们将探讨本时期的春申君传说的特征。

《三国志·吴书》云:"(建兴二年)十一月,有大鸟五见于春申"③ 这句话里看出作为地名的春申。这个地名是否与春申君有关或

---

① 张紫晨:《中国古代传说》,吉林文史出版社1986年版,第80页。
② 程蔷:《中国民间传说》,浙江教育出版社1989年版,第185页。
③ 《三国志》卷四十八《吴书·三嗣主传》,中华书局1997年版,第1152页。另《宋书》卷二十八《志·符瑞中》与同书卷三十二《志·五行三》也有类似记载。尤其是《宋书》卷三十二《志·五行三》里云:"吴孙亮建兴二年十一月,大鸟五见于春申。吴人以为凤凰,明年,改元为五凰。"(《宋书》,中华书局1997年版,第943页。)由此推知,当时吴地崇拜凤凰或鸟类。

由来于春申君，很难判断。

（一）及汉祖杖剑，武夫勃兴，宪令宽赊，文礼简阔，绪余四豪之烈。①

（二）乡曲豪俊游侠之雄，节慕原、尝，名亚春、陵，连交合众，骋骛乎其中。②

例子（一）说明刘邦建立汉朝时的风尚继承了"四豪"的遗风。唐代李贤等注："四豪谓信陵君魏公子无忌、平原君赵胜、春申君黄歇、孟尝君田文。"③ 四豪则是包含春申君的"战国四君子"。例子（二）论述"四豪"与汉代著名游侠交游之事。李贤等注："豪俊游侠谓朱家、郭解、原涉之类也。原、尝（谓）平原君赵胜、孟尝君田文也，春、陵谓春申君黄歇、信陵君无忌也，并招致宾客，名高天下也。"④ 从这两个例子来看，"四豪"被认为是招致四方食客的游侠，并春申君是"四豪"之一。另外，《文选》卷五十九云："虽春申之大启封疆，邓攸之缉熙萌庶，不能尚也。"春申君作为历史人物与西晋末清廉之官邓攸齐名。综上所述，本时期的春申君传说继承了前代的作为"四君子"的春申君形象，不过总的来说，有关"四君子"形象的春申君的例子很少，并且其他例子也不多。

二 隋唐时期

隋唐朝时期约300年，与南北朝时期相比，虽有安史之乱、黄巢之乱等动乱，但还算是相对比较稳定的时代。政治的稳定促进了经济、文化方面的稳定与发展。唐朝的繁荣在世界历史上也具有重要意义。尤其长安的隆盛，在历代诗人的诗歌作品里经常出现。不言而喻，这个时期在文学史上也是重要时期。这个时期创造了新体诗——

---

① 《后汉书》卷六十七《党锢列传》，中华书局1997年版，第2184页。
② 《后汉书》卷四十上《班彪列传》，中华书局1997年版，第1336页。
③ 《后汉书》卷六十七《党锢列传》，中华书局1997年版，第2185页。
④ 《后汉书》卷四十上《班彪列传》，中华书局1997年版，第1338页。

"唐诗",并且涌现了许多诗人。

这个时期春申君传说的特征就是在诗人作品中出现"春申君",但诗作中提及的"春申君"相关词汇,如"四豪"及"珠履"往往从他的相关故事等传说本意外延出来。由此可以看出,这个时期对春申君传说的各种因素进行了重新解释,当时的诗人对这个实在人物进行了重新认识。那么,唐朝是如何重新认识春申君的呢?下面进行详细的论述。

首先,关于"珠履"一词,《白氏六帖事类集》云:"蹑珠履而会春申之客三千。"① 这里是沿用了春申君故事中的"珠履"一词的本意,可见这是继承了《史记·春申君列传》的说法,可视为后代所传承的春申君传说的一部分。

其次,与前例相反,《晋书·志》云:"孔子曰:'君子其学也博,其服也乡。'若乃豪杰不经,庶人干典,鷩鸐冠于郑伯之门,蹑珠履于春申之第。"② 这句话先引用孔子之言(即君子应当穿得合乎身份),然后引用郑伯有之奢侈与春申君之珠履的典故。这两个例子均表示装饰过于华丽,带有否定意味。这里的"珠履"是以春申君传说为基础,其焦点在"珍珠之履"的华丽装饰。这样的引申用法,除了上面的例子,还有"宾客无多少,出入皆珠履"(《同王十三维偶然作十首》)。珠履成为符合宾客身份之服饰的代名词。而下面的例子中,"珠履"显然意味着食客、门客。

  未为珠履客,已见白头翁。③ 杜甫《投赠哥舒开府翰二十韵》

  西得诸侯棹锦水,欲向何门蹑珠履。④ 杜甫《短歌行赠王郎司直》

---

① 《白氏六帖事类集》卷四,民国景宋本。
② 《晋书》卷二十五《志·舆服》,中华书局1997年版,第752页。
③ 《全唐诗》卷224《杜甫九》,中华书局1999年版,第2393页。
④ 《全唐诗》卷220《杜甫五》,中华书局1999年版,第2322—2323页。

第一首诗的意思是还没成为食客就已衰老,下一首是杜甫安慰奇才王郎之意。诗歌里说王郎向西边去蜀中,而受到当地大官的知遇。但不知道应当投到哪个门下。可见,这里的"珠履"表示大官门下的宾客。

如上所述,唐朝文献所见的"珠履"有几种意思。首先,直接引用《史记》的春申君故事(即"上客珠履")。其次,关注"珠履"含有的权势、华丽而以"珠履"表示过于奢华等。其中,最具有显著特征的就是以"珠履"表示宾客的例子。这个例子是在这个时期以春申君故事和"珠履"含有的权势和华丽为基础而派生出来的。

关于春申君的遗迹,《白氏六帖事类集》云:"吴中有均输之号"与"均输仓"(宋人晁仲衍注"吴仓,春申君所造,名均输"),"桃夏宫"(晁仲衍注"春申君造")。"均输"与"桃夏宫"早在《越绝书》里就有记载,从这个例子看来,这些遗迹在唐朝时期仍存在,并且与此相关的传说也流传了下来。宋人晁仲衍对这些遗迹和春申君之间的关系进行了解释。这说明宋代也认为这些遗迹是和春申君有关的。

《吴地记》云:"蛇门,南面,有陆无水。春申君造以御越军,在巳地,以属蛇,因号蛇门。"[①] 可见,春申君在"吴地"建造了蛇门,其目的是预防越军的进攻(战国中期楚灭越,这里的越军或许越灭亡后的残余势力)[②]。

但是,关于"蛇门",更早的资料《吴越春秋》云:"立蛇门者,以象地户也。(吴阖闾)欲东并大越,越在东南,故立蛇门以制敌国。吴在辰,其位龙也,故小城南门上反羽为两鲵鱙,以象龙角。越在巳地,其位蛇也,故南大门上有木蛇,北向首内,示越属

---

① (唐)陆广微撰,曹林娣校注:《吴地记》,江苏古籍出版社1999年版,第23页。
② 对于楚灭越的时期,众说纷纭。一般来说,它是在楚威王期(前339—前329年在位)或楚怀王期(前328—前299年在位)。按照这些看法,越国就是在战国中期被楚国灭亡。请参阅杨宽《战国史》,上海人民出版社2003年版,第364—365页;刘和惠《楚文化的东渐》,湖北教育出版社1995年版,第111—113页。

于吴也。"① 这里并未记载"蛇门"是春申君所造，只写了与越国、越地有关。由此可以推知，本来春申君与"蛇门"没有直接关系。那么，到底什么原因把"蛇门"与春申君关联起来呢？关键是在于春申君与"吴地"之间的关系。由于《吴地记》里记载了"吴地"的"蛇门"与春申君之间有关联，可以证明秦汉时期春申君被认为是与"吴地"有着密切关系的人物，并且这个记载可以说是春申君传说的地方化现象之一。

在这个时期春申君传说当中，最有特征的是在诗人作品中经常出现以春申君为主题的诗歌及与春申君相关的诗歌。晚唐诗人张祜、杜牧就有以春申君为题名的诗，如：

> 薄俗何心议感恩，谄容卑迹赖君门。春申还道三千客，寂寞无人杀李园。② 张祜《感春申君》
> 烈士思酬国士恩，春申谁与快冤魂。三千宾客总珠履，欲使何人杀李园。③ 杜牧《春申君》

这些所谓"咏史诗"，即是以历史人物及其政绩为题材，吟咏了唐代诗人对春申君的感慨。张祜在诗歌前半部分写世间的忘恩与阿谀苟合的食客，而后半部分谈到春申君虽然招徕不少食客，却没有人阻碍李园谋杀春申君的阴谋，由此表达了他对春申君的同情。杜牧把食客当为"宾客"而用比较夸张的说法（即三千个食客都是"珠履"）强调春申君对食客的厚待，并且这与下一句食客的忘恩形成强烈反差。通过这样鲜明的对比，暗示春申君的悲剧性结局。

从如上述两个例子来看，诗人认为，春申君是一个有着三千个食客的大侠，然而却得不到食客的恩义，最后被李园所杀的悲剧性人物。这两首诗歌展现的故事情节是在《战国策》《史记》所见的相关

---

① （东汉）赵晔撰，（元）徐天祜音注，苗麓校点，辛正审订：《吴越春秋》，江苏古籍出版社1999年版，第31页。
② 《全唐诗》卷511《张祜二》，中华书局1999年版，第5891页。
③ 《全唐诗》卷521《杜牧二》，中华书局1999年版，第5998页。

故事的基础上创造出来的,抒发诗人对食客的忘恩、春申君对食客的厚待及其悲剧性结局的感慨。晚唐诗人皮日休的《春申君碑》又云:

> 士以知己委用于人,报其用者术。苟不王,要在强其国尊其君也。上可以霸略,次可以忠烈。无王术而有霸略者,可以胜人国。无霸略而有忠烈者,亦足以胜人国。春申君之道复何如哉。忧荆不胜,以身市奇计,不曰忠乎。荆太子既去,歇孤在秦,其俟刑待祸,若自屠以当馁虎,不曰烈乎。然徙都于寿春,失邓塞之固,去方城之险,舍江汉之利,其为谋已下矣,犹死以吴为宫室,以鲁为封疆,春申之力哉。当斯时也,苟任荀卿之儒术,广圣深道,用之期月,荆可王矣。然毕以猜去士,以谗免贤。于戏。儒术之道,其奥藏天地,其明烛鬼神。春申且不悟,况李园之阴谋,岂易悟哉,岂易悟哉。①

与张祜、杜牧的作品相比,皮日休此作多涉及春申君政绩。前半部分写关于春申君牺牲自己助去秦做人质的楚太子安全返国继位之事,诗人有感于此,称赞他为"忠烈"。后半部分谴责春申君轻信谗言而将儒家继承人荀子驱逐出境。最后一句是感慨愚昧的春申君不能察觉李园的阴谋。在这个诗歌里,皮日休虽然谴责了春申君的"愚昧",但是从前半部分赞扬他的"忠烈",从最后一句"岂易悟哉,岂易悟哉"来看,可以推知他是赞赏春申君对楚国的贡献的,与此同时他对春申君的悲剧性结局又感慨万千。以上三个诗歌的共同点是在给予春申君的政绩一定的评价的同时,又对他的悲剧性结局表示同情。另外,这里还要提及两个有关春申君的作品。

> 娥眉笑躄者,宾客去平原。却斩美人首,三千还骏奔。毛公一挺剑,楚赵两相存。孟尝习狡兔,三窟赖冯谖。信陵夺兵符,

---

① 《全唐诗》卷799《皮日休四》,中华书局1999年版,第8389页。

第二章　春申君传说的历史演进　/　77

为用侯生言。春申一何愚，刎首为李园。① 李白《送薛九被谗去鲁》

该作品中春申君被认为是四君子之一，陈述了四君子招徕许多食客而他们的食客救国的故事。然而，诗人最终对春申君的态度与评价却与对魏信陵君的"窃符救赵"相反，对春申君不纳食客朱英的谏言而被李园谋杀评价为"愚"。本来这首诗歌的主题应是如题所示的送别故人薛九，叙述薛九遭遇不佳与当时不尊重好汉和知识分子的时代潮流。但就其内容来看，四君子的故事是与当时潮流相反的。因此可见，李白在诗歌里举四君子的例子，是反时代潮流而用之。

信陵能下，止屠门者，被褐则真，狐裘则假。田文三千，禽蹄一焉，权移势改，门罗雀悬。平原十九，毛生最后，我有嘉宾，莫孔之丑。春申甚宽，谁屠李园，朱门故人，何人死恩。② 徐寅《竹篦子赋》

这部作品里记述了四君子与其食客之间的故事。春申君对食客采取宽大的态度而款待他们，但食客却没有对春申君感恩报恩，也没有人杀掉谋杀春申君的李园。这个诗歌和前面所举的诗歌都有类似的情节，春申君门下虽然有许多食客，但却没有得到他们的帮助而被李园谋杀。可以说，这些诗歌作品是根据同一个春申君故事而创造出来的。

综上所述，唐诗所见的春申君形象可归纳为：战国四君子之一，招徕许多食客而给予他们恩惠，但其结果是没有得到食客的帮助而被李园谋杀，是悲剧性人物。从如上引用的诗歌作品的共同之处可以看出，关于春申君的这个故事像"鸡鸣狗盗""窃符救赵"一样，可以说是四君子的典型故事之一。

---

① 《全唐诗》卷175《李白一五》，中华书局1999年版，第1798页。
② （唐）徐寅：《钓矶文集》卷四赋，四部丛刊三编景清述古堂钞本。

总之，关于隋唐朝时期的春申君传说，首先，有关于"四豪""珠履"等前代传承的记载，并有"均输之号""均输仓"及"蛇门"等春申君所造设施的记载。其次，该时期最大的特征就是出现关于春申君的诗歌作品。这些作品的共同点是春申君对食客的恩惠和侠义，以及没有得到食客的帮助被李园谋杀的悲剧性结局。这不仅仅反映了唐朝人对春申君的形象的认识，而且也反映了他们在对春申君形象的认识的基础上创造春申君故事的事实。换句话说，隋唐朝时期的有关春申君的记载说明了春申君传说在继承过程中的特定形象的共享。

三 宋元时期

（一）宋朝时期

概而言之，宋朝时期的春申君传说具有三个特征。其一，诗歌里有以春申君为主题的作品，这应该是沿袭了唐朝诗歌的风格。其二，南宋时期地方志进入了发展时期，有关特定区域的历史、遗迹、风土人情等被记录下来。因此，地方志里出现了关于春申君的传说与其史迹的记载。这是宋代春申君传说的重要特征。与此同时，这些记载能证明该传说与特定地域之间有着密切关系，对春申君传说的传承与传播来说具有至关重要的作用。其三，史书里也记载了春申君政绩，并且族谱里开始出现春申君之名，被认为是黄氏家族的一员，这一点也是前代未曾有的特征。

1. 宋词所见的"春申君"

  珠履三千尽在门，争无国士解衔恩，棘门难作无遗类，死党宁闻报李园。[①] 洪适《盘州集·春申君》

本诗中用"珠履三千"（本来是"春申君客三千余人，其上客皆

[①] （宋）洪适：《盘州集》卷一《春申君》，四部丛刊景宋刊本。

蹳珠履"①）夸张的说法，显示出春申君对食客的厚待。食客应当报恩，春申君遇到"棘门之难"却没有人帮助他。该诗以与春申君相关的史实为背景题材，描述了春申君与食客之间的关系，吟咏了春申君的悲剧性结局。

说秦昭王不伐楚而出身脱楚太子于秦，可谓智能之士矣。一策不谨而卒死李园之手，与嫪毐同归惜夫。有朱英之谋而不能用，何必珠履其客为也。② 黄震《黄氏日钞·春申君》

该诗前半部分是对春申君的政绩的赞扬，称其为"智能之士"，后半部分涉及李园的谋杀，并列举嫪毐故事。从春申君被杀的故事与嫪毐的故事的并举可见，春申君传说在宋代被认为是与吕不韦、嫪毐的故事的内容类似。而且诗中还议论了他，既然不采纳食客朱英的谏言，又何必用"珠履"厚待自己的食客。黄震用"惜夫"这一词语对春申君表示同情。该作品对春申君政绩的论述，按照其内容分前后两部分论述，从内容的好坏对比而引导出春申君的悲剧性结局和作者对春申君的同情。下面的两则诗歌也有类似内容。

少年谈解秦兵，便欲连从却未成莫，谓江东可长保，莫年无意引朱英。③ 吕本中《东莱诗集·春申君》
输忠世子得逃秦，二十余年相国荣，固位但知迷孕女，防身惜不用朱英。④ 徐钧《史咏诗集·春申君》

吕本中对比春申君的"少年"与"莫年"，吟咏他的政绩，慨叹其结局。徐钧吟咏了春申君作为忠臣救太子，而作为相国（即宰相）虽极尽荣华，却遭遇了李园及其妹子的谋划导致不幸结局。他用

---

① 《史记》卷七十八《春申君列传》，中华书局1997年版，第2395页。
② （宋）黄震：《黄氏日钞》卷四十六读史《春申君》，元后至元刻本。
③ （宋）吕本中：《东莱诗集》第九《春申君》，四部丛刊续编景宋本。
④ （宋）徐钧：《史咏诗集》上卷《春申君》，清嘉庆宛委别藏本。

"惜"对不能纳朱英谏言的春申君表达自己的哀叹。

如上四则诗歌是根据春申君政绩及其相关人物（如朱英、李园及其妹子、嫪毐）等的史实，吟咏了春申君的政治人生。司马迁最初将春申君的政治人生分为前和后，而对前后的差距表示感叹，即"初，春申君之说秦昭王，及出身遭楚太子归，何其智之明也。后制于李园，旄矣。语曰'当断不断，反受其乱。'春申君失朱英之谓邪"。①由此可见，这四则作品的基本内容沿袭了司马迁的记述和对春申君的评价。此外，也有"江东有贤守好客似春申"②（梅尧臣《宛陵集·逍遥堂》）、"养珠履三千之客不逊春申"③（杨至质《勿斋集·辞岳漕》）等，春申君以为人好客的人物形象被传承下去。

2. 地方志的萌芽与春申君相关史迹

在宋代，关于"地方性知识"的综合性著作——地方志问世。地方志是对特定地区的山川、风物、史迹、人物、风景、事物等多方面的记录。因此，有的地方志被称为"一方的古今总览、地方百科全书"，周迅在《中国的地方志》里提出，地方志有"地区性、综合性、资料性、连续性"④ 四个特征。地方志因为是特定地区的记录，所以反映出地方特色，而且，其内容不仅记载地理状况，也囊括各地的风土人情。

关于地方志的资料性质，周迅认为："地方志的主要任务是记录事实，积累资料。""地方志只回答'是什么'，不回答'为什么'。"⑤ 地方志虽然是有关特定地域的宝贵"资料库"，然而只是记录了当时的事实而已。因此，在分析地方志记录背后人们的思想观念和宗教信仰时，有必要依靠相关记载和当时情况进行适当的推测。另外，一个地方的情况随着行政区域的变化及社会经济的发展而变化，所以，地方志在不断地更新重编。因此，可以认为地方志不仅是有关

---

① 《史记》卷七十八《春申君列传》，中华书局1997年版，第2399页。
② （宋）梅尧臣：《宛陵集》第三十五《逍遥堂》，四部丛刊景明万历梅氏祠堂本。
③ （宋）杨至质：《勿斋集》卷上《辞岳漕》，民国宋人集本。
④ 周迅：《中国的地方志》（增订版），商务印书馆1998年版，第2—17页。
⑤ 同上书，第12—13页。

特定空间的记录，也是其舆论空间变迁的记录。

另外，还要关注的是地方志的成立过程。地方志的论述模式是在宋朝时期开始确立的，这是因为有了宋代以前的记录积累才能够出现地方志。一般而言，地方志发源于先秦时期的各国国史（"周之春秋""鲁之春秋""楚之梼杌"等）和当时的地理记录（《周礼·职方氏》《尚书·禹贡》及《山海经》）。此后，出现了被称为"地志祖""一方之志，始于越绝"的《越绝书》，"现存的最完整的地方志"[①]的《华阳国志》等与特定地区有关的书籍。而在此之前，以地图为主附带解说文的"图经"已问世。"图经"在从地方史、地理书到地方志的过程中扮演了过渡性角色（即地理书→图经→地方志）。通过这样的历史过程，地方志的形式才正式确定下来。

本书探讨春申君传说与特定地区之间的关系、春申君传说的地方化及历代春申君的传承与传播范围时，地方志是至关重要的资料。下面，我们对宋代地方志所见的春申君相关史迹加以整理，并分析其特征。

表2—2 宋代地方志及图经所见的太湖流域春申君相关遗迹一览表

地址	来源	特征描述
江阴	《舆地纪胜》卷九《江阴军·景物上》	申浦，今为申港。黄歇为春申君，本在寿州，为去齐近，为齐所侵，徙都于吴。为春申君开——置田。《唐书韩滉传》李希烈之乱韩滉镇润州造楼船三千柁以舟师由海门大阅至——乃还。
江阴	《舆地纪胜》卷九《江阴军·古迹》	春申君开申浦。
江阴	《方舆胜览》卷五《江阴军》	申浦，春申君所开，今名申港。
江阴	《太平寰宇记》卷九十二《江南东道四》	申浦，楚相黄歇封为春申君，本在寿州，为去齐近，为齐所侵迫，徙都于吴，封为春申君。开申浦，置田，有上屯、下屯。
江阴	《吴中水利书》	江阴之季子港、春申港、下港、黄田港、利港。

[①] 周迅：《中国的地方志》（增订版），商务印书馆1998年版，第67页。

续表

地址	来源	特征描述
江阴	《舆地纪胜》卷九《江阴军》	夏港，春申君长子所开。《寰宇记》亦云"倪启徙江阴，治夏浦。"
江阴	《舆地纪胜》卷九《江阴军》	黄山，县北六里，以春申之姓而名之。其峰席帽，《舆地志》云："上有石室，吴时烽火之所。"
苏州	《吴郡志》卷十二《官吏》	春申君庙，在子城内西南隅，即城隍神庙也。
苏州	《吴郡志》卷四十八《考证》	城隍庙，其初，春申君也。唐碑具在。
苏州	《中吴纪闻》卷一《春申君》	姑苏城隍庙神，乃春申君也。
苏州	《舆地纪胜》卷五《平江府·古迹》	春申君庙，在子城内城隍庙也。
苏州	《吴郡图经续记》卷下《碑碣》	春申君庙碑，史惟则书。
苏州	《舆地纪胜》卷五《平江府·碑记》	城隍庙唐碑，《吴郡志》云"城隍庙，其初，春申君也。唐碑具在。"
苏州	《吴郡志》卷六《官宇》引用《郡国志》	《郡国志》："在鸡陂之侧，春申君子假君之殿也。后太守居之，以数失火，涂以雌黄，遂名黄堂，即今太守正厅是也。今天下郡治，皆名黄堂，昉此。"
无锡	《太平寰宇记》卷九十二《江南东道四》	无锡县……古历山。下有春申君祠，山西有范蠡城在。
无锡	《（咸淳）重修毗陵志》卷十四《祠庙》	无锡……春申君祠，在县西锡山下，即古历山也。祀楚相黄歇，唐垂拱中祠废后复建。
无锡	《舆地纪胜》卷六《常州·古迹》	春申君祠，西汉地理志云，无锡县有历山——岁祀以牛。晏公类要云，在无锡县历山之山南。寰宇记于江阴军申浦下载，唐开元四年，无锡尉常非熊以旱露板檄春申君说李园之事，当时雨下。
无锡	《太平寰宇记》卷九十二《江南东道四》	黄歇庙，今在无锡惠山寺。唐开元四年，无锡县尉常非熊为旱以露板檄春申君说李园之事，当时下雨，信有征矣。
无锡	《东坡志林》卷四《黄州隋永安郡》	今无锡惠山上，有春申庙。
无锡	《（咸淳）重修毗陵志》卷二十七《古迹》	无锡……龙尾道在县西。越绝云春申君徙封开此道，以属本邑云。

续表

地址	来源	特征描述
无锡	《（咸淳）重修毗陵志》卷十五《山水》	无锡黄公涧，在县西八里惠山侧。楚相春申君黄歇城吴墟，故名。
无锡	《太平寰宇记》卷九十二《江南东道四》	黄城，去县一十二里。《舆地志》云："楚考烈王封黄歇为相，赐淮北一十三城。后以其地边齐，请以为郡，更以江东故东吴邑封之。今历山下春申君祠，去城三里，古道通此黄城。"
常熟	《（保佑）重修琴川志》卷十《叙词》	春申君庙，在县西南三十六里练塘市。
湖州	《吴兴记》	春申君黄歇于吴墟西南立菰城。
湖州	《海录碎事》	菰城，乌程县，乃古菰城，楚以封春申君。今俗呼下菰城，而旧经谓之五菰城。
常州	《（咸淳）重修毗陵志》卷十五《山水》	黄公山，在县南八十里。去太湖十五里，即春申君黄歇所封故吴墟。

资料来源：笔者参考宋代地方志与图经基础上制作。

从如上表看，宋代有不少春申君相关史迹的记载。从这些史迹的所在地来看，这些史迹与春申君封土"吴墟"（旧吴地）有关联。下面将春申君相关史迹分三个部分进行论述。

（1）春申君封土

黄公山，在县南八十里，去太湖十五里，即春申君黄歇所封故吴墟。①

黄公涧，在县西八里惠山侧。楚相春申君黄歇，城吴墟、故名。②

菰城，乌程县，乃古菰城，楚以封春申君。③

以上所举三例涉及的史迹都与春申君及其封邑有关联。这些史迹

---

① （宋）史能之：《（咸淳）重修毗陵志》卷十五《山水》，明初刻本。
② 同上。
③ （宋）叶廷珪撰，李之亮校点：《海录碎事》，中华书局2002年版，第120页。

的所在地无锡、湖州等已被确认为曾为春申君的封土。

（2）作为祭祀对象的春申君

这时期的地方志里有"春申君庙""黄歇庙""春申君祠"等记载。这意味着当时春申君已经成为各地的保护神，并被作为祭祀对象。例如，《吴郡志》卷四十八《考证》云："城隍庙，其初，春申君也。唐碑具在。"[①] 可见，在苏州的城隍庙的第一神就是春申君，或者至少从唐代开始老百姓已经视他为城隍神来祭祀（将在本书第五

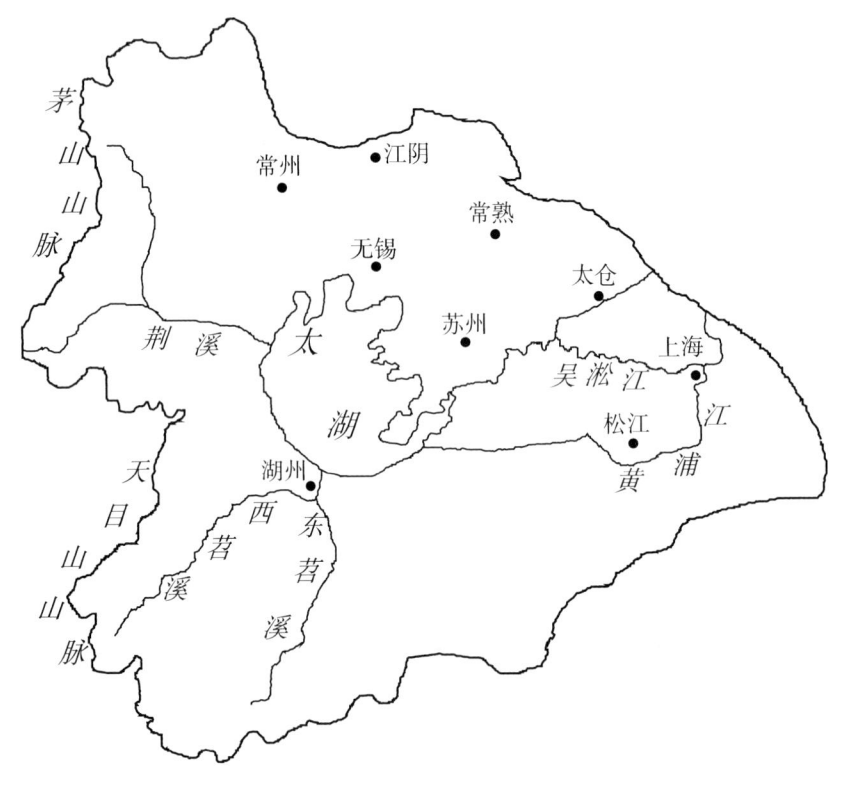

图 2—1　太湖流域春申君传说分布图

资料来源：张修桂《太湖演变的历史过程》，载《中国历史地理论丛》2009 年第 1 辑，第 6 页，图 1 太湖流域地形图，笔者在此基础上略做修改。

[①] （宋）范成大撰，陆振岳点校：《吴郡志》卷四十八《考证》，江苏古籍出版社 1999 年版，第 637 页。

章第三节"春申君信仰与祭祀空间"专门讨论)。

（3）"春申君所开"

在宋代地方志里出现的"申港""春申浦""夏港"及"龙尾道"等史迹都记载着"春申君所开"。"龙尾道"即是《越绝书》所见的"龙尾陵道"，其他史迹在宋代以前的文献中没有相关记载。

但是，《越绝书》里已有"吴两仓""吴市""楚门"等为"春申君所造"的记载。可见，在"吴墟"的春申君遗迹及其传承至少在汉代已经存在了，不可能是到了宋代才被创造出来。而"申港""春申浦""夏港"都与水利有关，不过关于春申君与水利的关系，《越绝书》里只提及"无锡塘"，除此之外没有"春申君所开"的港与浦的记载。可以推知，春申君与水利有关的传说是从汉代到宋代之间产生的。那么春申君和水利相关的遗迹缘何存在呢？

值得注意的是，春申君遗迹的分布状况。如图2—1所示，相关遗迹分布在苏州、无锡、江阴、常熟、湖州、常州等地，这些地区属于太湖水系，以太湖为中心，环绕太湖周边，自古以来就是江南地区的经济贸易中心。春申君所开的"申港""春申浦""夏港"也许与太湖水利有所关联。

如上所述，关于地方志中所见的春申君相关遗迹，可以得出如下结论：春申君传说与苏州、无锡、江阴、常熟、湖州、常州等地区有着密切关系，这个结论是基于春申君的封邑在"吴墟"这一历史事实，并通过考证得来的。另外，数据所载这些地区所有的春申君相关遗迹还有：

"吴泰伯庙""徐偃王庙""春申君祠""伍相公祠堂"[1]
"吴大伯庙""吴夫差庙""伍员庙""春申君庙""顾野王庙"[2]

---

[1] （宋）史能之：《（咸淳）重修毗陵志》卷十四《祠庙》，明初刻本。
[2] （宋）王象之撰：《舆地纪胜》卷五《平江府·古迹》，中华书局1992年版，第305页。

"吴王夫差庙""越王勾践庙""春申君庙""徐偃王庙"①

从这三个例子来看,春申君与吴太伯、吴季札及伍子胥都被认为是吴地的历史人物,已经被抹去了作为"敌人"的楚人形象。

再者,苏州、无锡及常州的春申君庙(即城隍庙)和春申君祠堂表示春申君已经成为保护当地人的土地神。此外,《太平寰宇记》中也有关于春申君的记载:"黄歇庙,今在无锡惠山寺。唐开元四年,无锡县尉常非熊,为旱以露板檄春申君说李园之事,当时下雨,信有征矣。"② 这里,春申君亦被称为神灵。

春申君遗迹的分布地区属于太湖水系的太湖流域。史料记载中"申港""春申浦"等便是春申君与水利联系起来的遗迹。其实,本来成为城隍神的历史人物是给当地、当地人做出了贡献的才被供奉,因此推知,春申君被认为是治理太湖流域的水灾,兴修水利的治水人物,所以关于他的传说才被流传下来。这个观点是探讨春申君传说动力的关键,但是只用宋代的例子来论证这一观点,显得有点薄弱。

3. 史书中所见的"春申君"与族谱、墓志中所见的"春申君"

宋代史书中所见的"春申君"是沿袭了历代"春申君"印象,即他被认为是"四公子""四豪"之一。宋代史书的代表著作《资治通鉴》与《古史》里都有与《史记·春申君列传》相似的记载,从而对春申君做出评价。例如,司马光在《温国文正公文集》中指出:

> 春申君进书秦宫,解楚国社稷之忧。纵楚太子,而自以身当不测之诛,智勇忠信,有足称者。至其柱石,楚国权宠,无贰割江东之封,穷僭奢之乐十余年间。楚国益弱,又纳邪人之言,造奸伪之谋。乱其国嗣,泷败王家,方诸田文罪,又甚焉。终为李园所袭,身首屠裂,则其智勇忠信,果安在也……故校其臧否,

---

① (宋)孙应时:《(保佑)重修琴川志》卷十《叙词》,《宛委别藏》;(清)阮元辑,江苏古籍出版社1988年版,第367—368页。
② (宋)乐史撰,王文楚等点校:《太平寰宇记》卷九十二《江南东道四》,中华书局2007年版,第1851—1852页。

当以信陵为首，平原次之，孟尝又次之，春申为其下矣。①

司马光认为春申君为四君子中最低。苏辙在《古史》中称："苏子曰：'黄歇相楚王，患王无子，而以己子盗其后。虽使听朱英杀李园，终擅楚国，亦不免大咎，何以言之。秦楚立国，仅千岁矣。无功于民，而获罪于天。天以不韦、歇阴乱其嗣，而与之俱毙。岂区区朱英所能为哉，不然以黄歇之智，而朱英之言，独无概于中乎。'"② 春申君由于掌控重权而遭受不幸的结局，与吕不韦一起遭到天谴。他对春申君这样的政治人生给予了相当低的评价。由此可见，关于作为历史人物的春申君，由于其后半生的"失政"，受到后代人指责。

另外，关于春申君出身等与其谱系有如下记载：

黄，出自嬴姓……鲁僖公十二年，楚灭黄，其族遂仕楚，春申君黄歇即其后。③《古今姓氏书辨证》

宋故殿中丞黄公墓表，公讳琪，字希珍。其先楚人春申之后。④《武溪集》

上面的例子显示春申君黄歇是黄氏一族，出自黄国的人物。下面的例子说宋代官吏黄公的祖先是春申君的后代。笔者认为，根据这些例子不能直接说他的祖先就是春申君，而说是春申君的后代，只不过是借着春申君这个名人的光环来提高已故先祖的地位和声望而已。按笔者所理解，应该是从宋代开始，在族谱里开始出现春申君的名字。

总之，就春申君传说的传承而言，宋代是至关重要的时期。这个时期的文献中所见的"春申君"，在史书和诗歌上基本上沿袭了前代"春申君形象"。但值得注意的是，这个时期出现了地方志，在地方

---

① （宋）司马光：《温国文正公文集》卷七十，四部丛刊景宋绍兴本。
② （宋）苏辙：《古史》古史四十八，宋刻元明递修本。
③ （宋）邓名世撰，王力平点校：《古今姓氏书辨证》卷十五，江西人民出版社2006年版，第222页。
④ （宋）余靖：《武溪集》卷十九《墓志上》，清文渊阁四库全书本。

志里有不少春申君相关遗迹。从地方志记载可知，春申君传说与苏州、无锡、江阴、常州、湖州、常熟等地域有着密切关系。传说的重要特征是在特定地区产生的地方性。按照这个看法，春申君与这些特定地区的关系对探讨春申君传说的传承有着极为重要的意义。

笔者考察结果发现，在上述地区已有不少春申君相关遗迹，宋代当地人将春申君视为当地历史人物记忆下来。另外，在文献里有不少关于作为城隍神的春申君的记载，因此春申君对当地人来说是祭祀对象，是保护人们不受灾害的保护神。

那么，春申君是如何成为城隍神的呢？如上所述，一个历史人物变成城隍神，其原因是对当地做出了一定的贡献，而当地人记住他的贡献，从而他们将他的贡献流传于后世。一般来说，城隍神保护人们免受"四患"（水灾、火灾、偷盗、战争）。可以推测，春申君由历史人物变成城隍神，可能与"四患"有着密切的关联。如前面所述，苏州、无锡、江阴、常熟、湖州、常州等地属于太湖流域，而且，文献里有"申港""春申浦""夏港"等据称为春申君所主持的水利建设相关的记载，因此从春申君与太湖流域之间的关系来看，他兴修水利是为了保护人们不受水灾。

（二）元朝时期

元朝是由蒙古族建立的统一王朝。元代统治者政治上施行独特的政治制度掌握政权。在经济方面，不但承袭南宋制度，而且更重视江南地区的经济开发，将物质从江南海运到大都，从而充盈国库。因此，江南地区是维持元朝经济的重要区域。在文学方面，元曲广泛流行，盛极一时，然而，与元曲的兴盛相反，史书、诗歌与唐宋时期相比，退出了主流地位。元朝不重视科举，甚至有八十年时间废除了科举制度，从而有儒家修养的汉族士大夫的地位也不高。诗歌创作可以说主要是由汉族士大夫完成的，但元朝统治者对他们的冷遇，影响到诗歌的创作。而且，当时的戏剧与小说等受老百姓欢迎的俗文学作品的流行也影响到诗歌的发展及其主流地位。

在这个时期的有关"春申君"传说的流传，虽然受到如上所说的时代风潮的影响，然而"春申君形象"的大部分还是存在于诗歌的意象里面。下面对此进行举例分析。这个时期诗歌中春申君传说的特征是与特定地域、人物相关联。

> 履穿无下叹东郭，桃椎尚欠居士屩。是谁业屦捆秋芒，绝胜编楼便行脚。花泥溶溶草露滴，山石齿齿（幽幽）苔烟碧。江南林壑天下奇，不识春申珠履客。① 艾性夫《剩语》卷上古体诗
>
> 自古江南地，澄江小翠微，讼清衙散早，路僻客来稀，季子高风在，春申故宅非，晚凉无一事，携酒坐苔矶。② 曹伯启《曹文贞诗集》卷三《初到江阴寄徐路教仲祥五首》

在这两则诗歌里，春申君的事迹、史迹都是与江南联系起来的。这意味着当时春申君传说被认为是扎根在江南这一特定地区的。在曹伯启的诗歌里把"春申故宅"与"季子高风"（即季札的高贵道德）并举，可见在这里春申君和春秋吴的品德高尚、有远见卓识的季札一起被记录下来。可见，元人对春申君的印象是"君子形象"。春申君和季札（或称公子札、延陵季子）并举的例子还有：

> 毗陵城西渔火红，家家夜香烧碧空。荻花离离季子冢，枫叶索索春申宫。鸡声人语三十里，大船小船浪相倚。鸂𪄠一双飞上天，人在舵楼弄秋水。③ 陈孚《陈刚中诗集·常州》
>
> 六月初吉，轻行过门云，将改游吴公子季札、春申君之乡，而求其人焉。余曰唯唯因次第其辞以为别。④ 戴表元《剡源集》卷十三序《送张叔夏西游序》

从这些诗词可以得知，元朝时期春申君不仅被认为是与常州等太

---

① （元）艾性夫：《剩语》卷上古体诗，清文渊阁四库全书本。
② （元）曹伯启：《曹文贞诗集》卷三《五言长律五言律诗·初到江阴寄徐路教仲祥五首》，清文渊阁四库全书。
③ （元）陈孚撰：《陈刚中诗集·常州》，明钞本。
④ （元）戴表元撰：《剡源集》卷十三序《送张叔夏西游序》，四部丛刊景明本。

湖流域有关的人物，而且根据以"季子冢""春申宫"及"吴公子季札、春申君之乡"等史迹和史实为基础的相关历史记忆来看，他和吴季札都是当地的代表性历史人物。在宋朝时期春申君传说是用"春申君所开"等词语来表述有些史迹来源于春申君，到元朝时期叙述春申君史迹与其由来的付诸阙如，① 在诗歌里与春申君的史迹都以当地名胜的角色出现。

>惠山西磵多乔木，望见茅堂在水滨，邹峄世家尤阀阅，春申祠宇是比邻，深林暝色床敷暖，微雪朝光户牖新，不为茶经求陆子，端从莲社拜遗民。② 顾瑛《草堂雅集》卷五《惠山赠孟宗镇》

>江上君山翠作堆，江云与客共低回，黄杨闰后余无厄，丹桂天高孰为栽，饱吃河豚肥似乳，醉看江水小如杯，延陵祠墓春申港，我亦挐舟访古来。③ 谢应芳《龟巢稿》卷五《借韵寄将以忠》

>吴兴水为州，诸山若浮萍，况此一培塿，琐屑世未名，所欣渔樵居乃缁锡并种竹有万竿结茅无十楹，老僧解人意蹑履能相迎，芳草被行径朱藤暗岩扃萧条空阶，暮日照莓苔，青尤嫌所历早未极游眺情耸身白云上始见春申城，想当高会时，楼观飞青冥，竭海荐垒勺，窜山羞鼎铏，安知千载后，寂寞无人行，煌煌冠盖区，壤壤狐兔营，归来朱门客，听此松风声。④ 黄溍《金华黄先生文集》卷一初稿一《登钱山望菰城慨然而赋》

---

① 例如，（元）陆文圭云："此山尤姓楚春申珠履。"（元）陆文圭撰：《墙东类稿》卷十八《八月初游君山谊斋有诗同赋二首》，清文渊阁四库全书。方回云："如江阴君山云郡乘纪春申山因号君。"（元）方回撰：《桐江集》卷一《冯伯田诗集序》，载（清）阮元辑《宛委别藏》，江苏古籍出版社1988年版，第31页。
② （元）顾瑛撰：《草堂雅集》卷五《惠山赠孟宗镇》，清文渊阁四库全书补配清文津阁四库全书本。
③ （元）谢应芳撰：《龟巢稿》卷五《借韵寄将以忠》，四部丛刊三编景钞本。
④ （元）黄溍撰：《金华黄先生文集》卷一初稿一《登钱山望菰城慨然而赋》，元钞本。

从这些作品里，分别可以看出"惠山"与"春申祠宇""菰城"与"春申城""君山"与"春申巷"等各地名胜。这说明，与春申君相关遗迹已经被描述成为各地史迹，并完全地方化了。尤其是"江阴楚境西，春申君之故邑也"①，这句诗的内涵可理解为，在江阴有"春申浦"等不少相关遗迹，那里是春申君封邑，作为历史人物的春申君可谓名垂后世。

　　古木鸣鸦集，遥山落日明，尽知崇庙食，不为祀朱英。② 释善住《谷响集》卷三《春申君庙》
　　歇也惛淫忍复论，指胎画策市君恩，区区篡立成何事，翻与皇家辟祸门。③ 李继本《一山文集》卷二《春申君》
　　春申君，见利重，见理蒙。保相印，封江东，李家女儿入楚宫。春申灭国并灭嗣，舍人入相遗腹子。④ 杨维祯《铁崖乐府注》乐府注卷一《春申君》

如上三则诗歌都是以春申君为主题的。其内容基础是《战国策》《史记》所见的春申君的相关记载，其中，诗人特别吟咏了春申君不纳食客朱英的谏言，阴谋让儿子嗣位及其失败的情节。这些对春申君印象的描述从司马迁《史记》开始一直延续到宋及元朝，可以说元朝时期的春申君传说与以往的传说是一脉相承的。

另外，除了诗歌以外，在元朝的文章中，也有提及并论述春申君的。如：

　　七雄之末诸善战者，吴起以法，孙膑以智，田单以巧，白起廉颇李牧以勇，而公子无忌不与焉。公子特以卑身下士羞胜，孟

---

① （元）朱晞颜撰：《瓢泉吟稿》卷四《送唐子华序》，清文渊阁四库全书本。
② （元）释善住撰：《谷响集》卷三《春申君庙》，清文渊阁四库全书本。
③ （元）李继本撰：《一山文集》卷二《春申君》，清康熙钞本。
④ （元）杨维祯撰：《铁崖乐府注》乐府注卷一《春申君》，清乾隆联桂堂刻本。

尝平原春申三君不知善为兵者，固无如公子者也。① 陈世隆《北轩笔记》

孟尝平原信陵春申四君，遂以好客闻于天下，士亦忻然从之，上下皇皇相求真若倾心赴义，以相成其事者，以吾观之四君之中，惟信陵行事近于有礼。② 戴表元《剡源集》卷二十二史论《孟尝平原信陵春申四君列传》

上举两例中，魏信陵君得到的评价远高于其他三君，如春申君与孟尝君、平原君一起被称为"不知善为兵者"。此外，"黄询饶，名宽福，宁州翁潭里人也。家世仕族有故谱，载春申君歇至其大父汝慈凡三十余世历"③。像宋代一样，这个时期的墓志铭里也有关于春申君的记载。在这里，他是黄氏的祖先之一，黄询饶的祖先是不是春申君不得而知，但不难推测，为了维持家系的品格，而利用了春申君的名望。

综上所述，元朝时期春申君传说主要是在诗歌里出现春申君及其相关史迹。在诗歌里面，春申君已经与江南这一特定地区结合在一起，被认为是当地的历史人物。值得注意的是，从一些春申君与春秋吴季札并举的例子看来，他并不是单独成为当地的著名人物，而是与太伯、季札等一样，作为统治旧吴地的人物，被放在了统治者的谱系里。这是当地人主要依靠对他的历史记忆，并同时结合他的历史事实来创造诗歌，从而新的春申君形象由此传承下来。

再者，宋词里经常涉及来源于春申君的史迹，在元朝时期的诗词里面与他相关的史迹已经成为了当地名胜，这些史迹在诗歌里只不过是风景而已。这意味着在江南的几个地区，春申君被认为是当地的历史人物，而与其相关史迹却被作为当地名胜而完全地方化了。

---

① （元）陈世隆撰：《北轩笔记》，清知不足斋丛书本。
② （元）戴表元撰：《剡源集》卷二十二史论《孟尝平原信陵春申四君列传》，四部丛刊景明本。
③ （元）贡师泰撰：《玩斋集》卷十《黄询饶墓志铭》，明嘉靖刻本。

第三节　春申君传说的演变期

一　明清时期

（一）明朝时期

朱元璋将蒙古族统治者驱逐出去以后，汉族重新掌握了政权，从此迎来了长达276年的比较稳定的时期。在这个时期，在文学方面，以民众为主要鉴赏对象的俗文学很受青睐，《三国演义》《水浒传》《金瓶梅》及《西游记》等四大奇书在民间广泛流传。在诗歌方面，有提倡"诗必盛唐，文必秦汉"的复古主义的古文辞派，也有公安派、竟陵派等。

因此，在这样的情势之下，明代文献中所见与"春申君"相关的史迹及其由来，有应用《战国策》与《史记》故事的，有关于"四君子"和"珠履"的，也有族谱、墓志铭中前代流传下来的内容。另外，戏剧里还可见到与明代发展起来的松江府、黄浦有关联的内容。总之，这个时期有多方面的"春申君印象"，其中最突出的特征是与特定地区结合的春申君相关史迹的记载。

关于春申君相关史迹的地方化或本土化，从元代文献开始已经有了记载。值得注意的是，明朝时期开始发行了大量的官方地方志。从此，春申君及其相关史迹也作为各个地区的历史和遗迹的一部分，被记录到各地方志之中，由官方（官方地方志等文本资料）和民间（口头传承）双方完成了对其传说进行传播及地方化的过程。下面，列举在明朝时期与春申君之间有着密切关系的特定地区（江阴、无锡、苏州）的例子进行分析。

1. 春申君与特定地区之间的关系

江阴

（1）江阴为常属邑，大江自岷导之东流万里至江阴，达于海岸，江之山曰君山。君山迤而东崭然与由里秦望秀拔天半者，曰黄山。盖江阴以楚封春申君黄歇之地，山由是得名，而君山则歇之墓，实在焉……余惟黄山在吴越诸山不只邾莒之于齐鲁，特以春申君而名天下，呜呼，春申亦七国之雄也，方其明也。①《清江文集》

（2）雨浥芳堤不起尘，暨阳城外落花新，江沙断处舟依港，野日晴时鸟近人，绕墓未招吴季子，到山空吊楚春申，唶余莫讶贪临水，尤是文园渴病身。②《石仓历代诗选》

（3）江阴，古春申之国也。③

黄山在县东北六里，以春申君姓为名，其峰为席帽。④

君山在县治北二里，枕江之滨，旧名瞰江山，后以春申君易今名。⑤

江阴在禹贡周职方并属扬州，商末吴泰伯奔荆蛮，自号句吴。其后季札封于延陵，皆此地也。周显王三十六年属楚，楚相春申君黄歇请徙封江东，于是城故吴墟为春申邑。⑥

《（嘉靖）江阴县志》

以上事例说明两个问题，一是在江阴有君山、黄山等来源于春申君之名的山。二是例子（3）"江阴，古春申之国也"等记载。当时江阴已经被认为是春申君旧封。在例子（1）里，贝琼云："余惟黄山在吴越诸山不只邾莒之于齐鲁，特以春申君而名天下。"他将吴越地区的黄山与齐鲁的邾与莒进行比较，而指出黄山是吴越地区的标志之一，并叙述了与春申君相关的重要信息。这种说法就是把春申君传说与黄山这一地区标志结合起来，从而证明春申君传说从这里传播到其他地区或流传于后代。这个事实告诉我们，与某个人物的相关史迹

---

① （明）贝琼：《清江文集》卷十四《黄山书舍记》，四部丛刊景清赵氏亦有生斋本。
② （明）曹学佺：《石仓历代诗选》卷三百九十八《明诗次集三十二·游君山》，清文渊阁四库全书补配清文津阁四库全书本。
③ （明）赵锦：《（嘉靖）江阴县志》卷十三《官师表第十下·江阴县知县题名记·赵锦》，明嘉靖刻本。
④ （明）赵锦：《（嘉靖）江阴县志》卷三《提封记第二下》，明嘉靖刻本。
⑤ 同上。
⑥ （明）赵锦：《（嘉靖）江阴县志》卷一《建置记第一》，明嘉靖刻本。

是传说的传播与传承的动力所在,在传说的传播与传承的过程中扮演了极为重要的角色。

无锡

(1) 春申封于吴,今无锡惠山,有春申庙遗迹可据。①《珂雪斋近集》

(2) 考烈王元年,以黄歇为相封为春申君,赐淮北路十二县。后十五岁黄歇言之楚王曰:"淮北地边齐,其事急请以为郡,便因并献淮北十二县,请封于江东,考烈王许之。春申君因城故吴墟,以自为都邑。"②《(洪武)无锡县志》

(3) 秋山明落日,萧瑟暮泉声,抵掌无邹衍,论文失马□,间庭空语石,乔木但流莺,一过春申涧,崩松泪已盈。③《虹映堂诗集》

关于无锡与春申君之间的关系,像例子(1)(2)已经明示出来。例中先论述"吴""故吴墟"等史实,然后涉及当代(即明代)的相关遗迹,并陈述了无锡与春申君两者之间有着密切关系。例子(3)所见的"春申涧"现存于江苏省无锡市锡惠公园里,这个遗迹也试图强调无锡与春申君有关系,并试图证明这种关系延续从明代到现代。

苏州

(1) 苏州府治即春申所造,相传为桃夏宫是也。④《董说集》

(2) 长洲县……白石山,春申君所名也。⑤《名山藏》

---

① (明) 袁中道:《珂雪斋近集》卷三,明书林唐国达刻本。
② (明) 佚名:《(洪武)无锡县志》卷一《邑里第一·古今郡县表一之一》,清文渊阁四库全书。
③ (明) 郭谞:《虹映堂诗集》卷六《过邹彦吉先生惠山围有感》,五言律诗,清顺治刻本。
④ (明) 董说:《董说集》诗集卷九,明国吴兴丛书本。
⑤ (明) 何乔远:《名山藏》卷四十六《兴地记》,明崇祯刻本。

苏州府，扬州之域，分野斗宿，自周太伯始号勾吴。武王克殷，封其后阖闾，城之曰吴都。后亡于越，楚灭越，以其地封春申君，秦置会稽郡，世称吴门为吴会谓其地，本吴会稽两县也。①《名山藏》

（3）苏州府治吴，禹贡扬州之域。至周泰伯让国来奔，在今无锡梅里，始号勾吴。武王克殷，因以封其后至寿梦益大诸樊南徙吴，阖闾始筑城都之吴亡其地入越，楚灭越以其地封春申君。②《（正德）姑苏志》

如前面例子所述无锡和春申君的关系一样，这些例子也是在追溯苏州历史的过程中涉及苏州与春申君的关系。例如，例子（1）（2）记述了《越绝书》所见的桃夏宫、白石山是春申君所开所造的。例子（2）（3）里提到春申君是继太伯（泰伯）、寿梦、大诸樊、阖闾之后的苏州统治者之一，由此可知，当时春申君已经被建构为苏州的历史人物。

总之，从江阴、无锡、苏州的例子来看，明朝时期春申君传说由于他的政绩与相关遗迹，已经从地方化的阶段发展到完全成为当地的历史人物的程度。明朝时期所编撰地方志种类就如"天下藩郡州邑莫不有志"［沈庠《（正德）上元县志序》］，有近三千种之多。周迅指出："明朝政府一面积极编纂总志，一面三令五申督促全国修志。中央督促省，省就督促府州县，因此，有明一代，各地修志蔚然成风。"③ 这个时期编辑地方志的主要目的有两点。一是站在政治的立场了解各地情势，二是在经济方面掌握各地的收成与相关的赋税等情况。本来这是明朝政府的官方工作，不过通过官方地方志的编纂，春申君传说进入官方地方志，这就使春申君传说不仅仅在民间流传，而且获得了官方的传播媒介的支持。这不仅意味着这个传说由于官民双

---

① （明）何乔远：《名山藏》卷四十六《舆地记》，明崇祯刻本。
② （明）王鏊：《（正德）姑苏志》卷七《沿革》，清文渊阁四库全书本。
③ 周迅：《中国的地方志》（增订版），商务印书馆1998年版，第106页。

方传承与传播，而且例如在《（嘉靖）江阴县志》卷一《建置志第一》里，春申君与太伯（泰伯）、阖闾一起被认为是对江阴做出贡献的人物，就是将他列为"江阴的历史人物"之一，并且他的政绩（所指的是水利工程）也成为"江阴史"的一部分。通过官方记录的地方史，春申君传说及其相关史迹在官方话语上成为"特定地区的历史人物""特定地区的史迹"，从而成为特定的地域史的一部分。这对该传说的传承与传播有着至关重要的意义。它意味着在当地人记忆中将春申君视为当地的历史人物，并且，其他区的人们也共享了他是"那个"地域的历史人物的记忆。

但是，从如上所举的例子还可看出，春申君传说并不只分布在一个地区，它同时在多个地区传播。要探明该传说如何传播到多个地区，我们要超越一个地区的限制，而从江南或太湖流域等更大的框架来看才能够解决这个问题。对于春申君传说与地区空间的关系，我们在第三章中进行分析。

接下来需要阐明的是，有关黄浦江与春申君的关系。《明史·河渠志》记载："复奉命治水苏松，尽通旧河港……松江大黄埔、赤雁浦、范家滨共万二千丈，以通太湖下流。"[1] 本来，吴淞江是太湖的主要排水通道，但是到元末淤塞，疏浚或将水流改换到其他河道迫在眉睫。因此，户部尚书夏原吉、海瑞等人采取了适当措施兴修了水利。

其结果，黄浦江替代吴淞江成为太湖的干流。以前黄浦江只是一条从淀山湖流出来的河。该水利工程竣工后，黄浦江与吴淞江连接，因此变成了太湖排水的第一河。于是，黄浦江伴随着作为"开拓者"的春申君传说登上了历史舞台。

> 宋史松江分流之大者，曰吴淞、黄浦。盖范蠡围田护塘东南道塞，春申以之开黄浦，其水不东，而北屈与吴淞会。故吴淞

---

[1] 《明史》卷八十八《志·河渠六》，中华书局1997年版，第2148页。

利，则松之黄浦亦利也。①《无梦园初集》

黄浦最大皆西受淀湖三泖之水，浦之始楚春申君黄歇之所为也。②《吴中水利全书》

吴淞水盛春申君，从江腰开一浦，南泄其水于三泖，人遂呼之为黄浦。③《吴中水利全书》

黄浦为松江府南境巨川。战国时楚灭吴，封春申君黄歇于故吴城。命工开凿，土人相传称为黄浦，又称春申浦。④《江南经略》

上述例子说明，明代地方志与水利书提及，因为春申君是黄浦江的开拓者，从而产生了黄浦江是以他的姓（黄氏）取名这一传说。战国末期春申君是否开凿黄浦江或在黄浦江附近进行了水利工程，目前没有确凿证据可以证明。据历史文献记载，受益于黄浦江的水利工程而发展的松江地区，本来其发源是唐代华亭县，并不是像苏州、无锡那样从古代以来一直是繁荣发展的城市。

但是，从传说的传承和传播的角度来看，重要的是黄浦江的名字上冠以"黄"（即春申君的姓）字，并在方志与水利书里被记录下来。虽然有关传说的传播时期不明，但可以说明，春申君治水传说已经传播到松江地区，松江地区也在春申君传说的"传说圈"范围之内。

2. 四君子论

在历代文献中，春申君不仅与孟尝君、信陵君、平原君被并称为"四君子"，而且这个称誉是春申君传说的重要因素之一。在明代文献里除了论述四君子的政绩以外，还有"四君子论"。

---

① （明）陈仁锡：《无梦园初集》马集一《杨具翁晋秩序》，明崇祯六年刻本。
② （明）张国维：《吴中水利全书》卷二十《说·吕光洵苏松常镇水利总说》，清文渊阁四库全书本。
③ （明）张国维：《吴中水利全书》卷二十二《议》，清文渊阁四库全书本。
④ （明）郑若曾：《江南经略》卷一下《黄浦考》，清文渊阁四库全书本。这句话里"战国时楚灭吴"应该为"灭越"。吴国春秋时被越国灭亡。

战国四君，孰不藐平原乎……春申是辩士非侠士，孟尝是侠士非义士，信陵义士非曲士。①《少室山房笔丛》

　　四公子之徒，信陵君尚矣。不可及已其次，则平原君而孟尝、春申，吾无取焉。②《陶庵全集》

　　春申盗国者也，孟尝合秦而屠宗国，岂其有臣节者。信陵使诸侯不敢加兵于魏，凡十余年固知三公子好士以自张也。信陵以存国也，忠也。③《史评小品》

　　由四人论之，信陵君最上，平原、孟尝次之，春申君其最下者也。④《方洲集》

　　上述例子，通过四君子的政绩等，对四君子做出评价。对春申君的评价，可能由于他与李园谋划使自己的儿子嗣位，所以总体很低。我们提及"四君子论"的时候，还要注意有关《战国策》《史记》所见的四君子的记载及司马迁等历代论者对他们的评价、评价标准等，在此基础上进行进一步论证。但是，在这里，我们要讨论的是春申君传说与"四君子论"之间的关系。春申君传说在传承与传播时，作为四君子的春申君扮演了重要角色，而依靠这个君子形象春申君传说才得以脍炙人口。就是说，后世人将春申君作为战国时期的重要人物写入记忆了。而这种记忆恰恰起到了备忘的作用，同时也是构成春申君传说的传承与传播的重要的基层部分。

　　此外，冯梦龙在《东周列国志》中，在《战国策》《史记》所见的关于春申君的记载的基础上，撰写了"李园舅争权除黄歇"。大致内容是春申君主持六国合纵对抗秦国，合纵崩溃后，春申君被楚王疏远。之后，为了避免秦国的压力，楚迁都到寿春，春申君陷入李园与李环的谋划，终遭李园谋杀的悲剧性结局。结尾部分有这样的描述：

---

① （明）胡应麟：《少室山房笔丛》乙部史书占二，明万历刻本。
② （明）黄淳耀：《陶庵全集》卷四《孟尝君平原君信陵君春申君列传》，清文渊阁四库全书补配清文津阁四库全书本。
③ （明）江用世：《史评小品》卷六战国《又史余一则》，明末刻本。
④ （明）张宁：《方洲集》卷二十七，清文渊阁四库全书本。

"李园自立为相国,独专楚政。奉李嫣为王太后。传令尽灭春申君之族,收其食邑。哀哉!自李园当国,春申君宾客尽散,群公子皆疏远不任事。少主寡后,国政日紊,楚自此不可为矣。"① 其内容将史实与春申君故事结合,主要描写春申君的后半生及其结局。他将春申君的悲剧性结局与楚国没落联系在一起。这基本上沿袭了司马迁以来对春申君的评价。对于春申君的前期为"智"而后期为"旄"的看法,可以说是自古以来历代学者的共同认识。再者,在《郁离子》里有"春申君不悟"的记述(请参阅本书附录二)。该故事由《战国策》《史记》所见的"春申君不纳朱英之言""李园谋杀春申君"等故事情节编辑改造的。这意味着明代也因袭春申君政治人物传说,同时也表示在当时人的眼里,春申君是因不纳食客的谏言,而导致悲剧性结局的人物形象。

综上所述,明朝时期春申君传说具有多元性特征。首先是引用《战国策》《史记》的记载,然后是从这些文献派生出来的"四君子""珠履""李园谋杀春申君"等故事,还有相关史迹,地方志所见的记载、墓志铭与族谱所见的记载等,传承载体是多种多样的。其中典型的传承媒体是官方方志与"四君子论"。这时期大量发行的方志是本来官府为掌握各地区的地势、人口、经济情况所编纂的,其内容包括从地理知识到民间习俗等丰富多彩,尤其是在民俗方面,有很多有关民间信仰、口头传承(神话、传说及故事)、当地的工艺品、节日习俗的记载。

地方志的记载是战国楚丞相春申君与后代江南各地区联系起来的极为重要的方式之一,有着极其重要的意义。在方志中所见的春申君是"某地区的历史人物",而其史迹是"某地区的胜地",并成为当地的标志性史迹之一。这说明明朝时期春申君及其传说、史迹已经完全地方化了。对当地人来说,春申君被认为是当地的开拓者或对当地做出贡献的人,而春申君传说通过他们的历史记忆流传于后世。

---

① (明)冯梦龙著,蔡元放编:《东周列国志》,人民文学出版社1978年版,第992页。

(二) 清朝时期

清朝在维持其统治三百多年后，结束了中国两千年来的封建君主专制制度，在新的国家体制下迈进了近代的大门。这个时期，对于与本书有关的古典文献及其编纂来说是个重要时期。首先，皇帝下令编辑《四库全书》《古今图书集成》等，对古典文献进行了集成。其次，乾隆至嘉庆年间萌芽并盛兴的考证学是研究古典的原则和方法之精华，清朝考证学的盛兴表示清代学者对古典的极高的兴趣。

在编辑方志方面，周迅指出："清代方志之多居历朝之首。现存的8000多种地方志中，清志有5000多种。"[1] 如其所言，清代因袭了明代官府编纂的体制，所编方志数量堪称历代王朝之最多。另外，清代也出现了《读史方舆纪要》（顾祖禹）等民间的历史地理书，这样，地方性知识在这个时期也达到完善。在上述的情况下，《中国基本古籍库》所见的春申君传说中最多的是清朝时期。其内容有引用《战国策》《史记》等古典，如"四君子"和"珠履"等故事，有以春申君为主题的诗歌，族谱和墓志铭，还有与松江府、黄浦相关的多方面的记载。这些内容可以看出，春申君传说因素像明代一样可以看到从以前继承下来的影子，而且集明代及以前该传说的传承因素之大全。

该时期春申君传说的重要特征就是春申君开始与黄浦（春申浦）、上海之间形成关联。

(1) 古者吴淞水盛，春申君从江腰开一浦，南其水于三泖，人遂呼之为黄浦。[2]《清经世文编》

(2) 黄浦径二百五十里透游入海，相传为楚春申君所凿。[3]《瀛壖杂志》

(3) 黄浦在南汇县西六十里，战国时楚黄歇所凿，土人因称

---

[1] 周迅：《中国的地方志》（增订版），商务印书馆1998年版，第116页。

[2] （清）贺长龄：《清经世文编》卷一百十三《工政十九》，清光绪十二年思补楼重校本。

[3] （清）王韬：《瀛壖杂志》卷一，清光绪元年刻本。

为黄浦,一称春申浦。① 《(乾隆)江南通志》

如上例子,像明代文献所载的例子(1)一样,认为黄浦是由春申君开凿的。但对于黄浦的起源,目前没有"春申君所开"的确凿的历史根据,甚至从历史学的立场来看或许只是牵强附会的说法。目前学术界公认,黄浦之名本来在南宋时期开始出现。宋朝以前黄浦只是一条汇入吴淞江的小河,而且在与它相关记载里没有"春申君所开"字样。明初夏原吉等推动吴淞江的水利工程,而太湖水注入黄浦之后,黄浦才具有了重要历史意义。此后,黄浦代替吴淞江成为太湖水系的主要排水河道。"随着吴淞江沦为黄浦江的支流,黄浦江的地位日益显著,上海城市的发展重心也转移到了黄浦江沿岸。明代,唐宋时期的重镇青龙镇已经衰落,而位居黄浦江沿岸的'上海'地位愈加显著。"② 伴随着黄浦地位的上升,交易的中心从青龙镇、松江府迁移到上海。可见,黄浦的水利工程对地域经济、上海的城市发展起着极为重要的作用。

本节要讨论的问题不是"春申君开黄浦"的真伪,而是是否存在春申君如何与黄浦关联起来的记载。按照上面提到的例(1)至例(3)的例子,两者结合的原因也许是春申君兴修水利的传说在当地广泛传播的结果。从例子(3)里"土人因称为黄浦,一称春申浦"来看,可以认定至少当地人相信"这条河是春申君开的"。开凿大河除了预防水灾,也对稻作等农业以及物资交易有重要意义。开凿运河对当地人来说,奠定了他们维持日常生活的基础,因此当地人对开凿者感恩,崇拜他并将其写入历史记忆流传后世。

由此可以推知,对黄浦流域的人们来说,春申君是开凿黄浦而给老百姓带来恩惠的人物。这对阐明春申君传说的传承与传播具有很重要的意义。

---

① (清)赵宏恩:《(乾隆)江南通志》卷十二《舆地志》,清文渊阁四年库全书本。
② 陈杰:《实证上海史:考古学视野下的古代上海》,上海古籍出版社2010年版,第18页。

除了春申君与黄浦的关系以外，他与上海的关联也是清代春申君传说的特征之一。

（4）上海居南吴尽境，古为禹贡扬州之域，春秋属吴后属越，名不甚着，旋入于楚，战国时相传为楚春申君封邑。①《瀛壖杂志》

（5）上海为禹贡扬州之域，春秋属吴后属越，战国属楚。相传为春申君封邑，黄浦即春申君所凿者也。②《清经世文三编》

以上两个例子，首先说明上海的历史变迁（史前、春秋、战国），然后指出上海是春申君的封邑。上述例子在谈论春申君与上海之间的关系时认为，由于春申君开黄浦，上海具有了一定的地理优势，而将二者直接联系了起来。当然，这并不完全是历史事实。历史上，"751年，唐朝政府设立华亭县，是上海政区形成的第一块里程碑"③，至元代，上海县才正式成立。到了明代，由于兴修水利，黄浦成为太湖的主要排水河道，上海从此开始发展起来。同时，位于黄浦沿岸的上海替代了松江府成为物流交易的中心。到了清代，因解除海禁，这个地区的运输途径从主要依靠水运变成海运，为外国投资进到上海打开了方便之门。所以，清朝中期的上海被称为"江海之通津，东南之都会"。从以上关于春申君与上海的表述中也可以窥见当地留下来的春申君传说演变的痕迹。

（6）三茅阁在北门外，其侧向有春申侯祠，即邑志所谓延真观也。土人呼为长人司，司神无可考证，俗因以春申君当之春秋致祭维虔，自楚至今已二千余年，而民奉之罔懈，岂其功德之及

---

① （清）王韬：《瀛壖杂志》卷一，清光绪元年刻本。
② （清）陈忠倚：《清经世文三编》卷二十七《户政四户政五》胡家鼎《上海为海疆门户论》，清光绪石印本。
③ 陈杰：《实证上海史：考古学视野下的古代上海》，上海古籍出版社2010年版，第175页。

人者深耶，考黄歇仕楚臣节不纯，迹其生平事实无善可纪，而世以四君并称，窃所未惬然其疏凿黄浦，沪民万世食其利宜血食弗替也。①《瀛壖杂志》

（7）祠在老北门外三茅阁桥西北岸，毁于兵燹，邑人移建北门内。同治初，河干尚有春申古迹牌坊，今则并废矣。②《沪游杂记·春申侯祠》

清朝时期在上海有祭祀春申君的祠堂，春申君成为祭祀对象。例子（6）"自楚至今已二千余年，而民奉之罔懈，岂其功德之及人者深耶"可见，祭祀古代人物春申君的原因是因为他对老百姓的"功德"。

此外，同治十一年（1872）《申报》创刊于上海。对于《申报》命名的缘起，"因上海淞江一带原为战国时期楚国相春申君黄歇之封地，俗称春申江，故名《申江新报》，《申报》为其缩写"③。值得注意的是，在这个时期，来源于春申君的"申"变成了表示上海的地域符号，并且"申"与上海联系在一起。田兆元也指出："把上海作为'申'的地域标志亮了出来，这份发行78年的影响巨大的近代报纸对于上海形象的建构起到非常重要的作用，上海舍'申'难以自述。"④（对于春申君传说与上海之间的关系，本书第六章专门讨论）。

综上所述，清朝时期春申君传说达到相当完备的程度，可以说集前代之大成，并且开始出现与黄浦、上海等明代以后发展的河名、地区相关的传说。这两个因素是与清代的古典研究和编纂及松江地区的历史发展密切相关。从上述论述中，我们大致了解了该传说与历史事实之间的关系，并究明了该传说的形成和发展也随着历史发展加上新

---

① （清）王韬：《瀛壖杂志》卷二，清光绪元年刻本。
② （清）葛元煦：《沪游杂记》卷一《春申侯祠》，清光绪二年仁和啸园刊本。
③ 万方文：《书屋絮语》，《书屋》2002年第9期。
④ 田兆元：《春申文化与上海城市精神建构》，《文汇报》2010年4月23日专刊《春申文化》。

的因素。

二 民国时期

民国时期是中国近代化过程中至关重要的时期,尤其是在政治、文化方面有了巨大变化。然而,这个时期春申君传说没有明显特征。金正炜编纂《战国策补释》,根据《史记·春申君列传》等古籍,注释了《战国策》中所见的春申君故事。释敬安在《八指头陀诗续集·寄章太炎君沪上八绝句并招游天童》云:"人海车尘匝地腥,孤根兰蕙惜芳馨,黄流滚滚春申浦,不及天童一发青。"[1] 也涉及沪（上海的别称）与春申浦之关系。此外,还有关于"四君子""珠履"等的故事,与江阴的君山、无锡的春申涧等相关的史迹。不过,这个短暂的时期内,在文献中新增的关于春申君传说的记载如凤毛麟角。

小 结

综上所述,本章通过分析春申君传说的历史变迁,探讨了其传承过程、传承形式及其传说的具体内容。传说是依靠历史事实、历史人物及地方风物等被创造出来的,春申君传说也不例外。但是,该传说其内容严格沿袭史实,几乎没有神秘色彩与神话色彩。随着时间的流逝,该传说从根据史实的官方话语发展成为民间、地域的话语。具体而言,这个传说与无锡、江阴、苏州、常州、常熟、上海、湖州相关联,具有了地域性。据历史文献记载,在这些地区有不少有关春申君的庙堂等史迹。我们可以推知,每个地区都有各自的春申君传说,独立存在,从宏观的角度来看,这些地区构成了一个"传说圈"。如果有春申君传说的"传说圈",那么我们应当关注该传说与各地之间的关系。阐明这两者的关系,才能够解释春申君传说传承的动力。通过

---

[1] （清）释敬安:《八指头陀诗续集》卷八《寄章太炎君沪上八绝句并招游天童》,民国八年北京法源寺刻本。

本章的考察可知，春申君传说的"传说圈"在江南地区或其中心的太湖流域。从"申港""春申浦"等记载来看，该地区的春申君传说也许跟当地的治水传说有关系。下一章将主要探讨太湖流域与该传说之间的关系。

第三章　春申君传说与地域空间

从上章的分析来看，春申君传说分布在苏州、无锡、江阴、常熟、湖州、上海等地。这些地区都在江南地区的范围内。对于传说与特定地区之间的关系，钟敬文指出："传说流传具有地方性的特点。传说中的故事往往发生在固定地点，并和一定的地方风物、名胜古迹相联系。"[①] 换言之，传说的特点就是与特定地区及其风物之间的结合。这点不像"很久很久以前""有一个地方"及"有个人"等具有普遍性的民间故事。本章对作为春申君传说舞台的江南地区进行详尽的论述，尤其是对其中心的太湖流域，并且对太湖流域与春申君传说之间的关系进行深刻的剖析。

本来"江南"是长江南方的一个地理概念，指现在的江苏、安徽两省南部及浙江省北部。但是，从历史的角度来看，在先秦至秦汉时期，"江南"指两湖地区（现湖北、湖南省）；西晋迁都到建康（现江苏省南京市）之后，它的含义才更加接近现代所指的"江南"。可见，"江南"的地理空间在历史上经历了很大变迁。这不仅意味着地势、水势及气候等地理空间在不断地变化，而且意味着政治、经济及军事等人文空间也在变化。

自然地理与人文地理环境及其变迁是历史地理学或区域历史地理学的主要研究对象。本章首先对地理空间、人文空间等概念及其历史变迁与区域文化，按照历史文化地理、区域历史地理的理论来进行分

---

① 钟敬文主编：《民间文学概论》，高等教育出版社2010年版，第139页。

析。其次，对江南地区进行分析。在历史上，江南地区经历了地理空间的变迁和人文地理的巨大变化。"江南"包含着多种意义。不仅指地理空间，而且还包含着如江南水乡、江南园林等作为文化概念的"江南"，以及由文人创造的作为形象概念的"江南"空间，当地人与外地人对江南的认同（即"江南认同"）等。本章围绕"江南"概念的形成及发展这一问题，参考以往研究并对其做分析整理，并且探讨作为江南地区中心、并与春申君传说有关的太湖流域。

首先应该注意的是，李孝聪指出："区域本来应当是自然形成的，不是人为地事先划定的。可是，在人文地理研究中（无论历史的或现代的），'区域'往往是由研究者来划定。"[1] 这就意味着，区域或空间设定带有任意性。因此设定某个特定区域、空间时，我们要对关于为何如此设定"这个区域或空间"等一系列问题进行说明分析。在以往的许多传说研究中，不少研究已经论及传说与特定地区之间的关系。不过，大多数研究论述特定地区的地理环境、历史背景及人文空间后，指出"这个地区与该传说的传承有着密切关系"。可是，这里的"密切关系"到底有着何等的意义？笔者认为谈这个问题的时候，很少人关注传说受到特定地理空间的影响，反之地理空间受到传说的影响，还有两者之间的关系。其原因在于传说研究的重点不在传说与地理空间之间的关系，而在于传说的传承过程、传承人及传承原因等。

根据上章的论述可知，春申君传说及其传承依赖作为特定地理空间的江南地区。从传说内容来看，其传说的传播、传承与江南地区的水系（尤其是太湖流域）等地理特征以及从这个地理特性产生出来的人文技术"水利"有着密切关系。因此，首先，我们按照历史地理学的理论来对江南地区的地理特性进行分析。其次，论述民俗事象与特定地理空间之间的关系。继而，分析作为春申君传说舞台的江南地区，并论及其中心地区的太湖流域。

---

[1] 李孝聪：《中国区域历史地理》，北京大学出版社2004年版，第2页。

第一节　区域与地理空间

　　本章所指出的江南地区是指特定范围的区域和地理空间。我们在探讨作为春申君传说舞台的江南地区时，应该注意随着其传说的传承与变迁，其区域和空间也在变迁。本来，研究时间或时间变迁是历史学的范畴，研究空间是地理学的范畴，研究时间与空间就是历史地理学的范畴。其定义是："历史地理学是研究历史时期人类地理环境变化，以及环境与人类和人类社会发展关系的科学。"[①] 可以说，其研究范围是在历史变迁上的自然环境与人文空间的互动关系。而且，研究特定区域与时空变迁可以说是区域历史地理学的范畴。

　　李孝聪对区域历史地理下了这样的定义："研究中国区域历史地理要从中国现代自然地理区划入手，按现代大区域复原历史自然地理与人文地理景观，阐述区域地理的历史变化过程。注意区域自然环境与人类活动的互动关系，把握历史政区与现代政区的划分异同，分析界线不相吻合的缘由，阐述历史时期人类活动对自然环境的影响。"[②] 就是说，区域历史地理学以特定区域为研究对象，在其区域上探讨历代自然环境与人文空间的互动关系，并对照历代与现代的地理范围、行政区之间的差异。[③] 在区域历史地理研究中，区域是至关重要的概念，那么如何界定这个概念？对此，李孝聪和鲁西奇有如下解释。

　　　　区域是地理空间的一种分化，分化出来的区域一般具有结构上的一致性或整体性。这里的结构包括空间结构、城乡结构、资源环境结构乃至于行政结构、文化结构等。[④]

[①] 蓝勇编：《中国历史地理（第二版）》，高等教育出版社2010年版，第1页。
[②] 李孝聪：《中国区域历史地理》，北京大学出版社2004年版，第2页。
[③] 例如，鲁西奇以汉水流域为研究对象来分析当地的历史时期的自然环境、人群、经济等。鲁西奇：《区域历史地理研究：对象与方法——汉水流域的个案考察》，广西人民出版社1999年版。
[④] 李孝聪：《中国区域历史地理》，北京大学出版社2004年版，第3页。

> 区域是先于统一国家的客观存在,正是在统一的过程中,村庄和集镇、集镇和城市、地区(郡、州、府)和行省,才终于被缝合成一个整体。①

从上面的两个例子来看,区域是一个统一体,也是以特定的地理空间形成的空间,在那个区域,人们的居住空间与由人们创造的人文空间同时存在。本章所说的江南地区也不例外。它是由特定的地理空间、当地人及其创造的人文现象构成的融合体。但值得注意的是,对于它的地理空间和含义,历来众说纷纭。从江南一词的字面语义来看,江南就是长江以南的地方,表示非常广泛的范围。而且,历代"江南"的含义也在不断地变化。另外,对这个特定区域与其他区域的境界,"江南"也没有像现在的上海行政区(十六个区、一个县)一样有明确的界线。在区域地理学的研究范畴内,关于区域的概念及其特征与性质,已经有大量的讨论了。在这里,根据区域地理学,要论述关于区域的特征与性质的几个问题。

一 划分区域的任意性

在中国地理环境上,以秦岭—淮河为界分为南北,是自古迄今不变的地理区分,以秦岭山脉为西北与东南的区分也是很普遍的。根据各地的地势、地形区分地理是具有一定的客观性的。然而,也不乏其他的区分方法。例如,周振鹤曾经说过:"文化区的划分的确带有某种任意性,由于研究者的视角不同,而可能有不同的划分方案。"②除了文化区,还有根据行政区、经济区等人文空间来区分的。这些区分都是任意区分的。同时,周振鹤也指出了做这些区分的学者的任意性,例如,这些根据人文空间的区分早已从古代开始被学者、官吏、编纂者等记录下来。

---

① 鲁西奇:《区域历史地理研究:对象与方法——汉水流域的个案考察》,广西人民出版社1999年版,第8页。
② 周振鹤:《中国历史文化区域研究》,复旦大学出版社1997年版,第4页。

例如，在《尚书·禹贡》中所记载的"九州"就是按照地势来区分全国，也描述各地物产与贡赋。又如，司马迁在《史记·货殖列传》里云：

> 夫山西饶材、竹、谷、㶊、旄、玉石，山东多鱼、盐、漆、丝、声色，江南出楠、梓、姜、桂、金、锡、连、丹砂、犀、玳瑁、珠玑、齿革，龙门、碣石北多马、牛、羊、旃裘、筋角，铜、铁则千里往往山出棋置，此其大较也。①

他将全国分为山西（函谷关以西）、山东（函谷关以东）、江南、龙门、碣石，记录了各地物产。从古至今，中国有"一方水土，养一方人"的说法，其意为人文空间受到地理环境的很大影响。这个观点就如在《礼记·王制篇》中所云："凡居民材必因天地寒煖燥湿，广谷大川异制，民生其间者异俗。"② 还有"橘逾淮，而北为枳"③（《周礼·冬官考工记》）、"橘树之江北，则化而为枳"④（《淮南子·原道训》）、"橘生淮南则为橘，生于淮北则为枳，叶徒相似，其实味不同。所以然者何。水土异也"⑤（《晏子春秋·内篇杂下》）等，类似说法在古代社会广泛流传。

秦始皇统一天下后，将全国分为36郡，巩固了行政区与经济区的基础。此后，虽然在区分、名称上略微变化，这个框架基本上还是被延续到后世。但是也有一些例外，例如明清时期江南地区的经济区分就是以太湖流域的"八府一州"［即苏州、松江、常州、镇江、应天（江宁）、杭州、嘉兴、湖州、太仓州］为中心的，而且随着时代的不同有不同的区分标准。

---

① 《史记》卷一百二十九《货殖列传》，中华书局1997年版，第3253—3254页。
② （东汉）郑玄注，（唐）孔颖达疏：《礼记正义》，《十三经注疏（清嘉庆刊本）》，中华书局2009年版，第2896页。
③ 《周礼注疏》卷三十九《冬官考工记》，（清）阮元校刻：《十三经注疏（清嘉庆刊本）》，中华书局2009年版，第1958页。
④ 何宁撰：《淮南子集释》，中华书局1998年版，第40页。
⑤ 吴则虞撰：《晏子春秋集释》，中华书局1962年版，第392页。

如上所述，地理区分带有任意性，按照每个做区分的人的不同有不同区分，并且用不同的区分标准来区分（政治、经济、文化等）。另外，也要注意行政区、经济区、文化区重叠在一起的状态。

二　统一性与整体性

区域概念中最基本的特征就是区域区分的任意性，区域的内部结构具有统一性。区域是由特定的地理环境构成的，从而区域是具有统一性的自然环境。在这个基础上，人文空间被创造出来。其中，语言具有最明显的统一性。各个地区有独特的语言（方言），当地人根据亲口所讲那个语言，亲耳听到那个语言，来区分"我们"（本地人）与"他者"（外地人），从而对该区域产生了认同。

值得注意的是，每个区域内部也会产生差异。例如在现代上海，上海人讲的是上海话（或沪语），然而严格来说他们说的话在市区与郊区有区别，并且整个区域中的区、县（十六个区、一个县）之间也略有差别。一般来说，区域都存在"中心"与"边缘"，其"中心"就是区域文化的中心，同时其"边缘"就是区域文化的边缘。但是，这个看法过于概念化，并不是所有文化现象都能形成波纹状同心圆向四周扩散。我们经过实地考察才了解文化现象的分布，也通过这个工作才阐明人们创造的文化的多样性与复杂性。文化现象的扩散不像概念图那样简单。就是说，区域具有一定的统一性，但在其内部结构里并不是所有文化现象均匀存在，其框架内也有差异，这些不同的因素互相融合共存才能保持统一性。

三　区域认同

上述讨论的是区域区分的任意性、统一性及整体性。这些都是作为空间概念的区域特征。但只设定特定区域，创造自然环境与人文，区域并不成立。区域要在此基础上再加上人们对区域的认同才能成立。"人对'地区'的亲近说明归属感对于人类是至关重要的……人们并不单纯地给自己划一个地方范围，人们总是通过一种地区的意识来定义自己。"① 也就是说，人们对居住地产生归属感才能成立区域空间。归属感是人们通过长时间在那里居住、生活之后，他们的各种生活习惯、仪式活动会慢慢地产生出来。再者，因为该地区与其他区域"不同"，所以就更加强调归属感，而其区域的特性通过人们的日常社会生产实践（生活、仪式活动等）被再创造、发扬。

第二节　江南地区与太湖流域

一　江南地区及其核心地带

在本节中，探讨江南的原因是因为春申君传说的主要传播地区就是江南地区。可以肯定的是，江南与春申君传说有着密切关系。为了了解两者之间的关系，本节重点探究作为春申君传说舞台的太湖流域的地理特性。

"苏湖熟，天下足。""天上天堂，地下苏杭。"② 如史料所记载，江南地区在宋代发展成为经济中心。徐茂明指出："太湖流域的水利事业也获得空前发展，粮食亩产大幅度提高，所有这些因素，共同奠定了两浙地区在全国的经济中心地位。"③ 著名经济史学者李伯重又指出："就明清时代而言，作为一个经济区域的江南地区，其合理范围应是今苏南浙北，即明清的苏、松、常、镇、宁、杭、嘉、湖八府以及由苏州府划出的仓州……上述八府一州在地理上还有一个极为重要的特点，即此八府一州的大部分地区，都同属一个水系——太湖水系。"④ 他提出了"八府一州"，并且认为这些地区属于太湖水系的一个"经济共同体"。本来，对江

---

① ［英］迈克·克朗：《文化地理学》，杨淑华、宋慧敏译，南京大学出版社2005年版，第95页。
② （宋）范成大撰，陆振岳点校：《吴郡志》卷五十《杂志》，江苏古籍出版社1999年版，第669页。
③ 徐茂明：《互动与转型：江南社会文化史论》，上海人民出版社2012年版，第6页。
④ 李伯重：《简论"江南地区"的界定》，《中国社会经济史研究》1991年第1期。

南地区的范围划分，有根据地理上的共通性区分，按照经济圈，根据经济水平来区分等各种说法。不过，"尽管江南的范围设定有如许的复杂性，江南的核心也仿佛常常被限定在太湖平原地区"①。一言以概之，江南地区的全体范围属于太湖平原或太湖水系。

总之，历代王朝的首都虽然有时在北方有时在南方，但是，江南地区一直以来是各个王朝的经济中心。这个经济中心的根基就是属于太湖水系的太湖地区。在这个地理环境下，人们利用自然资源而发展农业、手工业，并依靠交通之便繁荣了商业。

二　太湖流域的自然环境与人文环境

四大文明都在大河流域发源发展的事实说明，人类的生存与发展，离不开水资源。《老子》云："上善如水。水善利万物而不争，处众人之所恶，故几于道。"② 在中国，水被认为是给人民带来恩惠的物质，同时也是表示人的最高人格的象征。另一方面，自古迄今在海边、河边经常遭受水旱等自然灾害。它威胁人们的生存的同时，也给人们带来一些智慧，人们借机改善生活条件与进行社会发展。

（一）自然环境

太湖水系位于江南地区（见图3—1），是由太湖与其他河流湖泊形成的，自古以来给人们带来恩惠与灾害的水系。关于太湖的地理位置和环境，"北滨长江、南依钱塘江、东临大海，西以茅山和天目山脉为界，总面积约36500平方公里。境内丘陵山地和河湖水面各占16%，平原洼地占68%，气候温和湿润，土地肥沃，水源丰富，地势平衍，具备很多有利于经济开发的条件；但亦存在地形复杂，河浦易淤，容易发生自然灾害的问题"③。

---

① 冯贤亮：《史料与史学：明清江南研究的几个面向》，《学术月刊》2008年第1期。
② 陈鼓应注译：《老子今注今译》（修订版），商务印书馆2003年版，第102页。
③ 《太湖水利史稿》编写组：《太湖水利史稿》，河海大学出版社1993年版，第2页。

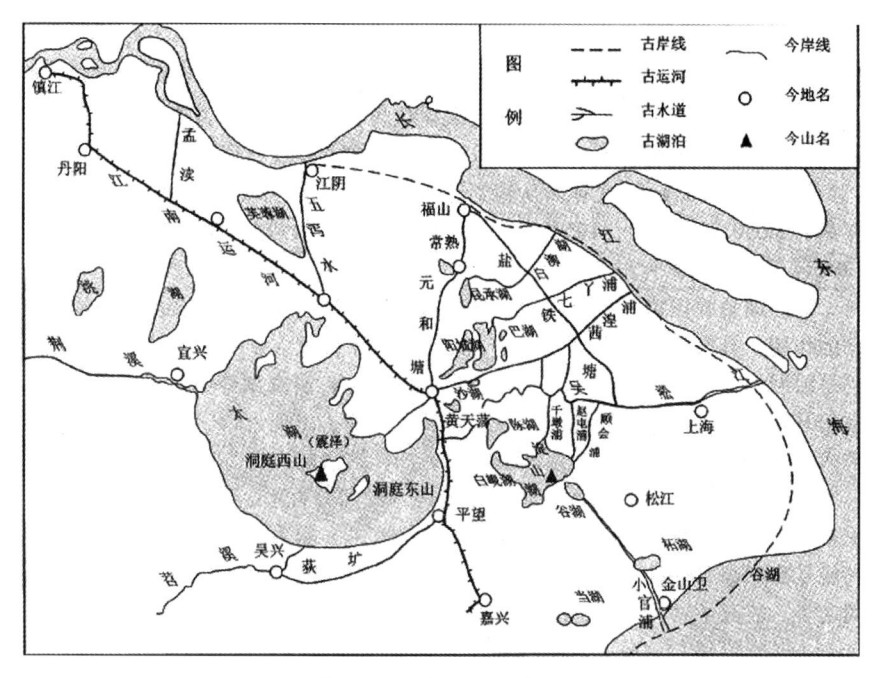

图 3—1 太湖水系略图

资料来源：《中国自然地理·历史自然地理》，科学出版社 1982 年版，第 151 页。

公元前 4000 年之前，太湖流域是一个低洼平原，过后由于地面下沉、长江沿岸的沙土沉积，形成了巨大盆地。从太湖西边的山脉发源地的河流注入盆地就形成了现在的太湖。

表 3—1　　　　　　　　　　太湖概况

古称	震泽、具区、五湖、笠泽
位置	横跨江、浙两省，北临无锡，南濒湖州，西依宜兴，东近苏州
面积	湖泊面积 2427.8 平方千米，水域面积 2338.1 平方千米，湖岸线全长 393.2 千米
地形	其西、西南侧为丘陵山地，东侧以平原及水网为主
周边主要城市	苏州、无锡、宜兴、湖州等
总面积	36500 平方千米
位置	北滨长江，南依钱塘，东临大海，西以茅山、天目山为界

续表

古称	震泽、具区、五湖、笠泽
地形	西部为山丘，属天目山、茅山山区的一部分。中间为平原河网以太湖为中心的洼地及湖泊，北、东、南周边受长江口、杭州湾泥沙堆积影响
行政区划	江苏、浙江、上海、安徽三省一市

资料来源：笔者参考《太湖水利稿》《太湖流域开发探源》制作。

（二）太湖水系

三江既入震泽底定。①《尚书·禹贡》

太湖，周三万六千顷，其千顷，乌程也。去（吴）县五十里。②《越绝书·吴地传》

太湖（别称震泽、具区、五湖、笠泽）已经在古典文献里有记载。太湖从古代至唐代是两个水源与三条排水河汇流形成的。其水源分别为源自太湖西边的茅山的荆溪和源自南边天目山的苕溪。太湖的排水河就是向东北的娄江，向东方的吴淞江，向东南流入大海的东江（见表3—1）。这些就是从太湖流出归入大海的三条河流。

到了宋代，"今二江已塞，而一江又浅。倘不完复堤岸，驱低田之水尽入于松江，而使江流湍急，但恐数十年之后，松江愈塞。震泽之患，不止于苏州而已矣"③。如《吴郡志》所载，随着长江下流的沙土沉积，海岸线也延长下去。娄江与东江受其影响而堵塞，吴淞江也由此变狭窄，这样除掉沙土、开凿河道势在必行。于是，元朝为了运输物资的必要，开通了刘家港（现浏河），此后，浏河代替娄江成为从太湖向东北的主要排水河。明永乐二年（1404），户部尚书夏原吉兴修水利，将范家浜接到黄浦，而吴淞江与黄浦汇合在一起，直通

---

① （西汉）孔安国传，（唐）孔颖达疏：《尚书正义》，《十三经注疏（清嘉庆刊本）》，中华书局2009年版，第312页。
② 张仲清：《越绝书译注》，人民出版社2009年版，第48页。
③ （宋）范成大撰，陆振岳点校：《吴郡志》，江苏古籍出版社1999年版，第271页。

海里。结果,黄浦江成为太湖的主要排水河,吴淞江渐渐地变成黄浦江的支流。

通过概述太湖及太湖水系可以看到,历代利用太湖水系,有效地促进了人们、物质、信息等交流,并且推进了经济贸易的发展。当地人在河川由于沙土沉积淤塞时开凿运河,为了防备水旱等自然灾害,设置了塘堰、灌溉设备及水闸等,推动了治水工程的发展。

(三) 太湖流域开发与经济文化

从"荆蛮之地"到"鱼米之乡",显示出江南地区,特别是其中心的太湖流域的发展。如前所述,该地域的发展与政治动向有着密切关系。可以说,在东晋政治中心移到江南地区后,该地区的经济、文化开始有了进一步发展。

经济文化的发展需要丰富的水资源与能利用水资源的水利技术。对于历代太湖流域开发,大致可以分为五个时期:先秦时期、秦汉至魏晋南北朝时期、隋唐时期、宋元时期以及明清至民国时期。各个时期的要点归纳为如下几点。先秦时期是早期开发时期,相传吴太伯(泰伯)开挖了泰伯渎,它是太湖流域早期的人工河道,吴夫差也开浚了江南运河。除此之外,还有胥浦与胥溪河(伍子胥所开)、蠡渎(范蠡所开)、语昭渎(春申君所开)等。在春秋战国的吴越之争、楚吞并越等历史背景下,这些由当地历史名人开凿的遗迹主要是为了军事物资的运输,也为农业发展做出了一定的贡献。

秦汉至魏晋南北朝是第一发展时期,尤其是东晋王朝迁移到太湖流域后,形成了江南地区的经济中心。太湖流域开发对该流域的经济发展极为重要,该流域的开发是与经济发展同步进行的。这个时期的主要开发内容包括:"一是开挖江南运河及其他人工河道,发展水运和排水;二是创建南湖、练湖水库和山丘塘堰,增强蓄洪,灌溉能力;三是围田垦殖,扩大耕地面积;四是推行屯田制,建立治水屯田区。"[1] 可见,这个时期进行了有关水利的多方面工程,由于开挖运

---

[1] 《太湖水利史稿》编写组:《太湖水利史稿》,河海大学出版社1993年版,第40页。

河、开浚湖泊形成太湖流域水网系统,塘堰灌溉与围田垦殖促进了农业发展。三国孙吴时期确立了屯田制的耕作经营制度。

隋唐时期,隋炀帝和隋文帝对江南运河进行了大规模开凿,从此,江南运河终于沟通了钱塘江、长江、淮河以及黄河水利。江南运河的开发对太湖流域的经济贸易起了十分重要的作用。此外,在太湖流域的滨江环海地区,为了预防海水涌入,兴筑了防海大堤防。在农业水利方面,为了改善排水和引水,推进了开浚河道,兴建塘堰圩田。这些水利工程是促进农业生产的重要灌溉工程的一部分。

宋元时期,"在太湖地区曾发生塘浦圩田解体以及偏重漕运,忽视水利,造成农业减产,水利矛盾增多,生产受到影响"[①]。可见,这个时期出现了偏重于漕运的倾向,水利与农业生产都受到了影响。于是,(北宋)郑亶、(北宋)单锷以及(元)任仁发等治水专家论争治水之策。此外,在太湖的主要排水河流中,东江、娄江已经堵塞,只有吴淞江流通,然而逐渐狭窄。因此,这个时期主要关注开浚吴淞江及其支流,从而保持从太湖排出的河流的畅通。

明清至民国时期,治水以排水为主,进行了不少疏浚排水工程。其中,重要的水利工程是明代夏原吉兴修的水利工程,黄浦江替代了吴淞江,成为太湖主要排水河。黄浦江在夏原吉开浚后,经过历代多次治水,被称为现代上海的"母亲河"。这个大规模工程"形成了'以浦代淞'的水系变化,使太湖地区的洪水出路有了改观,为上海建成全国最大的工业基地和出海港口创造了条件"[②]。

太湖流域的经济文化是在历代水利工程的基础上才形成的。唐代以后,太湖流域的经济文化开始发展。具体而言,在以苏、松、常、杭、嘉、湖为中心,充分利用水资源与水利技术,开始发展农业、手工业及商业。到了明代,在吴淞江进行了大规模的兴修工程,黄浦江成为太湖的主要排水河。上海依靠黄浦江从一个渔村发展成为大城

[①] 《太湖水利史稿》编写组:《太湖水利史稿》,河海大学出版社1993年版,第108页。

[②] 同上书,第162页。

市。到现在，太湖仍具有丰富的水资源，也有水乡、古镇及园林等许多文化建筑物，作为江南文化的中心地繁荣兴盛。

总之，太湖及太湖水系是江南地区的中心，它是与历代江南地区的发展分不开的。太湖流域的水资源给当地人带来以稻作为中心的农业与水上交易的发展，另一方面也带来了水旱等灾害。因此，历代的江南地区的居民通过开凿、开通运河并设置塘堰、灌溉设备及水闸等，来改造并适应当地地理环境。

三 太湖流域自然灾害与"治水空间"

历代太湖流域频发洪水与干旱，为了免遭水灾和保护农田，历代人民高度重视水利工程。首先，我们对历代太湖流域的水灾及其情况进行分析。

表3—2　　　　　　东晋至民国时期的水旱灾害次数统计表

朝代	经历年数	水灾 次数	水灾 频次（年）	旱灾 次数	旱灾 频次（年）
东晋	103	7	14.7	3	34.3
南朝	169	12	14.1	3	56.3
隋唐	304	16	19	14	21.7
吴越	86	3	28.7		
北宋	148	28	5.3	17	8.7
南宋	152	40	3.8	29	5.2
元	89	46	1.9	5	17.8
明	276	99	2.8	40	6.9
清	268	75	3.6	41	6.5
民国	38	2	19	1	38

资料来源：《太湖水利史稿》编写组：《太湖水利史稿》，河海大学出版社1993年版，第347页。一部分由笔者整理。关于详细内容，请参阅附录一"太湖历代灾异列表"。

从表3—2来看，对于太湖流域的灾害频率，水灾比旱灾多。太湖流域是一个蝶形洼地，雨水容易滞留，受灾范围广泛。水灾发生的次数从宋代开始增多。对于这个原因,"影响水旱灾害频度的因素很多,一时一地的水利兴衰,只是原因之一;河湖萎缩、海岸涨坍等自然变化也是原因;生产发展,不断开山围湖造田,扩大耕地面积,造成蓄水排水条件恶化,易灾的山田、圩田面积逐渐增多,都是造成灾害频度近多于古的因素"①。换而言之,受灾原因在于水利兴衰、自然变化以及生产发展等多种因素。北宋时期,重视漕运,不讲究水利,从而经常发生河流堵塞,排水条件也恶化。元代也难以解决排水问题。明代虽然夏原吉推进吴淞江的水利工程,黄浦江代替吴淞江成为太湖水系的主要排水河道,然而对其他河流不够重视水利,因而水灾的次数没有减少。

关于洪水与干旱等自然灾害,据《太湖备考》记载,具体如下:

八月朔,大风拔木,太湖溢,平地水高八尺。(吴)太平元年(256)

十一月,太湖溢,谷贵民饥。(宋)元嘉七年(430)

太湖溢,平地乘舟。(唐)长庆二年(822)

夏大旱,太湖水退数里,内见邱墓街道;秋无稼,民饥。(宋)熙宁八年(1075)

七月四日大风雨,水高二丈余,漂没塘岸。(宋)元丰元年(1078)

七月大水,西风驾湖水,浸没吴江民居,长桥亦摧其半。(宋)元丰四年(1081)

七月大风,太湖溢,漂没田庐无算,充浦沉于湖。(元)大德十年(1306)

七月十七日大风暴雨,昼夜不息,太湖水高一二丈,滨湖庐舍无存,诸山木尽拔,渔舟漂没。(明)正统九年(1444)

七月大风雨,太湖溢,漂没民居,死者甚众。(明)天顺五

---

① 《太湖水利史稿》编写组:《太湖水利史稿》,河海大学出版社1993年版,第349页。

年（1461）

　　春雨，夏大水，太湖泛滥，田禾淹。（明）弘治五年（1492）

　　春夏连雨，大水，高淳坝决，五堰之水下注，太湖横溢，六郡皆灾。（明）嘉靖四十年（1561）

　　夏，大旱，太湖涸，民饥。（明）万历十七年（1589）[①]

从这些例子来看，太湖流域的主要自然灾害是水灾，尤其是夏季频发。水灾的发生导致太湖居民的生活被破坏，具体而言"谷贵""无稼"等农业方面，"漂没塘岸""浸没民居"等生活方面受到巨大影响，甚至是"死者甚众"。此外，历代太湖流域都有多次特大水灾，受灾面积庞大，严重损害太湖居民的生活，威胁他们的生命安全。例如，

　　（元）至顺元年（1330）二月大水，七月复大水，太湖溢，害稼，饥疫。润、常、苏、松、杭、嘉、湖诸路州县皆大水，没民田。苏州闰七月大水，坏民田万计。无锡秋大霖雨，民多饥死。吴县八月大水，冒村廓，淹民田，饥殍相藉；十月大风，太湖水溢。吴江二月大水，漂没民庐，七月复大水，害稼，民饥疫，死者甚众。秋闰七月，平江、嘉兴、湖州、松江三路一州大水，坏民田三万六千六百余顷，被灾者四十万五千五百余家。[②]

特大水灾影响到太湖流域的多个地区，并且破坏民田，淹没民居，造成民众饿死等，太湖居民生活的方方面面遭受巨大影响。由此可见，太湖居民为了预防水灾，历代通过进行水利工程，维持日常生活。除了太湖老百姓以外，历代当地官方政府也格外重视水利，进行

[①]（清）金友理撰，薛正兴校点：《太湖备考》，江苏古籍出版社1999年版，第535—538页。

[②]《太湖水利史稿》编写组：《太湖水利史稿》，河海大学出版社1993年版，第352页。

了太湖流域开发。

总之,太湖地区的水资源促进了农业和手工业以及交通的发展,给当地人带来了实惠。反之,历代太湖流域频发洪水与干旱等灾害,直接影响到当地人的生活,甚至发大水时破坏他们的日常生活,还威胁到他们的生命安全。

于是,在太湖流域,水利的意义就变得十分重要。历代王朝进行开挖运河、创建水库、和围田垦殖、开浚湖泊等治水工程,从而在太湖流域的水网系统上构建了生活空间。当地人也享受兴修水利的恩惠,并且他们参与水利工程,同时一代一代逐渐构建了治水文化。在治水文化当中,除了水利技术、他们对水灾的知识之外,还包括历代在太湖流域流传的治水传说(大禹、吴太伯、伍子胥、范蠡以及春申君等)。就是说,太湖流域的治水传说是由于在太湖流域的地理环境上,历代当地人对治水人物的认同与集体记忆构成的。

太湖流域是太湖及其水系构成的自然空间,也是在这个流域内当地人构成的人文空间。历代太湖流域水灾频发,水利的意义凸显,在水空间上产生了治水文化,由此构成了"治水空间"。它是由在太湖及其水系构成的水空间的基础上,因太湖居民及其生活而构建的人文空间,与在当地人当中共享的治水文化以及传承治水人物传说的传承空间建构的空间。

第三节 春申君传说与太湖流域

一 民俗事象的地域性

在前节,我们参考以往研究,探讨了春申君传说的分布地区江南地域的地理空间与人文空间。江南地区(特别是太湖流域)是春申君治水传说的"发祥地",也是该传说的传承空间之一。在这里,有必要提出一个重要的问题,这就是春申君传说是如何在太湖流域流传的。笔者在本书的开头部分,提出了楚人春申君的传说为何在吴越地区(即太湖流域)流传的问题。关于这个问题,在本书第二章,笔者论述了在春申君传说传承过程中,对吴越来说春申君的"敌人"

身份消失了，取而代之的是成了给当地做出贡献的人物，更受到当地人的赞扬。这算是历史人物的身份转变。对此，我们可以推测这个现象的原因不在于作为历史人物的春申君本身，而在于春申君传说与太湖流域之间的关系。

传说与特定地域之间的关系不仅对传说在时空上的传承与传播很重要，而且对民俗事象与特定地域之间的关系也很重要。例如，在口头传承的神话、传说及故事研究里，学者限定对象地域来研究。但是，关于民俗事象与特定地区之间的关系，以及探究两者间的关联的研究还是不多见。学者选地点的标准是某个地区是研究对象（神话、传说及故事等）分布密集的地方，或它是自古迄今被传说的地方，甚至是学者的故乡等。就是说，这些标准是研究对象的多寡，历史背景及为了学者自身的方便。因此，例如对于传说与特定地域之间的关系，只先说明在特定地域该传说传承下来，并且传说的传承人与接受者居住在该地域，然后论述该地域的沿革与地理特征、人文空间，最后得出结论："这个地域与该传说有着密切关系。"

可以说，在许多学者的眼里，传说的传承地方只不过是一个"地盘"，很少人关注传说与特定地域之间的关系。到底"密切关系"是怎么样的关系？难道民俗事象与特定地域之间是"偶然"联系起来的吗？历来有不少传说研究，然而大多数没有回答这个问题。这是因为传说研究的主要内容是传说类型、传承者与接受者之间的关系、"传说圈"与特定地域之间的关系，所以不太重视传说本身与特定地域之间的关系。

春申君传说及其传承与太湖流域有着密切关系。本书的主题虽然不是解读该传说与太湖流域之间的关系，而是该传说的传承动力与传承机制，但是在解决这个问题时，笔者认为先要关注这个传说与该地域之间的关系。因此，下面要分析两者之间的关系，首先论述民俗事象与地域之间关系的理论框架。作为民俗事象发生与传承的舞台，特定地域到底是怎样的空间，并且民俗事象怎样受到特定地域的影响？与此相反，民俗事象给特定地域及其当地人造成了怎样的影响？民俗事象与特定地域之间有怎样的互动关系？对两者之间的关系，我们很容易提出这些问题，但是难以找到答案。

众所周知，地域是由地理空间和人文空间形成的融合体，但很难分清两者之间的关系。这是因为地理空间是特定地貌的静态空间，人文空间却是随着时间的过去不断地变化的动态空间。如果在地理空间上形成了人文空间，会出现静态空间给动态空间如何的影响，或动态空间如何影响静态空间等问题。这与如何把握地域的概念与人文空间（文化现象、民俗事象）等根本性问题有关系。

再者，从地理学的角度分析民俗事象和研究在地理形成过程中的民俗事象的角色，都是跨地理学与民俗学的问题。因此，很少提出相关研究的方法论、理论框架。这是因为地域概念的复杂性和研究对象的多样性（例如地理环境是山地、河边、平原、沙漠等多种多样，并个具有特性）造成的，且在人文空间上也有政治、经济以及民俗事象（口头传承、饮食文化、仪式活动及社会组织等）等因素，因此，简而言之，有关地域空间与人文空间的论述也很难成立。

日本地理学者民俗学者千叶德尔对地理空间与人文空间之间的关系有精当的论述。关于地域，他首先引用法国地理学者肖勒（Andre Cholley）的话，提出"系统地域说"，认为地域是人的活动形态与自然因素的融合体，强调自然环境与人们的活动的融合性，并且较注重人们的生产活动。本来，千叶德尔的研究目的是阐明"在地域形成过程中，肖勒所说的观念形态之———所谓民俗这一文化形态——扮演什么角色"。"在当地居民建构地域过程中，（民俗）扮演什么角色。"[1] 他试图把地域形成与民俗事象联系起来，采用地理学的研究方法，并不是以民俗事象为论述的中心。

但是，他在著作中提出三个有关地域与民俗之间关系的问题。首先，在以往研究中，对于地域的定义模糊不清，只表示地域是地表的一部分，不太注重地域社会与生产活动。其次，学者只关注民

---

[1] 转引自［日］千叶德尔《民俗と地域形成》，风间书房1966年版，第21—24页。"所谓地域，就是人们对自己的活动形态给予肯定，为使之发展从而成立的组织团体。或者说是为使自己的文化形态发展、延续，使之不断增大势力而构建的组织、系统。"

俗事象的分布现象，并且民俗事象与地域社会活动分开论述。再次，谈到地域的时候，比较多的是忽略山地、海岸等特有的构成因素。① 探讨地域与民俗之间的关系时，他提出的观点都值得我们思考的。不过，应该注意到他的看法是针对日本民俗学的传统看法（如方言周圈论等）提出的对立意见。② 不管怎样，他提出的地域的构成因素、民俗事象与地域社会的关联性等问题，是值得我们思考的问题。

那么，我们应该如何把握民俗事象与地域的关系，特别是研究民俗事象时，如何把握地域与地域社会及它们的关系呢？千叶德尔指出："如果民俗事象与地域结合起来分析，应该关注地域社会的地域性。"他认为首先要解明地域社会本身的地域性，也强调要了解"民俗的地域性"。对于"民俗的地域性"，他提出："在各个地域社会，如果其地域的诸因素，因为适应了单一或复合作用的影响而使人们形成了各自的习俗或使原有的习俗消失，那么，我们便称它为民俗的地域性。"③ 他试图通过民俗事象与地域社会具有的地域性的关系来了解作为地域社会的要素的民俗事象。

以上，我们参考千叶德尔的理论对地域与民俗事象的关系进行了探讨。下面我们首先分析春申君传说风物的分布地区及其特征，其次论述在太湖流域流传的春申君传说风物的特征，以及春申君传说与太湖流域之间的关系。

---

① ［日］千叶德尔：《民俗と地域形成》，风间书房1966年版，第40—42页。
② 日本民俗学之祖柳田国男提出的"方言周圈论"过去在日本民俗学界得到了认可。他的学说主张越是古老的语言，越是存在于远离都市的偏远地区。他认为，语言是从中心都市向边远农村传播的，就如平静的湖水中投入石头子后产生的波纹状同心圆一样，从中心向周围扩散。依此可以说，新语言都在中心地区产生，而渐渐传播到郊区。那么，新语言经常存在于中心地区，而越是偏远的地区接受新的语言越晚，越是容易残留一些以往传播过去的古老语言。也就是说，他的学说说明了时间差等于地域差这个道理。然而，千叶德尔指出，在从中心到边缘的传播过程中，柳田国男的学说没有考虑地理环境（如妨碍传播的险峻山岳及大河等），并且词语的波纹状扩散只能说明在中心与边缘之间有着语言上的连续性，而没有关注在边缘或郊区产生新词的可能性，且没有指明以什么标准来判断词语之间的连续性，柳田国男的学说在理论上存在着很大的漏洞。
③ ［日］千叶德尔：《地域と传承》，大明堂1970年版，第165—166页。

二 春申君传说风物

春申君相关的风物与口头、民间信仰一样是春申君传说传承的重要传承途径之一。对于春申君相关风物，我们要探讨其作为文化景观的含义、与各地历史文化之间的关联、在现代社会语境下的文化资源化、旅游资源化现象等问题。为了方便解决如上所提的问题，我们将春申君相关风物分为山川、祠庙、地名及古迹，列出每个风物的分布区域及其相关内容。

（一）山川

1. 黄山（江苏省江阴市）

黄山位于市区北约2千米，背临长江，《（嘉靖）江阴县志》载："黄山在县东北六里，以春申君姓为名，其峰为席帽。"[1] 据贝琼《清江文集》载："余惟黄山在吴越诸山不只邾、莒之于齐鲁，特以春申君而名天下，呜呼！春申亦七国之雄也，方其明也。"[2]

2. 君山（江苏省江阴市）

君山位于市区北边，旧称瞰江山。《（嘉靖）江阴县志》记载："君山在县治北二里，枕江之滨旧名瞰江山，后以春申君易今名。"[3] 君山西麓有东岳庙，相传其庙下有春申君墓。据《清江文集》载："盖江阴以楚封春申君黄歇之地，山由是得名，而君山则歇之墓，实在焉。"[4] 现存春申君黄歇墓，被列为江阴市文物保护单位。山下有君山公园，公园门口有"春申之封"石牌坊。

3. 白石山（江苏省苏州市）

古称胥女山，《越绝书》记载："白石山，故为胥女山，春申君初封吴，过，更名为白石。去县四十里。"[5]（明）何乔远《名山藏》

---

[1] （明）张衮:《（嘉靖）江阴县志》卷三《提封记第二下》，明嘉靖刻本。
[2] （明）贝琼:《清江文集》卷十四《黄山书舍记》，四部丛刊景清赵氏亦有生斋本。
[3] （明）张衮:《（嘉靖）江阴县志》卷三《提封记第二下》，明嘉靖刻本。
[4] （明）贝琼:《清江文集》卷十四《黄山书舍记》，四部丛刊景清赵氏亦有生斋本。
[5] （东汉）袁康、吴平辑录，乐祖谋点校:《越绝书》，上海古籍出版社1985年版，第16页。

亦载:"长洲县……白石山,春申君所名也。"①

4. 黄间山(安徽省六安市寿县)

《(成化)中都志》记载:"黄间山,在州东北五十里。相传,楚春申君黄歇尝游于此。"②

5. 黄公山(江苏省常州市)

黄公山位于常州市区南,《(咸淳)重修毗陵志》载:"黄公山,在县南八十里,去太湖十五里,即春申君黄歇所封故吴墟。"③ 在《(康熙)常州府志》亦载:"黄公山,在亭山西,去太湖十五里。旧传春申君封地。"④

6. 小黄山(江苏省常州市)

位于新北区孟河镇北,旧称东山。为安徽黄山区别叫"小黄山"。民间传说:这座山是春申君"读书之处"。

7. 无锡湖(江苏省无锡市)

无锡湖,别称芙蓉湖和射贵湖,《越绝书·吴地传》载:"无锡湖者,春申君治以为陂,凿语昭渎以东到大田。田名胥卑。凿胥卑下以南注大湖(太湖),以写西野。去县三十五里。"⑤

8. 申浦(江苏省江阴市)

申浦,或称申港和申港河。《舆地纪胜》记载:"申浦,今为申港。黄歇为春申君,本在寿州,为去齐近,为齐所侵,徙都于吴。为春申君开。"⑥《方舆胜览》载:"申浦,春申君所开,今名申港。"⑦《(嘉靖)江阴县志》又载:"申港,县西三十里,自三山石堰北行入

---

① (明)何乔远:《名山藏》,明崇祯刻本。
② (明)柳瑛:《(成化)中都志》卷二,明弘治刻本。
③ (宋)史能之:《(咸淳)重修毗陵志》卷十五《山水》,明初刻本。
④ (清)于琨:《(康熙)常州府志》卷二,清康熙三十四年刻本。
⑤ (东汉)袁康、吴平辑录,乐祖谋点校:《越绝书》,上海古籍出版社1985年版,第15页。
⑥ (宋)王象之撰:《舆地纪胜》卷九《江阴军·景物上》,中华书局1992年版,第498页。
⑦ (宋)祝穆撰,祝洙增订,施和金点校:《方舆胜览》卷五《江阴军》,中华书局2003年版,第100页。

江，相传为春申君所开，故名。"①

9. 春申湖（江苏省苏州市黄埭镇）

位于黄埭镇南侧，旧称裴家圩。2003年黄埭镇政府开发湖边时，为了纪念"筑堰成埭"的春申君而命名。现在湖边有生态公园，风景美丽之处。

10. 黄浦（上海市）

黄浦江（或称黄歇浦、春申江、春申浦），有上海的"母亲河"之称。据说，春申君黄歇开凿黄浦江，由此而得名。例如，《（正德）松江府志》云："黄浦一名春申浦，相传春申君凿，黄其姓也。"②《江南经略》也云："黄浦为松江府南境巨川。战国时楚灭吴，封春申君黄歇于故吴城。命工开凿，土人相传称为黄浦，又称春申浦。"③《上海研究资料》中指出："（黄浦江）对于上海生民，不论农田水利交通和商业方面的贡献，都非常巨大。上海人士对于春申君自然感谢不浅，要立庙致祭的了。"④

（二）祠庙（含陵墓、陵园）

表3—3　　　　　　　　　　春申君祠庙一览表

地址	来源	特征描述
江苏省苏州市景德路94路	《吴郡志》卷十二《官吏》	春申君庙，在子城内西南隅，即城隍神庙也
江苏省苏州市王洗马巷	《（同治）苏州府志》	春申君庙，在王洗马巷，祀楚黄歇。旧在子城内西南隅，唐天宝十载，采访使赵居贞重修。明初移庙今所。乾隆志云，自唐以来祀为城隍神。国朝康熙闲，郡人顾藻廓地重建，乾隆间再建，咸丰十年毁，同治五年重建

---

① （明）赵锦：《（嘉靖）江阴县志》卷三《提封记第二下》，明嘉靖刻本。
② （明）顾清：《（正德）松江府志》卷二，明正德七年刊本。
③ （明）郑若曾：《江南经略》卷一下《黄浦考》，清文渊阁四库全书本。这句话里"战国时楚灭吴"应该为"灭越"。吴国春秋时被越国灭亡。
④ 上海通社编：《上海研究资料》，上海书店1984年版，第524页。

第三章　春申君传说与地域空间 / 129

续表

地址	来源	特征描述
江苏省苏州市铁瓶巷	《吴门表隐》	春申君庙向在子城内。明洪武四年，移建王洗马巷，神姓黄名歇，封凤凰乡土谷神庙本湫隘，康熙间郡绅顾藻廓地重建。内有朱舍人英，张巡司二神衬。一在铁瓶巷，最古，一在娄门外太平桥，旁有罗城土地堂，一在六直镇
江苏省苏州市黄埭镇	《黄埭志·寺庙》	春申庙，在黄埭东蠡桥，祀楚相黄歇
吴县（江苏省苏州市）	《越绝书·吴地传》	胥女南小蜀山，春申君客卫公子冢也，去县三十五里
吴县（江苏省苏州市）	《越绝书·吴地传》	土山者，春申君时治以为贵人冢次，去县十六里
吴县（江苏省苏州市）	《越绝书·吴地传》	路丘大冢，春申君客冢。不立，以道终之。去县十里
江苏省无锡市惠山	《（元）无锡志》	春申君祠，在惠山下，即楚公子黄歇也。楚考烈王常以歇为相，歇后为李园所杀，吴人遂立祠于其地以祀之
江苏省江阴市	《江阴文物胜迹》	江阴人民不忘黄歇开拓之功，在他死后，不仅为其建衣冠冢，还将江边的两山命名为"黄山"和"君山"。请参阅本书第五章第四节
江苏省常州市武进区焦溪	《人文常州》	焦溪人民怀念春申君开凿申浦河，使之成为三河口、焦溪、申港一带人民的母亲河，给当地人民带来了福祉，人民敬仰他。为了纪念他，在"网川里"吴下桥北申浦河东建了一座"春申庙"，供奉了春申神像，当年香火极盛。后来时代变迁，"春申庙"演变成"大王庙"，后来又演变成"土地庙"，最后连"土地庙"也被拆，被历史湮灭了，如今已找不到碎片旧影，年老的人还零星知道一点
上海市松江区新桥镇	口传	位于松江区新桥镇春申君祠堂（银都西路，近华西路）。现存的祠堂建于 2002 年，在河流环抱的面积 500 平方米的四方土地里有江南传统风格的建筑物，里面展示着松江历史脉络的照片。请参阅本书第六章第一节
河南省信阳市潢川县	江开勇主编：《潢川历史文化大观》	1930 年吉鸿昌将军率部驻潢期间，曾在专署后院内的春申君墓地旁建立墓碑。碑上除"春申君墓"四个醒目的大字外，还注明："春申君故居即在此。黄歇被杀后，其门客将其遗骸偷葬于故宅内"
河南省信阳市潢川县	《潢川县召开春申君黄歇公陵园建设汇报会》	春申君黄歇公园建于 2011 年，园里有春申君塑像、华表、墓碑及坟墓等大规模陵园。请参阅本书附录三

续表

地址	来源	特征描述
安徽省淮南市谢家集区李郢孜镇	《(清)凤台县志》	(春申君墓)在城内东北,今人指县署西大官塘中土堆为春申君墓
安徽省淮南市谢家集区李郢孜镇	《(清)凤台县志》	县东隗家店西大阜,名黄歇冢
安徽省淮南市谢家集区李郢孜镇	淮南市地方志编纂委员会编:《淮南市志》	(黄歇墓)位于谢家集赖山乡村,俗称黄泥古堆,墓葬西约1千米为李一矿,东距长丰县武王墩约2千米,南110米处是沈郢孜自然村。封土高出地表约19米,面积3500平方米,1978年底至1980年年初市博物馆会同省文物工作队对该墓进行了勘探调查……1986年11月市人民政府公布黄歇墓为重点文物保护单位。请参阅本书附录三
安徽省淮南市谢家集区李郢孜镇	《春申君陵园简介》	2006年春申君陵墓被选为"淮南十景",它被作为淮南市的文化景观成了历史资源,并且李郢孜镇政府将它视为"两墓一寺"(即春申君黄歇墓、清朝水师提督杨岐珍墓及赖山清真寺)之一、通过旅游景区的开发,视它为当地历史文化。请参阅本书附录三
湖北省荆门市沙洋县后港镇黄歇村	沙洋县《黄歇冢景区开发项目》	据悉,沙洋县政府正在推进以这个传说为中心的、修复黄歇冢及重建黄氏宗庙为主的"黄歇冢景区开发项目",该项目中春申君遗迹被作为当地的文化景观资源化。请参阅本书附录三
湖南省常德市	《方舆胜览》卷三十	春申君墓,在开元寺,春申坊即其故宅

资料来源:古籍、地方志、著作,以及口传资料由笔者制作。

(三)地名

这里的地名,主要指因春申君传说而形成的村镇名、地名。

1. 春申村(上海市松江区新桥镇)

据说,很久以前春申君来到此地,这里是开凿黄浦江和春申塘时的指挥所,春申村由此而得名。春申村村民感谢他治水造福于民,为了纪念春申君而建立祠堂。

2. 黄渡社区(上海市青浦区安亭镇)

黄渡由于春申君黄歇而得名,之前在黄渡镇(现安亭镇黄渡社区)有纪念春申君的喝黄酒比赛,也有春申君渡江的传说。《(同治)上海县志》载:"黄歇渡即黄渡,在北亭乡。相传,春申君于此渡江。"①《（光绪）青浦县志》亦载："战国黄歇楚人，考烈王时为相，封春申君，都吴。导松江入海，今黄浦是也，黄浦又名春申浦。邑北境有镇，曰黄渡，亦因歇得名。"②

3. 申港镇（江苏省江阴市）

相传，申港镇由春申君开凿的申港而得名。

4. 黄巷（无锡市玉祁镇）

据民间传说，"黄歇侧室一支见其先祖在治理芙蓉湖时受到邑民的爱戴，又曾在大墩西北一里棚居住过，就恋上了这块水乡沃土，在此另立基业，谋求发展，由此称黄巷"③（请参阅本书附录二）。

5. 黄歇村（湖北省荆门市沙洋县后港镇）

在沙洋县后港镇有以春申君黄歇取名的村庄，叫黄歇村。相传，春申君被谋杀后他的尸体被埋葬在此地，并且因为此地是他的故乡，故取他的名字为村名。

6. 黄歇口镇（湖北省荆州市监利县）

春申君故宅所在地。《（康熙）监利县志》记载："黄歇口，春申君故宅也。出府志胡曾有过黄歇口吊古诗。"④

7. 万顷池（四川省达州市）

别称为红池坝，春申君故居所在地。《元丰久域志》载："万顷池，图经云：'楚公子黄歇所居之遗也。'"⑤ "万顷池，在达州。相传为春申君故居也。其旁平，田可百顷及有花果园林。"⑥（《明一统志》）

（四）古迹

1. 春申君故城

《史记·春申君列传》记载："太史公曰，'吾适楚，观春申君故

---

① （清）应宝时：《（同治）上海县志》卷二十八，清同治十一年刊本。
② （清）汪祖绶：《（光绪）青浦县志》卷十四，清光绪四年刊本。
③ 无锡市玉祁镇志编纂委员会编：《玉祁镇志》，江苏人民出版社2009年版，第581页。
④ （清）郭徽祚：《（康熙）监利县志》卷一，康熙四十一年刻本。
⑤ （宋）王存撰，王文楚、魏嵩山点校：《元丰久域志》卷八《新定久域志（古迹）·达州》，中华书局1984年版，第681页。
⑥ （明）李贤：《明一统志》卷七十，清文渊阁四库全书本。

城,宫室盛矣哉。初,春申君之说秦昭王,及出身遣楚太子归,何其智之明也。后制于李园,旄矣。语曰'当断不断,反受其乱'。春申君失朱英之谓邪。'"①

2.《越绝书》所见的春申君古迹(如"春申君府""无锡塘""桃夏宫""吴两仓"等,请参阅本书表2—2)

3. 春申涧(江苏省无锡市)

春申涧(或称黄公涧)位于无锡市惠泉山。相传,是春申君放马饮水的地方。《锡山景物略》载:"黄公涧,一名春申涧,楚考烈王徒封春申君黄歇于江东,城故吴墟以为都邑,涧为其饮马窟也。"②

4. 黄田港(江苏省江阴市)

《(乾隆)江南通志》记载:"黄田港,在江阴县北二里。相传春申君所开,导江水溉田,因名。"③

5. 黄埠墩(江苏省无锡市)

黄埠墩,别称小金山,四面环水,面积220平方米。《(康熙)常州府志》记载:"黄埠墩,在运河中流,而当寺塘泾口。其始得名亦当以春申君故。"④

6. 凤阜墩(江苏省无锡市)

又称玉祁大墩,位于无锡市惠山区玉祁镇。据说,它是春申君治理芙蓉湖时的指挥之处。此后,"后人为纪念黄歇治水的功德,就在大墩南侧高阜建了黄歇庙(后又称大王庙)"⑤。

7. 白水荡(江苏省无锡市)

《锡山景物略》记载:"白水荡,在盛巷西,旧三十余亩。为春申君行宫。内有蛟穴,通太湖,深不可测。"⑥

---

① 《史记》卷七十八《春申君列传》,中华书局1997年版,第2399页。
② 张智主编:《中国风土志丛刊》卷三十二,广陵书社2003年版,第155页。
③ (清)尹继善:《(乾隆)江南通志》卷六十一,清文渊阁四库全书本。
④ (清)于琨:《(康熙)常州府志》卷四,清康熙三十四年刻本。
⑤ 陶春良:《黄歇与玉祁的立塘垦殖》,载《吴文化》特辑《春申君黄歇》总第28期,无锡市吴文化研究会,江南晚报社2007年版,第22页。
⑥ 张智主编:《中国风土志丛刊》卷三十三,广陵书社2003年版,第827页。

8. 春申旧封（江苏省江阴市）

据说，江阴被称为"春申旧封"。《（嘉靖）江阴县志》载："君山在县治北二里，枕江之滨，名瞰江山，后以春申君易今名。"① "黄山在县东北六里，以春申君姓为名，其峰为席帽。"② "相传春申君死后葬于江阴君山西麓，后改称黄山，现有清代乾隆年间墓碑，上镌'楚春申君黄歇之墓'，墓地原有东岳庙，作为祭祀之处。"③ 现在，在君山公园门口有"春申旧封"牌坊。

9. 黄堂（江苏省苏州市）

《吴郡志》引用《郡国志》云："《郡国志》：'在鸡陂之侧，春申君子假君之殿也。后太守居之，以数失火，涂以雌黄，遂名黄堂，即今太守正厅是也。今天下郡治，皆名黄堂，昉此。'"④

10. 春申塘（上海市闵行区）

据说，春申君开凿春申塘。《上海县水利志》记载："春申塘，又名莘村塘。传说为战国时期春申君黄歇开浚，故称春申塘。"⑤

11. 春申道院（上海市）

《（同治）上海县志》记载："春申道院，在横沥东岸，奉春申君像。国朝雍正十二年，知县褚菊书修有记。乾隆嘉庆间，屡修并建后阁。"⑥

12. 春申君铜像（安徽省六安市寿县）

位于春申广场。请参阅本书附录三。

13. 西南小城（安徽省六安市寿县）

《太平寰宇记》记载："战国之末，楚全有之，而考烈王都焉。

---

① （明）赵锦：《（嘉靖）江阴县志》卷三《提封记第二下》，明嘉靖刻本。
② 同上。
③ 张永初：《芙蓉湖与治湖先驱春申君黄歇》，载《吴文化》特辑《春申君黄歇》总第28期，无锡市吴文化研究会，江南晚报社2007年版，第10页。
④ （宋）范成大撰，陆振岳点校：《吴郡志》卷六《官宇》，江苏古籍出版社1999年版，第52页。
⑤ 上海县水利局编：《上海县水利志》，上海社会科学院出版社1994年版，第44页。
⑥ （清）应宝时：《（同治）上海县志》卷三十一，清同治十一年刊本。

号曰郢都，城即烈王所筑，西南小城即楚相春申君黄歇所居。"①

14. 春申漆井、春申丹炉（河南省信阳市潢川县）

《潢川历史文化大观》记载："近年又在潢川出土的清乾隆七年（1742）九月《光州十景》的石刻中有《春申遗宅》一首，并注：'周东三里河北有春申君丹炉，在光州治后有春申君漆井。'"②

15. 春申君黄歇公陵园（河南省信阳市潢川县）

春申君黄歇公园建于2011年，园里有春申君塑像、华表、墓碑及坟墓等大规模陵园。请参阅本书附录三。

16. 春申宅（湖南省常德市）

《（嘉靖）常德府志》记载："春申君宅，府北开元寺。相传为春申君宅，今入为府第。"③

17. 珠履坊（湖南省常德市）

《（嘉靖）常德府志》记载："本府治城中珠履坊，相传楚春申君黄歇馆客之所。"④

18. 春申君塑像与石碑（湖北省武汉市江夏区）

在武汉市江夏区黄质山，有春申君雕像和《歇公生平简介》与《歇祖遗诗》等两块石碑。请参阅本书附录三。

19. 春申君塑像（苏州市相城区黄埭镇江）

请参阅本书第五章第四节。

20. 黄歇像（浙江省湖州市）

在湖州市政府前面有"历史文人名人园"，有沈悦、颜真卿及陆羽等与湖州有缘故的人物的铜像。穿过"历史文人名人园"，面临苕儿港的地方是市民广场。在广场有黄歇像。像前的牌子上介绍春申君："黄歇（？—前238）楚国郢（今湖北钟祥）人。封号春申君，与赵国平原君赵胜、魏国信陵君无忌、齐国孟尝君田文并称'战国四

---

① （宋）乐史：《太平寰宇记》卷一百二十九《淮南道七》，清文渊阁四库全书补配古逸丛书景宋本。
② 江开勇主编：《潢川历史文化大观》，中州古籍出版社2009年版，第226页。
③ （明）陈洪谟：《（嘉靖）常德府志》卷三，明嘉靖刻本。
④ （明）陈洪谟：《（嘉靖）常德府志》卷四，明嘉靖刻本。

公子'。考烈王即位后受封淮北十二县。考烈王十五年（前248）改封江东，在太湖南岸建菰城，修农田，兴水利，为湖州'开城鼻祖'。"

21. 菰城与下菰城遗址（浙江省湖州市）

《吴兴志》记载："春申君黄歇于吴墟西南，立菰城。"[1]《海录碎事》亦载："菰城，乌程县，乃古菰城，楚以封春申君。今俗呼下菰城，而旧经谓之五菰城。"[2] 下菰城遗迹是先秦时期建起的古城的遗址，是全国保存最好的遗址之一，位于湖州市区南郊12.5千米的云巢乡窑头村。现仅存"2001年全国重点文物保护单位"石碑和"下菰城遗址"的石刻。

22. 春申阁（湖南省常德市）

在常德沅江堤坝有"常德诗墙"，也有四座楼阁。其中之一就是春申阁。在春申阁有长联，内容如下："争雄于战国四佳公子之间，稽古查今，审时度势，词源泻海，解储君久击长绳，辩口悬河，止敌将深侵劲旅，救赵却秦师，越韩吞鲁邑，遂使宗邦气压鲸涛，威扬雁塞，独惜心灯半灭，柱死棘门，食客满堂，徒夸珠履。"

23. 春申堂（法国马赛市）

在法国马赛市有一座上海园，该园是上海市人民政府于2004年6月在举办中国法国互办文化年马赛"上海周"活动时赠送给马赛市的。其主建筑叫作"春申堂"（请参阅本书附录三）。

概而言之，春申君相关风物从古至今出现在古典文献中，或依靠现存建筑物等流传下来，广泛地分布于为河南省、安徽省、江苏省、上海市、浙江省、湖北省、湖南省、四川省等省市。流传于各地的这些相关风物是春申君及其传说的"痕迹"，同时也是春申君传说重要的文化景观。从春申君相关风物的分布来看，相关风物主要密集于太湖流域（即苏州、无锡、江阴、常州、上海等）。分布在太湖流域的

---

[1] 转引自（清）李卫《（雍正）浙江通志》卷四十二《古迹》，清文渊阁四库全书本。

[2] （宋）叶廷珪撰，李之亮校点：《海录碎事》，中华书局2002年版，第120页。

春申君相关风物，依靠山川名、祠庙、地名以及古迹等多种形态流传下来。

三 春申君传说与太湖流域之间的关系

本章首先探讨春申君传说传承传播的江南地区的地域特性，指出了该地区是以太湖为中心的太湖水系。依靠本书第二章的考据，在遍布中国全国的春申君传说当中，其传播传承相对密集的地方是苏州、无锡、江阴、常州、常熟、湖州、松江以及上海等江南地区（即太湖流域）。那么，春申君与太湖流域之间有怎样的关系？本章除了讨论太湖流域的地域特性之外，还关注"民俗的地域性"。"民俗的地域性"是当地人在地域社会的地域性的基础上建构出来的。于是，就涉及这样一个问题，春申君传说的地域性所指的是什么？

根据历史记载，春申君与太湖流域之间的关系是从他领有"吴墟"（旧吴地、以苏州为中心的地区）开始的。在《越绝书》里，有他在当地开设市场、管理粮食、建监狱及盖城门等记载。他去世后，其传说还在太湖流域传承下来，并且其内容主要是与太湖流域及其地理特征有关的。例如"无锡湖""无锡塘""语昭渎""申浦""春申港""黄浦江""黄田港""黄埠墩"等。这些"春申君所开"的相关风物与太湖流域的地理特征有着密切关系。太湖流域是由于太湖及其水系构成的空间，太湖流域的经济发展与这个地理空间分不开，同时与水利开发密切相关。因为，"雨多便山洪暴发，冲毁田舍；雨缺则沟河干涸，灌溉困难，有洪有旱，旱是常见之灾。历代劳动人民依靠开塘、筑坝、蓄水、建水库，拦洪蓄枯，作为除害兴利的主要手段"①。太湖流域本来屡次发生水旱等灾害，因此在当地为了防备水灾，设置灌溉设备、塘堰、水闸运河开凿等，推进了治水工程的发展。在太湖流域，春申君传说除了开设市场、管理粮食等传说以外，大多是与当地的需要水利的地理空间有关的治水传说。春申君传说通过当地的自然环境和兴修水利与太湖流域联系起来。也可以说这个传

---

① 《太湖水利史稿》编写组：《太湖水利史稿》，河海大学出版社1993年版，第3页。

说在依托治水的历史空间与流域的地理空间代代相传。

总之，春申君传说与太湖流域是由太湖流域（水旱频繁发生地区）的地理特性在该地域性上被创造出来的"治水空间"联系在一起的。而春申君则是被认为给当地的治水及其发展做出了不少贡献的人物，这个人物形象也因此被传承下来。

小　结

从以上的考察可以看出，无论是春申君传说的生成、发展，还是演变的过程，都与太湖流域有着密切的关联。虽然，这是以春申君的旧领地——吴地的史实为依据，但是传说中春申君作为敌国丞相的身份已经消失，相反，他被当成对当地有着重大贡献的人物。春申君传说的主要传承地区在苏州、无锡、江阴、常熟、湖州、常州等太湖水系区域，根据地方志等历史文献记载可知，春申君传说中与其治水相关的遗迹不少。由此可以推测，春申君传说和江南地区的关系，或江南地区的春申君传说的传承、传播的要因是与太湖水系及其水利等密切相关的。也就是说，由于春申君为当地治水，被当作对当地有贡献的人物记载并传承下来。

可是，只从这一点来说明春申君传说在太湖流域的传承过程和传承要因并不充分。在太湖流域，除了春申君以外，还有太伯渎（与吴太伯相关）、邗沟（与吴王夫差相关）、胥浦（与伍子胥相关）等史迹。从这一点来看，春申君传说和流传当地的其他水利传说一起，可以放在大禹治水传说的谱系中。而且，像这种对历史人物的历史记忆，对旱魃、水害等的灾害记忆，对于探索江南地区春申君传说传承的过程及其动力等要因将起到很大的作用。

第四章　春申君传说与太湖治水传说谱系

从上章的论述来看，春申君传说和太湖流域之间的关系，与以太湖为中心的水系及其地理环境、当地人对太湖水系的治水有着密切关系。因此，我们可以推断在太湖流域的治水活动与春申君传说在太湖流域的传承原因有关联。本书的目的是阐明春申君传说在太湖流域的传承原因及传承机制。为了解决这些问题，本章对这些问题的关键的治水进行探究。具体要分析以下两点。

首先，我们通过"传说圈""传说群"及"风物传说圈"等传说学理论，论述传说的基本特征及其传承与传播范围的问题。按照这些传说学理论，分析春申君传说的内涵及传承与传播范围、该传说在太湖流域流传状况，以及春申君传说与在该地的其他治水传说之间的关系。

其次，我们要了解太湖流域的治水状况。据上述的论考，太湖水系历代发生了变化，并且由于气候变动，频发的干旱与洪水给当地人带来了灾难。因此，历代为政者为了治水而采取了相关对策。例如，由于泥沙沉积堵塞太湖排水河道而疏浚河底，为了预防洪水带来的水灾设置堤坝闸口，为了方便进行灌溉把河川的水引导到农田、预防干旱，设置塘堰蓄水。本来，这些水利工程是由当地行政机关组织的，但它对当地人的生活至关重要，特别是与农业、渔业及贸易等密切相关。因此，当地有许多治水的传说就不足为奇。本章参考历代太湖流域的治水工程，尤其是注重在当地民间社会的有关治水水利的言论。

具体而言，通过对当地流传的治水传说与治水人物进行探讨，了解当地人对治水的意义和当地人对治水人物的认同。

最后，通过分析在太湖流域民间社会的治水言说，探讨在当地流传的春申君传说与（在当地流传的）其他治水传说、治水人物之间的关系，或曰春申君传说在太湖流域治水传说当中，扮演了怎样的角色。众所周知，大多数治水传说都源于大禹治水。遍布中国各地的治水传说与治水人物并不是单独存在的。例如，李冰建造都江堰的传说，魏西门豹的治水故事，等等。同理，春申君传说与太湖流域治水传说也是相关联的。在这里，我们通过分析太湖流域治水传说，来了解当地民间社会的治水传说，探讨在这些"治水传说谱系"背景下被创造的春申君治水传说及其特征。

第一节　传说学理论与春申君传说的传承范围

一　"传说圈"与"传说中心论"

柳田国男是日本民俗学的开拓者，他对民俗的广范围论述形成了日本民俗学的基础。其中也有关于传说的论考。1940年，柳田国男出版了《传说论》，虽然是70多年前的著作，但是书里论述了传说的定义、特征及故事与历史之间的区别，对"传说学"的基础有详尽透彻的分析，直到现在仍极具参考价值。在本节，首先将归纳柳田的"传说学"特征，尤其是对"传说中心论""传说圈"进行整理。其次，通过对其理论的批判性探讨，分析其理论与春申君治水传说的关系结构。

柳田认为，传说属于口头传承或信仰传承，并提出传说的三个特点。首先，"传说的要点，在于有人相信。而且随着时间的演进，相信它的人就越来越少也是不可争辩的特点"。这里，他谈到传说产生和流传的条件，并谈到传说流传与时间的关系。其次，"本书的目的之一，就是对于传说的演变过程，传说是与时共变的"[①]。他指出传

[①] ［日］柳田国男：《传说论》，连湘译，中国民间文艺出版社1985年版，第9页。

说是不断地变化着的。关于传说的"可信性"与"变异性",并不是柳田独自的看法,在中国民俗学界,也有相同观点的提出。可以说"可信性""变异性"就是传说的基本特性。此外,他还主张传说具有地方性。传说与特定地区的风物联系起来,传说与故事之间就会产生区别,并会产生传说的地方性。就是说,他认为传说是一种"地方性知识"。

根据如上所述的传说特性,柳田提出两个传说理论,即"传说中心论"与"传说圈"。所谓传说中心论,即"传说必然有核心,而说的核心必有纪念物存在。无论是楼台庙宇,寺社庵观,也无论是陵丘墓冢,宅门户院,总有个灵光的圣址、信仰的靶的,也可谓之传说的发源的故地,成为一个中心。奇岩、古木、清泉、小桥、飞瀑、长坂,原来皆是像一个整体织品上的花纹一样,现在却分别独立存在,成了传说的纪念物"[①]。"只要有眼前的事物就会唤起人们的记忆,而这个记忆也是相信传说并印证传说的记忆。"[②] 就是说,传说有中心点,在其中心有作为纪念物的当地风物。这一点与故事只有普遍性相比,更能证明传说的地方性。传说的"中心"是传说与故事区别的重要标准。

所谓"传说圈",是指特定地区的特定人群在相信某个传说的前提下,"为了研究工作上的方便,把一个个传说流行着的处所,称作'传说圈'"。柳田用"传说圈"理论指出,在传说的传播与传承上存在特定的流传范围,并由特定地区的人群传播与传承下来。如果同类型的传说(虽然他没有说明以什么标准为"同类")同时存在,"同种类,同内容的传说圈相互接触的地方(甚至有重叠着的部分区域),两个传说,后来趋于统一,或者可以明显地看出,其间存在着争执的痕迹,在争执中一方的说法胜利了,另一方的说法被征服了"[③]。同传说类似,"传说圈"也同时复数存在,但两个"传说圈"

---

① [日]柳田国男:《传说论》,连湘译,中国民间文艺出版社 1985 年版,第 26—27 页。
② [日]柳田国男:《传说》,岩波书店 1940 年版,第 33 页。
③ [日]柳田国男:《传说论》,连湘译,中国民间文艺出版社 1985 年版,第 49 页。

之间又为了争取"正统性"而渐渐地趋向统一。

柳田提出的"传说中心论"和"传说圈"理论，对我们研究传说的基本结构与传说的性质起着极大的作用。除了日本以外，现在一些中国学者也参考他的理论。然而，70年前提倡的理论不能一直保持其生命力，也有一些问题。首先，虽说传说有中心，但他没有说明其中心如何被创造出来，这是传说产生的根本性问题。传说是在"这个地域"产生的，还是外来的传说被当地化的，他没说清楚传说产生的重要过程。另外，关于"传说圈"，他指出："这许多传说圈，受自然地形和生活习俗的束缚，经常是各自孤立存在的。"① 从《传说论》的出版时间来看，"传说圈"是以村落为基本单位形成的。我们应该注意当时日本的村落不像现在交通发达、村落之间的交往频繁、发展互联网的社会，就是一个以村落为社会单位的世界，是一个与外面社会的接触有限的社会。因为"传说圈"理论是在20世纪初的日本村落上成立的概念，柳田提出的"传说圈"正是基于这样的背景和社会单位的基础上才形成的，所以不一定是在现代社会或其他国家直接或普遍通用的概念。

由此可见，关键问题就是传说的传承与传播范围的问题。柳田认为"传说圈"有中心，在其中心有作为纪念物的风物。然而，按照他的看法，传说中心是一个"点"，因而他不太考虑传说的地域范围或传说流传到具有共同点的地域的状况。他的看法缺乏以传说为"面"（即传说流传及其范围）的视角。

春申君治水传说的流传范围就是在需要治水的地理环境下被创造的"面"，而不是特定的"点"，因此阐明这个传说的流传范围及其框架极其重要。那么，我们如何把握春申君治水传说的特定地域的背景与传承单位呢？

二 "传承母体论"

本来，柳田所说的民俗学当初"是从乡土研究出发的。乡土即是

---

① [日]柳田国男：《传说论》，连湘译，中国民间文艺出版社1985年版，第50页。

地域社会，他不是研究乡土本身，而是在乡土探究日本人的民族性或国民性"①。他试图在日本民族的同质性的前提下阐明日本民族的特性。柳田赴日本全国的山村渔村调查，收集了大量资料。但他的目的是了解日本民族的本质性，而不太关注各个地方、地域的特点。

福田亚细男针对柳田的看法提出了不同的看法，他提倡将民俗事象放在其传承的地域上分析的个别分析法。他指出："民俗学是研究以在全国各地世世代代传下来的习俗、习惯、口碑等民俗事象为资料的学问。"过去，在全国各地进行的民俗调查是为了收集在全国规模上比较研究的资料的。对这个研究目的和方法，福田提出了不同的意见，即侧重于典型个案本身的调查及个性的研究目的和方法。可以说，他对柳田提倡的日本民俗学的研究法进行了批评。他提倡的研究方法就是："将民俗放在其传承地域上分析，从而对在特定地域传承着特定民俗的意义进行历史分析。"② 他提倡的新的方法叫作个别分析法。

福田亚细男提倡了个别分析法，同时提出了与其相关的"传承母体"的概念。他认为："占据着一定领域的土地，在这个基础上世世代代持续生活下来的集团，就是所谓的民俗传承母体（民俗载体）。""传承母体超越其成员的生死而存续，是因为其占据着永久存在的特定大地。"③ 就是说，民俗事象是由在特定地域世代生存的集团来代代相传。我们探讨历代民俗事象在特定地域传承的条件、原因及意义时，这个理论具有相当重要的意义。

另外，他界定传承母体时，指出它被土地、历史、集团及制约力限定，它的具体单位是村落，还包括行政区、学校区及小区等城市单位。他的理论是为了把握民俗事象的历代成立过程与特定地域之间的关系，因此，以其理论来处理现代互联网或城市空间的民俗事象时，未必能起到有效的作用。不过，他提出来的"传承母体"对于我们

---

① ［日］宫田登：《（新版）日本の民俗学》，讲谈社1985年版，第49页。
② ［日］福田亚细男、宫田登：《日本民俗学概论》，吉川弘文馆1983年版，第265页。
③ ［日］福田亚细男：《日本民俗学方法序说》，於芳、王京、彭伟文译，学苑出版社2010年版，第237页。

探讨具有地域性的传说来说是富有启发性的讨论。

三　太湖流域春申君传说的流传范围

以上整理了日本学者的有关传说理论和民俗事象与地域社会的理论。那么，如果参考这些理论，如何分析春申治水传说及其与地域社会之间的关系，以及该传说的分布状况？

不管哪个传说，都具有地域性。春申君治水传说也流传到特定地域。我们可以将该地域叫作春申君治水传说的"传说圈"，不过严格来讲不存在柳田所述的"传说中心"。当然，在太湖流域有作为纪念物的风物，这个传说不像吴太伯传说的中心在梅里那样存在中心点。这是因为春申君治水传说不是从某个"点"传播到各地，而是与太湖流域的空间有着密切关系，该传说广泛分布在太湖流域。我们如果追寻该传说分布太湖流域的原因，可以追溯到春申君领有"吴墟"。严格来讲，"吴墟"的中心是现在的苏州市，但从前面的论述来看，春申君治水传说并不是从以苏州为中心、同心圆式扩散到其他地区。如果我们认为苏州是该传说的传承与传播的"中心"，那么将该传说传到的其他地区就是"周边"。但是，我们难以证明苏州与其他地区之间的关系就是该传说的"中心"与"周边"关系。

也就是说，关于春申君治水传说的分布，与其说存在特定的"中心"，不如说它成立在以太湖为中心的流域。因此，我们探究春申君治水传说时，按照"传说圈""传承母体"等概念来分析，不太符合该传说的状况。笔者2014年4月份有幸与福田亚细男见了面，提出了相关问题。他讲述春申君治水传说的"地盘"不是"传承母体"，而是"传承地域"。虽然"传承地域"的基本理念与传承母体相同，但是其地区不是特定的单位（如村落等），而是一个特定的地域社会。

如上所述，对于春申君治水传说的传播与传承，作为其母体的地盘或其传承地域就是太湖流域。其原因在于这个传说不是在特定的地点产生的，而是它本来与三河五湖的太湖流域关联在一起，并且该传说与太湖流域之间是由于历代需要治水的地理特性与历代当地人的日常生活联系起来的。那么，我们可以推断春申君治水传说是由于特定地域、在特定地域生活的当地人及他们对太湖、治水及春申君的认同来构成的。

第二节　传说学理论与春申君传说的内容结构

一　"传说群"

顾希佳在《传说群：梁祝故事的传说学思考》中，以梁祝传说为例论述传说的传承形态及其编辑、再创造，从而提出了"传说群"的概念。

由于戏曲、曲艺、年画乃至电影、电视等载体的广泛流布，人们对于梁祝故事的梗概已经十分熟悉。他们不再满足于听别人复述这个故事的梗概，讲述人在这样一种文化背景下面，也就顺应了听众的需求，往往会从原本的梁祝故事中选取某几个片段，加以新的发挥，或是将其附会到附近的某个风物上去，经过一番虚构、夸张、渲染、幻想等艺术加工的手段，便在梁祝故事的母体上又派生出一则则短小精悍的传说来。久而久之，形成了一个庞大的梁祝传说群。[1]

他所述的"传说群"是通过在传承过程中的编辑和传说与具体风物的结合，是以传说母题和从它产生的传说为一体被构成的。可以说，如果传说的母体是一棵树，与其相关的传说就是随着时间的流逝产生的枝叶。就是说，相关传说本来从传说母体产生的，所以是构成"传说群"的一部分。

比较重要的是，他还指出，从传说母体产生的新传说由于作为其传说的接受者（听众）的需求和作为传说的创造者（叙述者）的编辑才被创造出来的。听众与叙述者都是传说的传承人，并且传说是通过听众的需求和他们之间的关系被创造的。这点具有极为重要的意义。就是说，在传说的传播与传承过程中，作为传承者的听众与叙述者进行其内容的加工、编辑，此后，传说与各个地域结合在一起就形

---

[1] 顾希佳：《传说群：梁祝故事的传说学思考》，《民俗研究》2003年第2期。

成了具有地方性的传说。顾希佳提出的"传说群"概念具有两个重要的意义。一是说明了在传说的传播与传承过程中，其内容的编辑与加工的原因，二是阐明传说母体与其派生的传说之间的关系。

此外，关于"传说群"成立的条件，他提出了"附会"与"生发"的术语。所谓"附会"，就是"这个传说故事，或是这个传说的主人公，应该是非常出名，达到了家喻户晓，尽人皆知的地步。只有到了这种地步，人们才会把那些本来其实并不能归在这个传说故事名下的情节也附会到它的名下去，让它们成为一则独立的故事"。形成"传说群"的传说应该是脍炙人口的著名传说，人们由于其知名度将各种故事情节附会该传说，从而创造了新的传说。"生发"即是"出于艺术创作的需要，人们会在原传说故事的某个关节处又生发出一大段情节来，使得这一段特别出彩，并且可以逐渐地单独讲述，逐渐地从母体上分离出来，成为一个个相应独立的小故事"。人们将某个情节从传说母体挑出而加一些艺术创造就形成了新的传说。就是说"附会"与"生发"是"形成传说故事群的两种重要的艺术创作手段"①。

梁祝传说流传到全国各地以后，在各个地域被加工和编辑，推动了该传说的地方化。具体而言，在各个地方建造了与传说内容有关的"读书处""结拜处""送别处"及"墓地"等，还有在宜兴、宁波举行的双蝶节，都是从梁祝传说"生发"出来的。就是说，各地居民（梁祝传说的传承主体）在对梁祝传说进行传播与传承的过程中，对其进行了加工、编辑。通过这个程序，新的传说和相关遗迹不断地被创造出来。需要注意的是，新创造的传说因素并未与梁祝传说母体分离开来，像一棵树与其枝叶一样，它们构成了一个"传说群"。

那么，春申君传说及其治水传说到底是否存在"传说群"？如果存在"传说群"，其内部结构是怎样的呢？

二 春申君传说及其"传说群"

从第二章的论述来看，春申君的传说，是根据《战国策》《史

---

① 顾希佳：《传说群：梁祝故事的传说学思考》，《民俗研究》2003年第2期。

记》等史书记载的其政绩上被创造出来的。具体而言,他作为战国末期楚国令尹(丞相)掌握政权,由于其权势大,与孟尝君、信陵君及平原君被并称为"四君子",从而产生了作为"四君子"的春申君传说。再者,三千食客中上客穿"珠履","珠履"成为表示春申君的权势的传说。春申君被其臣下李园谋杀事件,是与类似的吕不韦故事一样脍炙人口的传说。由此可见,春申君传说也是以《战国策》《史记》所见的政绩为基础,从这些传说母体创造了"四君子""珠履"及"春申君与李园"等新的传说。

也就是说,春申君传说从其母体被创造出新的传说。这与顾希佳提出的"传说群"相符,从而可以认定春申君传说也存在其"传说群"。那么,春申君传说的"传说群"与春申君治水传说之间有何关系?春申君治水传说早已在东晋时期的《越绝书》里有所记载。里面有春申君与其封邑(吴墟)之间的关系,春申君管理粮食、开设市场,给当地政治与经济做出了巨大贡献等记载。可见,(人们)在春申君领有"吴墟"的史实为基础,创造了作为当地的统治者春申君的传说。我们可以推断在这样的春申君传说的演变中形成了他的治水传说。在《越绝书》里已经有无锡湖(射贵湖、芙蓉湖)、无锡塘及语昭渎等与治水相关的遗迹,可以证明春申君治水传说早已存在。

由此可见,春申君治水传说并不是脱离春申君传说母体完全独立存在,它是以春申君领有吴墟的史实为基础,更是以给当地经济与政治或当地人的生活做出了很大贡献为前提而被构成的。可以说,春申君治水传说是从春申君传说母体派生出来的"枝叶"。需要注意的是,其治水传说的分布。如上附的"春申君治水相关遗迹一览表"来看,其相关遗迹分布太湖流域,春申君的名字与各地的河川、水利联系在一起从而就构成了其治水传说。那么,为何把春申君与太湖流域各地的河川、水利工程联系在一起呢?在这里,我们还要关注顾希佳指出的作为传说的传承者的叙述者与听众。就是说,春申君治水传说的传播与传承的动力不仅与历代需要兴修水利的太湖流域有关系,而且还有传承者对春申君的认同有着密切关系(这点我们将在下章讨论)。

三 "风物传说圈"与"传说层"

在这里,我们分析春申君治水传说与分布在太湖流域的其他治水传说之间的关系,同时论述传说与地方风物、特定地方的乡土观念之间的关系。本来,传说可以分为历史人物传说、史实传说、山川名胜传说、土产传说及风俗传说等。但是,程蔷指出:"传说是与一定的历史人物、历史事件或山川风物相联系的故事。"① 所以一般来说,每个传说并不是单独存在的,而是几种传说融合在一起的。春申君传说也不例外。就是说,它是由春申君这个历史人物、他的经历和被李园谋杀的历史事件,以及遍布全国各地的春申君相关风物共同建构出来的。乌丙安也在《论中国风物传说圈》中关注风物传说,通过风物与民族、历史人物及宗教信仰之间的关系,对"风物传说圈"加以分析。

对于地方风物传说,袁学骏指出:"关于特定的山川、建筑、物产、风俗等的解释性故事。"② 其中,也有与历史人物或历史事件有关的风物传说。韩致中谈道:"重要的历史人物和历史事件影响广泛而久远,人们对于其遗址、遗迹、遗物和遗著等无不作为纪念而百般怀念。"也就是说,关于历史人物或历史事件的历史传说,除了口头和文本之外,还依靠遗迹等物象形态代代相传。值得注意的是,"有些风物传说虽然同时也是历史的传说,然而其中的历史事件,历史人物却和所涉及的这些风物并无真实关系,而是千里姻缘一线牵,进行'拉郎配'的结果"③。由此可见,传说相关风物往往是由当地居民对传说的认同与集体记忆所构建出来的"创造物"。它的真假并不重要,重要的是它以物态形式构成了传说的"可信物",并在传说的传承过程中扮演了重要角色。

---

① 程蔷:《中国民间传说》,浙江教育出版社1989年版,第48页。
② 袁学骏:《地方风物传说审美初探》,载《中国民间传说论文集》,中国民间文艺研究会理论研究部编,中国民间文艺出版社1986年版,第61页。
③ 韩致中:《风物传说价值谈》,载《中国民间传说论文集》,中国民间文艺研究会理论研究部编,中国民间文艺出版社1986年版,第51—52页。

乌丙安指出，在"风物传说圈"里有作为"可信物"的风物，而柳田国男所提倡的"传说中心论"与"传说圈理论"只显示风物的地域分布，他认为："这只是对传说的一种平面的以若干圆心标明地理特征的概念，它似乎还不能概括传说的纵横交织的活动状态及人文特征。"①他对柳田的理论进行批评，反之他特别关注风物传说与在地缘共同体的"乡土生活"和"地缘观念"之间的关系。此后，他将历史人物传说群形成的风物传说分为三种形式。

（1）特定地方的某一个历史名人的传说群所构成的风物传说，多由一系列风物标志一个人物的传说为其形式。

（2）特定地方的某一组历史名人的传说群所构成的风物传说，多以一个特定的重大历史事件为线索，由若干风物标志一群历史人物的传说为其形式。

（3）特定地方的一组历史名人的若干传说群所构成的风物传说层，多以若干风物标志若干代人物传说的历史积层为其形式。②

首先，在说明第一种类型时，乌丙安举出屈原、王昭君及郑和等例子来论述其风物传说圈。其次，第二种类型是由三国时代的历史人物（孙权、周瑜及鲁肃等）及其相关风物形成的风物传说圈。第三种类型是与本书有关的。本章探讨的是太湖流域的大禹、吴太伯、伍子胥、范蠡及春申君的治水传说。这些传说虽然时代不同，但是它们的共同点是治水。对于在同样地区传播的复数传说，乌丙安提出了"传说层"的概念，即"由于若干密集的风物构成了一群不同时代历史名人的风物传说群。也可以说这些传说群在特定地方显示出了许多不同时代人物的历史层次，历代名人的遗物遗迹在一定地区星罗棋布，构成了一代连续一代的人物传说群的积层。我们把这种现象称之

---

① 乌丙安：《论中国风物传说圈》，《民间文学论坛》1985年第2期。
② 同上。

为传说层"①。

一般来说,与密集在特定地域的风物相关的历史人物很多,且这些历史人物是历代不同时期的人物。乌丙安将各个时代在特定地域存在的风物传说圈叫作"传说层"。他具体言明苏州风物传说圈(大禹、阖闾、夫差、伍子胥、范蠡、西施、孙武等历史人物及其相关风物。他们的传说是历代在苏州流传并积累起来的传说群)和杭州风物传说圈(伍子胥、严子陵、葛洪、韬光、白居易等)这种"传说层"理论不但阐明了历史人物传说与特定地域风物的关系,而且深刻解读了在特定地域传播与传承的几个人物传说之间的历史性脉络。

然而,他只选定某个特定地域进行了分析,不太考虑人物传说和与其相关风物的"地盘"的地域性,并且他只按照历史前后纵向地罗列出该地域著名的历史人物,未说清楚历史人物之间的关联。按照他的理论,本书所述的大禹、吴太伯、伍子胥、范蠡及春申君传说与其相关风物(遗迹)也是在太湖流域的历代历史人物,因此可以将这些传说视为一个"传说层"。但是,只用"传说层"理论来分析具有"治水"的共同点的复数传说,稍嫌不足。那么,我们该如何把握这些传说之间的关系呢?下面我们首先分析在太湖流域传承的大禹、吴太伯、伍子胥及范蠡等治水传说,继而探讨春申君治水传说与这些传说的关系。

第三节　太湖流域治水传说

一　水文化与大禹

对人类来说,水是不可或缺的,人类的发展始终与水捆绑在一起。因此,在古代有"水者何也,万物之本原也,诸生之宗室也"②。在《管子·水地篇》的这种说法中,水被认为是产生万物的根本的

---

① 乌丙安:《论中国风物传说圈》,《民间文学论坛》1985年第2期。
② 黎翔凤撰,梁运华整理:《管子校注》(中)卷十四,中华书局2004年版,第831页。

存在。然而,"水能载舟,亦能覆舟",水既能给人们带来恩惠,又能带来灾害。因此,"用水之利,避水之害",从古至今,人们利用水、了解水、掌控水,与水患斗争,逐渐形成了"水文化"。所谓"水文化",广义上,可以理解为:"在人类同水的关系中出现的文化现象的总和……应用水而促进生产发展、社会兴盛繁荣,由于感受水的动静景色、触动人的情感而引生的民俗、民情、民间文艺、风景旅游等等社会活动。"狭义上,可以理解为:"人们与水直接发生的水务活动,即人类的治水活动。"[1]

谈到中国的"水文化"或治水,大禹是个"箭垛式人物"(即人们把类似故事集中在一个人物身上)。虽然大禹与鲧、共工、李冰及二郎神等一起并称"治水人物",但是他却同时具有两个身份。一是夏王朝的始祖,二是治水的"文化英雄",其两个身份的故事都脍炙人口。茅盾曾经说过:大禹是"古代神话中的为民除害的半身英雄",又,"禹则是洪水时代的半身的英雄"[2]。大禹既被认为是神话人物,又被认为是治水英雄,这样,大禹两个形象就被代代相传下来了。关于大禹治水,除了《尚书·禹贡》的记载之外,还有《史记·河渠书》所引《夏书》:"禹抑洪水十三年……九州既疏,九泽既陂,诸夏艾安,功施于三代。"[3]《汉书·沟洫志》:"赞曰:古人有云:'微禹之功,吾其鱼乎。'"[4] 如此等等,不一而足。

  禹疏九河,瀹济漯而注诸海,决汝汉,排淮泗而注之江,然后中国可得而食也。[5]《孟子·滕文公章句上》
  禹有功,抑下鸿,辟除民害逐共工,北决九河,通十二渚疏

---

[1] 徐道青:《无锡水文化初探》,来源:宜兴市水利农机局,2008年4月27日(2014年9月13日访问),http://slnjj.yixing.gov.cn/default.php?mod=article&do=detail&tid=423904。
[2] 茅盾:《中国神话研究初探》,上海古籍出版社2005年版,第106、108页。
[3] 《史记》卷二十九《河渠书》,中华书局1997年版,第1405页。
[4] 《汉书》卷二十九《沟洫志》,中华书局1997年版,第1698页。
[5] (清)焦循撰,沈文倬点校:《孟子正义》,中华书局1987年版,第377页。

三江。禹傅土，平天下，躬亲为民行劳苦。①《荀子·成相篇》

从上面的例子来看，大禹通过治水，有助于中国的稳定，他是为了百姓忍受千辛万苦的人物。因此，"（人们）把他当作领导群众战胜洪水的英雄，因此他的事迹成了象征，成了人民心目中的伟大史诗"。可见，因为治水，大禹从洪水的灾难中拯救了人们，并成为给人们带来安宁生活的治水英雄。关于大禹及其事迹，赵光贤提出："不同时期和不同地方的治水故事很可能集中地反映在禹的身上。"② 可见，大禹与其事迹被作为人类与洪水等自然灾害做斗争或共生的象征而形象化了。也就是说，大禹成了中国古代治水文化的一个符号和象征。

顾颉刚曾经说过："种族的偶像是黄帝，疆域的偶像是禹。"③ 大禹不仅是特定地域的治水英雄，而且也是作为反映人们与治理洪水等水灾的历史，又是通过治水来让人们生活稳定下来的象征性人物。关于他的神话、传说遍布中国各地，并代代相传。这在太湖与包括太湖水系的吴地也不例外。

二　大禹与太湖流域

关于大禹与太湖之间的关系，《尚书·禹贡》云："三江既入震泽底定。"④ 据说大禹开凿了从震泽（即太湖）流出的三条河，而且有关太湖水系的治水也被认为是大禹的治水事业之一。本来，"吴越之间有具区"⑤（《尔雅·释地》）。太湖属于吴越地区，是"吴地"的大湖。众所周知，吴国是周文王伯父太伯与弟仲雍从中原奔到蛮荒之地建立的（句吴），随着时代变迁，吴地变成越→楚→秦的领土，

---

① （清）王先谦撰，沈啸寰、王星贤点校：《荀子集解》，中华书局1988年版，第463页。
② 赵光贤：《关于大禹治水的传说》，《历史教学》1955年第4期。
③ 顾颉刚：《秦汉的方士与儒生》，上海古籍出版社2006年版，第156页。
④ （西汉）孔安国传，（唐）孔颖达疏：《尚书正义》，《十三经注疏（清嘉庆刊本）》，中华书局2009年版，第312页。
⑤ （晋）郭璞注，（宋）邢昺疏：《尔雅注疏》，《十三经注疏（清嘉庆刊本）》，中华书局2009年版，第5688页。

但是，历代仍将当地称为吴、吴中及三吴，现代也有吴越地区的叫法。可见，当地人对"吴"地的印象深刻且牢固。

  吴东有海盐章山之铜，三江五湖之利，亦江东之一都会也。①《汉书·地理志》
  吴中水国，夫鱼之具尤多。②《吴郡志·风俗》
  太湖为吴中胜地，亦为湖中重地。③《太湖备考·太湖》

吴地是"水国""水乡泽国"，太湖水系是对吴地的水资源至关重要的。关于太湖水系的治水起源于大禹治水。关于这个观点，除了上述例子以外，还有如下记载。

  按《史记》及《吴越春秋》，自禹治水已后，分定九州。《禹贡》扬州之域，吴国四至，东亘沧溟，西连荆郢，南括越表，北临大江，盖吴国之本界也。④《吴地记》
  治太湖之水，不于湖中治之，治其上下流而已。古人具有成绩，按而行之，无弗效者。《禹贡》："三江既入，震泽底定。"《史记》："禹治水于吴，通渠三江五湖。"周烈王十五年，楚春申君黄歇治水松江，导流入海。敬王二十五年，吴行人伍员凿胥溪。⑤《太湖备考》

由此可见，太湖治水在传说中也起源于大禹治水。也就是说，在太湖及其周边地区，大禹被认为是第一个在太湖水系兴修水利的治水

---

① 《汉书》卷二十八下《地理志》，中华书局1997年版，第1668页。
② （宋）范成大撰，陆振岳点校：《吴郡志》卷二《风俗》，江苏古籍出版社1999年版，第12页。
③ （清）金友理撰，薛正兴校点：《太湖备考》卷一《太湖》，江苏古籍出版社1999年版，第33页。
④ （唐）陆广微撰，曹林娣校注：《吴地记》，江苏古籍出版社1999年版，第1页。
⑤ （清）金友理撰，薛正兴校点：《太湖备考》卷一《太湖》，江苏古籍出版社1999年版，第109页。

英雄。除了文本资料以外，在太湖流域也有不少关于大禹的遗迹。

夏禹王庙，在府治禹迹山上，又一在金坛县沙湖。①《（乾隆）江南通志》

禹王庙，在州治桴桥口。②《（乾隆）江南通志》

禹王庙，在府治西南八十里高堰湖堤。③《（乾隆）江南通志》

太湖中小山之名者有四，其大不及百亩，高不逾二寻，当湖水大发时亦不浸没，古称地肺，故尝浮于水面也。其上皆有夏禹王庙。④《（同治）苏州府志》

禹王庙，祀夏禹。相传在甪直魏家库北，近吴淞江。禹导江所至处。⑤《（民国）吴县志》

由此可见，在太湖流域，禹王庙一般位于太湖周围的河流与湖泊附近，人们将大禹视为应付水灾的保护神祭祀。这些遗迹证明，大禹治水的传说流传到太湖流域，并构成了"传说圈"。与此同时，禹王庙以物象形式让太湖居民想起对大禹的认同与集体记忆，从而对大禹治水传说的传承与传播又起到了重要的作用。那么，就太湖治水而言，自从大禹治水后，是如何进展的呢？接下来，我们探讨古代太湖流域的治水人物。

三 吴太伯（泰伯）

吴国鼻祖的吴太伯（泰伯）及其传说详见于《史记·吴太伯世家》。

---

① （清）尹继善：《（乾隆）江南通志》卷三十九，清文渊阁四库全书本。
② （清）尹继善：《（乾隆）江南通志》卷四十二，清文渊阁四库全书本。
③ （清）尹继善：《（乾隆）江南通志》卷四十，清文渊阁四库全书本。
④ （清）李铭皖：《（同治）苏州府志》卷第一百四十八，清光绪九年刊本。
⑤ （民国）曹允源：《（民国）吴县志》卷第三十五，民国二十二年铅印本。

> 吴太伯，太伯弟仲雍，皆周太王之子，而王季历之兄也。季历贤，而有圣子昌，太王欲立季历以及昌，于是太伯、仲雍二人乃奔荆蛮，示不可用，以避季历。季历果立，是为王季，而昌为文王。太伯之奔荆蛮，自号句吴。荆蛮义之，从而归之千余家，立为吴太伯。①《史记·吴太伯世家》

引文表述了关于太伯与其弟仲雍的"让位""奔荆蛮"及"建句吴"等吴国创建的故事。实际上，太伯是否真的从周奔到荆蛮而建立吴国，依靠现存史料也无法证明。有人推测后世吴人为了提倡自国的"正统性"而将本国与周王室联系在一起。不管怎样，重要的是，太伯创建吴国后，该地域变成了吴地域，其风俗习惯也叫吴文化，当地人认为太伯是吴国鼻祖。

作为吴国鼻祖的吴太伯，他对当地民间社会的影响甚广，有关他的传说也留有不少。吴太伯传说有明确的"主题"与实实在在的"纪念物"等相关遗迹。

> 太伯祖卒，葬于梅里平虚。②《吴越春秋》
> 泰伯居梅里，在阖闾城北五十里许。③《史记集解》所引《吴地记》
> 太伯奔吴，所居城在苏州北五十里常州无锡县界梅里村，其城及冢见存。④《史记》

吴太伯传说及其遗迹形成了以梅里为中心的"传说圈"。其相关遗迹如下：

---

① 《史记》卷三十一《吴太伯世家》，中华书局1997年版，第1445页。
② （东汉）赵晔撰，（元）徐天祐音注，苗麓校点，辛正审订：《吴越春秋》，江苏古籍出版社1999年版，第5页。
③ 《史记》卷三十一《吴太伯世家》，中华书局1997年版，第1446页。
④ 《史记》卷四《周本纪》，中华书局1997年版，第115页。

（一）太伯（泰伯）墓（冢）

太伯冢，在吴县北梅里聚，去城十里。①《史记集解》所引《皇览》

无锡县东皇山有太伯冢，民世修敬焉。去墓十里有旧宅、井犹存。②《后汉书·郡国》刘昭注

吴太伯墓，吴越春秋云太伯卒，葬于梅里平墟。梅里，今属常熟县。又史记正义引括地志太伯冢在吴县北五十里，无锡县界西梅里村鸿山上，去太伯所居城十里。吴地记又云太伯冢在吴县北，去城十里。未详孰是。③《吴郡志·冢墓》

（二）太伯（泰伯）庙④

至德庙，即泰伯庙。东汉永兴二年，郡守麋豹建于阊门外。辨疑志载吴阊门外有泰伯庙，庙东又有一宅，祀泰伯长子三郎，吴越钱武肃王始徙之城中。纂异记又云吴泰伯庙在阊门西。⑤《吴郡志·祠庙》

吴泰伯庙，在县东南五里，临泰伯渎。寰宇记云泰伯西城去县四十里，又三渎乃泰伯所开。舆地志云吴城梅里平墟，其宅墓

---

① 《史记》卷三十一《吴太伯世家》，中华书局1997年版，第369页。
② 《后汉书》卷二十二《郡国四》，中华书局1997年版，第3491页。
③ （宋）范成大撰，陆振岳点校：《吴郡志》卷三十九《冢墓》，江苏古籍出版社1999年版，第554页。
④ 由此可见，太伯（泰伯）庙不仅分布在吴地域，而且分布在以前的周王朝领土（现陕西省、山西省）。这些庙由于太伯（泰伯）与周王室之间的关联形成的。"泰伯庙，在县西北十里寇村。"（清）沈青崖：《（雍正）陕西通志》卷二十八，清文渊阁四库全书本。"周泰伯庙，在县西北十里寇村。不知创建何时，明正德时，邑人孟醇重修。"（民国）田惟均：《（民国）岐山县志》卷一，民国二十四年铅印本。"吴泰伯庙，在平陆县北二里，武王封太伯后于虞，故有此庙，宋咸平间建。"（明）李侃：《（成化）山西通志》卷五，民国二十二年景钞明成化十一年刻本。
⑤ （宋）范成大撰，陆振岳点校：《吴郡志》卷十二《祠庙》，江苏古籍出版社1999年版，第164页。

故井犹存。①《（咸淳）重修毗陵志》

尽管每种文献中相关遗迹的所在地有所差异，且由后代人重建或移送，但这些都分布在作为传说"中心"梅里的周围。再者，梅里也传承着吴太伯在吴地兴修水利的传说。

（三）太伯（泰伯）渎②

此渎（即太伯渎）始开于太伯所以备民之旱涝，民德太伯，故名其渎，以示不忘。渎上至今有太伯庙。③《（洪武）无锡县志》

吴太伯庙，在州东南五里景云乡，临太伯渎。寰宇记云太伯开渎，以备旱涝。百姓利之为立庙于渎侧。鸿山梅里皆有太伯庙，鸿山太伯所藏事具鸿山下梅里，则太伯葬履其地。④《（洪武）无锡县志》

从《（洪武）无锡县志》所记例子来看，太伯为了保护当地居民不受干旱、洪水等灾害建造了渎。当地居民对他的恩德表示感谢，以他的名字为渎命名，并建造祭祀太伯的庙。从《（洪武）无锡县志》的例子，其内容跟上面的例子几乎相同，但在这里，当地居民认为太伯的治水工程有利于他们的生活，从而祭祀太伯。由此可见，太伯传说是由于太伯及其治水和祭祀他的当地居民共同建构出来的。更进一

---

① （宋）史能之：《（咸淳）重修毗陵志》卷十四，明初刻本。
② 对于太伯（泰伯）渎，"无锡，望，南五里有泰伯渎，东连蠡湖，亦元和八年孟简所开"。《新唐书》卷四十一《地理志五》，中华书局1997年版，第1058页。按照这个记载，唐元和八年（813）孟简开凿了太伯渎。但是，笔者认为"孟简开凿了泰伯渎"是不太正确的。如果孟简开凿，由此应该叫作孟渎。在文献里也有孟简开凿的"孟渎"的记载。例如"（孟简）浚导孟渎，溉田千顷，以劳赐金紫召拜给事中。又浚无锡泰伯渎"。（明）卓天锡：《（成化）重修毗陵志》卷十一，明成化刻本。由此，我们可以解释孟简对以前吴太伯开凿的太伯渎进行了修缮。
③ （明）佚名：《（洪武）无锡县志》卷二，清文渊阁四库全书本。
④ （明）佚名：《（洪武）无锡县志》卷三下，清文渊阁四库全书本。

步说，太伯渎等与水利相关遗迹、太伯庙等伴随信仰的建筑物，以及当地人对太伯的信仰等因素相互结合起来，才共同构建了太伯治水传说。

通过以上对吴太伯传说尤其是他的治水传说的分析，可以得出太伯的治水传说有以下特征。首先，这个传说有作为传说的传播传承中心的梅里，相关遗迹都分布在梅里周围。其次，吴太伯传说中有建造吴国、统治梅里等，这些传说并不是单独存在，而是由人物（吴太伯）、特定地域（梅里）及传承者（即当地居民）三者联系在一起，形成了"传说圈"。太伯渎及其传说也是吴太伯"传说群"之一。可以说，特定人物、特定地域及传承者对传说的传承传播来说都是必不可少的因素。

此外，在吴地或太湖流域的治水传说当中，吴太伯的治水传说仅次于治水之祖大禹传说的地位，人们很容易将作为吴国鼻祖并在吴地堪称最重要的历史人物——吴太伯与其在吴地的贡献和在水灾频发的地带太湖流域有必要搞水利的治水传说联系在一起。

四　范蠡与伍子胥

范蠡与伍子胥在春秋后期吴越竞争中扮演了重要角色，因此围绕他们的自身经历产生了许多传说。范蠡与大夫文种侍奉越王勾践，通过西施用"美人计"灭亡吴国，他是给越国做出了巨大贡献的人物。与此同时，在《史记·货殖列传》里有这样的记载：范蠡退出越国后到齐国、陶国去做生意，他也是创造了巨大财富的商人。可以说，范蠡是一个传奇性人物。在这个经历的背景下，有关范蠡的传说广泛流传，尤其是与西施私奔的传说脍炙人口。在范蠡传说中，也有他的治水传说传到太湖流域。

> 宜兴所利，非止百渎，东有蠡河，横亘荆溪，东北透湛渎，东南接罨画溪。昔范蠡所凿，与宜兴西蠡运河，皆以昔贤名呼为

蠡河。①《吴中水利书》

蠡渎,西北去县(无锡县)五十里,范蠡伐吴开造。②《太平寰宇记》

蠡湖,在县东南五十五里,与苏州吴县分界。寰宇记云范蠡伐吴,开造蠡渎通此湖。故号曰蠡湖。③《(洪武)无锡县志》

在上面的例子里有"蠡河""蠡渎"以及"蠡湖",这些都可与范蠡联系在一起。《太平寰宇记》里,"蠡渎"是范蠡在讨伐吴国时开凿的。这说明,在这个传说背后有吴越竞争的史实,在这样的背景下范蠡便与治水联系在了一起。再者,在《吴中水利书》中有"皆以昔贤名呼为蠡河",从蠡河的名称可以推断当地人对范蠡的"贤人"形象的认可,他们承认他的功德与才能。

对吴地居民来说,范蠡本来是越国的臣下,是"敌对者"。然而,在属于旧吴地的中心地区的太湖流域,跟他有关的遗迹却被保留下来。从这个现象我们可以推知,当地人对范蠡的印象并不是富商的身份,不是与西施私奔的"越国臣下",而是给当地做出贡献的历史人物。

与范蠡相同,伍子胥在太湖流域,由于其个人经历和当地人的认同感,因而保留了许多他的传说及相关遗迹。众所周知,伍子胥的经历充满波折。由于听信谗言,楚平王杀其父伍奢与其兄伍尚,伍子胥不得不相继逃亡到宋、郑、晋及吴国。他在吴国侍奉吴王阖闾,公元前506年吴攻下楚郢都。据说,那时他为了报仇雪恨,挖开了楚平王墓,并鞭打尸体三百鞭。此后,他与伯嚭侍奉吴王夫差,在与越国的斗争中立下赫赫功勋。但是,伍子胥与伯嚭之间发生了矛盾,吴王夫差疏远伍子胥,最终将属镂剑赐给伍子胥命其自裁。伍子胥的结局是悲剧性的,这样的经历令人们对他产生悼念和同情,因此在旧吴地有许多祭祀他的庙、以他的名字命名的山川。

---

① (宋)单锷撰:《吴中水利书(及其他二种)》,中华书局1985年版,第2页。
② (宋)乐史撰,王文楚等点校:《太平寰宇记·江南东道四》,中华书局2007年版,第1845页。
③ (明)佚名:《(洪武)无锡县志》卷二,清文渊阁四库全书本。

第四章 春申君传说与太湖治水传说谱系 / 159

(一) 胥山、胥口及胥王庙（吴相伍大相）

伍员庙，在胥口胥山之上。盖自员死后，吴人即立此庙。①《吴郡志》

胥山，在太湖之口。吴王杀子胥于江，吴人立祠江上，因名胥山。②《吴郡志》

胥山，在太湖口，上有伍子胥庙。舟行自此入太湖，故名胥口。③《吴郡志》

胥王庙，在胥山上即胥口，子胥死处。自汉以来，皆祭子胥于此。宋元嘉二年，吴令谢询移庙城中。④《（崇祯）吴县志》

吴相伍大夫庙，在吴县西南四十里。胥山上即今胥口。子胥死后，吴人于此立祠，俗称胥王庙。⑤《（洪武）苏州府志》

(二) 尚胥庙

尚胥庙，在县西北一十二里尚胥桥之北。考证伍子胥入吴至此。后以忠死，邦人怜之，故并其兄尚祠焉，因曰尚胥庙。⑥《（至元）嘉禾志》

尚胥庙，仇志在县西北十里尚胥桥之北。按嘉禾志伍子胥入吴至此。越绝书曰耕于吴之南鄙即此地也。吴人以子胥不忘父仇为孝，不寒兄盟为友，尽谋于吴为忠。伤其死之冤酷，故并其兄

---

① （宋）范成大撰，陆振岳点校：《吴郡志》卷十二《祠庙》，江苏古籍出版社1999年版，第166页。
② （宋）范成大撰，陆振岳点校：《吴郡志》卷十五《山》，江苏古籍出版社1999年版，第210页。
③ （宋）范成大撰，陆振岳点校：《吴郡志》卷四十八《考证》，江苏古籍出版社1999年版，第636页。
④ （明）牛若麟：《（崇祯）吴县志》卷二十，明崇祯刻本。
⑤ （明）卢熊：《（洪武）苏州府志》卷十五，明洪武十二年刊本。
⑥ （元）单庆：《（至元）嘉禾志》卷十二，清道光刻本。

尚祀焉。①《（光绪）海盐县志》

（三）胥浦庙

曹大明王庙即胥浦庙，在四保二十六图。祀宋武惠王曹彬并吴大夫伍员。同治元年，毁于兵，光绪二年里人重建。②《（光绪）金山县志》

"胥山""胥口""胥王庙（吴相伍大相）"、尚胥庙及胥浦庙等遗迹，都是根据伍子胥的经历（特别是他的悲剧性结局）与吴人对他的哀悼与同情而构建的。在吴地，有不少关于伍子胥的遗迹，这说明他和他的经历给吴人深刻的印象。上面举出的例子，尽管编纂年代离春秋末期较远，但是后世对伍子胥的印象，一直是为父兄报仇、对吴国的忠诚以及悲剧性结局。人们由于这些因素对伍子胥表示怀念、哀悼及同情，从而将他的名字用在山川名上，建立祠堂祭祀他。从此可见，伍子胥传说也是通过口头、遗迹（风物）以及信仰等途径传播传承的，可算是典型的人物传说案例。在这样的伍子胥传说的"传说群"里，也有他的治水传说。

（四）胥浦（胥浦塘）③

胥浦祠，在胥浦上。祀吴大夫伍员。④《（嘉庆）松江府志》
曹大明王祠，在胥浦上。今移吴大夫伍员象同祀焉。⑤《（嘉庆）松江府志》

---

① （清）王彬：《（光绪）海盐县志》卷十一，清光绪二年刊本。
② （清）龚宝琦：《（光绪）金山县志》卷七，清光绪四年刊本。
③ 根据另一个传说可知，胥浦在仪真（现江苏省仪征市）。"胥浦，在县西十里，甘露乡其源，自铜山西南流入于江。志相传为伍员解剑渡江故处。"（明）申嘉瑞：《（隆庆）仪真县志》卷二，明隆庆刻本。"员由此得东奔入吴，旧志载胥浦为解剑津有子胥祠，然祠废已数百年。"（明）申嘉瑞：《（隆庆）仪真县志》卷十，明隆庆刻本。
④ （清）宋如林：《（嘉庆）松江府志》卷十八，清嘉庆松江府学刻本。
⑤ 同上。

第四章　春申君传说与太湖治水传说谱系　/　161

胥浦塘，相传子胥所凿，自长泖东接界泾，会惠高、彭港、处士、沥渎诸水北流，又东北折注吴松江以入海。汉唐以来建庙祀之。①《（嘉庆）松江府志》

（五）胥溪（胥河）

胥溪，县北四十里……相传子胥所凿，以运粮者，今名胥河。②《（乾隆）广德直隶州志》

胥河，吴王阖闾伐楚，伍员开之以通粮运，此固城湖之尾闾也。③《（民国）高淳县志》

自春秋时吴王阖闾用伍子胥之谋伐楚。始创此河（指胥溪河）以为漕运，春冬载二百石舟而东，则通大湖（即太湖），西则入长江。④《吴中水利书》

伍子胥传说，首先，主要是与其经历（伍子胥鞭尸、受赐属镂剑）有关，其中也有他开凿了"胥溪""胥浦"等运河的传说。据说"胥溪"是在吴王阖闾伐楚时令伍子胥开凿的，当初开凿它是为了运输军需物资。目前，没有伍子胥开凿"胥溪"的历史证据，"伍子胥开凿了胥溪"大概是在吴楚斗争的背景下被创造的。其次，据说胥浦（胥浦塘）也是伍子胥开凿的。在胥浦旁边有胥浦庙，这说明自古以来在当地流行祭祀作为开凿者的伍子胥的习俗。可以说，对当地人而言，伍子胥是胥浦的开凿者，他们认识到胥浦带来的恩惠。

如上所述，伍子胥在传说上有两个身份，即是吴国臣下和治水人物。这两个身份并不矛盾，身为吴国臣下的伍子胥给吴地做出了很大贡献，从而它与当地治水联系起来。他的治水传说是伍子胥的传说群之一，与此同时也是太湖流域治水传说的一部分。因此，伍子胥可算

---

① （清）宋如林：《（嘉庆）松江府志》卷四十，清嘉庆松江府学刻本。
② （清）胡文铨：《（乾隆）广德直隶州志》卷四，清乾隆五十九年刊本。
③ （民国）刘春堂：《（民国）高淳县志》卷三，民国七年刻本。
④ （宋）单锷撰：《吴中水利书（及其他二种）》，中华书局1985年版，第2页。

是太湖流域历代治水人物之一。

五 太湖治水传说谱系

如上所述,我们对大禹、吴太伯、范蠡及伍子胥的人物传说,特别是他们的治水传说进行了分析。这些传说具有如下特性与共同点。首先,大禹被认为是治水之祖,也是许多治水传说的源流。这种说法对太湖流域治水传说也不例外,大禹是作为太湖流域的治水之祖的。大禹治水传说之后,后续有吴太伯、范蠡及伍子胥的传说。他们都有各自的传说群(吴太伯——"让位奔荆"与"建句吴"、范蠡——"美人计"与"与西施私奔"及经商而富甲天下、伍子胥——"鞭尸三百"与悲剧性结局)。除此之外,他们有共同性的传说,即治水传说。这些传说及其相关遗迹,尽管分布地区各不相同,但都分布在太湖流域,并在太湖流域上构成了"风物传说圈"。

吴太伯、范蠡及伍子胥具有共同点。首先,他们都是吴地的历史人物。太伯是吴国鼻祖,伍子胥虽是楚人,但侍奉吴阖闾和夫差,范蠡侍奉越王勾践而在吴越竞争中扮演了重要角色,其传说传到吴地。在这里,产生了一个问题。就是说,他们被认为是吴地的历史人物,但不一定是水利专家,甚至是本来与水利没有太大关系的人物。那么,他们如何与治水联系在一起,从而被创造出他们的治水传说呢?这与该治水传说的产生与传承有密切相关。

本来,传说具有地域性,而依靠当地人的口头传承。其次,吴太伯、范蠡以及伍子胥的传说都在他们的经历背景下创造出来,此后又在传承过程中不断地加工、渲染。

对居住在太湖流域的人们而言,治水是与自己的生存生活息息相关的重要因素。因此,很容易将水利专家出现前的治水事迹,与历史人物特别是为当地做出贡献的人物联系在一起。于是,大禹、吴太伯、范蠡及伍子胥的传说通过他们在吴地的贡献和当地人对他们的怀念和认同,与当地水利工程联系在一起,从而"成就"了他们的治水传说。

比较重要的是,他们的治水传说并不是各自独立存在,而是以大禹为源流形成，吴太伯、范蠡及伍子胥等历史名人一代一代所构成的传说体系。而且，在太湖流域分布留下了许多治水相关风物，也是对这个传说体系的形成与后代传承扮演了重要角色。按照乌丙安的看法，这个体系可以称为太湖治水传说的"风物传说层"。然而，他谈到这个概念时，几乎没有提到人物传说与特定地方之间的关联和各个人物传说之间的关系。

太湖治水传说是在历代需要水利工程的地理环境下，太湖居民将对当地做出贡献的人物与当地治水事迹联系在一起，因而构成的治水传说。它通过口头传承、治水遗迹（物象叙事）以及信仰（民俗行为）传承与传播，终于发展为一个庞大的传说谱系。我们可以把它称为太湖治水传说谱系。

那么，在太湖治水谱系当中，春申君传说扮演了什么角色？我们通过解决这个问题，不仅可以阐明在太湖流域春申君治水传说的特征，并且对了解春申君传说传到太湖流域的原因也具有重要意义。

第四节　春申君治水传说

一　春申君治水传说与太湖流域

春申君与太湖流域之间的关系是从他领有"吴墟"（旧吴地、以苏州为中心的地区）开始的。据《越绝书》记载，他在吴地开设市场、管理粮食、建监狱及盖城门等。这表明他对当地的政治与经济方面做出了一定的贡献。除了这些贡献以外，在该书里还有他兴修水利的记载。

> 无锡历山，春申君时盛祠以牛，立无锡塘。去吴百二十里。
> 无锡湖者，春申君治以为陂，凿语昭渎以东到大田。田名胥卑。凿胥卑下以南注大湖（太湖），以写西野。去县三十五里。[①]

[①] （东汉）袁康、吴平辑录，乐祖谋点校：《越绝书》，上海古籍出版社1985年版，第15页。

由此可见，春申君在太湖流域治水是他对当地做出的贡献之一，也可以推断这个传说从春申君治理旧吴地之后被创造的。接下来，在宋代地方志里也有春申君治水相关遗迹。具体如下：

> 江阴之季子港、春申港、下港、黄田港、利港。①《吴中水利书》
>
> 夏港，春申君长子所开。《寰宇记》亦云："倪启徙江阴，治夏浦。"②《舆地纪胜》
>
> 申浦，楚相黄歇封为春申君，本在寿州，为去齐近，为齐所侵迫，徙都于吴，封为春申君。开申浦，置田，有上屯、下屯。③《太平寰宇记》

从春申君治水相关遗迹的分布来看，春申君治水传说不是从某个"点"传播到各地，而是与太湖流域的空间有着密切关系，并广泛分布在太湖流域。具体而言，分布在苏州、无锡、江阴及上海等城市。

春申君及其传说与太湖流域各地之间的关系值得特别注意。"江阴，古春申之国也。"④ "苏州府治即春申所造，相传为桃夏宫是也。"⑤"春申封于吴，今无锡惠山，有春申庙遗迹可据。"⑥ 可见，春申君及其传说与太湖流域的多个地区有着密切关系，从而他已经被认为是当地的历史名人。另外，春申君与上海、黄浦江的关系也是太湖流域春申君传说的一个特征。

---

① （宋）单锷撰：《吴中水利书（及其他二种）》，中华书局1985年版，第8页。
② （宋）王象之撰：《舆地纪胜》卷九《江阴军·景物上》，中华书局1992年版，第497页。
③ （宋）乐史、王文楚等点校：《太平寰宇记》卷九十二《江南东道四》，中华书局2007年版，第1851页。
④ （明）赵锦：《（嘉靖）江阴县志》卷十三《官师表第十下》，明嘉靖刻本。
⑤ （明）董说：《董说集》诗集卷九，明国吴兴丛书本。
⑥ （明）袁中道：《珂雪斋近集》卷三，明书林唐国达刻本。

第四章　春申君传说与太湖治水传说谱系 / 165

  黄浦一名春申浦，相传春申君凿，黄其姓也。①《（正德）松江府志》

  黄浦为松江府南境巨川。战国时楚灭吴，封春申君黄歇于故吴城。命工开凿，土人相传称为黄浦，又称春申浦。②《江南经略》

  黄浦在南汇县西六十里，战国时楚黄歇所凿，土人因称为黄浦，一称春申浦。③《（乾隆）江南通志》

黄浦江据说是由春申君黄歇开凿的，并因此得名。这表明春申君传说传播到上海地区，此后，春申君及其传说以黄浦江的"开拓者"的身份被后世代代相传。由此可见，从该传说的传承与传播范围来看，上海地区也算是春申君治水传说的"传说圈"范围之内。

再者，对于传说传承形式，春申君治水传说像其他治水传说一样，除了口头、遗迹（风物）以外，还有以信仰为核心的春申君庙也被传承了下来。

  春申君庙，在下十七都一图，祀楚春申君黄歇。今民间奉为土谷神。④《（民国）吴县志》

  春申君庙，祀楚相黄歇。旧在春申涧旁，后徙锡山麓。歇徙封于吴，吴人祀焉。今俗称社神庙，其地曰庙巷。⑤《（光绪）无锡金匮县志》

  按吴淞江为春申君所治名为黄浦。今日黄埭殆犹斯与且乡有春申君庙，乡人祀为社神，必其有功于此。故得庙食千秋也。

  相传是埭即春申君所筑。后人因冠以姓志其所自故曰黄埭。

---

① （明）顾清：《（正德）松江府志》卷二，明正德七年刊本。
② （明）郑若曾：《江南经略》卷一下《黄浦考》，清文渊阁四库全书本。这句话里"战国时楚灭吴"应该为"灭越"。吴国春秋时被越国灭亡。
③ （清）赵宏恩：《（乾隆）江南通志》卷十二《舆地志》，清文渊阁四年库全书本。
④ （民国）曹允源：《（民国）吴县志》卷三十四，民国二十二年铅印本。
⑤ （清）裴大中：《（光绪）无锡金匮县志》卷十二，清光绪七年刊本。

《黄埭志·建置》[①]

从如上的例子来看，在这些地区祭祀春申君的原因在于当地人将他看成"社神""土神"及"土谷神"。我们可以推测在各地祭祀春申君，视他为社神与土地神，是因为他是在各地"有功于民""有功于地"的人物。具体而言，在当地人的心目中，春申君是在各地预防水灾的人物，并且，人们通过把他神化，终于使他成为保佑当地人的生活的神。我们可以说春申君信仰也是春申君传说的传承途径之一，并春申君传说通过口耳相传及相关遗迹等传承形式一起代代相传。

总之，根据古籍资料记载，春申君治水传说是与春申君的封土（吴墟）有着密切关系的。他的治水是他对"吴墟"做出的贡献之一。随着时间的过去，这个传说进一步地方化，与太湖流域的多个地区联系在一起，从而春申君被认为是当地的历史名人。另外，春申君治水传说的传承途径是与其他治水传说相同，通过口头、遗迹（风物）以及信仰等途径传播传承的。

表4—1　　春申君治水相关遗迹一览表

遗迹名	地点	来源
无锡湖及其陂	无锡（现无锡市）	《越绝书·吴地传》
无锡塘	无锡（现无锡市）	《越绝书·吴地传》
语昭渎	无锡（现无锡市）	《越绝书·吴地传》
申港河	无锡（现无锡市）	《大明统一志》
黄埠墩	无锡（现无锡市）	《（康熙）常州府志》
申港	江阴（现江阴市）	《（嘉靖）江阴县志》《（康熙）常州府志》
黄田港	江阴（现江阴市）	《（嘉靖）江阴县志》《（康熙）常州府志》
申浦	江阴（现江阴市）	《（嘉定）镇江志》

---

① （民国）朱福熙修，程锦熙等校：《黄埭志·建置》，振新书社，民国十一年（1922）。

续表

遗迹名	地点	来源
夏港	江阴（现江阴市）	《舆地纪胜》
黄埭	黄埭（现苏州市黄埭镇）	《黄埭志》
春申湖	黄埭（现苏州市黄埭镇）	《黄埭志》
黄浦（春申浦、春申江）	松江府（现上海市）	《（正德）松江府志》《（光绪）金山县志》
春申塘	松江府（现上海市）	《（光绪）松江府续志》

资料来源：笔者参考古籍、地方志制作。

二 春申君治水传说与太湖治水传说谱系

春申君传说与大禹、吴太伯、范蠡及伍子胥的治水传说相比，其流传范围更广。春申君传说并不像吴太伯传说那样有传说的中心点，像范蠡、伍子胥传说同样分布于太湖流域。这个传说的传播范围比范蠡与伍子胥的广泛，分布在苏州、无锡、江阴、湖州等地，也可以说，春申君传说的传播传承中心是他的领土"吴墟"（旧吴地），具体而言，它就是太湖流域。

太湖流域的水利工程，自秦汉以后，方始有文献记载——地方官吏、水利专家受命兴修水利，治理水患。太湖流域的治水传说与治水人物，从大禹到春申君，可以说，春申君是太湖流域最后一个治水传说人物。

在太湖流域的治水传说当中，春申君治水传说与大禹、吴太伯、范蠡及伍子胥治水传说有几个共同点。首先，这些传说都流传到太湖流域范围之内。其次，这些治水人物（除了大禹以外）都是在太湖流域有所贡献的历史名人。在各朝各代，都对太湖流域进行了治理，当地人需要他们来扮演治水人物的角色，才使有关于这些人物的治水传说最终得以形成。再次，这些传说在传承过程中，依靠口头、治水遗迹以及祠庙代代相传。这是他们的共同点。

综上所述，太湖流域春申君治水传说是在历代需要治水的太湖流域，基于太湖居民对春申君及其治水人物形象的认同与集体记忆形成的。值得注意的是，它并不是单独形成与传承的，在历代太湖流域一代一代流传的治水传说的积累上才能构成。春申君治水传说在与其他治水传说的关系上形成，并且与其他治水传说共同构建太湖流域治水传说谱系。所以，春申君治水传说也可以说是太湖流域治水传说谱系之一。

小　结

在太湖流域传播与传承的治水传说中，其治水的传说人物（以传说人物为对象，不包含历代水利专家）就是大禹、吴太伯、范蠡、伍子胥及春申君。本章主要探讨太湖流域分布的春申君治水传说的特征。在探讨过程中，除了解析传说的内外部结构之外，还分析了春申君治水传说与其他治水传说之间的关系，从而试图解明这个传说的特征。

太湖流域传播与传承的治水传说不仅共有"治水"主题，而且治水与太湖流域有着密不可分的关系。这些传说也可以说是太湖流域的"传说层"，而对于这些传说的互动关系与这些传说和太湖之间的关系，我们做如下推断。

首先，太湖流域治水传说中的治水人物不仅仅与兴修水利紧密相关，还都是太湖流域或吴越地区的历史人物，又是给当地做出了很大贡献的人物。从如上所举的方志里的例子来看，他们被认为曾是吴地的统治者，也有不少相关遗迹的记载。由此，在当地兴修水利算是他们给当地做出的贡献之一，而水利可以说是与当时当地人的日常生活中息息相关的事件，因此，作为"治水人物"形象才成为他们的标志性特征，被"生发"到春申君的传说群中。

不管如何，从"《禹贡》：'三江既入，震泽底定。'《史记》：'禹治水于吴，通渠三江五湖。'周烈王十五年，楚春申君黄歇治水松江，导流入海。敬王二十五年，吴行人伍员凿胥溪"[①]，通过这些

---

① （清）金友理撰，薛正兴校点：《太湖备考》卷一《太湖》，江苏古籍出版社1999年版，第109页。

第四章　春申君传说与太湖治水传说谱系　/　169

记载可知，当时大禹、春申君、伍子胥已经被认为是治水人物。

其次，与其他治水传说类似，太湖流域治水传说与作为水资源的太湖有着密切关系。这意味着这个治水传说本身是由于太湖流域的地理环境被创造出来的。可见，这个传说的构成因素是先有太湖流域的地理环境，后有在这个地理环境上被创造的治水，还有给当地做出贡献的历史人物，又有信奉这些历史人物的当地人。再者，由于这些因素而创造出的太湖流域治水传说的治水人物就是大禹、吴太伯、范蠡、伍子胥及春申君。由此可以说明，这些治水传说之间的关系是形成一个源于大禹的谱系而代代相传。我们把它叫作太湖流域治水谱系。

那么，春申君治水传说到底具有什么特征呢？首先应该指出的是，这个传说不是单独存在的，而是与其他太湖治水传说一起形成谱系。其背后有历代需要治水的太湖流域的地理环境，也有住在这个地域的人们对治水和治水人物的认同作为支撑。再者，乌丙安指出："表现在因风物数量多少的差别而反映出传说人物形象在民间影响大小的差别。从这个意义出发，也可以说越是风物密集的名人传说在人民生活及口头文艺中地位越高，人物形象因纪念物多而丰富多彩，令人难忘。"[①] 如果从风物的多寡来判别其传说的影响力，与其他治水传说相比，除了大禹，春申君的治水传说在太湖流域的流传更为广泛，也具有更大的影响力。

[①] 乌丙安：《论中国风物传说圈》，《民间文学论坛》1985年第2期。

第五章　春申君治水传说与地方认同

本章主要探讨太湖流域春申君传说的传播传承机制与动力。首先，春申君传说遍布全国各地，尤其是密集分布在太湖流域，而在该地区的春申君传说主要是与治水有关的。此外，不仅春申君治水传说是构成春申君传说（"四君子""珠履"及"李园谋杀"等）传说群的一部分，而且春申君传说本身是在作为历史人物的春申君及其事迹的基础上构建的。

其次，春申君传说与太湖流域之间有着密不可分的关系。两者由历代需要兴修水利的太湖流域的地理环境和住在相关地域的民众（即太湖居民）联系起来。因此，我们可以推测在太湖流域春申君治水传说的构成因素是作为历史人物的春申君及其事迹、历代要治水的自然空间及在太湖流域生活的民众。比较重要的是，该传说并不是单独成立而传承传播下去的。如前章所述，太湖流域春申君传说是在大禹、吴太伯、范蠡及伍子胥等历代治水人物的治水传说谱系里，就是说它是在太湖治水传说谱系中或者母体之上成立的。

除了这些经过考察、已经确认的春申君治水传说的内外结构或传说的框架之外，还有一些亟须解决的问题，即该传说传播传承的动力与传播者传承者的问题。具体而言，还有两个问题有待解决：一是谁传承该传说，二是他们如何传承该传说的。第一个问题是围绕传说的"传承母体"的问题。众所周知，传说在传承过程中具有集体性，因而"传承母体"不是个人，而是具有某种共同性的集团。而且，根据传说带有地方性的特征可以确定，"传承母体"是在特定地域居住并具有共同性的集团。

既然春申君治水传说的"传承母体"可以说是住在太湖流域的历代居民,那么,首先,本章所探究的这个"传承母体"的范围、"传承母体"的共同性等有关"传承母体"构成的因素。其次,考察"传承母体"传说是如何代代相传的。关于这个问题,可以推断,由该传说传承的地域及地域特性、受该地域的地理环境影响的当地人的日常生活,以及当地人对该地域与传说人物的认同和记忆等多种因素共同构成。

本章为了解决以上问题,首先,通过分析传说的传承载体与传承地域、传说的认同功能,探究春申君传说与地方认同之间的关系。其次,通过分析太湖流域现存春申君传说的相关遗迹与春申君传说相关的现代资料,论述当代太湖居民对春申君传说的认同。

第一节　春申君治水传说及其传承载体

一　传承母体与传承地域

民俗事象主要通过口头、风物与遗迹等物象以及民间信仰方式流传后代。传说具有口头性,由此谈到传说特征时大多强调其口头性的特点。在口头传承当中,对传说的加工、编辑及再创造等变异性性质也是表现传说性质的主要因素。那么,传说传承母体又是什么呢?民众是传说流传于后代的传承母体。传说是具有地方性的叙事,所以民众也可以说是住在特定地域的人们。因为传说流传给后世,所以特定地域的民众不仅只是一代,而是世世代代居住在特定地域的集体。又由于人们相信传说,因而传说得以流传。以这个可信性为基础,当地人对当地传说产生认同感。

由此可知,特定地域的民众就是传说传承的母体,这个传承的母体作为集体的民众世世代代延续下去。关于传说传承的母体,福田亚细男将"传承母体"界定为在特定地域上世世代代持续生活的集团,并且它被土地、历史、集团及制约力规定下来。

福田亚细男所提出的"传承母体"是在他对民俗学的看法的基础

上产生的。他在对民俗学做定义时指出:"(民俗学是)通过跨世代传递的人们的集团事象揭示生活文化的历史变迁,进而说明当代生活文化的学问"。又对民俗学的对象进行如是论述:"跨世代传递的人们的集团事象、现代的生活文化。"① 他试图阐明现代的生活文化,而在分析过程中,重要关注的焦点是生活文化的历史脉络和作为其传承者的民众。另外,他还指出传承母体的具体范围是村落、村内部的组、组合、结社(或社团),还有都市中存在的集团(如行政区、学校区以及住宅区等)。② 这个范围囊括了日本的传统村落社会和现代都市社会的各个社会集团。但是,根据这个看法,每个社会集团就相当于一个传承母体,其集团相对独立以后也具有了相对封闭性。因而在探讨广泛流传的民俗事象的地域性时,很难把它划定为"传承母体"的特定地域的集团。

于是,为了探讨地域宽阔的民俗现象,福田亚细男在《传承地域と民俗の地域差》一文中,探讨了日本的节日习俗的东西差异,从而提出"传承地域"概念。首先,他在论述地域和民俗事象时指出:"对民俗事象进行分类时,拥有属于同一个类型的民俗地域就是经历同一个历史过程的地域。"而"通过地域差异,可透视不同的历史世界"。地域差等于时间差这一看法原本在日本民俗学界占据主导位置。然而,他认为分布类似民俗事象的地域等于共有同一个历史的地域,强调这些地域共有民俗事象和历史。他指出这些看法之后,将传承地域定义为"根据限定的共同性,传承地域可理解为存在同一个民俗的地域。换句话说,民俗类似地域",且"叫做传承地域的广泛民俗类似地域是其背后共享同一个历史世界的社会"③。也就是说,传承地域是分布类似民俗事象的特定地域,并且享有共同的历史地域。那

---

① [日]福田亚细男、菅丰、塚原伸治:《〈二〇世纪民俗学〉を乗り越える—私たちは福田亚细男との讨论から何を学ぶか?—》,岩田书院 2012 年版,第 34 页。
② [日]福田亚细男:《日本民俗学方法序说》,於芳、王京、彭伟文译,学苑出版社 2010 年版,第 237—239 页。
③ [日]福田亚细男:《传承地域と民俗の地域差》,载《国立历史民俗博物馆研究报告》第 52 集,日本国立历史民俗博物馆 1993 年版,第 80、93—94 页。

么，何谓本书所云的春申君治水传说的传播传承主体呢？

二 春申君治水传说的"传承地域"

如第三章所述，民俗事象的传承载体所指的是在特定地理空间居住的民众。首先，民众在特定地理空间基础上创造他们的生活空间。其次，当他们对居住空间产生归属感与认同后，才具备构成民俗事象的传承载体的条件。在这里，值得注意的是，传承载体之所以"传承"民俗事象，是因为这个载体也具有历史性，它并不是只有一代，而是跨世代的。也因此，传承载体才成为在特定地理空间里共享历史世界的存在。

春申君治水传说分布在太湖流域，这个地域是由太湖及其水系组成的自然空间。在这个空间中，当地居民创造着自己独特的生活空间。在太湖流域的人们世世代代致力于治水工程。一方面，太湖及其水系自古以来为当地居民带来丰富的水资源，从而使当地居民的生活富裕，也有利于该地域的经济发展。然而另一方面，如史籍记载，"宋元嘉七年十一月，太湖溢，谷贵民饥"，"（唐）开成三年，太湖决，苏湖二州水溢入城"，"（宋）熙宁八年夏大旱，太湖水退数里，内见邱墓街道；秋无稼，民饥"[1]，频繁发生的洪水、干旱等自然灾害致使当地居民的生活遭受严重的破坏。于是，在太湖流域居民中，产生了作为生活文化的治水文化。治水文化是在特定的地理空间下生成的文化现象。因此，由于治水文化现象，可以把太湖流域定义为一个水利空间。

按照如上所述，春申君治水传说的传承载体或"传承地域"为居住在太湖流域的民众（即太湖居民）。要注意的是，太湖居民是跨时代居住太湖流域的跨世代的集团，同时他们在这个地域构建了特定的历史世界并世世代代共享之。也可以说，太湖居民是在太湖及其水利的自然环境的基础上建构起来的共同体，它是超过行政划区等政治性

---

[1] （清）金友理撰，薛正兴校点：《太湖备考》卷十四《灾异》，江苏古籍出版社1999年版，第535页。

框架的概念。

第二节　传说的认同功能与春申君治水传说的传承

一　传说的认同功能

上节所讨论的是春申君治水传说的传承载体。接下来，本节将对传承载体如何将传说代代相传——传承原因——进行探讨。传承原因，与本书所提出的春申君传说的传承机制及传承原因有着密切的关系，是解决春申君传承机制的关键。

为了解决这个问题，需要再次确认传说传承过程的特征。钟敬文指出："民间口头文学是民众精神文化的重要组成部分。在长期阶级社会里，民间口头文学流行于广大人民之中，反映他们的生活和思想感情。"作为民间口头文学的传说不仅反映民众的日常生活，也是反映民众的愿望、意志及需求的一面镜子。具体而言，"美好生活的理想鼓励被压迫者同敌人斗争，以及惩恶扬善、崇尚勤劳智慧、尊老爱幼、尊重忠臣义士、肯定知恩必报、爱情忠贞、疾恶如仇"[1]。可见，传说反映出民众对生活上的愿望甚至他们的道德观念等多方面，由此我们可窥见民间社会中民众日常生活的一部分。

传说是以历史事实、历史人物、历史事件为题材的创造物，民众为了反映自己的愿望和思想，对传说进行"取舍、剪裁、虚构、夸张、渲染、幻想"[2]。程蔷指出："民间传说是历代人民对现实生活（从人对于自然的了解和征服，到社会上形形色色的关系和斗争）的素材进行艺术加工，即进行概括、变形、夸张、渲染乃至大胆虚构的产物。在这里，人们固然必须以他们对生活的把握和理解作为创作的凭依，但更重要的则是需要调动他们的艺术想象力。对于现实生活的想象化，可以说是产生民间传说的根本途径。"[3] 也就是说，传说根

---

[1] 钟敬文主编：《民俗学概论》，上海文艺出版社2009年版，第233、261页。
[2] 钟敬文主编：《民间文学概论》，高等教育出版社2010年版，第136页。
[3] 程蔷：《中国民间传说》，浙江教育出版社1989年版，第35页。

据史实反映出民众的日常生活与民众对它的理解的同时，在传承过程中不断地进行多样的加工。另外，传说也是民众对现实生活的理想化，就如刘晔原所说，"（传说）是表达人们的社会思想，按照人们的愿望和需求重新构建的形象"①。

总之，传说以史实为基础并反映民众的日常生活，与此同时，民众通过对传说内容的编辑加工，将自己的愿望、需求及思想依托于传说。由此可见，传说是由生存于民间社会的民众所创造的。传说是由生存于民间社会的民众依据历史事实而创造的，并代代相传、传承至今的。因此具有传承性和历史性。不过，如果传说的构成因素只有民众的创造和传承性，那么与神话故事没什么区别。在传说的构成因素中，更重要的是人与地之间的关系，即是传说的地方性。

一般来说，传说多在特定地域、空间里传承下去，这就使传说具有地方性。在这里，值得注意的是，地方性传说的内涵。传说由于在特定地域空间、由当地居民及他们的创造和传承才得以形成，在这样的构成背景下有人们与特定空间之间的关系。具体而言，这是人们对特定地域的认同或者说是对乡土的情感。高丙中论述道："传说在流行范围内说起来很真实，很亲切，既是因为传说是关于专名（特定的人、事物）的叙事，也是因为传说是地方知识……这种地方知识是意识形态化的，包括着人们的地方观念、思想倾向、审美趣味——与其说传说是历史叙述和科学解释，不如说是包含这些内容的意识形态文本。传说往往造成家乡中心的意识，流露出对家乡的热爱。"②

作为地方性知识的传说，是由特定地域的民众基于对"这个土地"的认同或爱乡之情建构而成的，与此同时，传说经常能够唤醒人们的地方认同或爱乡之情，而成为将这些情感得以持续下去的媒介。

---

① 刘晔原：《论历史人物传说形象构成》，载中国民间文艺研究会理论研究部编《中国民间传说论文集》，中国民间文艺出版社 1986 年版，第 90 页。

② 高丙中：《中国民俗概论》，北京大学出版社 2009 年版，第 336 页。

除了特定地域、当地居民及他们的创造和传承之外，万建中指出："传说是记忆的叙述，是基于历史的创作。""民间传说作为一种集体记忆，当然不能等同于历史事实。"① 传说在传说的创造和传承过程中，依靠民众对传说的集体记忆而传承下去，也与民众对史实（即传说的基础）的历史记忆有着密切关系。

二 人物传说的认同功能

人物传说可分为"历史人物""神话宗教人物""巧匠名医人物"及"文人"等，② 春申君传说属于"历史人物"（其中属于"将相""政治家"）。传说是民间社会上民众对日常生活的反映，比如民众的情感、愿望、理想、要求、利益等反映到传说里。"叙述人物的事迹和遭遇，用生动奇异的情节刻画和渲染人物形象。"③ 人物传说能很好地反映出民众的情感和愿望等，因此可以说"（它是）充分融合了人民的思想、感情与想象的艺术品"④

那么，民众的情感与愿望到底如何体现到传说中呢？例如，清廉之官海瑞的传说"体现了人民的理想和对清明政治的追求"。屈原是战国时期楚三闾大夫，也被称为爱国诗人，他虽然怀有忧国忧民之心，却遭到奸臣的谗言，最终自己投了汨罗江。他的悲剧性结局引起民众的同情之心，此后民众纷纷悼念他。农民起义传说中，陈胜与吴广的传说"反映了当时社会、阶级的尖锐矛盾和人民的民主要求与愿望"⑤。

---

① 万建中：《民间文学引论》，北京大学出版社2006年版，第174、179页。
② 黄景春：《民间传说》，中国社会出版社2006年版，第74页。除此之外，张紫晨将人物分为"清官""农民起义和民族英雄""政治家""文学家""我国绘画书法艺术及艺术家""科学家"。（张紫晨：《中国古代传说》，吉林文史出版社1986年版，第328—384页。）程蔷也将人物分为"帝王将相、清官奸臣""农民起义首领""近代以来政治历史人物""历代文人""工匠、名医""神仙人物"。（程蔷：《中国民间传说》，浙江教育出版社1995年版，第47—105页。）可见，每位学者的分类有略微差异。
③ 黄涛编：《中国民间文学概论》，中国人民大学出版社2010年版，第124页。
④ 张紫晨：《中国古代传说》，吉林文史出版社1986年版，第328页。
⑤ 同上书，第330、335页。

又如，现在在上海流传的黄道婆的传说，黄道婆被当地人传为在上海松江区推广纺织技术的人物，因为她给当地做出了贡献，所以当地人建造了黄道婆墓（位于徐汇区华泾镇东湾村）、黄母祠（位于上海植物园内），从而颂扬她的功劳。

如上所述，人物传说依靠历史人物的事迹，可以分几类，每个人物传说中都有各个时代的背景、人物事迹及人们对人物的印象。应该注意的是，我们论述人物传说时，不能概括为"某个人物传说反映人们对人物的情感与愿望"。也就是说，人物传说的传承原因在于作为传承者的"情感与愿望"，只有理解了传说背后的"情感与愿望"的内涵，才能阐明人物传说的传承原因与传承过程。当然，每个人物传说的"情感与愿望"都各不相同。

三 春申君治水传说的传承原因

作为历史人物的春申君如何成为传说人物，并且他的治水传说如何在太湖流域代代相传？我们可以猜测其传说背后有太湖居民对春申君的"情感与愿望"等共通认识。关于民众对传说人物的共通认识，例如"西门豹、李冰兴利除害；包拯、海瑞不畏权势，为民请命；岳飞、戚继光、林则徐爱国抗敌等等，都在民间传说中得到了应有的肯定和赞扬"[①]。可见，民众的共通认识是在传说人物的水利工程、廉政、抗敌等史实的基础上被构成起来的。

春申君属于"兴利除害"或"攘除水患"的传说人物。在这里，根据如上所述的春申君传说的传承内容，我们探究春申君人物形象（如"兴利除害""攘除水患"等）的形成与民众对春申君的共通认识及其原因。

首先，如第二章所论述，在古典文献里有关于秦汉时期春申君的事迹。即他在"吴墟"（旧吴地）开设市场、建筑仓廪、建造城门等，为城市建设做出了贡献，与此同时，他进行了筑堤坝、开凿运河等水利工程。到了宋代，在地方文献和地方志里记载，春申君开凿了

---

① 钟敬文主编：《民间文学概论》，高等教育出版社2010年版，第141页。

申港、春申浦、夏港等,并且各地建立庙宇来祭祀春申君。明清时期,春申君被认为是在太湖流域的历史人物,被当成了当地历史的一部分。文献里也能看得出在该地区有黄山、黄公山、黄公涧等不少遗迹。再者,明代对黄浦江进行了大规模水利建设,而且相传春申君最早开凿这条河,由此,在这条河旁边发展的上海也被认为是以前春申君的领土。

如上所述,春申君随着时间的流逝,渐渐地被传说化,后来演变成与旧吴地(即太湖流域)有着密切关系的传说人物。如第四章所论述,春申君与大禹、吴太伯、伍子胥及范蠡一起,构成太湖流域的治水传说谱系,作为治水人物的春申君的传说在太湖流域得以传播和传承。《江南祠堂》记载:"江南地处长江冲积平原,水患频繁。凡治水造福于民的历史人物,常常会被建祠立庙。"[1] 太湖流域位于江南地区的核心地带,自古以来,在该地域有大禹、吴太伯、伍子胥、范蠡及春申君等当地治水人物的庙宇,建立缘故就是"有德有功身后有祠庙"[2]。他们给当地做出不少贡献,因此受到他们的恩惠恩德的当地人为了怀念这些治水人物就建造了庙宇。在地方志里也有"传曰,有功德于民者,则报祀之。太伯见祀于吴,宜矣。伍员春申君辈,亦皆有功于民者也。不然,何以至今祠之不绝"[3](《(洪武)无锡县志》)等案例。

再者,关于春申君与上海之间的关系,也有如下记载:

> 黄鸡白酒祀田神,三世修来往浦滨。今日安澜真有庆,年年只盍报春申。(注:乡人思春申之德,多以蜡祭时祭之。)[4]
>
> 治水功多永利民,二千年上楚春申;夏尚书在明初世,邑合馨香奉两人。案:邑境自吴淞浅狭,藉泄太湖下流者,实赖一黄埔。而黄浦由春申君凿之,夏尚书浚范家浜,引江通之。两人治

---

[1] 尹文撰,张锡昌摄:《江南祠堂》,上海书店出版社2004年版,第6页。
[2] 同上书,第7页。
[3] (明)佚名:《(洪武)无锡县志》卷三下,清文渊阁四库全书本。
[4] 顾炳权编:《上海历代竹枝词》,上海书店出版社2001年版,第165页。

水有功,前后实堪匹敌。①

（黄浦江）对于上海生民,不论农田水利交通和商业方面的贡献,都是非常巨大。上海人士对于春申君自然感谢不浅,要立庙致祭的了。②

以上所举的例子表明,春申君通过开凿黄浦江促进了上海的发展,当地人为了感谢他的贡献,因而设庙对其加以祭祀。

在这里,如果将太湖居民对春申君的共同认识和他的形象加以概括,笔者认为是"感恩之情"与"体现民众的愿望"。也就是说,太湖居民在太湖流域享受太湖及其水系带来的丰富水资源,度过以稻作、渔业及交易为主的日常生活。但是,自古以来太湖流域多发洪水与旱灾等灾害。因此,历代王朝通过当地政府及水利专家协力兴修水利。上文的例子所提到的从大禹到春申君等传说人物正是在政府机关开始进行治水工程之前的（传说上的）治水人物。与此同时,他们也是太湖流域的历史名人,因而太湖居民对他们给当地与当地人做出的贡献表示谢意。再者,"人们将他们奉为地方先贤,在感戴其功德的同时,还相信其鬼魂能转化为神灵,继续造福于地方"③。由此可知,太湖居民对当地名人的恩德表示感谢,同时他们认为这些名人是具有灵性的人物,所以居民们为了实现愿望预防水灾,建造了他们的庙宇。

总之,在春申君治水传说的传承过程中,他所主持的治水和太湖居民对他的谢意,还有颂扬他的功劳和通过祭祀他就实现愿望、预防水灾,这些因素就是其传承原因。然而,这里又有一个问题浮现出来了,那就是太湖居民对春申君表示感谢和颂扬他的根本原因是什么。当然,这个问题与他的治水工程有关,但更重要的是,人与特定地域之间的关系,即太湖居民与太湖流域的关系,换句话说,这个问题与

---

① 秦荣光著,吕素勤校点：《上海县竹枝词》,载《沪城岁事衢歌、上海县竹枝词、淞南乐府》,上海古籍出版社1989年版,第123页。
② 上海通社编：《上海研究资料》,上海书店出版社1984年版,第524页。
③ 范荧：《上海民间信仰研究》,上海人民出版社2006年版,第276页。

太湖居民对太湖流域的地方认同有着密切关系。

第三节　地方认同与春申君治水传说的传承

对于春申君的感恩之情、对他的贡献的颂扬、通过祭祀他而祈愿预防水灾的信仰，这些如何产生并跨时代传承下来？在传承过程中，由于时代的不同，传承内容具有不同的时代特征。这说明春申君治水传说也是一个不断重构的过程。对于一个传说的传承，需要的是传承地域、传承者及口头、纪念物等物质（可以说景观）、民间信仰等传承形式。并且，传说需要依靠民众的历史记忆和集体记忆才能流传给后代。

这些因素都是春申君治水传说的传承机制的重要因素，但其传承机制的重要基础就是这个传说的传承母体"太湖居民"和特定地理空间"太湖流域"。

为了解春申君治水传说的传承机制，我们首先要进行探究传承母体"太湖居民"和地理空间"太湖流域"两者之间的关系，尤其关注人们对特定地域的认同（即地方认同）的产生与维持。

一　认同与地方认同

认同（identity）本来是表示人的心理作用的概念。但是，在现代性语境下，认同所表示的是"我是谁？"等个人的归属性，也包括产生归属意识的群体。再者，在全球化和地域化同时进行的情况下，认同意味着"我们是谁？"等共同体的同一性和归属意识。对于认同，重要的是，属于某种集体（如国家、族群、共同体等）的感觉和产生"我们"所必要的"他者"的存在。与"他者"不同之处在建构自我认识中扮演重要角色。

关于建设认同，胡大平指出："认同建设在技术上可能十分复杂，但道理却十分简单：天下一家的那种感觉。这种感觉，在古代，可能因为你与他人的'同类'的性质（血缘、地缘、民族等）而建立，也可能因为共同的英雄崇拜而产生，或者仅仅因为同一种生活习惯，所有的这一切，在今天，都经过现代性之合理洗礼而削弱了。"他将过去和现代的认同性质进行比较后，强调在现代社会下人们以人权、自由以及基本道德和理想等普遍性、抽象性等概念建设自我认同，[①]重要的是，他还指出古代社会也以血缘、地缘及民族等成立了共同体。

再者，胡大平将文化界定为："尽管在严格的理论视角中，文化往往被视为隐含在器物、制度、符号背后的那种共同的心理结构和思维方式，但在日常生活层次上，每个人都是通过这些显性的东西来体验它的。因此，共同体，作为一种感觉结构直接维系在日常生活之中。"[②]也就是说，文化存在于日常生活中，人们在自己的生活中创造文化。值得注意的是，共同体就存在于这种日常生活当中。

如上所述的是有关认同的讨论。特定集团对特定地域产生共同认识，从而他们对这个地域产生归属意识。这叫作地方认同。本书所讨论的春申君治水传说与太湖及其水系、历代人的兴修水利有着密切关系。我们要探讨太湖居民和太湖流域之间的关系，尤其是太湖居民对太湖流域的地方认同。

美国学者普洛汉斯基（Harold M. Proshansky）将"认同"的概念引入环境地理学、人文地理学，此后，学者开始讨论地方认同的问题，已成为学术界的共识。普洛汉斯基认为地方认同是"个人通过对地理意义上的地方的依恋，人就获得了一种归属感，为生活赋予了意义"[③]。本来地方认同是个人认同的一部分。但是，随着对地方认同的研究，有学者提出这样的看法："个人或群体与地方互动从而实现社会化的过程。这种特殊社会化包含了情感、感知与认知等多种复杂的过程。通过这一过程，个人与群体将自身定义为某个特定地方的一分子。"[④]他认为，地方认同不仅仅是个人认同，也是包括特定集团

[①] 胡大平：《地方认同与文化发展》，《苏州大学学报》2012年第3期。
[②] 同上。
[③] 转引自唐文跃《地方感研究进展及研究框架》，《旅游学刊》2007年第11期。
[④] 朱竑、刘博：《地方感、地方依恋与地方认同等概念的辨析及研究启示》，《华南师范大学学报》（自然科学版）2011年第1期。

的认同。不过，20世纪80年代以后学界对地方认同出现了不同的看法，包括认为地方认同是社会认同的一部分，出现了对地方认同的特征概括（自我尊敬、自我功效、独特性、一致性）、从认知结构与心理结构来分析地方认同的概念等。[①]

本来，认同表示对个人或集团的身份、国家、民族、地方等的归属性，并且这个意识以"他人没有"而具有独特性。集团产生某个认同时，带有统一性与同一性。为了唤醒这个意识，一般需要某个象征或标志性东西。例如，通过悬挂国旗或齐唱国歌，使人们不停地唤醒和强化国家认同。

地方认同也不例外。它表示人们对特定地域的认同，我们可以推断为了唤醒地方认同，需要当地的语言、饮食、习俗等民俗事象、庙会与节日等仪式、民间信仰等。对于地方认同的研究，除了地方认同的理论研究之外，几乎都是从历史文化地理和城市文化地理等文化地理的角度来分析地方认同。具体而言，以节日、庙会、祭祀活动及宗教组织为考察对象，分析特定集团（当地人、移入者）对特定地域的地方认同就其产生、发展、重构，并且地方政府等官方参与祭祀活动前后的变化及与其伴随的当地人的地方认同变化等。由此可见，唤醒地方认同与当地的历史文化和与当地人的生活息息相关，其中地方性民俗事象是重要的组成部分。

本书不涉及地方认同的界定问题，但是参考以上论述，本书所用的地方认同，即是跨世代的特定集团对特定地域产生的归属意识，这个意识世代相传。再者，这个意识针对"这个地域"产生，而不是针对"那个地域"产生的。因此，地方认同是以独特的地方性为基础的概念。

除了地方认同的定义和与类似概念（地方恋、地方依赖、地方感等）之间的对比，对于地方认同的论考有以下特征。首先，以民俗事象（庙会和节日）为考察对象，分析它与作为参与者的特定集团之

[①] 请参阅庄春萍、张建新《地方认同：环境心理学视角下的分析》，《心理科学进展》2011年第9期。

间的关系，而论述民俗事象在形成和维系当地居民的地方认同中扮演了相对重要的角色。其次，探讨特定集团（当地人与移入者）之间的地方认同差异及其原因。再次，涉及现代社会民俗事象与地方认同的问题，从而论述政府与媒体的参与对人们的地方认同的影响。①

上述讨论，大多是谈论现代社会的地方认同问题。郑衡泌以宁波广德湖区的历史空间为考察对象，对于在该地域流传的龙神与任侗的信仰及其相关的象征性建筑物［灵波庙（白龙祠）、白龙王庙、白鹤山庙、白鹤山新庙］进行考察，通过这些庙宇和信仰者（当地居民）之间的关系，指出地方认同的结构因素（空间、集体记忆以及象征标志），即是"空间是地方认同的指向和发生容器，集体记忆是地方认同得以区别于他者的唯一性和特征，而象征标志则使得记忆凝缩、人群凝聚、记忆凭依，并使地方概念得以升华和延续"②。

该论文的论述重点在于历代以广德湖区为中心的地域空间，论述了北宋时期即使为了农业生产填埋为农用地以后，也仍然存在祭祀龙神（湖神）和开拓广德湖的任侗（唐代地方官）的庙宇。以这些庙宇为中心的祭祀空间和祭祀活动成为当地居民的集体记忆，从而形成并维系了当地居民对广德湖区的地方认同。就是说，她关注民间信仰及其祭祀空间，有必要治水的广德湖区被填埋变成农用地以后，当地居民仍然对这个地域保持水利空间的认同。在这个分析过程中，例如，灵波庙（白龙庙）被认为是"自然成为湖区历史的表征，进而成为区域特征标记"③。

---

① 例如，徐赣丽《民间传说与地方认同——广西博白绿珠传说为例》，《广西师范学院学报》（哲学社会科学版）2011年第2期；郑衡泌《以祠神为纽带和标志的迁移人群的地方认同和融合——以宁波沿海海神信仰为例》，《亚热带资源与环境学报》2011年第4期；郑衡泌《民间祠神视角下的地方认同形成和结构——以宁波广德湖区为例》，《地理研究》2012年第12期；刘博、朱竑、袁振杰《传统节庆在地方认同建构中的意义——以广州"迎春花市"为例》，《地理研究》2012年第12期；刘博、朱竑《新创民俗节庆与地方认同建构——以广府庙会为例》，《地理科学进展》2014年第4期。

② 郑衡泌：《民间祠神视角下的地方认同形成和结构——以宁波广德湖区为例》，《地理研究》2012年第12期。

③ 同上。

如上所述,通过分析某个地域的庙宇及其祭祀、信仰,可以剖析当地居民对传说的地方认同,换而言之,通过传说来阐明空间、集体记忆及象征表象等地方认同的结构。

二 春申君信仰与祭祀空间

除了上述传说与祭祀、祭祀空间和地方认同的关系以外,也有涉及祭祀行为与神话、传说及故事等民俗事象之间关系的论考。田兆元在《神话的构成系统与民俗行为叙事》一文中指出:"神话是口头表述、书面表述、物态呈现及其民俗仪式展演的综合整体。"他强调在神话的传承形态中,除了口头与文本等语言、物象之外,还包括民俗仪式。这里的民俗仪式指的是如端午节的赛龙舟、挂艾草和菖蒲、投粽子等行为。这些行为是为了悼念屈原或辟邪的仪式,也是民间信仰体系之一。再者,"口头的叙事,实物的叙事,仪式上的演唱歌舞及其竞渡,挂菖蒲艾叶,组成了一幅神话的全景图像"[1]。作为民间信仰的民俗行为在神话创造和传承中扮演了重要角色。

传说是与神话、故事相同类型的散文体口头叙事。其传承途径之一的民间信仰也引起学者的关注。例如,徐赣丽提到广西博白绿珠传说,主要关注信仰活动中心或构成祭祀空间的绿珠祠,关于传说与信仰之间的关系,她指出:"绿珠不仅仅是用她的人格和品德来感染民众,而且用神性在保护着当地的民众,除瘟疫,保平安,消疾病,这些都是一个神所具备的一些功能。这里,民众用种种灵异的说法来强化信仰,在信仰的强化同时,也唤醒了人们对绿珠传说的记忆。传说与信仰互相结合,并相促进。"[2] 也就是说,人物传说是民众对传说人物的评价和回忆。对传说人物的信仰使民众相信,这个人物具有灵性,通过祭祀,祈求他保佑自己的生活远离灾难。如果传说没有传承下去,信仰也就消失,反之没有信仰,传说也就渐渐地消失。由此可

---

[1] 田兆元:《神话的构成系统与民俗行为叙事》,《湖北民族学院学报》(哲学社会科学版)2011年第6期。
[2] 徐赣丽:《民间传说与地方认同——以广西博白绿珠传说为例》,《广西师范学院学报》(哲学社会科学版)2011年第2期。

见，传说与信仰相互依存，不可分割。

阎江分析岭南黄大仙传说及其信仰，"岭南各处的黄大仙庙作为传说的纪念物，与传说一起构成了信仰的载体与基础"。可见，物象的庙宇和口头的传说是民间信仰传播的载体。"信仰灵验与地方风物的结合成为各地信众不断得以确认的文化资源，在这个过程中传说被生产并且不断被再讲述，形成日益扩大的黄大仙信仰圈。"[①] 他还指出，民间信仰和地方风物相结合，能够产生地方文化资源，通过传说的再生产可以构成信仰圈。这些看法都涉及民间信仰中的口头叙事和物象叙事的功能。然而，与此相反，如果我们探讨在传说传承中的民间信仰和物象叙事的功能，那么可以说，民间信仰和物象叙事与传说同样是以特定人物、事件、历史为主题，民间信仰通过信仰对象和信仰者的灵性交流，物象叙事通过可视的物象和当地人的集体记忆，使得传说不断得以重构并传承后世。

总之，对传说的传承和传播来说，祭祀、祭祀空间及民间信仰是至关重要的，这些因素构成传说传承机制的一部分。那么，春申君治水传说与春申君信仰（信仰与庙宇、信仰者）之间有怎样的关系呢？

> 姑苏城隍庙神，乃春申君也。[②]《中吴纪闻》
> 城隍庙，其初，春申君也。唐碑具在。[③]《吴郡志》
> 春申君庙，在子城内城隍庙也。[④]《舆地纪胜》

春申君信仰的中心在苏州城隍庙。从如上所提的例子来看，苏州城隍庙的第一神是春申君，并且唐代已有相关石碑，由此可知，当地人对春申君的信仰至少从唐代以前开始并延续到现在。苏州是春申君

---

① 阎江：《传说、祠庙与信仰的互动——黄大仙信仰的岭南阶段及其发展》，《长江大学学报》（社会科学版）2007年第4期。
② （宋）龚明之撰，孙菊园校点：《中吴纪闻》卷一《春申君》，上海古籍出版社1986年版，第19页。
③ （宋）范成大撰，陆振岳点校：《吴郡志》，江苏古籍出版社1999年版，第637页。
④ （宋）王象文撰：《舆地纪胜》卷五《平江府·古迹》，中华书局1992年版，第305页。

信仰中心,是因为以前该地域叫作"吴墟",与春申君领有该地域有关。他在当地治理城市的同时兴修水利,如开凿运河、建筑堤防等。由于他对当地的这些贡献,当地人历来将他视为当地的"历史名人"。

原本祭祀是通过宗教仪式来安慰和祈愿神灵的行为。城隍信仰与居住城(围墙)、隍(壕沟)和在城中居住的人们密切相关,也就是说,"由于有了城隍,城市居民在遭到外族或邻国统治者的侵略时,他们的生命财产便得到了保护,他们以为城隍有灵性,从而产生对它的崇拜,视之为城市保护神,并为之立祠,尊称'城隍'神"。城隍神是使城市居民免受"四患"(水灾、火灾、偷盗及战争)的保护神。再者,对于城隍神,魏晋以后开始把祭祀的历史人物也称为城隍神,之后许多城隍神具有了人性,而实在人物也开始变成崇拜对象。[1]"因为地方神生前大多是当地的'名人',容易使信仰者产生亲切感和信任感,所以信仰者颇多。"[2] 可见,这些历史人物通过他们对当地的贡献,被称为当地的保护神,在这个过程中需要当地居民对这些人物产生"当地的历史人物"的认同。

由此不难看出,作为历史人物的春申君通过在旧吴地(现苏州市)开发城市与兴修水利的事迹及传说,使当地居民感恩他对当地的贡献,从而将他视为城隍神而祭祀他。当地居民对他的祭祀行为意味着对他的贡献的"感恩之情"和祈愿作为有灵性的城隍神保佑他们平安。

众所周知,宋代城隍庙被列入国家祭祀体系中,因而城隍信仰也受到国家保护延续到现在。也就是说,国家政府的参与是使得城隍信仰世代相传的巨大动力。不过,值得注意的是,"虽然城隍信仰活动中有不少城市附近的乡村农民参加,但城隍信仰的主体是城市居民"[3]。春申君是由以苏州的城市居民为主的集体视为城隍神,但它

---

[1] 王永谦:《土地与城隍信仰》,学苑出版社1995年版,第128、173页。
[2] 郑土有、王贤淼:《中国城隍信仰》,上海三联书店1994年版,第11页。
[3] 同上书,第12页。

不能涵盖苏州以外其他传说地域的民众对春申君的信仰及祭祀空间。

如上所述，传说除了依靠口头、文本及风物等传承形式传承外，还结合了民间信仰的形式得以代代相传。春申君治水传说也不例外，也可以认为对春申君的信仰也是春申君治水传说的传承过程和传承机制的因素之一。然而，该传说的传承空间不单单是苏州一带，也是包括苏州的太湖流域。因此，我们不能只用苏州的城隍信仰来论证春申君信仰。在理论上，春申君传说的传承地域和春申君信仰的祭祀空间应该或多或少有所重叠。实际上，除了苏州以外，太湖流域内各地也建造了春申君庙并存在着对他的信仰。

（一）苏州

> 春申君庙，在下十七都一图，祀楚春申君黄歇。今民间奉为土谷神。
>
> 春申君庙，在王洗马巷。（乾隆吴县志在钱驸马桥南）祀楚黄歇。旧在子城内西南隅。唐天宝十载，采访使赵居贞重修。明初移庙今所（乾隆府志云自唐以来祀为城隍神）清康熙间，郡人顾藻廊地重建。乾隆间再建。咸丰十年毁。同治五年重建一在铁瓶巷。最古称古春申君庙今尚存。《（民国）吴县志》①

（二）无锡

> 春申君庙，祀楚相黄歇。旧在春申涧旁，后徙锡山麓。歇徙封于吴，吴人祀焉。今俗称社神庙，其地曰庙巷。②《（光绪）无锡金匮县志》
>
> 春申祠，在锡山之麓。黄歇徙封于吴，吴人祀焉。唐狄仁杰毁淫祠，及之改名土神庙。③《（康熙）常州府志》

---

① （民国）曹允源：《（民国）吴县志》卷三十三，民国二十二年铅印本。
② （清）裴大中：《（光绪）无锡金匮县志》卷十二，清光绪七年刊本。
③ （清）于琨：《（康熙）常州府志》卷十八，清康熙三十四年刻本。

黄歇庙，今在无锡惠山寺。唐开元四年，无锡县尉常非能为旱以露板檄春申君说李园之事，当时下雨，信有征矣。①《太平寰宇记》

(三) 黄埭

春申庙，在黄埭东蠡桥，祀楚相黄歇。《黄埭志·寺庙》

按吴淞江为春申君所治名为黄浦。今日黄埭殆犹斯与，且乡有春申君庙，乡人祀为社神，必其有功于此。故得庙食千秋也。《黄埭志·建置》

相传是埭即春申君所筑。后人因冠以姓志其所自故曰黄埭。《黄埭志·建置》②

(四) 上海

春申君庙，在练塘市。宣德七年，重修翰林检讨陈璲记。③《(正德) 姑苏志》

春申君庙，在莘庄镇。④《(乾隆) 华亭县志》

春申道院，在横沥东岸，奉春申君像。国朝雍正十二年，知县褚菊书修有记。乾隆嘉庆间，屡修并建后阁。⑤《(同治) 上海县志》

长人司神像，在穿心街。延真观者亦称春申君庙。年久圮毁。⑥《(民国) 上海县续志》

---

① (宋) 乐史，王文楚等点校：《太平寰宇记》卷九十二《江南东道四》，中华书局2007年版，第1852页。
② (民国) 朱福熙修，程锦熙等校：《黄埭志·建置》，振新书社，民国十一年 (1922)。
③ (明) 王鏊：《(正德) 姑苏志》卷二十八，清文渊阁四库全书本。
④ (清) 冯鼎高：《(乾隆) 华亭县志》卷二，清乾隆五十六年刊本。
⑤ (清) 应宝时：《(同治) 上海县志》卷三十一，清同治十一年刊本。
⑥ (民国) 吴馨：《(民国) 上海县续志》卷十二，民国七年铅印本。

从古籍和地方志的记载来看，在苏州（明代后，春申君庙独立出来，与城隍庙并存，第一神还是春申君）、无锡、黄埭（现江苏省苏州市黄埭镇）、上海等地都有有关春申君的庙宇，因而春申君被认为是祭祀对象。在这些地区，祭祀春申君的原因在于当地人将他看成"社神""土神"及"土谷神"。古代，祭祀"社神"的目的是"水灾、火灾、风灾等自然灾害发生时人们举行的祀社活动，是为了消除自然灾害，恢复人类赖以生存的自然环境"[1]。也就是说，人们为了预防当地发生的自然灾害祭祀社神。此外，对土地神的信仰也是"人们一旦有事，会立刻前往供奉土地神的土地祠或土地庙，或许愿，或还愿……农民把它当作保佑丰收之神，可有趣的是渔民又把它当作保佑渔业丰收之神和海上安全之神，商人把它当作保佑买卖兴隆之神"[2]。可见，土地神信仰扎根于当地人们的日常生活（农业、渔业及商业等），人们相信，土地神保护着他们的日常生活。

于是，我们可以推测，在传说流行的各地，人们祭祀春申君视他为社神与土地神，是因为他是在各地"有功于民""有功于地"的人物。而且，他的贡献与各地的自然环境及由自然灾害有关系。具体而言，在当地人的印象中，春申君是在各地预防水灾的人物，并且，人们通过把他神化，终于使他成为保佑当地人的生活（农业、渔业等）的神。

概而言之，春申君信仰以特定地理空间为基础，是由当地居民、居民对春申君的贡献的集体记忆、作为表示信仰的庙宇等表象物共同构成的，并依托其信仰跨世代传承了下来。春申君信仰对春申君治水传说的传承机制也与口头、物质（风物或景观）、行为一起形成传承途径之一。

以上所讨论的是春申君信仰与春申君治水传说间的关系，而本章所述重点之一是传说与地方认同的关系。笔者认为，在地方性传说的

---

[1] 魏建震：《先秦社祀研究》，人民出版社2008年版，第267页。
[2] ［日］窪德忠：《道教诸神》，萧坤华译，四川人民出版社1989年版，第14—15页。

传承过程中，当地居民的地方认同支撑着传说的传承。如上所列举的有关地方认同与民俗事象的相关论文，主要关注民间信仰，而作为地方文化象征标志的庙宇及以庙宇为中心的信仰体系，特定地理环境，人们的集体记忆产生并强化地方认同。然而，只有民间信仰，能否证明当地居民对该地域的地方认同呢？

实际上，上述讨论过于看重民间信仰的功能。本来，地方认同是由于特定地域与在该地域生活的人们的日常生活体系中构成的。当然，其中也包括民间信仰，但还包括方言、饮食习惯及风物等多种多样的因素。但我们应该认识到民间信仰只是和地方认同有重要关系的因素之一。在这里，为了解决春申君治水传说与太湖居民的地方认同之间的关系，我们首先探究风物或景观与景观叙事。

三 景观与景观叙事

景观本来表示各地风景和自然环境，也表示包括人文活动所产生的事象（例如与传说相关的风物等）。对于景观与叙事学结合的景观叙事，近年来，在现代民俗学的研究里，也有传说与其相关景观、景观叙事的研究。[①] 这些研究在传说的口头传承逐渐销声匿迹的现代社会中，主要关注与传说相关的景观替代口头叙事成为新的传承途径，对景观内容和口头传承的差异、景观所述的传承内容（即景观叙事）、景观的创造者地方政府及景观的产生过程，以及如何利用作为地方文化产业与旅游资源的景观等进行探究。

例如，张晨霞在《帝尧传说、文化景观与地域认同——晋南地方政府的景观生产路径之考察》一文中，关于晋南的帝尧传说，尤其是帝尧相关的景观（尧庙、尧陵等）与地方政府之间的关系提出，"景

---

① 关于景观与景观叙事理论的综述，请参阅陈雨《景观叙事——关于淮南新四军纪念园景观设计的哲学探讨》，《国际城市规划》2007年第3期；张晨霞《帝尧传说、文化景观与地域认同——晋南地方政府的景观生产路径之考察》，《文化遗产》2013年第1期；余红艳《走向景观叙事：传说形态与功能的当代演变研究——以法海洞与雷峰塔为中心的考察》，《华东师范大学》（哲学社会科学版）2014年第2期；陈辰、裴鸿菲《纪念性景观中的叙事应用——以武汉市大禹神话园为例》，《华中建筑》2014年第2期。

观是由具体传说生发和演述,进而产生于相应的文化区域内;地方政府作为景观生产的主体之一,依托丰富的历史资源和人文传统,充分运用文化想象,可以实施旅游文化景观的人工再造;景观是地方政府选择的精微而绝妙的支点,经由景观生产的方式,不仅表达了对本地文化传统的认同,而且可获得对景观文化想象空间的实体化呈现"。她指出,在景观的重构过程中,地方政府扮演了重要角色,并且通过景观的再创造,将对地方文化传统的认同意识(即地方认同)唤醒。再者,她探究了地方政府再建帝尧相关景观的个案,得出的结论是:"经由帝尧文化景观生产,地方政府获得了对想象中的尧都的实体化呈现,强化了尧都的地域认同,构建一个以帝尧为纽带的神圣地域空间。"[1] 也就是说,文化景观通过地方政府的参与和当地人的集体记忆,强化了对该地域的认同功能。

又如,余红艳在《走向景观叙事:传说形态与功能的当代演变研究——以法海洞与雷峰塔为中心的考察》一文中指出:"景观叙事就是由景观来讲述传说。具体而言,景观叙事是以景观建筑为核心,由传说图像、雕塑、文字介绍、导游口述等共同构成的景观叙事系统。"她首先论述了景观叙事的含义及其内部结构,其次,对与《白蛇传》相关的"法海洞"与"雷峰塔"等文化景观的现代重建加以分析,讨论了传说内容与文化景观间的内容差异,并通过分析重建背后的意图,探讨了作为当地文化资源和旅游资源的文化景观。得出的结论是:"景观叙事对地域形象维护的加强,又具有一定的地方政治色彩。正是在经济与政治的双重冲动下,传统叙事形态逐渐解体,与此同时,承载叙事功能的景观,在新时代则承担了更多的文化功能,促进了传说功能的进一步扩展,这是当代民俗文化发展的显著特点。"[2]

她首先提出景观叙事强化地域文化和地方形象形成的观点,其次指出在景观叙事的重构中,有地方政府的参与和利用旅游资源等现代

---

[1] 张晨霞:《帝尧传说、文化景观与地域认同——晋南地方政府的景观生产路径之考察》,《文化遗产》2013年第1期。
[2] 余红艳:《走向景观叙事:传说形态与功能的当代演变研究——以法海洞与雷峰塔为中心的考察》,《华东师范大学学报》(哲学社会科学版)2014年第2期。

因素。最后论及在现代社会的民俗文化传承中，景观叙事替代口头传承等传统叙事形式扮演了重要角色。

由此看来，在现代社会的传说与景观叙事的关系问题上，以往研究主要关注作为新的叙事形式的景观叙事，从而分析地方政府重构景观的过程和在这个过程中产生出来的新的现象（地方资源化与旅游资源化）。特别应该注意的是，景观与景观叙事都被认为是地方文化资源，而且这些是让当地人和地方政府不断地唤醒地方认同的媒介。

本章主要讨论近代以前的春申君治水传说，因而暂不涉及在该传说传承中的地方政府的参与和观光资源化的问题。与语言叙事渐渐地消失的现代社会相比，在古代社会神话、传说及故事等口头性叙事的流传中，除了口头叙事之外，景观叙事和民俗行为也与口头叙事同样是重要的传承途径。我们现代人在研究过去的口头叙事时，除了文本分析之外，参考民俗行为和文化景观也十分重要。

万建中在《非物质文化遗产与"物质"的关系》一文中多次强调传说与物质之间的密切关系。如"传说由'物质'而存在""传说总是和特定的事物相关"及"'物质'的因素可以明确传说的具体地点，从而强化传说的真实性"。在传说传承过程中，有了相关遗迹（即文化景观）的印证就更能提高该传说的"可信性"，从而推动传说的流传与扩散。除此以外，文化景观还有一种重要的功能。万建中认为："秭归、屈原故宅、女媭庙和捣衣石等地名和建筑物，都是带有'物质'性质的文化景观，使屈原投江的传说更加有根有据。这些富有地方特色的文化景观成为当地最为显耀的文化标识和符号。它们以及后来再建的与屈原有关的文化景观，一直默默地讲述着屈原的传说，以使屈原的传说不被遗忘。"[①] 他通过分析屈原投江传说与其相关的文化景观，论述文化景观既是地方文化的文化标识和文化符号，又是传说传承的驱动力。

如上所述，对传说的传承来说，文化景观及景观叙事不仅以物态

[①] 万建中：《非物质文化遗产与"物质"的关系》，《北京师范大学学报》（社会科学版）2006年第6期。

的可视性作用让人们更相信传说，而且还以特定地域的文化符号或文化资源，使当地人将其作为地方标志记忆下来，从而让当地人不断地反复地方认同的介质。

四 "春申君所开"与太湖居民的地方认同

春申君黄歇是战国末期楚国的丞相。当时在合纵连横的政治趋势下，作为楚国丞相的春申君与诸侯国联手对抗秦国，由此名垂青史。此后，随着时间的流逝，他由于其权势和政绩被传说化，汉代以后他与孟尝君、平原君、信陵君被合称为"战国四君子"，且他"客三千余人""上客皆蹑珠履"等，被称为"政治英雄"。同时，最后的"李园谋划"（即被食客的李园谋杀而导致了悲剧性的结局）也是构成后世流传的春申君传说的重要组成部分之一，后代诗人也吟咏了他的悲剧性结局。可见，春申君除了"政治英雄"形象之外，还以"悲情英雄"形象代代相传。

但是，在春申君传说中，比起"政治英雄"与"悲情英雄"，更重要的是作为"治水英雄"的春申君传说。本来，传说具有地方性，在传承传播过程中，传说与特定地域结合起来，就在那个地域传承下来。春申君传说在他的领土"吴墟"（旧吴地）的基础上被地方化了。在这个地方化和作为治水传说的传承传播中，至关重要的是作为"治水空间"的太湖流域。春申君治水传说分布在以"吴墟"为中心的地域，具体分布地域就是现苏州、无锡、江阴、常州、湖州、上海等，这些地区都是属于太湖流域。

自古以来，太湖既是自然空间，也是由居住在太湖流域的人们（太湖居民）创造的人文空间。太湖与其水系的水资源一方面给太湖居民的农业、渔业、商业及交通带来方便，另一方面由于受到气候变化的影响，太湖及其水系也给太湖居民带来水灾。据太湖相关的地方志（如《太湖备考》《吴郡志》及《吴县志》）记载，有不少太湖带来的水灾的案例。在里面，我们能看见"太湖溢，害稼，饥疫""大旱，太湖涸，民饥"等记载。由此可见，历代太湖居民受到气候和太湖等自然环境的很大影响，甚至是"天顺五年七月大风雨，太湖溢，漂没民居，死者甚众"①。诸如此类记载所说的，有时候太湖居民的生活体系也被破坏了。

如上所述，太湖流域水患频发，历代为政者注重兴修水利，如通过疏导河流、筑起堤坝预防洪水，也设置闸门控制水量，建造池塘收蓄水源。也就是说，水利对太湖居民来说是为了维持日常生活的必要工程。可以说，在太湖流域的治水既是对人们的生活很重要的政治活动，又是在太湖流域上被人们创造的人文空间的一大特征。对太湖居民来说，治水是作为特定空间的太湖流域的重要标志，将治水作为太湖流域的地域特征加以认同并记忆。

在这样的地理特征上，历代水利专家在太湖流域兴修水利。除此之外，在这个地域还流传着治水人物的传说。这些人物就是大禹、吴太伯、伍子胥、范蠡。大禹之外，都是当地的历史名人，他们通过兴修水利而为当地人的生活带来便利，被称为治水人物。这些治水传说依靠口头、文本、庙宇及遗迹等形式传与后代。春申君在太湖流域治水传说的谱系上占有了最后位置。在春申君治水传说的传承过程中，比较重要的是，这个传说传承传播的地域是作为治水空间的太湖流域。这个传说传承传播是以太湖居民对太湖流域（治水空间）的地方认同为基础被传承下来。与此同时，这个传说不是单独成立的，而是构成了太湖流域的治水传说谱系的一部分。其中，太湖居民对太湖流域的地方认同是春申君治水传说传承的基础，反之，春申君治水传说使得太湖居民不断地唤醒这个地方认同。这两者的互动关系是至关重要的。

春申君传说通过口头、文本等语言叙事、与传说相关的风物（或文化景观）等景观叙事、祭祀与祭祀空间等民俗行为的形式代代相传。其中，与春申君有关的文化景观，从古至今都是在作为当地名人的春申君的名声下、依靠当地居民的集体记忆得以流传的。这些文化景观也成为春申君传说得以传承的重要标志和象征。与此同时，这些

---

① （清）金友理撰，薛正兴校点：《太湖备考》，江苏古籍出版社1999年版，第536页。

文化景观在太湖流域各地也被看作地方历史和文化传统的重要标志和符号。春申君相关的文化景观与其他传说人物相同，拥有着以庙宇、祠堂、坟墓等带有信仰的物态而命名的宫殿、城门、城墙等建筑物，以及以春申君的名字命名的山川等。从这些文化景观看来，春申君在当地是"有功于地""有功于民"的人物。其中，最独具特色的就是"春申君所开"的无锡湖、春申湖、语昭渎、黄埠墩、黄埭、无锡塘、春申塘、申港河、黄田港、申港、申浦、春申浦、黄浦江、春申江等景观。这些景观都与春申君治水传说紧密相关。

本来，春申君治水传说分布在以太湖为中心的太湖水系。太湖流域既是具有丰富的水资源的自然空间，又是历代遭受水旱灾害影响的区域，因而在人们的生活上需要兴修水利的自然空间。也就是说，在太湖居民的日常生活中，需要的是充分利用太湖的水资源，有效地预防水灾，并且时刻为了免受水灾而祈愿。

春申君治水传说相关的文化景观是以太湖流域的自然空间和需要治水的水利空间为基础形成的。太湖居民每次看到春申君治水传说的文化景观时，在他们的脑海里都会浮现出以前春申君在当地兴修水利，从而给人们的日常生活带来便利的故事，使他们认识到"自己住在这个地域"的事实，那么可以说，春申君治水传说是在太湖居民对太湖流域的地方认同的基础上成立的，同时，它被认为是不断唤醒太湖居民地方认同的文化资源。春申君治水传说正是在这样的传说与地方认同的互动作用中得以流传于后世的。

第四节　当代太湖居民对春申君传说的认同

上节通过分析春申君传说的传承地域、传说的认同功能与春申君传说的传承原因、春申君信仰与景观叙事等传承形式，探讨了春申君传说与地方认同之间的关系。本节将主要通过分析春申君相关的遗迹与春申君传说的现代资料，探究当代太湖居民对春申君传说的认同问题。

首先，进行探究春申君传说相关的现存遗迹。本来，春申君传说是由作为历史人物的春申君及其政绩构成的,而它在传承过程中是与各个地方密切结合起来的。关注点就是现存相关遗迹依靠其景观和在其背后存在的传说到底表达什么？相关传说的现存遗迹意味着在该地域春申君传说以物质形式保存下来。以前当地居民对春申君治水表示感恩或为了免受水灾祭祀春申君。这些都是春申君传说的传承原因。然而,在现代社会,由科学技术发展改善了生活环境,几乎可以说不再遭受水灾。

就春申君传说的传承动力来说,也许对春申君的感恩之情和对他的怀念之情已经不是传承的主要原因,取而代之的是当地政府利用当地流传的神话、传说及神话开发作为当地历史文化的文化资源、旅游资源。在全球化、均质化、统一化的当代社会下,这些现象说明当地政府重视地方文化,从而尊重当地历史文化,让当地人产生地方意识,与此同时,也给游客、外来人口等他者显示出该地区的魅力策略。因此,我们还要分析春申君传说相关遗迹与当地政府的参与之间的关系。在现代社会,认定与保护历史文物是由当地政府机关来做的。例如历史文物以"某市保护单位"形式才得到官方的认定,并且官方的认定对民俗事象的传承影响很大。在这里,我们探究各地区现存春申君传说相关遗迹,同时关注当代政府对该遗迹的文化资源化和旅游资源化的情况。

一 太湖流域春申君传说相关遗迹的现状

在这里,我们分析在太湖流域分布的现存春申君相关遗迹(关于上海的例子,下一章专门讨论)。

(一) 苏州市：城隍庙与春申君庙

众所周知,苏州是春秋时期吴文化的中心。战国时期春申君在"吴墟"(旧吴地)的时候,苏州也是他的封土(吴墟)的核心地区。据《越绝书》记载,春申君在该地区建都邑、修城池、筑宫室、开吴市、开浚河道等,为当地做出了巨大贡献。可见,春申君与苏州和苏州当地人的生活有着密切关系。

第五章 春申君治水传说与地方认同 / 197

图 5—1 苏州城隍庙

图 5—2 春申君庙

(笔者摄于 2019 年 6 月 1 日、2 日)

在苏州与春申君相关的遗迹有城隍庙与春申君庙。这些都是祭祀空间，因而在苏州春申君被认为是祭祀对象。苏州城隍庙位于景德路94号。对于其历史沿革，在《苏州城隍庙》一书中称："苏州城隍庙历史悠久，其祭祀有春申君、汤斌、陈宏谋等，其祭祀的历史，可追溯到战国时期，延续至今，可谓历尽沧桑。卢熊《苏州府志》云：'今长洲县西北二百步，旧城隍庙祠也。唐天宝十载，采访使赵居贞修庙立碑，碑阴有梁贞明五年刺史钱传璙重修题名。'宋元时期，苏州府城隍庙位于子城东南隅。明洪武三年（1370）移建到当时隶属吴县的武状元坊，即景德路今址。其庙基为三国东吴周瑜古宅址。城隍庙历经明弘治、嘉靖、清顺治、康熙、乾隆年间多次重修。"[①] 可见，春申君至少从唐代就被认为是城隍神，城隍庙因为历代将历史人物列为城隍神，不断重建而现存。

另外，在《2014甲午年城隍通书》中，有介绍苏州府城隍爷春申君传的文字。即"苏州城隍爷春申君，本名黄歇，战国时代楚国人……在今上海、苏州一带，治理申江，疏通河道，抑制水患，政绩显赫，深得民心"[②]。也就是说，当地民众之所以祭祀春申君的原因在于其通过兴修水利，造福于民。因此，"苏州人民一直没有忘记春申君对苏州做出的贡献"[③]。

又如，春申庙位于中街路王洗马巷16号。现在它是道教道院，对外不公开。据说，这个春申君庙建于明代，在《（同治）苏州府志》云："春申君庙，在王洗马巷，祀楚黄歇。旧在子城内西南隅，唐天宝十载，采访使赵居贞重修。明初移庙今所。乾隆志云，自唐以来祀为城隍神。国朝康熙闲，郡人顾藻廓地重建，乾隆闲再建，咸丰十年毁，同治五年重建。"[④] 可见，这是将本来在城隍庙供奉的春申君移到王洗马巷。

---

① 蔡利民、贝信常：《苏州城隍庙》，宗教文化出版社2011年版，第6页。
② 《2014甲午年城隍通书》，苏州城隍庙2014年版，第63—64页。
③ 蔡利民、贝信常：《苏州城隍庙》，宗教文化出版社2011年版，第40页。
④ （清）冯桂芬：《（同治）苏州府志》卷三十六，清光绪九年刊本。

此外，在《江南祠堂》中记载："苏州王洗马巷有春申君庙，祭祀战国时楚国人黄歇。黄歇于楚考烈王元年（前262）为相国，封春申君，领管江东吴国旧地，常住苏州。黄歇精通于水利，测得太湖地势高于苏州城池，每逢雨季，湖水倒灌入城。为了使苏州城免遭水灾，黄歇增辟葑门水陆城门，封闭胥门水门，使胥江水绕道，以分减水势。"① 因此，我们不难看出当地民众祭祀春申君的原因在于他对当地的贡献，尤其是他治水造福于民。

总之，在苏州的春申君相关遗迹，都是伴随着民间信仰的祭祀空间，并且供奉他的原因就是他对当地的贡献（尤其治水）。《吴门表隐》云："春申君庙向在子城内。明洪武四年，移建王洗马巷，神姓黄名歇，封凤凰乡土谷神庙本湫隘，康熙间郡绅顾藻廓地重建。内有朱舍人英，张巡司二神祔。一在铁瓶巷，最古，一在娄门外太平桥，旁有罗城土地堂，一在六直镇。"② 之前，在苏州除了如上所提的城隍庙与春申庙（位于王洗马巷）之外，还有不少春申庙。这说明在苏州地方民众中，春申君已经从治水英雄变成地方保护神，进入了祭祀空间。现存的城隍庙与春申庙也能证明春申君从当地名人或治水人物变成为地方保护神的过程。

（二）苏州市相城区黄埭镇：春申君塑像与春申湖

黄埭是位于苏州市相城区入口的小镇，黄埭因春申君黄歇之姓而得名，并且此名表示与春申君治水传说有关联。在黄埭镇官网里有"黄埭概况"的栏目，其中记载："黄埭镇，始建于春秋时期，距今已有2500多年的历史。战国时期楚国名相春申君黄歇动员民众于此兴修水利，筑成堰埭，初名春申埭，后改黄埭，沿袭至今……十分优越的地理位置和交通条件使黄埭自古一直是苏州西北部和无锡锡东地区的重要商埠。古时黄埭镇，三里长街，百店琳琅，千叶小舟云集，八方商贾过往，素有'银黄埭'之称。今黄埭镇，环春申湖碧波绿

---

① 尹文撰，张锡昌摄：《江南祠堂》，上海书店出版社2004年版，第6—7页。
② （清）顾震涛撰，甘兰经等校点：《吴门表隐》，江苏古籍出版社1999年版，第35页。

图 5—3　黄埭镇春申君塑像

（笔者摄于 2019 年 6 月 1 日）

树、丽水宜人。"[①] 由此可见，该镇是春申君兴修水利的地方，而黄

[①] 《黄埭概况》，来源：苏州市相城区黄埭镇人民政府网，http://www.xchd.gov.cn/about_1.asp?did=228&xid=229&ECP=201525。

第五章 春申君治水传说与地方认同 / 201

图 5—4 春申湖石碑

(笔者摄于 2019 年 6 月 1 日)

埭意味着"春申君黄歇筑起的堰埭"。这说明春申君治水传说在黄埭镇也代代相传。本来黄埭属于太湖流域，自古以来该地就是河道四通八达的交通要地。在这样的自然环境下，治水对当地人的生活来说极为重要。由此，春申君治水传说在这样的地理环境下，扎根于该地的当地人生活的基础上被流传下来。

再者，在民国十一年（1922）编纂的《黄埭志》里也云："以土堰水曰埭，周考烈王元年，楚以黄歇为相封号春申君，城吴墟为都邑。相传是埭即春申君所筑。后人因冠以姓，志其所自故曰黄埭……按吴淞江为春申君所治，名为黄浦。今日黄埭殆尤斯意欤，且乡有春申君庙，乡人祀为社神，必其有功于此。故得庙食千秋也。"[①]

---

① （民国）朱福熙修，程锦熙等校：《黄埭志·建置》，振新书社，民国十一年（1922）。

可见，黄埭来源于春申君的治水工程，且民国时期春申君庙还存在，当地人供奉他为社神。也就是说，直到近代春申君都被认为是保护黄埭人免受水灾等自然灾害的保护神。黄埭人因为他筑起的堰埭，称赞他对黄埭的贡献，从而他们视春申君为社神。

另外，在《春申君治水称黄埭》一文中，作者也认为："（春申君）在苏州期间，修城池，治水利，为苏州人民办了不少好事。尤其是兴修水利……谁为当地百姓做了好事，建有功绩，百姓即封他为城隍。春申君在苏州治水有力，苏州百姓封他城隍，今苏州城隍庙内的城隍即是春申君。黄埭城隍庙祀春申君，也是合乎情理的。"① 文章中，谈到春申君在苏州的贡献，其中强调他的治水工程。当地人为了纪念他与他的治水贡献，而将他奉为城隍神。这说明春申君由"治水英雄"变成"保护神"，表达了当地人对春申君的深刻认同。

在黄埭镇虽已不存在春申君庙，但目前该镇还有春申君塑像与春申湖。春申君塑像强化了当地人记忆中黄埭与春申君的关系，即认为是春申君开拓了该镇。虽然现在没有供奉他为土地神，但是凭借春申君塑像的景观不难推测，春申君被认为是当地的历史人物，并且对于外来人来说，该塑像是把春申君与黄埭关联起来的象征性标志。

另外，春申湖的开发也与此类似。"春申湖位于黄埭镇南侧，原来叫裴家圩，是一个面积不足 2 平方公里的小湖泊。2003 年黄埭镇对裴家圩围堰抽水取土，在湖北岸的大片滩涂荒地上建湿地水景，并改名为春申湖，以纪念古代在这里'筑堰成埭'的春申君黄歇。"② 在春申湖周边被开发后，该地变成了生态公园，是风景美丽的地方。本来该湖不叫春申湖，21 世纪初，水利工程实行以后，以纪念春申君筑起的堰埭而命名为春申湖。就是说，我们可以看见由于使用与黄埭镇有密切关系的春申君的名字，当地政府试图将春申君及其传说作为地方文化资源。在现代社会中，这是唤醒历史文化，使它作为地方

---

① 《春申君治水称黄埭》，《苏州日报》2014 年 10 月 17 日。
② 《生态优居 如今黄埭很靓》，来源：苏州市相城区人民政府网，2013 年 3 月 28 日，http://www.szxc.gov.cn/szxc/infodetail/? infoid = d1aeccbd − c52c − 4eea − 80a1 − d88ba4c63ad0&categoryNum = 002006。

文化资源或旅游资源，并重新建构过去文化资源的典型例子。

（三）无锡市：春申涧、黄埠墩、凤阜墩

无锡市，即史书中的无锡县，自汉代立县，历史悠久。在《越绝书》里云："无锡历山，春申君时盛祠以牛，立无锡塘。""无锡湖者，春申君治以为陂"，"无锡西龙尾陵道者，春申君初封吴所造也。属于无锡县"①。可以说，无锡市是与春申君传说密切相关的地方。现存相关遗迹是春申涧、黄埠墩以及凤阜墩。

关于春申涧，在《无锡史志》中云："俗称黄公涧。战国末年，楚国令尹春申君黄歇，率军在惠山白石坞的山涧里饮马，因而得名……春申涧，是无锡著名的观赏瀑布的地方，每当黄梅季节或大雨过后，飞瀑溅激，顿成奇观。"② 春申涧来源于春申君及他率领部队的"饮马之处"。又，《（洪武）无锡县志》载："春申君祠，在州西惠山下，即楚公子黄歇也。楚考烈王常以歇为相封于故吴邑。歇后为李园所杀，吴人遂立祠于其地以祀之。"③ 以前在惠山有春申君祠，当地人在那里供奉春申君。

从上面的例子来分析春申君与无锡的关系，首先无锡是战国时期春申君的封土，从此产生了春申君开凿无锡塘和设置堤防等治水传说。因此也可以说，春申涧是无锡市表示春申君兴修水利及其贡献的象征性标志之一。现在在春申涧旁边有"春申涧"的牌坊，在它的旁边有一条河流。这个河流涨水后变成瀑布，那里算是观赏瀑布的名胜。无锡人梅雨季节纷纷过来观赏瀑布奇观。无锡政府认定春申涧的瀑布为无锡名胜之一，以"锡惠公园春申涧'游大水'吸引游客"的标语来吸引游客。④ 这个措施不仅是为无锡市民做出的实事，而且也是一种旅游资源开发的策略。

---

① （东汉）袁康、吴平辑录，乐祖谋点校：《越绝书》，上海古籍出版社1985年版，第15页。
② 《无锡史志》总第12、13期（名胜古迹专辑），江苏省，内部刊物，1990年4月，第44页。
③ （明）佚名：《（洪武）无锡县志》卷三下，清文渊阁四库全书本。
④ 《锡惠公园春申涧"游大水"吸引游客》，来源：无锡市发展和改革委员会网站，2014年7月11日，http://dpc.wuxi.gov.cn/014006446/doc/2014/8/133437.shtml。

图 5—5　春申涧

图 5—6　黄埠墩

（笔者摄于 2019 年 5 月 11 日）

第五章　春申君治水传说与地方认同　/　205

　　无锡市政府官网上将黄埠墩解释为："黄埠墩又名小金山，位于无锡吴桥以南、惠山浜口的古运河中心，因春申君（黄歇）曾在此疏治芙蓉湖而得名。墩为圆形，面积220平方米，用石砌驳岸，四面环水。自古以来，该墩即为古运河中的一处胜迹。元至元十六年（1279），民族英雄文天祥被元军羁押北上路过无锡，在墩上过夜，写下《过无锡》一诗，云：'金山冉冉波涛雨，锡水茫茫草木春。二十年前曾去路，三千里外作行人。英雄未死心先碎，父老相从鼻欲辛。夜读程婴存国事，一回惆怅一沾巾。'"① 一般认为，文天祥被元军押送时，途径无锡，吟咏了《过无锡》，而吟咏地点就在黄埠墩。由此黄埠墩名闻天下。其实，据说黄埠墩的来源与春申君在芙蓉湖（无锡湖）治水有关。芙蓉湖明朝时由于泥沙淤积变成农地，后来，当地人将它旁边的小岛看成春申君在当地治水的地域标志，那个小岛即是黄埠墩。

　　在《运河名城——无锡》中记载："黄歇去世后，吴地人民不忘他治吴时作出的有益于吴地人民的功绩，将他所开凿的运河和疏浚的河道以他的姓氏、称谓命名……无锡人民将他治理芙蓉湖时留下的一座小岛称之黄埠墩，将他祭祀历山（惠山）时饮过马的一条山涧命名为黄公涧。"② 由此可见，在当地人的眼里，黄埠墩与春申涧是表示春申君及其功绩的纪念性景观。③ 此外，在《魅力无锡》一书中将黄埠墩介绍为"相传为战国末年楚相春申君黄歇'治无锡湖'、'立无锡塘'时留下的一座小岛"，同时将它称为"玩山临水第一楼"④。可见，黄埠墩的由来是与春申君治水有关系，目前它是"魅力无锡"

---

① 《黄埠墩》，来源：中国无锡市政府网站，2012年9月13日，http://www.wuxi.gov.cn/mlxc/wxrw/wxdm/6147692.shtml。
② 无锡市政协学习文史委员会主编，顾一群编：《运河名城——无锡》，古吴轩出版社2008年版，第15—16页。
③ 现在，黄埠墩虽然对外开放，从其附近运河公园梁溪码头坐船可以过去，但由于季节、水流激烈及其变化，难以登陆。黄埠墩也算是无锡市的景胜，然而却是哪怕当地人也很难登陆的"神秘"的地方。笔者于2013年6月8日曾计划去黄埠墩。与码头管理员联系过，但管理员告诉笔者，最近河流涨水，不能开船过去。结果登陆计划没能实现。
④ 叶建兴主编：《魅力无锡》，凤凰出版社2012年版，第18—19页。

的景点之一，也算是无锡市的旅游资源之一。

再者，凤阜墩（又称玉祁大墩，位于无锡市惠山区玉祁镇）也是与春申君相关的高墩。据说，它是春申君治芙蓉湖时的扎营指挥之处。此后，"后人为纪念黄歇治水的功德，就在大墩南侧高阜建了黄歇庙（后又称大王庙）"①。凤阜墩与黄埠墩相同，其得名与春申君治芙蓉湖有关。②

此外，在无锡也有流传着"黄歇与黄巷"的传说（请参阅本书附录二）。旧时有个一村名叫黄巷（现无锡玉西与民主一带），相传，春申君是治理芙蓉湖的治水功臣，并且"黄歇侧室一支见其先祖在治理芙蓉湖时受到邑民的爱戴，又曾在大墩西北一里棚居住过，就恋上了这块水乡沃土，在此另立基业，谋求发展，由此称黄巷……黄歇作为名相，又是治水功臣，邑民为永远纪念他，就在黄巷南侧一公里的高岗建造黄歇庙（又称土神寺、大王庙、社庙）"③。该故事的主题也与黄埠墩、凤阜墩相同，即春申君的兴修水利及其贡献。因此，当地人对他的贡献表示感恩，并为了纪念他而建造庙宇。

由此可知，在无锡市现存的春申君相关遗迹（春申涧、黄埠墩以及凤阜墩），都被认为是与春申君在当地兴修水利的与治水传说相关的遗迹。春申君与无锡的关系，据《越绝书》记载，起因于古代无锡包括在春申君封土之内。此后，该治水传说流传于后世并传到现代，两个相关遗迹以物质形式来传达春申君治水传说。值得注意的是，春申涧、黄埠墩既体现春申君在无锡的兴修水利，

---

① 陶春良：《黄歇与玉祁的立塘垦殖》，载《吴文化》特辑《春申君黄歇》总第28期，无锡市吴文化研究会，江南晚报社2007年版，第22页。

② 据《玉祁镇志》记载：1973年"开挖河道时，出土一批战国古铜器，经考证为楚国铜器，黄歇初封淮北时铸造，约公元前248年传到玉祁"。无锡市玉祁镇志编纂委员会编：《玉祁镇志》，江苏人民出版社2009年版，第581页。由于这些铜器的出土，虽不能直接证明是黄歇铸造的这些铜器，但可以证明战国时期玉祁一带是楚国领土。也可以说，这个事实构成春申君治水传说的基础之一。

③ 无锡市玉祁镇志编纂委员会编：《玉祁镇志》，江苏人民出版社2009年版，第728页。

又被附上了其他因素（春申涧—瀑布、黄埠墩—文天祥等文人名人故事）。而且其后，两个遗迹都成为无锡市的文化景观和旅游资源。

（四）江阴市：春申君黄歇墓、春申旧封（牌坊）、君山、黄山

江阴旧称暨阳，是现存春申君相关遗迹最多的城市之一。据古籍记载，与江阴有关的春申君遗迹有，"申浦"（又称申港）"春申港""黄田港""夏港""黄山""君山"[①]，此外，在《无锡历史》中也记载："战国时期，江阴一带也属黄歇封地。黄歇死后就葬在江阴城北君山西麓。江阴黄山、君山的命名，也与黄歇有关，取其姓氏和称号而得名。"[②]

我们可以推断，古代江阴包括在春申君封土之内。张永初在《芙蓉湖与治湖先驱春申君黄歇》一文中提出："江阴有'春申旧封'之称。明《江阴县志》载：'君山在县治北二里，枕江之滨，名瞰江山，后以春申君易今名。''黄山在县东北六里，以春申君姓为名，其峰为席帽。'相传春申君死后葬于江阴君山西麓，后改称黄山，现有清代乾隆年间墓碑，上镌'楚春申君黄歇之墓'，墓地原有东岳庙，作为祭祀之处。"[③] 据说，江阴是春申君的旧封，从而黄山、君山等由春申君黄歇而得名，春申君死后葬在君山并由当地人建墓。现存春申君黄歇墓（建于1985年，2009年修复）在石碑上有关于春申君简介：

> 黄歇（？—前238），封号春申君，战国时代楚国人，官至楚相，著名政治家、军事家，被称为战国四大封君之一。江阴（古称延陵）是其封内采邑。此处为衣冠冢，仅存墓址，2009年根据史料原址修复。

[①] 除了这些与春申君相关遗迹以外，江阴市申港镇也是由春申君开凿的申港而得名。
[②] 无锡市教委教研室编：《无锡历史》，内部资料，1990年，第9页。
[③] 张永初：《芙蓉湖与治湖先驱春申君黄歇》，载《吴文化》特辑《春申君黄歇》总第28期，无锡市吴文化研究会，江南晚报社2007年版，第10页。

图 5—7　春申君黄歇墓

图 5—8　春申旧封牌坊

(笔者摄于 2019 年 5 月 10 日)

从这个石碑也看出，江阴市是以前春申君的封地，因此在该地建了他的坟墓。此后，当地民众从春申君领有"吴墟"产生的传说在江阴创造出"申浦""黄山""君山"等有关春申君传说的文化景观。关于这些文化景观的产生原因，在《江阴文物胜迹》中载："江阴人民不忘黄歇开拓之功，在他死后，不仅为其建衣冠冢，还将江边的两山命名为'黄山'和'君山'，将其开凿的港口和河道称为'黄田港'、'申港'、'申浦河'。这些名称一直沿用至今，寄托了世世代代江阴人对黄歇深深的情感。"① 再者，在《江阴历史文化丛书》中，关于当地人对春申君的印象和"春申旧封"也有这样的记载："邑人为了纪念春申君黄歇这位开发江阴的古代先贤，在江阴以他的姓氏命名的申港、黄山、君山等一直流传至今……（江阴）县署前的'春申旧封'石坊毁于战乱，20 世纪 80 年代在君山西麓重建。"② 可见，春申君是当地先贤，也是当地的"治水英雄"。当地人根据他的治水贡献，建造了怀念他的景观，这些景观饱含着当地人对他的感恩之情，并通过当地人的集体记忆代代传承至今。

如上所述，江阴市与春申君传说的关系，就像苏州与黄埭镇同春申君传说的关系一样，是以春申君旧封为基础，与春申君在当地兴修水利的治水传说密切相关，并以现在还存在的春申君黄歇墓、"春申旧封"（牌坊）、君山、黄山等被视为江阴的文化景观的相关遗迹为象征的。

（五）湖州市：黄歇像与下菰城遗址

在湖州市政府前面有"历史文人名人园"，有沈悦、颜真卿及陆羽等与湖州有渊源的人物铜像。过"历史文人名人园"后，面临旄儿港的地方是市民广场。在广场上有黄歇像。

---

① 唐汉章编：《江阴文物胜迹》，上海古籍出版社 2011 年版，第 121 页。
② 程以正等著，江阴市政协学习文史委编：《江阴历史文化丛书》，上海古籍出版社 2011 年版，第 16—17 页。

图 5—9　黄歇像

图 5—10　下菰城遗址

（笔者摄于 2019 年 6 月 15 日）

像前的铜牌上这样介绍春申君：

> 黄歇（？—前238）楚国郢（今湖北钟祥）人。封号春申君，与赵国平原君赵胜、魏国信陵君无忌、齐国孟尝君田文并称"战国四公子"。考烈王即位后受封淮北12县。考烈王十五年（前248）改封江东，在太湖南岸建菰城，修农田，兴水利，为湖州"开城鼻祖"。

对于黄歇塑像，在《从苕溪到黄浦江——话说湖州上海两地之缘》中记载："黄歇塑像下面三角形的基座上面是三幅大型花岗岩浮雕，形象地展示了当年黄歇领导湖州地区居民在东苕溪下游、云巢山下兴建菰城，兴修农田、水利的情景。"可见，"湖州人将黄歇奉为'湖州文明史的开拓者'、'湖州开城鼻祖'，为他塑大型的塑像，并将他的塑像置于市政府前面的广场上"[①]。是因为春申君曾在湖州建起菰城，兴建了水利工程。历代湖州人深受气候与太湖及其水系影响，屡次遭遇洪水和干旱，受到气候与太湖及其水系的影响。对他们而言，兴修水利是为了维持自己生活极为重要的工程（参阅表5—1）。可见，在湖州春申君被认为是"开城鼻祖"，同时也被认为是率领人们从事治水工程，而造福于民的"治水英雄"。

表5—1　　　　　　　　　　湖州历代水患简录

年代	水灾（次）	旱灾（次）
三国（吴）	6	1
两晋	14	3
南朝	13	5
隋	1	1
唐	12	16

[①] 刘明波主编：《从苕溪到黄浦江——话说湖州上海两地之缘》，经济日报出版社2007年版，第33页。

续表

年代	水灾（次）	旱灾（次）
五代	1	1
北宋	31	23
南宋	41	30
元	35	5
明	113	46
清	97	69
民国	26	19

资料来源：湖州博物馆内展示的《湖州历代水患简录》由笔者制作。

关于春申君建起的菰城，据宋代文献《海录碎事》载："菰城，乌程县，乃古菰城，楚以封春申君。"[1] 菰城遗迹是先秦时期建起的古城的遗址，是全国保存最好的遗址之一。在《湖州市志》中也有记载："地处湖州市南郊12.5公里云巢乡窑头村，为战国时楚春申君黄歇封地。楚考烈王十五年（前248）黄歇在此置菰城县，距今已有2200余年。菰城得名于'城西溪泽菰草弥望'，是湖州最早的古城址。"[2]

目前，当地还有"2001年全国重点文物保护单位"石碑和"下菰城遗址"的石刻。然而，近年湖州市政府进行菰城景区的开发，2014年得到4A景区的认定后，试图将下菰城遗址列为旅游资源，进一步开发该景区。[3]

总之，在湖州市还保留着作为春申君封地的菰城遗址，当地人将春申君视为"开城鼻祖"，其主要功绩亦是治水。湖州市也与上述列举的城市一样，将在该地保留的春申君相关遗迹视为旅游资源，当地

---

[1] （宋）叶廷珪撰，李之亮校点：《海录碎事》，中华书局2002年版，第120页。
[2] 湖州市地方志编纂委员会编：《湖州市志》，昆仑出版社1999年版，第279页。
[3] 请参阅《菰城景区紧锣密鼓创建国家级4A景区建设》，来源：湖州市政府网站，2013年11月26日，http://www.huzhou.gov.cn/art/2013/11/26/art_24_256133.html。《菰城景区扬帆起航 菰城十景精彩纷呈》，来源：湖州市政府网站，2013年8月21日，http://www.huzhou.gov.cn/art/2013/8/21/art_29_228327.html。

政府利用它进行景区开发，以吸引游客。

（六）常州市：黄公山与小黄山

在常州市有两座山与春申君相关，即是黄公山和小黄山。黄公山位于常州市区南，据宋代《（咸淳）重修毗陵志》载："黄公山，在县南八十里，去太湖十五里，即春申君黄歇所封故吴墟。"① 这座山的来源是与春申君领有"吴墟"有关的。可见，该地在古代被认为是春申君的封土。

小黄山原名东山，位于常州市新北区孟河镇北，为与安徽省黄山区别，故称为"小黄山"。《读史方舆纪要》记载："（黄山）府西七十里，俯瞰大江。山东北有小山入江，谓之吴尾，以群山皆自西来，至此而尽也。志云：'江北六里亦有黄山，俱因春申君而名。'"②

在常州新北区、武进区流传着"武进黄山的来历"的民间故事，该故事根据楚国的政治背景，讲述春申君来到常州隐居，并通过兴修水利给当地做出了贡献，因而当地人为了纪念他，将他的读书之处叫作黄山或小黄山（请参阅本书附录二）。

此外，在常州焦溪，之前有春申庙。《人文常州网》有介绍："焦溪人民怀念春申君开凿申浦河，使之成为三河口、焦溪、申港一带人民的母亲河，给当地人民带来了福祉，人民敬仰他。为了纪念他，在'网川里'吴下桥北申浦河东建了一座'春申庙'，供奉了春申神像，当年香火极盛。后来时代变迁，'春申庙'演变成'大王庙'，后来又演变成'土地庙'，最后连'土地庙'也被拆，被历史湮灭了，如今已找不到碎片旧影，年老的人还零星知道一点。"③

总之，春申君与常州是由于楚国的政治背景、春申君的领土（吴墟）以及他的治水联系起来的。此后，常州与其他地区相同，当地人为了怀念春申君而建立庙宇祭祀他。这证明了春申君人物形象从政治

---

① （宋）史能之：《（咸淳）重修毗陵志》卷十五《山水》，明初刻本。
② （清）顾祖禹、贺次君、施和金点校：《读史方舆纪要》卷三《常州府》，中华书局2005年版，第1225页。
③ 冯顺政：《春申君和焦溪——千年古镇焦溪考证之一》，常州人文网，2013年6月13日，http://www.renwencz.com/a/cswh/czws/2013/0613/3052.html。

人物到治水人物,再到地方保护神的变迁过程。现在,当地政府开发小黄山景区,小黄山也被视为体现孟河镇乃至常州市历史文化的旅游景点。①

由此可见,黄公山和小黄山,前者是因为春申君曾来访当地,后者是因为春申君的封土包括该地,而与春申君传说联系了起来。

(七)太仓市:民间传说

在当今的太仓市并没有春申君相关遗迹,但有一个传说在当地流传。即太仓之名来自春秋时期吴王和战国时期春申君建立的仓廪。

关于太仓的由来,清代的程穆衡在《太湖州名考》中指出"春秋吴王说""三国吴孙权说",以及"吴越王钱镠说"等各种看法都是"皆无征",并提出:"惟考,越绝书与汉书断其名,东仓由春申君,名太仓由吴王濞者。"② 他依据古籍记载,断定春申君建设的东仓是太仓的由来之一。清代的王祖畲也在《太仓州志》中提出:"考烈王十五年楚徙封春申君黄歇于吴,春申君造两仓,西仓名曰均输,东仓周一里八步,大抵太仓之得名。"③ 他将太仓之名与春申君造仓联系在一起。

然而,据《越绝书》记载:"吴两仓,春申君所造。西仓名曰均输,东仓周一里八步。"④ 由此可以推断,"吴两仓"与"吴市""吴狱庭""楚门"等一样,是在旧吴地的核心地区(现苏州市)建起来的,因春申君在离苏州有相当距离的太仓建起仓廪不太现实。

可是,朱建平(原太仓市市长)在《增强太仓港新功能 实现新世纪大发展》中说:"太仓历史悠久,早在 2400 多年前就开始建

---

① 请参阅《常州小黄山将进行保护性开发 拟建"九龙湖"》,来源:常州市人民政府网站,2013 年 8 月 27 日,http://www.changzhou.gov.cn/ns_news/586137756748848。
② (清)程穆衡纂:《太仓州名考》,《中国华东文献丛书·华东史地文献》84 卷,学苑出版社 2010 年版,第 421 页。
③ (清)王祖畲等纂:《太仓州志》,《中国方志丛书·华中地方》卷 176,成文出版社 1975 年版,第 44 页。
④ (东汉)袁康、吴平辑录,乐祖谋点校:《越绝书》,上海古籍出版社 1985 年版,第 17 页。

制，相传春秋时期春申君和吴王曾在这里设立粮仓，故而得名。"①可见，现在在太仓市不管民间，还是当地政府，都将太仓的来源联系到吴王和春申君身上。

于是可以推知，在历代太仓人心目中，当地是以前春申君的封土，从而产生了他建起了仓廪的传说并流传后代。过后，太仓的由来也与吴王和春申君政绩结合起来。可见，春申君传说被认为是可追溯太仓历史的历史资源。

(八) 常熟市

> 春申君庙，在县西南三十六里练塘市。②《(宝祐) 重修琴川志》

> 春申君庙，在练塘市。宣德七年重修翰林检讨陈璲记。③《(正德) 姑苏志》

> 春申君庙，在县西南三十六里练塘市。明宣德七年杨师颜重修陈遂记。④《(同治) 苏州府志》

从上面的记载来看，在常熟，最迟在宋代便有春申君庙，而且历代重建。在《练塘镇志》中涉及《重修春申君庙碑记》，"青石质，竖式，高67厘米，宽63厘米，厚16厘米。楷书，存文字21行。内容载述寓居常熟人士杨理独立重修该庙，于明宣德五年（1430）十二月至翌年七月告成。由陈燧撰文，宣德七年九月立碑，部分字磨泐不清。1998年春，在镇成人教育中心楼建筑土地出土"⑤。就是说，随着时间的流逝，到现在春申庙已经不见了。⑥但常熟属于太湖水系，

---

① 朱建平：《增强太仓港新功能 实现新世纪大发展》，《中国城市经济》2000年第4期。
② (宋) 孙应时：《(宝祐) 重修琴川志》卷十《叙祠》，清道光景元钞本。
③ (明) 王鏊：《(正德) 姑苏志》卷二十八，清文渊阁四库全书本。
④ (清) 冯桂芬：《(同治) 苏州府志》卷三十八，清光绪九年刊本。
⑤ 《练塘镇志》编纂委员会编：《练塘镇志》，中共党史出版社2000年版，第578页。
⑥ 现上海市青浦区也有练塘（镇）。但是从《(宝祐) 重修琴川志》记载"县西南三十六里"可见，这里所说的春申君庙在琴川（现在常熟市练塘镇）。

根据如上记载，可以推测，以前在当地流传春申君给当地做出了贡献（也许包括治水工程），有利于当地人的生活。因此，当地人建立了春申君庙，奉祀春申君。

总之，太湖流域现存春申君相关遗迹，分布在苏州市、苏州市黄埭镇、无锡市、江阴市、湖州市、常州市等多个地区，并且以祠庙、坟墓、山川、塑像、古迹等多种形态遗留在各地。

与吴太伯、伍子胥、范蠡等太湖流域治水传说相比，春申君治水传说的流传范围更广泛。这说明，从古迄今在太湖流域多个地区，一直存在着对春申君的认同。在太湖流域留下的有关春申君的风物，能证明太湖流域当地人对他的认同。

本来，春申君与太湖流域之间有历史渊源。春申君的最后领地是"吴墟"（旧吴地），是相当于现在的太湖流域。相传，春申君在该地域管理粮食、开设市场及开设监狱及修筑城门等，从而给当地做出了不少贡献。太湖流域春申君传说是在他对当地的贡献的基础上形成的。

例如，江阴市的"春申旧封"与"春申君黄歇墓"的墓碑记载（江阴是其封内采邑）说明在当地流传江阴曾是春申君的封土的传说。当地还有君山、黄山、黄田港等有关春申君的风物。这些风物不断地唤醒当地人对春申君及其传说的集体记忆。湖州市与江阴市相似，在黄歇塑像前的铜牌子上写着"在太湖南岸建菰城，修农田，兴水利，为湖州'开城鼻祖'"。春申君是湖州的开拓者，也是在当地进行开发农田，兴修水利的历史名人。相传，他以前在湖州建起了菰城，现存的下菰城遗址也证明以前该地是春申君的领土。虽然各个地区依靠坟墓、塑像、遗迹等不同的标志，表达各地与春申君之间的关系。然而，有一个共同点，即是他的治水传说。

在太湖流域春申君相关风物当中，除了表示春申君封土的风物以外，最多的是"黄田港""黄埠墩""春申涧""春申湖""黄埭"（春申君黄歇筑起的堰埭）等直接联系到春申君治水传说的风物。这说明春申君在太湖流域作为"治水空间"的贡献中，兴修水利是意义最突出的贡献之一。因此，在太湖流域春申君相关风物中，多个风物联系到春申君治水。也就是说，在当地人的心目中，春申君还是由于兴修水利，形成了造福于民的"治水英雄"形象。值得注意的是，这个形象并不只是某一代创造的，而是从古至今在太湖居民中，一代一代流传下来的。

又如，在苏州，春申君被认为是在当地做出贡献的历史名人，也被认为是城隍神。对当地人来说，春申君从治水英雄变成保护人们免受灾害的保护神。这说明春申君及其传说已经深入当地人的日常生活，也说明当地人对春申君的认同的提升。也可以说，奉祀春申君的民间信仰（民俗行为），也是太湖流域春申君传说的主要传承途径之一。

此外，太湖流域流传的春申君治水传说，一旦与各地山河等景观联系起来就被地方化，并且在各地留有铜像和祠堂等遗迹，也说明在各地体现该传说的文化景观被保留下来。再者，在各地，当地政府将春申君相关遗迹列为当地历史文化资源和旅游资源而开发当地景区。这是现代中国很盛行的地方观光产业的潮流之一。

二 春申君传说的相关言论

（一）无锡

2007年9月19日，无锡了举办了"春申君——黄歇研讨会"。来自无锡、江阴等多名专家学者参加了研讨会。在这次会议上，"众多专家学者围绕挖掘、弘扬春申君黄歇开拓创业精神，促进吴文化和楚文化交流等作了发言"[①]。他们主要讨论春申君在吴地所做的贡献及其对吴地的经济文化的影响，并且专门探讨春申君及其当地留下的相关遗迹。例如，陈璧显指出："春申君黄歇用人爱才，救国爱民，与先民一起使用铁制农具和牛耕，发展吴地农业，特别是在江南地区做了众多治水大事。无锡应该要好好挖掘春申君黄歇精神，扩大弘扬

---

① 《吴文化研究会召开"春申君—黄歇"研讨会》，来源：无锡日报，2007年9月20日，http://news.sina.com.cn/c/2007-09-20/081712602788s.shtml。

吴文化精神。"① 他主要指出江南地区的春申君治水传说及其对当地的贡献。可见，他的眼里，春申君是在太湖流域兴修水利的治水传说人物。他还将春申君的治水贡献和他的开拓精神联系到吴文化的发展与吴文化精神。这说明当地人将他的贡献融入当地历史文化资源，从而将春申君看成当地历史名人之一。

此后，2007年11月，无锡市吴文化研究会出版了《吴文化》特辑《春申君黄歇》，众多当地学者撰写有关春申君及其传说的文章。例如，张永初在《芙蓉湖与治湖先驱春申君黄歇》一文中认为："春申君是治湖开垦的先驱者：谁先治理芙蓉湖？上规模而有声势、取得明显成效的，应该说是春申君黄歇，他是历史上记载治理与开发芙蓉湖的先驱者，或说第一人。"本来，以前在无锡有"无锡塘""芙蓉湖""龙尾陵道"等春申君相关风物。他对春申君开垦芙蓉湖给予了很高的评价，也承认春申君的治水给当地做出了贡献。因此，春申君通过在当地的治水工程形成了"先驱者"形象。顾一群在《试述春申君治吴功绩及其启示》一文中，列出了春申君治吴功绩（治理芙蓉湖、龙尾陵道、开凿申港和黄田港、发展农业生产、兴盛商市）后，提出："春申君是历史上第一位治理芙蓉湖的功臣。通过治理，在一定程度上减轻了芙蓉湖的水患……春申君在水利方面的举措，既防止水患，也有利农业生产。"在春申君的功绩中，他也比较重视春申君的治水工程，从而通过春申君的治水贡献，认为春申君是在无锡发展中的有功之臣。在《略谈春申君与玉祁古迹保护》一文中，浦学坤认为："春申君到无锡，看到无锡地区常患水灾，百姓深受其苦。于是他发动群众兴修水利，造福于民。"他在谈到春申君在无锡进行的治水工程后，又说"无锡人杰地灵、人文荟萃。历史名人众多，文化遗存丰富。包括春申君黄歇在内的历史文化遗产凝聚着吴地先民的智慧和创造，是自然景观的精华，是地域文化和文明形象的标志"②。

---

① 无锡市吴文化研究会：《吴文化》特辑《春申君黄歇》总第28期，江南晚报社2007年版，第2页。
② 同上书，第5—9页。

值得注意的是，他根据春申君在当地的治水贡献，将春申君及其贡献列入了无锡历史文化，并将春申君的治水工程视为无锡历史文化遗产之一。

春申君与无锡之间的关系，当地学者首先论述春申君及其在无锡留下的相关遗迹。其次，涉及春申君对当地的贡献，他们认为在春申君对当地的贡献中，凸显的是治理芙蓉湖、开凿申港、黄田港等治水工程。因此，在无锡当地学者的眼里，春申君是当地兴修水利的治水人物之一。也可以说，春申君在当地还保留治水英雄形象。此外，当地学者利用春申君及其贡献弘扬吴文化精神，并且将春申君作为当地历史文化资源。这也说明春申君传说的地方化过程。可见，春申君主要通过治水及其对当地的贡献，逐渐融入吴文化或无锡历史文化。对当地人来说，由于他的治水贡献，认为春申君是当地历史名人，因而他们对春申君产生认同，并依靠口头、相关风物等传承形式，代代相传春申君的"治水英雄"形象。

(二) 上海

2010年3月26日，在上海举行的"春申文化论坛"上，众多学者专家讨论春申君与上海的来龙去脉、"春申文化"的创造过程（对于"春申文化"，下章详述）。仲富兰指出，春申君与上海的历史缘故，即"据历史文献记载，上海被称为春申之地，其中简称'申'的得名，即源于战国时楚国的贵族春申君黄歇，他的封地就在目前莘闵、松江等上海市郊地区。传说上海的母亲河黄浦江系春申君带领百姓所开凿，故黄浦江又名春申江"。他认为，以前春申君的封地是现在的莘闵、松江等上海郊区；并且，春申君开凿了上海的母亲河黄浦江，因而两者的关联更加密切。他又提道："闵行区作为历史上春申君封地的主要部分，至今还留存着许多春申的历史遗存，如春申塘、春申路、春申桥等，以及流传于民间关于春申君的传说，是'春申文化'重要的发祥地和衍生地。"[1] 他根据留下的遗迹，论述春申君及

---

[1] 仲富兰：《上海民俗文化的传承与创新》，《文汇报》2010年4月23日，专刊《春申文化》。

其传说和闵行区的关联。从他的言论看来，春申君与上海之间的关系，以前上海的一部分是春申君的领土，春申君在该地兴修水利开凿了黄浦江。此后，由于这个治水工程，上海逐渐发展起来。就是说，春申君通过他的治水传说联系到上海，现代上海留下的黄浦江、春申塘、春申桥也说明春申君通过治水工程对上海做出了不少贡献。因此，当地人由于他对当地的贡献，取他的名字"申"作为上海的别称。就是说，"申"是历代上海人对春申君及其治水的认同所致，因此，将春申君的"治水英雄"人物形象代代相传。

田兆元认为："历史上的上海人民世世代代将春申君作为自己的开城之主，将其英雄业绩化为民间口头传说，以孕育上海的传统文化精神，是文化建构的典型案例。"他指出，在上海人民心中的作为"开城之主"的春申君形象。他又说道"春申君在战国后期被封到原吴国故地作为封君，这片区域含今天的上海地区……历代上海人开始将春申君作为自己的地域文化代表来信奉，并不断塑造其形象，来确认文化伟人与地域的关系"。春申君的封土包括现代上海的一部分，他在当地做出了不少贡献，因此当地人将春申君视为"开城之主"。对于当地人而言，他的最大贡献是开凿黄浦江的治水工程。即"明代上海地区进行河流整治，开掘今黄浦江以替代吴淞江引流入长江口出海，人们把这条母亲河命名为黄浦江，或者春申江，或者黄歇浦，都是对于这位文化伟人的怀念"[①]。可见，春申君通过开凿黄浦江的传说，被上海当地人看成"开城之主""治水人物"形象。当地人为了怀念他，而用他的名字命名，并且除了上海的别称"申"之外，在上海还留下了黄浦江、春申塘、春申桥、春申路等春申君相关风物。这些风物表达了当地人对春申君的深刻认同，并且春申君传说依靠这些风物流传，春申君的"开城之主""治水英雄"等人物形象也依托这些风物得以强化。

张乃清认为："上海人历代都有春申情缘。当年，莘庄有春申道

---

① 田兆元：《春申文化与上海城市精神建构》，《文汇报》2010年4月23日，专刊《春申文化》。

院、春申庵、春申塘。老闵行有春申阁，供奉春申君黄歇像。"他首先根据春申君遗迹提出上海市闵行区与春申君之间的关联。其次，提道："当代人应用'春申'，主要是取其区域性地名的特殊意义。近年，闵行区又建春申路、地铁春申站、春申府邸小区、春申文化广场等……海派文化的种种特征，与春申历史文化是一脉相承的。春申本土历史文化是海派文化的前身。"[1] 他认为在上海"春申"是一个表示上海区域的符号，并且由于春申君及其传说构建的"春申文化"是上海的海派文化的源头之一。在上海，春申君治水传说，依靠上海的"开城之主"形象，被称为"春申文化"，它联系到上海历史文化，并被认为是上海历史文化资源之一。这是在上海当地人对春申君及其治水的认同上，通过一代一代流传他的"开城之主""治水英雄"形象才能形成的文化现象。

总之，通过无锡与上海的学者专家的讨论，我们可以看出如下几点。首先，依靠在当地留下的春申君相关遗迹，谈到春申君与当地之间的密切关系。其次，论述春申君对当地的贡献，并突出治水工程的意义。最后，将春申君对当地的贡献联系到当地历史文化，即认为他与他的贡献是"吴文化及吴文化精神"之一，或曰创造了"春申文化"并将它延伸联系到海派文化。

从这些言论不难看出，春申君在现代当地人的眼里，还留下了"治水英雄"的人物形象。这个形象是建立在从古至今历代当地人在对春申君及其治水的认同的基础上，依靠口头、物象以及信仰，一代一代不停地重构并传下来的。在太湖流域，现存春申君治水相关遗迹，也由于文化景观的形式，不断唤醒当地人心目中春申君"治水英雄"的人物形象。

（三）民间故事

在有关春申君的民间故事中，其主题似乎都是春申君的治水贡献。他的治水传说与当地的景观结合，当地人不仅以他的名字命名，

---

[1] 张乃清：《春申文化与历史钩沉》，《文汇报》2010年4月23日，专刊《春申文化》。

而且为了怀念他而建造庙宇。① 首先，在上海流传的春申君故事，具体如下：

> 从前吴淞江水患，春申君领着大家开掘水道导流入海，这条水道就是黄浦江，也叫春申江……纷纷往三茅阁和春申祠里求签请教。去春申祠里烧香的人，得到的指点是"一水贤于百万兵"，去三茅阁里烧香的人，得到的指点是"召神驱妖禳兵灾"。于是信奉春申君的人都急忙打点行装，跑到浦东去暂避，靠着黄浦江水的阻隔，倒也躲过了洋鬼子的风头；而信奉三茅真君的人都争着把钱财用来请三茅阁道士请符箓、祈神灵，到头来非但没有逃过厄运，更有连身家性命也一起送到洋鬼子魔爪下的。② 《三茅阁和春申祠》

> 战国时代，楚国有一个贵族姓黄名歇，楚王封他为春申君，封地就是今天上海黄浦江两岸一带。那时黄浦江还没有名称，而且经常泛滥发大水。春申君带领民工进行疏导，解除了水灾，并灌溉两岸千顷良田。后人为了纪念他的功绩，就把这条江用黄歇的姓来命名，称之为黄浦江，又因他的封号为春申君，故又名申江。③ 《申江春梦》

> 很久很久以前，上海还是一片荒凉的沼泽地，沼泽地当中弯弯曲曲有一条河流，河床很浅。雨水多了，泛滥成灾；雨水少了，河底朝天，人们都咒骂它，称它为断头河。断头河两岸，住着几百户人家，他们虽然一天到晚开荒种地，捕鱼捉蟹，仍旧不能温饱，大家都发愁，这样的苦难日子恐怕没有尽头了。

> 这一年，皇帝派黄歇来治理断头河的河道。他不怕辛苦，走遍了断头河的滩滩湾湾，又访问了居民百姓，终于弄清了断头河的来龙去脉，拟定了治水理河的办法。第二年秋后，他就带领百

---

① 请参阅本书附录二"春申民间故事汇集"。
② 虹口区民间文学三套集成办公室编辑：《中国民间文学集成上海卷虹口区分卷》，1990年版，第165—166页。
③ 同上书，第65—66页。

姓筑坝挖河，自己也同百姓一道挑泥担土，苦干了多少日日夜夜，眼看河床深了，河面也阔了，离大功告成已经不远了，可是钱也花得差不多了……百姓感激黄歇的恩德，颂扬他的治水功劳，就把这条大江叫作黄歇浦，简称黄浦；后来黄歇被封为春申君，所以也叫黄歇浦为春申江。上海简称为"申"，出典就在此地。①《黄浦江》

战国时候，那里是楚国公子春申君黄歇的封地。那时候的上海只是偏僻荒凉的海边沼地，住着几百户人家。沼地中蜿蜒流淌着一条河流，由于泥沙淤积，河床很浅。海边多雨，河水经常泛滥成灾。人们辛辛苦苦在沼地上开荒种粮，只要一场暴雨，就被毁得一干二净。人们只好靠捕鱼捉虾填充肚子。沼地潮湿，很多人生病，失去了劳动力只好活活饿死。人们恨死了那条河，把它称作断头河……黄歇看到河畔的百姓生活艰难，非常着急。他决心要治理好这条河流，让百姓们过上好日子。战国的达官贵人们都养有许多门客，黄歇的门客中也有几个懂水利的。黄歇就带着他们来沼地查看。他们的足迹踏遍了断头河两岸，终于弄清了水流的情况，拟定了治理河水的方案。②《春申君治河为百姓》

如上四个民间故事，虽然各个故事情节有所不同，但内容主题大致相同。即在战国时期，今天上海一带是春申君的封地，在该地区经常泛滥大水，当地人的生活受到极大影响。于是，春申君带领他们兴修水利，开凿大河，使河水疏通，人们免遭水灾，促进了农业、经济以及交通的发展。春申君对当地的治水贡献，深得人心，因此当地人为了纪念他及其贡献，将这条河叫作"黄浦江""黄歇浦""春申江"等，河的命名由春申君及其故事而来。并且，他们为了感谢他的贡

---

① 《中国民间故事集成》全国编辑委员会、《中国民间故事集成·上海卷》编辑委员会：《中国民间故事集成·上海卷》，中国ISBN中心2007年版，第445—446页。
② 陈图麟等主编：《中国民间传说故事》，北方妇女儿童出版社2001年版，第115—117页。

献，因而设庙祭祀。①

也就是说，在这些故事中所见的春申君，是从历史人物变到治水英雄，再到地方保护神。在这个过程中，春申君人物形象是通过他对当地的治水贡献，与当地一条大河结合，他的名字成了其治水贡献的代名词，对这些河川的命名（黄浦江等）是后人纪念他的最好的表达方式。再者，春申君被放到作为祭祀空间的庙宇里，春申君从治水英雄到地方保护神的神化过程，也有力地说明了历代上海当地人对春申君的深刻认同。

再者，在无锡市玉祁镇流传着《黄歇与黄巷》的传说：

> 古代，境内有一个村名叫黄巷（无锡玉西与民主一带），传说与历史上的一位名人黄歇有关。战国时期，任职二十余年的楚国宰相黄歇（春申君），在治理江南水患、拓补荒田、发展经济等方面做出了重大的贡献……黄歇是治理芙蓉湖的第一位功臣，当时的芙蓉湖湖岸与沼泽尚不清晰，由于水域辽阔，一遇水灾损失颇大。黄歇组织儿孙与民工一起，采取先高后低、围泄结合的方法，治理水荒，从而使境内呈现踞立于湖中的多处湿地高阜，供后人开发利用……黄歇作为名相，又是治水功臣，邑民为永远纪念他，就在黄巷南侧一公里的高岗建造黄歇庙（又称土神寺、大王庙、社庙）。②《黄歇与黄巷》

在该故事里，主要谈到春申君与黄巷（村）之间的关系。据说，该地是以前春申君的封地，春申君在当地兴修水利，做出了贡献。由此，当地人为了纪念他取他的名字而命名黄巷，同时建造黄歇庙而祭祀他。在这里，春申君及其治水与芙蓉湖结合在一起，他从历史人物变成了"治理芙蓉湖的第一功臣"。此后，作为治水功臣的春申君，

---

① 此外，《春申君与春申塘》的故事情节也与如上四个故事基本相同。请参阅本书第六章第一节。

② 无锡市玉祁镇志编纂委员会编：《玉祁镇志》，江苏人民出版社2009年版，第728页。

随着时间的流逝,渐渐地被神化,终于当地人为了祭祀他建造了黄歇庙。该庙又称大王庙、社庙,可以说在当地春申君已经从治水英雄变成了地方保护神。

再者,在常州新北区、武进区流传着如下民间故事:

> 楚国成为"七雄""五霸"之一后不久,不幸的是楚王室发生了内讧,争权夺利,考烈王也因此被杀,楚国国力从此江河日下。春申君对此非常痛心与失望,便萌生退意,悄悄来到其封地内的这座濒临长江的大山中潜心读书,过了隐居生活。因为他姓黄,又曾在毗陵即常州武进治水,使芙蓉湖成了良田,庄稼丰收,深为老百姓爱戴与文人墨客所敬仰,人们便将他读书处的这座山叫作"黄山"或"小黄山"了。①《武进黄山的来历》

黄山是由春申君的名字而命名,该故事也与春申君及其治水有关。据说,战国时期春申君特意来到这座山读书。之前,他对在该地附近的芙蓉湖进行了治理,当地人感激他的恩德,因而这座山叫作"黄山"。该故事与其他春申君故事相同,都是根据春申君及其封地,以及他对当地进行的治水工程,被创造出来的故事。

此外,"黄知县探黄歇墓"是在江阴人民中一直流传的故事。

> 在明弘治年间,知县黄傅年仅弱冠,人称小黄知县。某年某月的一日,君山东岳殿前,忽陷一窟,深不见底,无人敢下。黄傅命衙役准备火把,亲自下到窟底,见有一门,门后有一隧道,进去数十步,有地室,油灯尚明,但光已非常暗淡,中间以铁链悬一棺,棺前一石案,摆着祭品。小黄知县一看墓志铭,方知是春申君黄歇的墓。他在石案上发现一张纸,上书一偈语,说某年某月,小黄知县到此添油,感到十分惊讶,立即命人买了油入墓

---

① 薛锋、储佩成主编:《常州齐梁文化遗存》,南京大学出版社2011年版,第301—303页。

添油，灯光又重放光明，然后再将塌陷的地方填塞。①

当年黄知县是否为黄歇墓添过油，已经无法考证。然而，黄歇墓自古至今一直在江阴。本来，江阴是春申君传说广泛流传的地区，也是"春申君黄歇墓""春申旧封""君山""黄山""申浦""黄田港"等现存相关遗迹最多的城市之一。

当地人为了纪念他及其贡献，将当地的山川名以由春申君命名。也可以说，这些景观都表达了历代江阴人民对春申君的治水贡献的感恩之情、对他本人的怀念之情。该故事也是在春申君对当地的贡献和当地存在的春申君墓的基础上被创造出来的。值得注意的是，故事里的春申君已经不是"治水英雄"，而是具有灵性的当地先贤。在他们的眼里，春申君既是当地名人、治水英雄，也是神一样的存在。由此可见，在该故事的背后，存在历代江阴人民对春申君及其贡献的深刻认同。

综上所述，在民间故事里的春申君形象是，从历史人物变到治水英雄，再到地方保护神。本来，这些故事由于在春申君及其政绩的基础上，太湖流域的地理空间、太湖流域的各地民众，以及他们对春申君及其治水贡献的深刻认同被构成的。也可以说，在春申君传说的传承过程中，口头、文本等语言叙事与物象叙事、民俗行为都是极为重要的传承途径。

（四）网络信息

有些网络信息也表示当代太湖流域各地的人们，对作为"治水英雄"的春申君人物形象的认同。例如，《春申君在江阴》一文提出："江阴是黄歇的采邑，是连接大江南北的战略要地。相传，黄歇曾在江阴疏浚芙蓉湖，疏凿黄田港，申浦河。疏凿黄田港，对开发江阴关系重大。"② 认为春申君在江阴开凿了"芙蓉湖""黄田港""申浦

---

① 唐汉章编：《江阴文物胜迹》，上海古籍出版社2011年版，第121—122页。
② 《春申君在江阴》，来源：江河淮海老秦人，2009年7月12日，http://hnhcqin.blog.163.com/blog/static/89281612009612101628688/。

河",并且他的治水工程给江阴做出了很大贡献。这篇文章还提道:"2000多年前,江阴先民在春申君黄歇的号召和激励之下,投入了兴修水利,开垦农田,发展生产的热潮,使古延陵地有一个新的变化。"① 可见,以前春申君是在江阴带领当地人进行水利工程、开拓农田的领头人。这说明兴修水利是春申君在江阴做出的主要贡献。除了在当地流传的春申君治水传说之外,"芙蓉湖""黄田港""申浦河"等春申君治水相关风物,也让当地人回想春申君治水传说,并且不断地产生对春申君及其贡献的认同。

《春申君与松江的历史渊源》一文主要论述了春申君与松江和松江文化之间的关系。首先,指出:"虽然春申君的时代已逝去2000多年了,但他的印记仍深深烙印在松江的文化中,成为松江文化内涵的一个重要因素。可以说,没有春申君封域的史实,松江的历史文化可能会呈现另一种面貌。因此,春申君对松江来说是值得纪念的历史人物,他的史迹早已融入松江的文化长河中,成为松江历史文化的重要源头和宝贵资源。"② 文章中,提出春申君构成松江历史文化的一部分。主要原因是春申君的治水工程,即是他开凿黄浦江,从而促进松江、上海的发展。就是说"春申君在取得吴地封域后,极为重视松江地区的河道通畅,不惜以免除赋税优惠条件吸引本地劳力实施工程,既疏通了河道,又促进了当地经济的发展"③。在这里,强调春申君通过他的治水工程,对松江做出了不少贡献。因而当地人对春申君非常的认同。

在《春申君何德何能》一文中,首先涉及在太湖流域春申君相关风物(祠庙、山川、古迹等),然后有关于春申君在太湖流域的贡献的概括性言论,即"作为楚国晚期的掌权者,黄歇对国家的败亡负有

---

① 《春申君在江阴》,来源:江河淮海老秦人,2009年7月12日,http://hnhcqin.blog.163.com/blog/static/89281612009612101628688/。
② 《春申君与松江的历史渊源》,来源:松江报,2011年4月14日,http://www.cxdrs.com/readPaper.do?id=ECCBFE62F6F72D0F5B22F4176B1C3FAECDD685BB83AD7D3AB258E6E9EB4401CBB812927F4AB1F35A592CAABF4D612FCD。
③ 同上。

责任，其个人品德也颇有可议之处，历史地位并不高。被人们如此尊崇的原因只有一个，那就是供奉春申君的洛社镇安忠庙匾额上的四个字——泽被群黎。无论其初衷如何，黄歇主持的水利建设保障了农业生产和人民生活，对于当时相当落后的江南地区至关重要，民众世受其利。太湖子民是懂得感恩的，太湖子民尤其懂得感谢那些实实在在造福一方的人。"① 文章中，强调春申君在太湖流域的治水工程的重要性，并且当地人通过他兴修水利带来的社会发展，对作为治水英雄的春申君产生了认同。

如上所述，有关太湖流域春申君传说的网络信息也表示，根据太湖流域流传的春申君治水传说与相关遗迹，在当代太湖流域的当地人眼里，春申君是通过治水建设，给太湖流域做出贡献的历史名人，也是带领当地人推进治水工程的"治水英雄"。

总之，本节根据太湖流域现存春申君相关遗迹、太湖流域春申君传说的现代资料，进行探究当代太湖流域的人们对春申君的认同问题。首先，现存春申君相关遗迹分布在苏州市、无锡市、江阴市、湖州市、常州市等多个地区，以多种形态（祠庙、坟墓、山川、塑像、古迹等）留在各地。与其他治水传说（吴太伯、伍子胥以及范蠡）相比，分布范围更广泛。这说明春申君传说在太湖流域的多个地区流传，并且这些相关遗迹让各地的当地人对春申君产生认同。

战国晚期，春申君领有了"吴墟"（旧吴地，相当于现在太湖流域一带）。此后，在传说中，春申君与太湖流域之间开始关联起来。相传，在太湖流域，春申君开设市场、管理粮食、开凿河流、建监狱及盖城门等，从而给太湖流域做出了不少贡献。其中，对于当地人而言，他的治水工程意义重大。历代太湖流域，频发洪水与干旱等自然灾害，为了维持当地人的日常生活，兴修水利是极为重要的手段之一。于是，对太湖居民来说，在春申君传说中，治水传说与作为"治水人物"形象是最重要的传说因素之一。因此，太湖流域现存春申君

---

① 管毓鹏:《春申君何德何能（太湖—水鉴之四）》2010 年 11 月 1 日，http://blog.thmz.com/user2/9658/archives/2010/38887.htm。

相关遗迹中,有不少"黄田港""黄埠墩""春申涧""春申湖""黄埭"等直接联系到春申君治水传说的风物。可以得知,在现代太湖居民的眼里,春申君带有治水人物形象,并且由于春申君在当地的治水贡献,他们对春申君及其治水产生了认同。在苏州,春申君是给当地做出贡献的历史人物,也被当地人奉祀为城隍神。春申君已经从治水人物变成当地人免遭水旱灾害的保护神。可见,春申君的人物形象已经深入他们的日常生活,并且他们对春申君产生更加深刻的认同。

再者,从当地学者专家的言论、网络信息来看,在太湖流域的一些地区(例如,无锡、上海等),一边保留着春申君的"治水英雄"形象,一边将他及其对当地的贡献融入当地历史文化体系中。也可以说,这是春申君传说的地方历史文化资源化的过程。通过春申君传说的地方化,春申君被认为是当地历史名人,他伴随着"治水英雄"形象,更加深入当地历史文化,因而当地人也对春申君产生更加深刻的认同。另外,有关春申君的民间故事,也说明春申君通过治水工程,促进农业、渔业及交通的发展,当地人为了纪念春申君,以其名命名各川、各路。可以说,这是依靠当地人对春申君及其治水的认同,才能体现出来的现象。

小　结

本章的前半部分,主要探讨了春申君传说的传承机制、传承原因,以及与地方认同之间的关系。而本章的后半部分,主要讨论的是在当代太湖流域,当地人对春申君及其传说的认同问题。

首先,春申君传说的传承地域是以太湖及其水系为构成的太湖流域,太湖流域春申君传说的传承人,是太湖流域的居民。春申君的传说,除了口头叙事以外,还有依靠在太湖流域留下的春申君相关遗迹(物象形式)、对春申君的信仰(民俗行为)代代相传。

其次,对太湖居民来说,春申君是"兴利除害""攘除水患"等预防水灾的治水人物,他通过在当地所做的治水工程,有功于地、造福一方。因而,他们对春申君产生了感恩之情、怀念之情,以及期待春申君保护民众免遭水灾。这是太湖流域春申君传说的主要传承原因。

在春申君传说的传承与传播过程中，值得重视的是，太湖居民对"治水空间"的太湖流域的地方认同。可以说，他们对太湖流域的地方认同是春申君治水传说的基础，反过来，春申君治水传说使得他们不断地唤醒对太湖流域的地方认同。

关于当代太湖流域当地人对春申君的认同问题，根据太湖流域现存春申君相关风物、有关太湖流域春申君传说的现代资料可以看出，首先，在现存相关风物中，有不少有关治水工程的遗迹（例如"黄田港""黄埠墩""黄浦江"等）。这些遗迹依靠物态形式，传承春申君治水传说，同时也让当地人回想作为"治水人物"的春申君形象。其次，从当地学者的言论、春申君相关资料来看，在太湖流域的几个地区，将春申君及其治水贡献融入当地历史文化，并且将春申君视为当地历史名人。这是由于当地人对春申君及其传说更加深入的认同才能出现的现象。最后，在太湖流域，留下的"申""春申"等春申君相关川名与地名，是表示当地的地域符号。正是由于历代当地人对春申君及其传说的认同，春申君与当地才开始产生联系，一代一代传承下来的结果。

值得注意的是，只有太湖居民在对太湖流域的地方认同的基础上，他们才能对春申君及其传说产生深刻的认同，春申君传说才能够流传于后世。

第六章 春申君传说与现代上海

在现代社会，是否存在作为口头传承的民俗事象的生存空间，这是民俗学者一直以来讨论的问题。伴随着全球化和经济高速发展的城镇化，人口、物质、信息等流动不断地进行。由于这些现象组建起来的城市空间，与依靠血缘与宗族结合的村落社会不同，它似乎不存在像农村一样的共同体，因而难以构建传承民俗事象的传承母体，尤其是神话、传说及故事等口头叙事的传承面临着困境。

再者，在以往居住在城市的人们之间，从爷爷奶奶讲给孙子的或父母给孩子讲的故事，受到电视、广播及网络等的影响，其传承机会被限制起来。在这样的情况下，有的民俗渐渐地消失，有的甚至是被破坏。民俗学者这几年积极参与非物质文化遗产保护与开发工作，并关注以民俗文化为文化资源的文化产业问题。

随着民俗文化的发展变化，在现代语境下围绕"民俗"一词的解释也发生巨大变化，"民俗"的内涵也面临着转换时期。具体而言，将"民"从农民、乡民扩大到包括城市市民的社会群体，将"俗"从在村落社会的风俗习惯扩大到由于社会群体创造的日常生活文化。可以说，"民俗"概念本身也不断地变化着。

首先，本章根据以上所提的城市空间的民俗现象的现状，深入剖析在上海地区流传的春申君传说。现在在上海有春申君祠堂（位于松江区新桥镇）、青浦区安亭镇黄渡社区还有因春申君而得名的"申""黄浦江""春申路""春申文化广场"等地方。再者，2010年在闵行区举办了"春申文化论坛"，学者们纷纷热议"春申文化"。可见，上海也掀起了建构"春申文化"的热潮。

本章首先介绍上海现存的春申君传说相关遗迹。其次，分析"春申文化"的内涵，并剖析在为祝贺申博成功晚会上主题歌《告慰春申君》和为了纪念举办世博会制作的纪录片《风情上海滩——春申君之传说》的内容。通过这些考察，进一步深入理解上海城市空间的春申君传说的现状。

第一节　上海与春申君传说

在各地流传的春申君传说中，上海是与春申君关系最密切的城市。例如，上海的别称申城源于以前这里是春申君的封土的传说，支撑着上海发展的"母亲河"——黄浦江也是因春申君黄歇开凿而得名。此外，也有春申塘、春申村及黄渡社区等与春申君有关的地名，又有直到现在还存在的春申君庙和在松江区新桥镇的春申君祠堂。可见，春申君传说依靠口头、景观及民俗行为传承到现代。春申君传说以多种传承形式流传，但是笔者每次询问上海本地人关于春申君传说，都会产生疑问。就是上海人很少人了解春申君与上海的关系，更不用说外地人了。

表6—1　　　　　　　　　上海古今名对照表

年代	名称
春秋	吴
战国	越、楚
秦汉	海盐、娄县
唐	华亭县
宋	上海镇
元	上海县
1927年	上海特别市
1930年	上海市

资料来源：表6—1由笔者参考《中国古今地名对照表》制作。

按照传说学理论，传说在特定地方、由传承人及传承人对传承对象的认同和记忆传承下来。从在上海还保留不少有关春申君的遗迹来看，在逻辑上，作为传承者的当地民众应该都了解这个传说并传承给后代。然而，实际上多数人不太了解春申君传说及春申君与上海之间的关系。那么，到底谁是春申君传说的现代传承人或传承载体？本来应该是作为传承者的当地人对具备口头、景观及民俗行为等必要因素的春申君传说不清楚的原因何在？另一方面，在2009年庆祝上海世界博览会举办的晚会上，演唱的第一首歌曲是《告慰春申君》，还有近年当地政府和学者们共同举办"春申文化论坛"，并设立春申原创文学奖、建立春申文化广场（闵行图书馆）。这些以"春申"而冠名的各种活动为何不断地被创造出来？

这些问题与在现代社会上的民俗事象的传承、城市空间里的民俗传承以及以移民城市、国际城市、"海纳百川"上海的城市文化并非无关。再者，除了民俗事象的传承空间问题以外，还要关注民俗事象的传承者。从传统民俗学的立场来讲，农民、乡民及劳动人民就是民俗事象的传承人。就是说，民俗的"民"即是农民、劳动人民，并且他们的日常生活就是"俗"，即是风俗习惯。在现代中国大量人口流动到城市，在全球化背景下被均质化的城市空间，在这样的情况下，我们已经不能依靠如上所提的看法对待在现代城市所见的民俗事象。可见，关于传承人的问题与民俗事象的传承，民俗学学科的理论方法也遇到一些问题。

现代民俗学对非物质文化遗产保护与开发与民俗事象的文化产业问题进行探究。近年来，北京大学教授高丙中提倡"当代之学"的民俗学，对"民俗"的内容及范畴重新定义，从而对民俗学的研究方法进行转换。就是说，将"民"定为公民，"俗"定为公共文化。公民当然包括农民，也包括在城市工作的上班族等城市市民。公共文化因冠以"公共"字，理所当然包括所有公共部门（政府、媒体及知识分子）参与而被创造的文化。①

---

① 请参阅高丙中《中国民俗学的新时代：开创公民日常生活的文化科学》，《民俗研究》2015年第1期。

笔者认为，如上所提的问题可以用这些新的方法来分析。下面，我们先论述上海与春申君之间的来龙去脉，然后分析春申君传说在现代上海都市空间中的传承。

一　上海与春申君的渊源

关于上海的研究有《上海通史》《现代上海研究论丛》《海派文化丛书》《上海文化》等多部丛书，还有在上海历史、文化、经济贸易及政治等多方面的研究积累。在"上海研究"中，上海开埠后的研究成果最多。近代，上海自开埠之后，历经辛亥革命、租界时代、抗战时期，一直以国际化城市的面貌闻名于世。新中国成立之后，改革开放的春风，使得上海重新焕发生机，进一步成为亚洲金融中心，作为一个国际贸易大都市的形象，重新吸引了世界的目光。在这样的时代背景构成了以"海纳百川"为特色的海派文化引起多数学者的关注。

再者，一般来说"老上海"意味着20世纪初的弄堂与十里洋场等中外风格混合的生活空间。这里的"老"不是表示古代，而是表示近代。涉及"古代上海"的比讨论开埠后的上海少得多。但是，上海历史可以追溯到太古。上海的起源一般来说从新石器时代马家浜、崧泽、良渚、广富林及马桥等开始，或者从与上海直接相关的唐代华亭县（后为华亭府、松江府）开始的。作为地名的"上海"来源于北宋熙宁十年（1077）当地政府在华亭县东北设置的"上海务"（酒务）。此后，南宋咸宁三年（1267）上海镇，元朝至元二十八年（1291）上海县等，上海作为新兴港口不仅在河川运输，还通过海运开始贸易，从而与外地和国外之间的贸易往来渐渐地兴盛，取代了松江府后，上海确立了江南地区经济贸易中心的地位。

关于上海与春申君的关系，在传说中从战国末期开始。但是将两者直接联系起来的是上海的"母亲河"——黄浦江。黄浦江在南宋时期登上了历史舞台。因而，从历史学的角度来看，上海与战国末期春申君有关的说法，是牵强附会。因此，围绕历史事实与传说传承之间

第六章　春申君传说与现代上海　/　235

的关系引起学者争议。

　　黄浦（现黄浦江）原本为注入吴淞江的支流之一。据历史学家的考察，"黄浦"之名在历史上南宋时期才登上了历史舞台。[①] 那么，作为支流的黄浦如何变成上海的"母亲河"？首先，本来太湖的主要排水通道是东江、娄江及吴淞江。到了明代东江和娄江由于泥沙淤积变成陆地，吴淞江的堵塞也比较严重了。如果河流排出不顺畅，在下雨后容易发生洪灾。明代水灾比以前都严重，多次发生了水灾，当地人的生活受到巨大的影响。在无法还原吴淞江以前的宽阔样貌的情况下，户部尚书夏原吉为了太湖排水，重新开凿水道，兴修水利。在《明史·河渠志》中载："（夏原吉）复奉命治水苏松，尽通旧河港……松江大黄浦、赤雁浦、范家浜共万二千丈，以通太湖下流。"[②] 由于他指挥的治水工程，黄浦取代了吴淞江成为太湖的主要排水河流，不仅如此，上海也享受黄浦江带来的恩惠，在农业、交通、商业方面得以长足发展。这样，黄浦在夏原吉开凿后，经过历代多次治水工程，被称为现代上海的"母亲河"。

　　如上所述，是根据史实确定的上海与黄浦江的关系，在这里似乎没有见到战国末期春申君的影子。本来"春申君开凿黄浦江"传说是在明代后的文献里所始见，在现存史料里没看见明代以前流传该传说的记载。于是，历史学者反驳"春申君开凿黄浦江"传说。例如，龚家政在《春申君和申江正误》一文中提出三点质疑。春申君封土（淮北十二县与江东吴墟）和黄浦江之间有距离，上海的大部分地区由于长江的泥沙淤积从唐代以后开始形成，因而战国时期不可能开凿黄浦江，"黄浦"在元朝时期的文献里才出现（实际上，南宋时期文献里已有记载）。他提出如上三点质疑后说："黄浦江，申江和楚国

---

　　① "'黄浦'之名，始见于南宋绍兴二十八年（1158）高子凤为西林（今浦东三林圹之西）南积教寺所做的碑记。"褚绍唐、黄锡荃、王中远：《黄浦江的形成和变迁》，《上海水务》1985年第3期。"淳祐十年（1250）的西林（今三林塘）积善寺碑记曰：'西林去邑（即华亭县）不百里，东越黄浦，又东而江北，所谓江浦之聚也。'"曹竟成：《黄浦江究竟是谁开凿的》，《治淮》1995年第6期。这两篇论文虽然年号记载不同，但在"黄浦"是南宋时期出现的这一点上看法是一致的。

　　② 《明史》卷八十八《志·河渠六》，中华书局1997年版，第2148页。

黄歇春申君风马牛不相及，纯属后人牵强附会之说。"① 再者，曹竞成也在《黄浦江究竟是谁开凿的》里指出："所谓黄歇开凿黄浦之事，纯属讹传，这是明代以后的人因黄浦之名而牵强附会到黄歇身上的。明人风气大抵如此，不足为怪。但今人就不能再盲目听信，如果黄浦与黄歇有关，绝不会从先秦直到明初不见记载，而到明代后期才突然见于典籍。"②

从历史学的角度来看，两位学者所说的看法没有错误。然而如果传说也可以说成是被人们创造的"历史事实"，黄浦是如何与原本没有关联的春申君发生联系，"春申君开凿黄浦"传说又是如何被创造出来的？

二 上海春申君传说的传承形式及传承内容

如上所述，上海与春申君通过黄浦江和开凿黄浦江联系起来。接下来，从民俗事象的传承的角度，进行分析春申君传说在上海的传承过程，并且主要关注该传说的口头、物态及民俗行为的传承形式。

> 黄浦一名春申浦，相传春申君凿，黄其姓也。③《（正德）松江府志》
>
> 黄浦为松江府南境巨川。战国时楚灭吴，封春申君黄歇于故吴城。命工开凿，土人相传称为黄浦，又称春申浦。④《江南经略》
>
> 黄浦在南汇县西六十里，战国时楚黄歇所凿，土人因称为黄浦，一称春申浦。⑤《（乾隆）江南通志》

---

① 龚家政：《春申君和申江正误》，《上海师范大学学报》（哲学社会科学版）1998年第2期。
② 曹竞成：《黄浦江究竟是谁开凿的》，《治淮》1995年第6期。
③ （明）顾清：《（正德）松江府志》卷二，明正德七年刊本。
④ （明）郑若曾：《江南经略》卷一下《黄浦考》，清文渊阁四库全书本。
⑤ （清）赵宏恩：《（乾隆）江南通志》卷十二《舆地志》，清文渊阁四年库全书本。

根据明清时期的文献，黄浦（别称"春申浦"）从战国时期春申君黄歇开凿而得名。这些记载中有两点值得注意，一是明清时期流传春申君开凿黄浦江的传说，二是"土人"是该传说的传承者。

这里的"土人"所指的应该松江一带的居民。本来，黄浦江的源流从淀山湖出来，明代开凿吴淞江后，才成为了太湖主要排水河流。可见，此前黄浦江与太湖并没有直接关联。

那么，明清时期在松江流传的春申君治水传说与本书所论述的太湖流域的治水传说独立存在吗？答案是否定的。位于太湖周边的松江地区与其他江南地区一样，依靠丰富水资源发展农业、渔业及水运业等，尤其是纺织业在明代非常发达，驰名全国。这些发展都是以河流及其交通为基础的，并通过河川连接到太湖流域的城市。在松江流传的春申君治水传说就是太湖居民将在旧吴地（现苏州市）产生的春申君治水传说传播到松江一带的。同时，因为松江地区也包括在春申君传说的传说圈内，所以也可以说松江地区是该传说的传承地域之一。

明清时期流传的春申君治水传说传播到松江一带，此后又传播到松江东边的上海地区。民国人倪锡英云："相传现在扼上海水路交通总纽的黄浦江，就是当时春申君所疏浚。所以黄浦江原名黄歇浦，又名春申江，原是纪念春申君而命名的。而上海，至今还简称为'申'，也是纪念春申君的意思。可见春申君在当时对上海的建设，是的确有很大的功绩的。他的疏浚黄浦江，便是成了上海日后繁荣的主要条件。"[①] 可以说，明清时期春申君治水传说从松江传播到上海。传播原因当然与黄浦江的开凿有关，从上面的原文来看，还有当地人感恩春申君兴修水利，为了纪念将此江命名为黄歇江、春申江及黄浦江。由此可见，春申君在当地已经确立了"治水英雄"形象。此外，还提及上海别称也是为了纪念春申君而得名，于此我们便不难看出春申君被认为是通过开凿黄浦江给上海发展带来巨大贡献的"开城鼻祖"。

---

① （民国）倪锡英：《上海》，南京出版社2011年版，第5—6页。

关于这样的春申君形象，《上海研究资料》亦记："上海在战国时，原是楚相春申君黄歇封邑。浦江即相传为黄歇所凿，因为当时治水松江，要导流入海，所以开掘了这条水道，后来便因黄歇的姓而名为黄浦江，亦称黄歇浦，或称春申江。于是上海乃有春申江的别称，或竟简称申江。"① 像这样，在现代上海专著里也有涉及黄浦江由来，出现春申君的名字。

我们探讨竹枝词中所见的春申君形象。众所周知，竹枝词是带有民谣色彩的诗歌，表示在特定地域的民间社会风土人情的语言叙事。关于上海竹枝词，程洁将上海竹枝词分为"风土民俗""历史掌故、社会变迁"以及"山川形胜、时尚百业"，此后她认为上海竹枝词"主要是上海地域文化传统与地方性知识的表述"，"'诗性风土志'的代称。"② 可见，它是吟咏上海的民间社会的日常诸事的语言叙事。

  黄龙势入海门骄，珠履繁华逐水飘。高浪如山舟似叶，迎风齐唱白云谣。

  注：黄浦即古东江，楚黄歇重浚之，故称黄浦，又名春申浦。西首横潦泾，东至邹家寺，折而北，会吴淞以入海。③

  黄鸡白酒祀田神，三世修来往浦滨。今日安澜真有庆，年年只盖报春申。

  注：我乡向有"三世修来往，家在闵行前"之谚，初以为无虞水旱也，庚申郡城失守，贼匪东西驰突，独不过浦，前言始验。乡人思春申之德，多以蜡祭时祭之。④

  春申江上浪滔天，劫火烧来断水边。妾苦今生修未到，郎家不住闵行前。

  注：春申江，楚黄歇重浚之，故名"春申浦"，又名"黄

---

① 上海通社编：《上海研究资料》，上海书店1984年版，第523—524页。
② 程洁：《上海竹枝词研究》，上海社会科学院出版社2014年版，第9页。
③ 丁宜福：《申江棹歌》，载顾炳权编《上海历代竹枝词》，上海书店出版社2001年版，第152页。
④ 同上书，第165页。

浦"。相传有"三世修来往,家在闵行前"之谚,人以为无水旱之患也,庚申郡城失守,粤匪南北骚扰,独不渡浦,而闵行果依然无恙,前言始验。①

在这三首诗的背景里都有春申君开凿黄浦江的故事。例如,第二首诗里描写春申君开凿后没有水患,因此当地人奉祀春申君,表示对他的感恩之情。可以说在上海民间社会历代咏唱的竹枝词里,也能看出春申君是开凿黄浦江而给上海做出贡献的人物。再者,

> 治水功多永利民,二千年上楚春申;夏尚书在明初世,邑合馨香奉两人。
> 注:邑境自吴淞浅狭,藉泄太湖下流者,实赖一黄埔。而黄埔由春申君凿之,夏尚书浚范家浜,引江通之。两人治水有功,前后实堪匹敌。②

在这里,将春申君与户部尚书夏原吉(推进开凿黄浦江的官员)放在同等地位,并且当地人称赞他们的贡献。就是说春申君的治水工程是由当地人创造出来的"历史事实"。

那么,在景观及民俗行为的传承形式中,春申君和上海之间的关系是怎样的?首先,据说春申塘也与黄浦江一样是由春申君开凿的。据《上海县水利志》记载:"春申塘,又名莘村塘。传说为战国时期春申君开浚,故称春申塘。"③ 可见,春申塘是由春申君开凿而得名。现在的春申塘位于闵行区中部,赵政在《春申塘开浚整治与春申君历史探究》一文中说道:"春申塘,相传由春秋战国时期春申君所浚,后又经过历朝历代大规模整治,因此具有浓厚的人文历史底蕴。"传

---

① 顾翰:《松江竹枝词》,载顾炳权编《上海历代竹枝词》,上海书店出版社2001年版,第170页。
② 秦荣光著,吕素勤标点:《上海县竹枝词》,载《沪城岁事衢歌、上海县竹枝词、淞南乐府》,上海古籍出版社1989年版,第123页。
③ 上海县水利局编:《上海县水利志》,上海社会科学院出版社1994年版,第44页。

说春申塘由春申君开凿，此后通过历代多次开凿工程成为现在的春申塘。另外，在松江区新桥镇也有一个关于春申塘的传说：下大雨水田被淹没后，春申君过来此地为当地人开凿春申塘，之后河水流通可种田。春申村就是当时春申君的指挥所（后面详述）。从这个传说可以看出，春申君开凿的就是给当地人及其生活做出贡献的治水工程，并春申君在当地人心目中，被构成了"治水英雄"形象。

在太湖流域有不少春申君庙，上海过去也有两个庙，现在有一个祠堂。首先，春申君庙别称春申道院，在《（同治）上海县志》中载："春申道院，在横沥东岸，奉春申君像。国朝雍正十二年，知县褚菊书修，有记。乾隆嘉庆间，屡修并建后阁。"[1]《上海民间信仰研究》亦记载："旧址在华亭县莘庄镇（后属上海县）南面春申桥西侧，相传其始建于宋代，内供春申君像……该庙在康熙时已呈年久失修的景况，后于雍正、乾隆、嘉庆、道光年间屡有增建、重修，1958年因拓建沪闵路被拆除。"[2] 春申君道院建于宋代，到近现代就已遗失。在道院里有春申君像，由此可知，春申君在上海成为祭祀对象。可以说，春申君传说通过民间信仰在上海流传，并且其祭祀原因在于他开凿了黄浦江和春申塘，因而造福于民。

除了春申道院以外，在上海还有一个春申君庙。在《上海研究资料》引用《瀛壖杂志》《沪游杂记》指出："王韬的瀛壖杂志第二里说：'三茅阁在北门外，其侧向有春申侯祠，即邑志所谓延真观也。'可知三茅阁侧的延真观就是春申君庙……据葛元煦的沪游杂记上说'春申侯祠在北门外三茅阁桥西北岸'可见庙址一定是洋泾浜的北岸，且在三茅阁桥的西北了。又据同书上说，在同治初年，洋泾浜河干，还有一座'春申古迹'的牌坊，到了光绪初年连牌坊也不见其踪迹了。"[3] 春申君庙在三茅阁旁边，并且有"春申古迹"牌坊。再者，"三茅阁之侧的春申侯祠当建于明清时期，咸丰时，三茅阁与春

---

[1] （清）应宝时：《（同治）上海县志》卷三十一，同治十一年刊本。
[2] 范荧：《上海民间信仰研究》，上海人民出版社2006年版，第276—277页。
[3] 上海通社编：《上海研究资料》，上海书店1984年版，第524—525页。

申侯祠并毁于兵火,上海县民在北门内重建时已将其作为春申君的专祠,但光绪时终遭废弃"①。可见,该祠建于明清时期,清末被烧毁。在三茅阁旁边的春申侯祠战火发生之后单独再建。

关于三茅阁与春申祠有如下民间故事:

> 三茅阁的旁边是春申祠,供奉的是春申君。从前吴淞江水患,春申君领着大家开掘水道导流入海,这条水道就是黄浦江,也叫春申江。虽说春申祠的历史远比三茅阁悠久,但自从三茅真君来上海落脚之后,春申君倒反而大受冷落。因为好多人都觉得三茅兄弟司命保生,主人箓寿,而春申君的本领不过是挖了一条河,和自己没啥直接关系,所以都把钱财往三茅阁里抛了……先是太平天国造反,朝廷不惜引狼入室,请来洋鬼子帮忙围剿,战火延及上海。上海的老百姓早听人讲洋鬼子个个都是吃人生番投胎而来,恐怕涉祸,纷纷往三茅阁和春申祠里求签请教。去春申祠里烧香的人,得到的指点是"一水贤于百万兵",去三茅阁里烧香的人,得到的指点是"召神驱妖禳兵灾"。于是信奉春申君的人都急忙打点行装,跑到浦东去暂避,靠着黄浦江水的阻隔,倒也躲过了洋鬼子的风头;而信奉三茅真君的人都争着把钱财用来请三茅阁道士请符箓、祈神灵,到头来非但没有逃过厄运,更有连身家性命也一起送到洋鬼子魔爪下的……这下子,上海的老百姓算是比较出了三茅真君和春申君的优劣高低。他们在南市盖起一座新的春申祠,把春申君迎进新居,而三茅真君被洋鬼子扔出来后,便不再有人搭理,只好在三茅阁桥上临时居留,向过路行人弄点烟火。到后来终于悄悄地离开上海,又回句曲山里去了。②《中国民间文学集成上海卷虹口区分卷》

---

① 范荧:《上海民间信仰研究》,上海人民出版社2006年版,第277页。
② 虹口区民间文学三套集成办公室编辑:《中国民间文学集成上海卷虹口区分卷》,1990年,第165—166页。全文请参阅本书附录二《春申君故事汇集》,《三茅阁和春申祠》。

在该故事里，将灵验的三茅（大茅司命真君、中茅定箓真君和小茅保生真君）与只开凿河川的春申君做了对照性描写，当地人曾经热心地参拜三茅阁，而冷落春申侯祠。当地被卷入战火时，听从春申君启示的人们逃跑到浦东，受到"一水贤于百万兵"的恩惠而脱离了危险。信奉三茅真君的人们"争着把钱财用来请三茅阁道士请符箓、祈神灵，到头来非但没有逃过厄运，更有连身家性命也一起送到洋鬼子魔爪下的"[①]。

该故事通过春申君与三茅阁的对比，认为最终他的治水工程给当地人带来恩惠是千真万确的。更有趣的是，在结局部分讲述三茅终于返回故乡（句曲山位于江苏省）。这说明三茅被认为是外来神，与此相反，春申君就是当地人奉祀的本地神。在上海的民间社会，到近现代还存在的春申君庙构成了以春申君为祭祀对象的祭祀空间，作为祭祀对象的春申君则被看成为通过在当地兴修水利，而给当地人的生活带来便利和安定的保护神。

综上所述，春申君传说传播到上海，首先以春申君开凿黄浦江的传说为基础，当地人构建了春申君"治水英雄"的形象。其次，历代当地人依靠语言、景观及民间信仰等传承形式把传说流传于后世。那么，在现代上海的城市空间里，春申君传说是否依靠如上所说的传承内容、传承者及传承形态传承下来？还是在现代语境下，在与农村社会迥然不同的城市空间里，该传说渐渐地消失？我们下面进行分析现存春申君相关遗迹（春申君祠堂与黄渡社区）。

（一）春申君祠堂

春申君祠堂位于松江区新桥镇（银都西路，近华西路）。现存的祠堂建于2002年，在河流环抱的面积500平方米的四方土地上建有江南传统风格的建筑物，里面展示着松江历史脉络的照片。在最后面的两方墙壁上有春申君壁画，在中间以前有春申君帛画，现在装饰着春申君牌位。

[①] 虹口区民间文学三套集成办公室编辑：《中国民间文学集成上海卷虹口区分卷》，1990年，第165—166页。

据说，很久以前春申君来到此地，这里是开凿黄浦江和春申塘时的指挥所，春申村由此而得名。春申村民感谢他治水造福于民，为了纪念春申君就建立了祠堂。在春申村流传着一首儿歌：

> 嘟嘟嘟，嘟嘟嘟，
> 爷娘去开黄浦江。
> 回来又开春申塘，
> 领头大爷春申君，
> 住在伲村黄泥浜。

在儿歌里的春申君就是开凿黄浦江与开凿春申塘的领头人物。在春申村，除了儿歌以外还流传着有关春申君的传说。

> 我们这里老代人说，下大雨了，稻田都淹死。淹死了，后来一段时间呢，（不知）什么时候呢，出来了一个春申君。春申君看到老百姓的水稻都淹死了，后来在（稻田的）前面开了一条河——春申塘。开了春申塘以后呢，水往河里去了。所以，河水流通以后，我们这里住在的老百姓做的庄稼，全部好起来。没有庄稼淹死的。后来建起来春申君祠堂，要想念他和他的水利工程。所以呢，这里建了祠堂。①

在该故事里，春申君通过开凿春申塘使受河流涨水影响的稻田恢复原状。当地人感谢他的治水贡献，为了纪念他建立祠堂。这是在太湖流域传承的春申君治水传说的典型的故事类型，就是说春申君通过开凿河川给人们及其生活带来恩惠。从儿歌和这个故事来看，在现代上海的春申君的"治水英雄"形象是从以前传承下来的。然而，从春申君祠堂的现状及其展示内容来看，作为"治水英雄"的春申君

---

① 访谈时间：2014 年 12 月 26 日。地点：春申君祠堂。对象：A 先生，男，59 岁，员工。采访人：中村贵。为保护受访者，这里的人名经过了技术处理。

图 6—1　春申君祠堂

（笔者摄于 2019 年 6 月 20 日）

形象与春申君祠堂并相关。

据春申君祠堂管理办公室的 B 先生的讲述，从 2002 年至今大致几千人来访，初期在祠堂有了导游，除了当地人以外还有游客、学者、学生、黄氏一族、各地文物局研究员也来过。但是，现在在祠堂旁边已经开发了新楼房，没有了从银都西路直接到祠堂的道路，也没有了告示牌，游客找不到地方。现在偶尔有春申村的老年人散步顺便来到祠堂，也有从中国各地（主要是江南地区）文物局来访的研究员，来访人数每个月大致几十个人。[①] 笔者试图采访来客，然而由于开放时间短（一般周一到周五上午），目前相当困难。由于春申君祠堂目前受到城市开发的影响，人们对它的关注也渐渐地淡薄了。不过，据祠堂管理员的讲述，目前办公室正在申请扩大工程项目，在不久的将来，将开始祠堂装修，并在祠堂后面建设停车场。

接下来，关于祠堂的展示内容，春申君虽然作为开拓松江地区的开拓者，被摆放在展示松江历史的展厅的重要位置，但展示内容并不显示春申君是"治水英雄"。再者，在祠堂的前面有一幅"上海之根"的壁画。是一幅长 41 米，宽 6 米的大型壁画，上面刻着作为"上海之根"的松江历史，具体而言以"吴王狩猎""陆氏文赋""松江织造""董公赏画""仓城漕运""九峰三泖"为主题，通过松江历史和名人（陆机、黄道婆、董其昌），介绍依靠水运发展的松江历史和松江地区的景观。

如上所述，春申君祠堂像与介绍松江历史的历史资料馆一样，严格来讲不是一族聚会进行活动的祠堂。也可以说，这个祠堂本来虽是与春申君治水传说联系起来的文化景观，但在祠堂里的春申君被认为是松江历史上的开拓者之一，此外，祠堂本身也介绍松江历史和松江名人、松江景观等，但已经不是像从前那样的为了奉祀春申君的"纯粹"的祭祀空间。

---

① 访谈时间：2013 年 9 月 11 日。地点：春申君祠堂。对象：B 先生，男，59 岁，员工。采访人：中村贵。

(二) 黄渡社区（前黄渡镇）

> 黄歇渡即黄渡，在北亭乡。相传，春申君于此渡江。①《（同治）上海县志》
>
> 战国黄歇楚人，考烈王时为相，封春申君，都吴。导松江入海，今黄浦是也，黄浦又名春申浦。邑北境有镇，曰黄渡，亦因歇得名。②《（光绪）青浦县志》
>
> 黄渡为《禹贡》扬州域。楚灭越，为春申君封地……黄渡，旧传春申之遗迹。③《黄渡镇志》

黄渡由于春申君黄歇经由该地渡江而得名。④ 在黄渡社区，除了名字来源于春申君，还有每年元宵节为了纪念春申君举办喝黄酒比赛。据说，春申君黄歇带领士兵来访此地，他用黄酒给士兵驱寒取暖，同时也分享给当地人。

在黄渡社区绿苑路旁边有介绍黄渡历史、历史人物与风土人情的纪念物与石碑。⑤ 其中一个就是与春申君有关的《黄歇东渡》。在壁画里，描写春申君带领士兵渡江，在壁画下面的石碑中有这样的记载：

---

① （清）应宝时：《（同治）上海县志》卷二十八，清同治十一年刊本。
② （清）汪祖绶：《（光绪）青浦县志》卷十四，清光绪四年刊本。
③ 章树福纂辑，邹怡标点：《（清）黄渡镇志》，上海社会科学院出版社 2004 年版，第 1—2 页。
④ 地名的由来之说并非独一无二，黄渡的由来之说也无独有偶。例如，"宋郏亶《水利书》有大黄肚浦、小黄肚浦之名，钱大昕跋杨潜《云间志》援以证……明邱集又以盐铁塘之西有黄土墩，黄渡因墩得名，后人讹土为渡"。章树福纂辑，邹怡标点：《（清）黄渡镇志》，上海社会科学院出版社 2004 年版，第 2 页。
⑤ 例如，《人杰地灵》："黄渡近海滨江，地势平坦，河网交错，交通便捷，物阜民安，商贾云集……自明清以来，'江之两岸，居民稠迭，屹为巨镇'，更兼民风淳厚，文教昌明，人才辈出，如近代著名书画家周湘、近代教育家夏琅云、革命烈士夏采曦、现代作家和社会学家谭正璧、中国棋院院长陈祖德、民歌手余建光……仁人志士，不能尽数。黄渡，不愧为江南之风光宝地。"

图6—2　《黄歇东渡》

（笔者摄于2019年4月3日）

公元前355年，楚灭越，此地为楚春申君黄歇的封地。相传黄歇受命攻打秦国，曾率领大军在陆皎浦（今黄渡镇东首）摆渡过江。吴淞江面，千帆破浪，江涛滚滚，蔚为壮观。从此，后人就称此地为"黄歇渡"，经历代相传，逐渐演变为"黄渡"，黄渡由此而得名。

可见，这个壁画与石碑表示在春申君与他国合纵对抗秦国的历史背景下，春申君黄歇为了打败秦国率领士兵渡江，黄渡由此而得名。在黄渡社区，在路边用"公共物"形式来介绍黄渡历史，其中包括春申君传说。因此可见，在官方话语中，也认定了春申君与黄渡的关系，将春申君传说纳入黄渡历史。

如上所述，黄渡由春申君黄歇而得名，在黄渡社区有纪念春申君的喝黄酒比赛，也有在壁画与石碑上记载关于春申君渡江的传说。但是，2009年黄渡镇与安亭镇合并后，被称为安亭镇黄渡社区，之后每年在黄渡镇文化活动中心（现安亭镇社区文化活动中心黄渡分中心)举办的喝黄酒比赛就取消了,元宵节活动都在安亭镇举行。[①]

综上所述,本节以春申君祠堂与黄渡社区为例探究上海现存春申君传说的相关遗迹。春申君祠堂既继承在历代太湖流域传承的春申君治水传说,又通过春申君开凿黄浦江与春申塘的当地河川,从而能看见该传说的地方化过程。在黄渡社区流传着春申君渡江的传说,也有为纪念他的喝黄酒比赛。这些都是与黄渡联系起来的当地特色现象。

值得注意的是,这两个地点留下来的春申君传说在继承历代太湖流域传承的治水传说的同时,例如春申君祠堂又与松江历史结合,而被称为当地历史文化资源。但是,总的来说,这个祠堂与其相关传说慢慢地消失生命力。黄渡社区也不例外。在黄渡社区虽然还用景观(壁画与石碑)与民俗行为(喝黄酒比赛)形式传承着春申君传说,但是由于区划整理等政府介入,喝黄酒比赛也已经衰微了。可以说,在黄渡社区传说的传承力量也陷入了衰弱状态。

从传统民俗学的立场来看,口头传承的神话、故事及传说的传承陷入了断裂的危机状态。为了改善与继续传承,民俗学者提倡要保护与传承这个宝贵资源。笔者赞同这个看法,但等到民俗事象衰退了才开始保护与开发,这样的程序是不是过于敷衍呢?笔者认为,首先应该对衰退现象及其背后的原因加以分析和反思。例如,如果某个人物传说的传承人对这个传说失去了兴趣,那么这个原因是什么?以前人物传说的传承原因就是人们对传说人物所做的贡献表示感谢、怀念之情。到现代,由于生活条件改善,人们对同一传说人物已经没有感激之情,对传说人物的认同与记忆也已渐渐地消失。此外,也有可能人们的日常生活已经被卷入从电视、广播、网络等媒体发出的大量信息之中,人们的交流方式也不像以前由爷爷奶奶亲口讲给孩子,父母讲给孩子等方式。也就是说,互联网已经取代了传统的交流方式,给人们的日常生活带来了巨大的变化。

[①] 笔者于2014年元宵节时采访了安亭镇社区文化活动中心黄渡分中心。该中心的办公人员告诉笔者黄渡编入了安亭镇后,不再在这边举办活动。

除此之外，在现代化过程中，由于从传统到现代的变迁与现代性对传统的批判和否定，人们的思维方式与价值观念发生了转变。崔新建指出："现代性是在对传统、传统文化的批判和超越过程中确立起来的。在现代性建构的过程中，总要对传统和传统文化有所批判、有所否定。而这种否定又必然影响到人们对民族文化传统、传统文化的认同，促使人们建立新的文化认同。"[①] 可以说，通过社会的变革，从封闭、稳固的传统社会变成了市场化、追求效率的现代社会，与此同时，思维方式、价值观念也在发生着变化，通过大众媒体、教育等方式，人们渐渐地接受现代思想，开始讲究合理性与科学性。民俗文化是在传统农业社会所产生的，因此，现代人对民俗文化的看法或态度也会有所改变。

总之，现代社会在各个方面都与过去社会有所不同。民俗学的研究对象也是如此。以前以农村社会的风俗习惯为研究对象，现在受到快速城镇化的影响，以城市空间的民俗现象、非物质文化遗产保护与开发、文化产业为主要研究对象。社会在变化，研究对象也在变化，甚至研究视角与方法也要变化。从另一个角度来看，人们创造后随着时间的流逝不停地再创造的民俗事象，也以新的形式、样式延续至今。接下来，我们首先要讨论城市空间里的民俗事象问题，此后分析在现代上海不断地重构的春申君传说。

第二节　城市空间与上海城市民俗

一　城市空间与城市民俗

如何理解在城市空间的民俗事象？这个命题在20世纪中期就提出了。这与当时城市化社会现象有着密切关系。城市民俗学研究就对这个问题做出了回应。理查德·多尔逊、阿兰·邓迪斯说道："民俗之'民'应从乡下人扩大到搬进城里的乡下人及城里人的任何群体：

[①] 崔新建：《文化认同及其根源》，《北京师范大学学报》（社会科学版）2004年第4期。

军营、校园、运动项目爱好者、计算机程序设计员都有自己的民俗。"① 他们主要关注城市民俗的传承人，认为城市里存在多种社会群体，而他们都有自己的民俗。多种群体居住同一个空间，这种情况与费孝通所说的"乡土社会"或"'熟悉'的社会"②那样，活动范围有限并由血缘关系结合的村落社会明显不同。

日本民俗学界对城市民俗的理解就是柳田国男所述的"日本的都市原来是由农民兄弟建造的"说法占有主流地位。③ 也就是说，他们认为农村与城市之间有连续性（所谓"城乡连续论"），主要分析在农村产生的民俗事象传到城市后的变化，和城市民俗对农村社会的影响。在他们的研究范围内，没有考虑研究在城市产生的民俗事象。然而，宫田登指出："（对日本城市民俗来说）都市化民俗就是了解并掌握原民俗经过再生产后所具有的性格。"④ 也就是说，他们认为在农村创造的民俗传到城市后被再生产，通过这个过程后，这个民俗变成城市民俗。

钟敬文 20 世纪 80 年代提倡研究城市民俗学。他认为城市民俗来源于农村，城市民俗也影响农村，都市民俗学研究城市民俗与农村民俗之间的互补作用。另外，还应探讨在城市产生的新的民俗文化，例如，旅游文化、广场文化及社团文化等⑤。

如上所述，城市民俗学的研究方向可分为两点。一是农村与城市结合起来，研究从农村传播到城市的民俗事象，二是研究在城市产生的新民俗。那么，城市到底是怎样的空间？

关于都市特征，朱爱东在《城市民俗的多元化特征》中指出："集中或聚集成为城市最本质的特征之一。城市一方面吸引了四面八

---

① 方川：《20 年来城市民俗研究的开拓、精进与前瞻》，《淮南师范学院学报》2005 年第 1 期。
② 费孝通：《乡土中国》，北京出版社 2011 年版，第 7 页。
③ 转引自［日］福田亚细男、宫田登《日本民俗学概论》，吉川弘文馆 1983 年版，第 234 页。
④ ［日］宫田登：《日本の民俗学》，讲谈社 1985 年版，第 180 页。
⑤ 关于中国都市民俗的论著，请参阅方川《20 年来城市民俗研究的开拓、精进与前瞻》，《淮南师范学院学报》2005 年第 1 期。

方、各种各样的人员向城市集中，形成规模庞大、异质性程度很高的人口群体；另一方面城市和城市之间，城市和地区之间也在不断地进行着物质、信息和能量的交换，由此形成丰富复杂的、多元的城市文化和城市民俗。"可见，城市是多种群体从各地汇集到一起的多元性空间，也是与其他地域之间有交流的开放性空间。关于城市民俗的定义，"有产生于城市、关于城市自身、城市历史、城市风物、城市建筑和市民生活等的民俗，还有经过改变的、被赋予城市色彩的乡村民俗"①。他以城隍庙信仰为例说明城市化之前的乡村民俗，认为城市民俗本来并不是无中生有，而是当地人对保留下来的传统乡村民俗进行的再创造，或者是由于各种群体的民俗之间的冲突与融合而构成的。

在全球化和快速城镇化的情况下，现代城市社会倾向于均质化、统一化及追求效率。在这种情况下，民俗学的主要研究对象是非物质文化遗产保护与开发和民俗事象的文化产业化问题。在传统民俗学的立场上，现代社会的民俗事象面临着灭亡的危机，应该做好抢救保护工作。

二　上海城市民俗及其现状

上海城市形象通常与国际城市、移民城市、经济贸易中心、中国最先进城市等现代形象联系在一起。不过，在这座城市也有"锣鼓说唱、滚灯舞龙、滩簧、申曲、皮影、顾绣、城隍庙会、观音信仰、民间制艺等"，代代相传的民俗事象。关于上海城市民俗及其衰退的原因，蔡丰明认为："近代以后，随着经济文化的发展与城市化进程的加快，上海城市文化中传统民俗文化的生存空间日益缩小，生存基础日益削弱。"其原因是："上海城市经济文化现代化程度较高的特点，已使传统的民俗文化逐渐失去了相应的生态环境。""上海城市文化多元化的特点，制约了传统民俗文化生存发展的广阔空间。"② 也就

---

① 朱爱东：《城市民俗的多元化特征》，《民俗研究》2000年第4期。
② 蔡丰明：《上海城市传统民俗文化空间》，《民间文化论坛》2005年第5期。

是说，上海的现代化与经济发展和不受民俗文化所限制的城市文化的多元化是在上海城市空间里民俗事象衰退的主要原因。

再者，毕旭玲在《21世纪初上海城市民俗文化的新发展》中指出："当代上海民俗文化活动已经不仅仅是民众的民俗活动，还是现代组织有目的地对广大民众施加影响的过程，这正体现了市场经济环境中大众文化的强势地位。""随着时代的变化，不少非遗项目失去了生存基础，丧失了基本特征，成为'大众文化'化的民俗文化。"[①] 城市民俗文化已经被卷入市场经济的逻辑内，而变成大众纷纷参加的娱乐活动。从传承民俗事象的角度来看，这种状况难以保持"原型"的民俗事象，甚至陷入传承断裂的困境。

那么，我们应该如何对待、评估这种情况？为了传承民俗事象应该采取怎样的措施？笔者认为这个问题不仅应该从民俗事象的传承等方面来看，而且应先了解城市空间的特征、传承人的变化（从农民、劳动人民到城市民）及传承形式的变化（从口头到大众媒体），再从新的视角来看待城市空间的民俗事象。

第三节　上海城市空间与春申君传说

一　"春申文化"与"春申文化论坛"

2010年3月26日，世博会来临之际，"春申文化论坛"在上海市闵行区华纳风格酒店隆重举行。全国各地的著名作家、评论家及学者踊跃参加。据报道，会议围绕"如何盘活春申文化、七宝文化、马桥文化、崧泽文化等闵行区特有的古文化资源，12位民俗学、文化学、历史学、旅游学、建筑学、城市学等多个领域的专家学者分别发表了主题演讲"[②]。可见，"春申文化"与其他闵行地区文化（七宝、马桥及崧泽）一起，被认为是闵行古文化及当地文化资源。在这个论

---

① 毕旭玲：《21世纪初上海城市民俗文化的新发展》，《上海文化》2013年第10期。
② 《文学城乡地域性差别正在消除》，来源：文汇报，2010年3月27日，http://news.sina.com.cn/o/2010-03-27/090617283146s.shtml。

坛上，多次被强调的是作为"软实力"的文化资源如何与经济建设发展联系起来的问题。例如"利用特有的古文化资源为上海的文化类型增色添彩，也与都市的现代化发展过程相顺应"[1]。那么，这些文化资源是如何作为上海文化类型之一扎根于现代社会的？围绕这个主题，各位学者专家进行讨论。下文将介绍关于"春申文化"的主题发言，并对春申君传说与"春申文化"的关系、"春申文化"内涵及"春申文化"的创造过程进行分析。

仲富兰（华东师范大学教授、上海市民俗文化学会会长）以"上海民俗文化的传承与创新"为题，提出："据历史文献记载，上海被称为春申之地，其中简称'申'的得名，即源于战国时楚国的贵族春申君黄歇，他的封地就在目前莘闵、松江等上海市郊地区。传说上海的母亲河黄浦江系春申君带领百姓所开凿，故黄浦江又名春申江。"涉及春申君与上海的渊源关系，又指出："'春申文化'作为上海的'文化之根'也由此孕育而生。"他认为"春申文化"是形成上海文化的根基，并且"春申文化"与上海的历史文化是紧密相连的。另外，关于民俗文化的现状，他指出："近几年来，种种民俗景象的复苏，说明已消逝几十年、几百年甚至几千年的旧风遗俗，说不定又卷土重来。这来自民间的、传媒的、市场的自发趋向，表明与民众生活息息相关的民俗风情，受到国内外民众的热情关注。"[2] 其中重要的是，他指出，近年民俗复兴不仅与民间社会和普通人的关注相关，也与媒体的参与和市场经济等现代社会现象有着密切关系。由此可见，"春申文化"依靠媒体和市场需求等新因素传达到大众。

又如，佟瑞敏（上海市创意产业协会影视制作专业委员会主任，《风情上海滩》总编导）以"春申文化的独特风情与上海世博会"为题，首先提到他制作的《风情上海滩》与在2002年申博成功庆祝晚会上的《告慰春申君》等歌曲，此后他发表意见，认为："'春申'

---

[1] 《文学城乡地域性差别正在消除》，来源：文汇报，2010年3月27日，http://news.sina.com.cn/o/2010-03-27/090617283146s.shtml。

[2] 仲富兰：《上海民俗文化的传承与创新》，《文汇报》2010年4月23日，专刊《春申文化》。

的文化现象不是一个区域现象,是一个大上海地区的概念。我们创作的宗旨是:以今天的眼光去重新发现、重新解读、重新阐释千年上海史话、百年上海滩的风云路。"① 他认为"春申文化"并不是特定地域的文化现象,而是上海的历史文化概念,是我们在重构上海历史文化时的重要文化资源。

张乃清(闵行区图书馆原馆长)以"春申文化与历史钩沉"为题,首先谈到闵行区与春申君及"春申"之间的关系,提出:"莘庄有春申道院、春申庵、春申塘。老闵行有春申阁,供奉春申君黄歇像。当代人应用'春申',主要是取其区域性地名的特殊意义。近年,闵行区又建春申路、地铁春申站、春申府邸小区、春申文化广场等。"他指出现在"春申"就是一个表示区域的符号,又提道:"上海城市近郊的春申文化是海派文化的市郊版。"就是说,"春申文化"是表示上海近郊的地域符号。另外,关于"春申文化"与"海派文化"的关系,他认为:"海派文化的种种特征,与春申历史文化是一脉相承的。春申本土历史文化是海派文化的前身。它的形成,有其特殊的人文地理、社会结构、文脉传承等原因。"② 可见,"春申文化"是关系到"海派文化"的文化现象,也是"海派文化"的渊源之一。

田兆元(华东师范大学教授)以"春申文化与上海城市精神建构"为题,主要论述春申君与上海城市精神和城市形象的关系。他指出:"春申君是上海的开城之主,也是最具知名度和文化感召力的文化形象。因此,我们不能舍去春申君来谈上海的文化建构问题。"他认为春申君是上海的开城鼻祖,在上海文化的构建上,扮演了重要角色。此外,值得注意的是,春申君形象由于历代上海人不断地建构,在其构建过程中,作为"开拓者"形象是对春申君传说的传承极为重要的。即"在各项民俗传统中,早期开拓者的传说居于核心地位,他是这个区域的拓荒者,是领袖。这是因为没有他的开创之功,后来

---

① 佟瑞敏:《春申文化的独特风情与上海世博会》,《文汇报》2010 年 4 月 23 日,专刊《春申文化》。
② 张乃清:《春申文化与历史钩沉》,《文汇报》2010 年 4 月 23 日,专刊《春申文化》。

的发展就会失去基础，就像我们尊敬祖先一样，没有祖先，哪有后人呢？早期开拓者是一个相对的概念，或许他不是最早来的，也不是最早的领袖，但是一定是贡献最大的，或者说是认同度最高的，形成了历史传统的。"[1] 由此可见，春申君作为上海的"开拓者"被上海人认识与记忆。通过这样的过程，春申君变成了"申"与"春申"等上海地方文化符号和上海城市精神符号。

综上所述，各位学者的观点可归纳为几点。首先"春申文化"是以春申君开拓上海的传说和它的历代传承为基础被构建的文化概念。其次，由于春申君作为上海的开拓者形象，"春申文化"也必然成为上海历史文化的文化资源。再次，"春申文化"是构成上海城市文化和城市形象的重要因素。此外，1872年发行的《申江新报》（后《申报》）、2009年建设的春申文化广场（闵行图书馆）以及"春申原创文学奖"等"申""春申"意味着表示上海的地域符号。

二 《告慰春申君》与《风情上海滩——春申君之传说》

在2002年9月上海世博会申报成功庆祝的晚会上，演唱的第一首歌是《告慰春申君》。世界博览会不管是对上海来讲，还是对中国的快速发展来讲都是向国内外宣传的绝好机会，在其纪念会上歌唱《告慰春申君》，这意味着将春申君视为"上海的开拓者"，并将其形象推广到国内外，这说明春申君被认为是上海宝贵的历史文化资源。并且，这首歌曲从媒体传达给国内外大众后，春申君传说已经不是像以前那样在特定地区内传承，而是与上海联系起来作为表示上海的地域符号在世界这个大地域内传承。

再者为了纪念上海世博会制作的《风情上海滩——春申君之传说》，是记录作为传说中的"春申"到作为"春申文化"的上海历史文化资源的过程。在该纪录片里，首先介绍代表上海形象的城隍庙、外滩及南京东路等，然后开始解释上海的"母亲河"及其起源。纪

---

[1] 田兆元：《春申文化与上海城市精神建构》，《文汇报》2010年4月23日，专刊《春申文化》。

录片里春申君是开凿黄浦江的人物,给上海做出巨大贡献的人物。其次,说明楚国丞相春申君的故事,并且介绍他的故里河南省信阳市潢川县及其与春申君之间的关系。此后,收录了潢川人歌唱的《告慰春申君》。歌词大致如下①:

> 乘长风兮开宇天
> 古往今来兮二千年
> 小黄河兮今犹在
> 黄浦江兮续根缘
> 豪情涌兮楚地风,
> 诗情抒怀兮吴越篇
> 长歌告慰春申君
> 你恩泽四海,万民礼赞
> 风雨江东,封地争雄
> 啊,风雨江东,封地争雄,封地争雄
> 疏通河道,拓垦荒蛮
> 疏通河道,拓垦荒蛮
> 啊,长歌告慰春申君
> 长歌告慰春申君
> 古瑟编钟,啊,回响江畔
> 申城风云,守望君雕像
> 黄国故地,黄国故地
> 耀中原

歌词里介绍了春申君的来历,将他与上海和潢川联系起来。并且强调春申君通过开凿河川帮助老百姓,因而歌词里表现出纪念春申君之情。这些内容把春申君及其治水传说联系到上海与潢川,用在世人面前歌唱的仪式性行为让人们想起春申君与两座城市的关系,也可以

---

① 歌词是笔者根据纪录片里的字幕记录下来的。

说是创造与继承"春申文化"的过程中的一环。

三 《春申文化丛书》《春申风物》以及《春申潮》

《春申文化丛书》是一套有关上海历史文化、风土人情的丛书,[①] 出版目的是"开发历史文化资源,积累文化艺术成果,培养业余创造人才,繁荣地区文化事业"[②]。这套丛书主要关注上海(尤其是闵行区)的历史文化、当地风物。对于这套书的内容,主编张乃清指出:"家乡的胜迹、名士、特产、往事,令人津津乐道,引以自豪。家乡的人文历史,常读常新,它是游子们心灵的热土。"可见,编辑的动因是为了弘扬家乡文化,对家乡的热爱。他又提道:"地缘文化是一块急待开发的宝地,而乡情一旦引起共鸣,就能激发出'把家乡建设得更美好'的创造力。"[③] 由此可见,该书的编纂目的,就是要通过开发当地历史文化,唤起人们的乡情,从而继承并弘扬乡土文化。

《春申风物》是这套书中的一本,分为上下两册,由编辑《春申潮》报刊的研究文章构成。具体内容又可分为"方物胜迹"(如马桥文化、七宝古镇等)、"人物春秋"(如黄道婆、秦裕伯等)、"史事轶闻""乡风民俗""世纪回眸"五个部分。在这些丰富的内容中,却没有记载春申君的传说。那么,书名又为何以"春申"命名呢?在该书的开头,有如下记载:

> 相传上海的母亲河——黄浦江,是当年楚国令尹春申君黄歇所开凿的。这仅是传说,但千百年来人们爱把黄浦江叫作春申江。历史上的上海县,系当今大上海的母体。上海县现已撤销,但其历史风物永远光耀史册。[④]

---

① 具体内容是《春申风物》《打工族文丛》《岁月落叶》《赵克忠故事曲艺选》《古今七宝》《诸翟与关帝庙》《立交桥》《沃野诗抄》《黄浦江诗话》。张乃清主编:《春申风物(下)》,春申潮报编辑部1998年版,第151页。
② 张乃清主编:《春申风物(下)》,春申潮报编辑部1998年版,第151页。
③ 张乃清主编:《春申风物(上)》,春申潮报编辑部1998年版,第153页。
④ 同上书,第3页。

也就是说，编纂者希望通过春申君开凿黄浦江的治水传说，使读者联想到上海。依靠历代当地人对作为"治水英雄"的春申君的认同，才能春申君与上海的母亲河联系起来，即在上海本地人的眼里，春申君既是黄浦江的"开拓者"，也是上海的"开城之主"。因此，历代上海人为了纪念他与他的贡献，将这条河以春申君命名。随着时间流逝，春申君及其传说渐渐地变成了"申""春申"等表示上海的地域符号。这说明春申君开凿黄浦江的治水传说、历代上海本土人对春申君的深刻认同，同时也是他们将春申君传说一代一代传承下来的结果。

由此可见，在《春申风物》《春申文化丛书》中的"春申"也是一种表示上海地区的地域文化符号。这说明这一命名方式，表现了"春申"表示春申君及其传说在现代上海人脑海中的印象，是显示上海当地及其当地历史文化的符号。

张乃清将三十年来的研究成果搜集后，出版了《春申潮》。他对上海闵行区的历史演进过程，提出了如下观点："在今日闵行区这块土地上，近1000年间的社会形态持续地发生着变化，其主题词可简化为'沃野·城郊·都市'。"在经济高速发展、建设国际城市的城市化过程中，他也提道："我们不妨把目光投向这里，投向历史。"① 为了了解乡土、乡土历史文化，此书收入了"古镇钩沉""邦贤纪事""民艺觅宝""地方风情""故土情深"等内容。而《春申潮》的副标题是"上海闵行本土文化研究"，几乎都是有关闵行区的历史文化、风土人情的内容。由此可以推断，在作者眼里，"春申"也许是表示上海闵行区的区域及其文化的一个符号。在春申文化论坛上，张乃清也提到过，"春申"是上海郊区的地域符号，也是"海派文化"的渊源之一。可见，"春申"有时表示上海的地域文化符号，有时是表示上海的特定区域的符号。当然，狭义的"春申"也是由于春申君与当地间的历史渊源（例如，在闵行区以前有春申阁，春申君黄歇像等相关遗迹）与当地人对春申君的深刻认同，才逐步形成下来

---

① 张乃清：《春申潮》，上海人民出版社2009年版，第1页。

的概念。

如上所述，通过分析历史文献、民间故事、祠堂、庙宇等相关遗迹、相关论著、歌曲与纪录片，本节阐明了现代上海春申君传说的现状。

古代上海（以松江为主）河道四通八达，人们依靠水资源从事农业、渔业以及贸易等。水既能给人们带来恩惠，又可能带来灾害。上海地区与其他太湖流域相同，历代河道频繁泛滥发大水，因此当地人的生活受到巨大影响。

战国晚期春申君治理旧吴地（太湖流域），相传他在当地开设了市场、管理粮食、建监狱及盖城门等，对当地做出了不少贡献。其中，对当地人而言，兴修水利就是他的最大贡献之一。因而，太湖流域一直流传着他的治水传说。上海也属于春申君治水传说的"传说圈"的范围之内。在上海，春申君治水传说主要与黄浦江联系在一起。黄浦江俗称"申江"，根据历史考证，"黄浦江"之名最早见于南宋时期。在明代的方志中也有"春申君开凿黄浦江"的相关记载。而且，当时黄浦江被称为"春申浦""春申江"以及"黄歇浦"等。可以说，当时人们相信春申君开凿了黄浦江，因而以他的名字命名。

根据史料、方志、竹枝词以及民间故事，古代春申君在上海兴修水利（黄浦江与春申塘），他的治水工程，有功于当地，造福一方，使得人们对他的贡献产生了感恩之情，也产生了对他的怀念之情。并且，他们将春申君视为"兴利除害""攘除水患"等预防水灾的"治水英雄"。再者，到近代在上海有春申侯堂、春申道院。当地人通过祭祀他而祈愿预防水灾的信仰，同时祈愿日常生活的无恙安康。也就是说，在他们的眼里，春申君是预防水灾的"治水英雄"，也是保护人们免受灾害的保护神。

由于明代兴修水利，黄浦江代替吴淞江成为太湖的主要排水河流，同时也促进了上海的发展。由此，黄浦江被认为是上海的"母亲河"，也是代表上海的重要风物。

于是，春申君治水传说与上海的"母亲河"黄浦江紧密地联系在一起。可以说，人们认为春申君通过开凿黄浦江，给当地做出了贡献，上海依靠他开凿的黄浦江，取得了令人瞩目的发展。后来，随着时间的流逝，依靠当地人对春申君的集体记忆与认同，他们将春申君塑造为上海的"开拓者""开城之主"等形象。

通过这一漫长的过程，春申君之名终于成为表示上海地区的一个符号——"申"或"申城"。春申君传说也被列入了上海历史文化之一，"春申文化"被认为是上海的一项历史文化资源。

虽然如此，在现代上海，春申君传说是否还保留着传承力量。"春申文化"是否有发展的空间？"申""申城""春申文化"是否是上海文化认同的构成因素？周雨烨通过电话采访了在上海带有"申"的公司后，指出："他们一致表示因为上海的别称为'申'，用这个字一来可以表示是上海的企业，二来也可以说是一种身份的归属感。但遗憾的是，在笔者采访的企业中，只有极少数的负责人能说出'申'是来源于春申君。"可见，上海的企业、公司认为"申"表示上海的地域符号，但并没有认识到春申君与"申"之间的关系。由此，周雨烨通过分析上海企业对"申"和春申君的认知调查后，他认为："春申君作为上海的文化符号已是一种既成的事实，但其内在却正在被人遗忘和丢失，这种残缺的文化传承现象不得不引起我们的关注和重视。"[①] 可以说，春申君及其传说在上海变成了表示上海及其历史文化的符号（"申"），然而人们对春申君和上海之间的关系却并不甚了了。

总之，"申"是由于历代上海当地人对春申君及其贡献的认同与记忆所构成的，后来随着时间的流逝，上海地区发展起来，因而"申"与上海联系起来。但与此相反，春申君与"申"之间的关系却渐渐地淡薄了。就是说，来源于春申君的"申"变成了上海的地域符号。在这个过程中，春申君与"申"之间渐渐地拉开距离，而另一方面"申"与上海之间的距离越来越近。现代上海人认为"申"主要是表示上海的地域符号，这个主要原因是当地人对战国时期的历

[①] 周雨烨：《春申君与上海地域形象建构研究》，载《俗文学与民间文化学术研讨会暨第八届民间文化青年论坛论文集》，华东师范大学，2010年7月，第447页。

史人物春申君及其贡献的失忆或遗忘所导致。而对那些对春申君没有多大认同的外地人来说，"申"只是上海的别称，在他们的脑海里几乎没有春申君的影子，也似乎没有春申君与上海的故事。这是目前当地人与外地人对春申君与上海的关系认识的现状。

关于上海的文化认同，有学者认为上海的文化认同或自我认同从近代才开始形成。许纪霖首先提出："1843年五口通商以后上海开埠，上海才成为上海，慢慢形成一个真正意义上的自我认同。上海的自我认同，是在全球化的过程中确立的。"① 也就是说，上海的自我认同从近代开埠与全球化之后才开始构建。其次，他还指出："上海的文化认同在全球化过程中形成，近代上海的文化传统，受到外来文化的深刻影响。"② 他认为上海的自我认同与文化认同不是在古代产生的，而是在近代以后开始建构的。

上述两位学者的看法，都有一定的道理，也具有借鉴意义。然而，如果按照他们的看法，上海的简称"沪"、别称"申"岂不是近代的"发明"或者"传统的发明"？目前没有定论"申"何时从春申君之名变成表示上海的地域符号。但是，上海社会科学院何泉达认为，"上海最早称为'申'，始于南宋"③。此外，有些学者也认为上海别称"申"联系到战国晚期楚国丞相的春申君。④ 这说明"申"来源于春申君，并且它的产生可以追溯到战国时期。

因此，笔者认为"申"并不是近代产生的"创造物"，而是上海当地人根据春申君的治水传说与其治水人物、开城之主等形象，通过他们对春申君的集体记忆与认同，逐渐地联系到上海本地的地域文化概念。"申"并不是某一个时代创造的，而是人们对春申君的认同一代一代积累下来的结果。

"申"是表示上海的地域符号，也是本地人对上海的地域文化认

---

① 许纪霖、罗岗等：《城市的记忆：上海文化的多元历史传统》，上海书店出版社2011年版，第3页。
② 同上书，第7—8页。
③ 转引自赵政《春申塘开浚整治与春申君历史探究》，《上海水务》2005年第2期。
④ 请参阅赵政《春申塘开浚整治与春申君历史探究》，《上海水务》2005年第2期。

同的依据。文化认同原本是"对人们之间或个人同群体之间的共同文化的确认。使用相同的文化符号,遵循共同的文化理念、秉承共有的思维模式和行为规范,是文化认同的依据"[①]。可见,来源于春申君及其传说的"申",依托上海当地人对春申君的记忆与认同,变成了表示上海的地域文化符号。

根据以上考察结果,"申"与"春申文化"表示现代上海的地域名称,也被认为是上海历史文化之一。这些都可以追溯到春申君及他开凿黄浦江的治水传说。那么,在现代上海的城市空间上,应如何了解"申""春申文化"的文化内涵?

近代以前,春申君治水传说在太湖流域被太湖居民传承下来。但现在的传承状况与以前迥然不同。当然,在"春申文化论坛"中各位学者提出,"春申文化"来源于春申君这一历史人物和从此被创造的传说。但是,传承"春申文化"的载体与近代以前传承春申君传说的载体有点不同。近代以前,农民、劳动人民等生活在民间社会的群体是春申君传说的载体,现代讨论"春申文化",打造"春申文化"的是学者等知识分子。关于传承形式,以前是口头传承,现代是报纸、广播、网络等大众媒体,接受者也是从民间社会的当地人到大众。

由此看来,传统民俗学的立场已经难以把握现代社会的民俗事象。其原因在于现代语境下的民间文化已不单单是农村社会。具体而言,现在所谓的"民"的概念,既包含农民、劳动人民,又包含城市里的各种群体,而"俗"从表示民间社会的风俗习惯,演变为城市里的各种群体的日常生活。那么,在这样的"民俗"内涵的转换下,我们如何把握现代社会春申君传说及"春申文化"的传承及其重构过程?

四 春申君传说在现代语境下的"公共化"

在历史上,民俗事象在民间社会的传承过程中,人们的生活需求

[①] 崔新建:《文化认同及其根源》,《北京师范大学学报》(社会科学版)2004年第4期。

不断地重构。随着时间的流逝，有的民俗渐渐地消失，也有的民俗被破坏。一般来说，中国民俗或民间文化有两个复兴时期，而且民俗复兴与中国民俗学的发展密切相关。

杨·巴雅尔在《当代社会与民俗复兴》一文中指出中国民俗学有三个发展阶段，即从五四运动到改革开放前、从改革开放到20世纪末、21世纪以来。关于与学界的发展有关联的民俗复兴，他指出："一是'文革'以后、改革开放以来所形成的从民俗学建设到发展的转型期。二是民俗学从发展到成熟的又一转型期，这正是我们当今所面临的进入新世纪后中国民俗学的现状。"可见，中国民俗学经历过两次民俗复兴，其特征分别为"恢复和继承、以民俗学学科和理论的壮大与成熟及社会应用为特征的一次新的创新"，现代民俗学在现代语境下把握民俗或民间文化时面临着方法论的转变。其中，最重要的是对"民俗"的再认识。他接着说："匡正长期以来存在的民俗就是传统的遗留物的偏狭看法，充分认识民俗是不断生成、发展的人类社会的产物。"按照这样的理解，"'民'指的是社会民众，它包括不同民族的大小群体，是民俗产生的主体和本源。'俗'泛指社会群体的一致行为与习惯，它是一切同质性社会群体自发的无意识产物……民俗不仅是指传统的遗留物，也是不断推陈出新、去伪存真的活态文化"[①]。也就是说，为了把中国民俗学树立为"当下之学"，民俗学者们对"民俗"内涵进行了转换和再定义，将"民"定义为包括农民、劳动人民的社会群体，"俗"定义为社会群体创造的生活文化。

高丙中在《民间文化的复兴：个人的故事》中探究了在北京民间社会举办花会的个案，关于民间文化的复兴，他说道："传统资源的作用、传统复活的媒介和方式、民间传统在当前的合法性问题、花会的继承与变通的辩证法。"花会是传统祭祀活动，他通过分析现代社会利用"传统"的状况，指出花会的继承和变化问题。另外，针对

[①] 杨·巴雅尔：《当代社会与民俗复兴》，《内蒙古师范大学学报》（哲学社会科学版）2006年第2期。

现代社会上花会等民俗活动的继承，他又指出："从外部条件来说，政府和市场是花会恢复的两个最基本的前提……政府的需求和组织作用从根本上赋予了花会复兴的正当性和合法性。"① 也就是说，政府的参与和对市场经济的介入影响了民俗活动的复兴与继承，尤其是政府的参与给民俗活动赋予了正统性。

再者，在现代社会谈及并把握民间文化时，现代民俗学的研究对象就是"公民"和"公民文化"。韩成艳在《在"民间"看见"公民"——非物质文化遗产保护语境下的实践民俗学进路》中指出："民俗学呈现出研究对象由'民'向'公民'，由'民间文化'向'公民文化'的结构性变更和由知识（认识论的）民俗学到实践民俗学的范式转型"，通过这样的大转变后，"中国民俗学积极回应社会历史发展，主动参与推进社会公共文化发展和民主、平等的社会价值建构"②。可见，民俗学不仅积极参与人们的生活文化，而且参与国家的文化建设。

高丙中在《中国民俗学的新时代：开创公民日常生活的文化科学》中将"民俗"定义为："民俗可以既是社会群体、社会整体的公共文化，也是具体的普通人的生活文化。民俗就是公民作为群体的日常生活，有待专业工作者去挖掘（调查）、去书写（民族志文体的民俗志）。公民的日常生活，在调查与书写之前是生活，写出来就是文化。生活是公民自己的，公共文化要借助专业知识分子的工作才被看见，被认知，被承认，有时候还要经过政府的介入和认可。就此而论，民俗学就可以是关于公民日常生活的研究文化科学。"③

由此可见，民俗已经不再是过去所谓的"遗留物""古俗"，而

---

① 高丙中：《民间文化与公民社会：中国现代历程的文化研究》，北京大学出版社2008年版，第8—10页。
② 韩成艳：《在"民间"看见"公民"：非物质文化遗产保护语境下的实践民俗学进路》，载《民俗研究》2013年第4期，请参阅《定位于现代社会日常生活的民俗学》笔谈，第29页。
③ 高丙中：《中国民俗学的新时代：开创公民日常生活的文化科学》，《民俗研究》2015年第1期。

被认为是公民（普通人）的日常生活文化。值得注意的是，公民的日常生活通过学者的深入调查和政府的参与才出现在我们的面前。于是，民俗学者在现代社会扮演了重要的角色。

春申君传说本来由于春申君及其政绩、历代传承者及他们对春申君的认同与记忆才得以因袭于后代。该传说中的治水传说是在水灾频繁的太湖流域，与治水工程的需要、春申君的封土（即是旧吴地，是太湖流域的核心地带）及他的治水工程相结合被构建起来。它的主要传承动力在于太湖居民对春申君的感恩之情、为了免受水灾奉祀春申君的民俗行为。

春申君传说是典型的人物传说，它在现代上海城市空间里，虽然在一些地区（如春申村、黄渡社区等）流传春申君开凿黄浦江传说，而且他被认为是上海的"开拓者"。然而，在大多数城市民当中，并未广泛流传该传说。从传统民俗学来看，传说等以口头形式传承的民俗事象现在面临着消失危机，因而要采取抢救（保护与开发）措施。根据如上分析，春申君传说在现代上海被建构成了"春申文化"，学者、政府机关等不断地重新建构"春申文化"，使"春申文化"通过报纸、广播及网络等大众媒体传达给大众。

"春申文化"并不是由于一些学者与政府机关共同创造的虚构的文化现象，是以作为历史人物的春申君、开凿上海的"母亲河"黄浦江的传说、给上海的发展做出贡献的"治水英雄"形象为基础，这些因素与上海城市相结合才被建构起来。"春申文化"已经是上海历史文化资源之一，因此也是构成上海城市形象的重要因素，现在又以"申""春申"等表示上海的地域文化符号出现在大家的面前。

于是，春申君传说在现代上海的城市空间里，是作为"春申文化"构成上海的历史文化和城市形象的重要资源。而且，"春申文化"由上海市市民（即住在上海的各种群体，可以说是公民）、学者以及政府机关不断地重新建构，依靠大众媒体形式被"公共化"，终于成为现代上海的公共文化之一。

小　结

在太湖流域流传的春申君治水传说中，与该传说最密切相关的城市就是上海。上海流传着春申君开凿黄浦江传说，他被认为是上海的"开拓者"。在现代上海有"春申君祠堂""黄渡社区""春申塘""春申桥""申报"等与春申君相关的遗迹、地名、标志。而且，在上海市官网也标记上海的别称"申城"是由于上海原为春申君封土而得名。这说明在官方话语中也共享作为"开拓者"的春申君形象。[1]

但是，在以国际城市、移民城市及经济贸易的中心为城市形象的现代上海中，春申君传说以历来的口头传承形式已经难以继承下来。取而代之的是，近年由于以专家、学者等知识分子为主题提出的"春申文化"。这是与上海城市形象相结合的上海的历史文化资源，也以"申""春申"表示上海的地域符号等形式被"公共化"，由于知识分子的调查研究、政府的参与以及市场经济的介入，春申君传说依靠大众媒体传播给国内外大众。通过这样的途径，春申君传说还保留了传承与继承的余地。

为了继承与弘扬春申文化，我们应该采取怎样措施？田兆元的意见是，"加强春申文化研究，成立春申文化研究会"，"通过申报非物质文化遗产保护名录，把这种文化遗产的精神传承下去"，"要修建春申文化公园，并恢复一批春申文化的纪念设施"，"媒体，学校教育都应该加强对于春申文化的弘扬"[2]。他所提出的看法，都有按照实际情况做出的方案，也都有实际功能。

---

[1] "上海，简称'沪'，别称'申'。大约在6000年前，现在的上海西部即已成陆，东部地区成陆也有2000年之久。相传春秋战国时期，上海曾经是楚国春申君黄歇的封邑，故上海别称为'申'。"《"申""沪"的由来》，来源：《中国上海·上海概览历史沿革》，http：//www.shanghai.gov.cn/shanghai/node2314/node3766/node3767/node3768/userobject1ai12.html。

[2] 来源于田教授交给笔者的参考资料。

第六章　春申君传说与现代上海　/　267

　　春申君传说是在上海流传的多种传说之一，也是与上海之得名有最密切关系的传说。如果我们放弃这个传说的传承，相当于丧失上海的重要历史文化资源、上海城市形象及上海城市精神的一部分。那么，我们如何唤醒"母亲河"的记忆（即春申君与上海相连的黄浦江及其由来、作为"开拓者"的春申君形象、"春申文化"的源头）的呢？在这个过程中，我们需要政府机关的参与。徐素娟指出："政府通过担任民间文化中的一个角色而参与到民间文化当中，把民间文化转化成可以为政府利用的文化资源。另一方面，因为政府的参与是通过民间文化原有的角色而实现的，政府的参与活动也被民间文化所吸收，从而使政府的参与也成为民间文化的一个部分。"①在现代城市空间上，民俗文化传承时，政府的参与是不可或缺的。再者，陈志勤指出："如何去利用、如何以更好的方法和目的利用民俗文化资源"②，就是说，利用民俗文化资源时，我们要明确其目的和操作方法。

　　更重要的是，笔者曾在《社会科学报》上发表关于日本的文化遗产保护的文章中说："值得注意的是，不要忘记文化遗产不是因为受到官方的认定才有价值，而是因为文化遗产自身的珍贵价值才受到认定。同时，我们在把眼光投向先人遗留下来的宝贵资源的时候，一定不要忘记加深对其丰富内涵的了解。"③ 也就是说，我们只有先把握好民俗事象的内涵，评估民俗事象的价值，并通过分享作为"公共文化"的民俗文化资源，才能将民俗更好地传承与发展下去。

---

①　徐素娟：《国家对民间文化的参与和民间文化的再建构——对甘肃省莲花山花儿会的思考》，载周星主编《国家与民俗》，中国社会科学出版社2011年版，第291页。
②　陈志勤：《传统文化资源利用中的政府策略和民俗传承——以绍兴地区对信仰祭祀民俗的利用为事例》，载周星主编《国家与民俗》，中国社会科学出版社2011年版，第322页。
③　［日］中村贵：《文化遗产不因官方的认定才有价值——博多祇园山笠行事为例》，《社会科学报》2010年8月26日。

结　　论

　　春申君（？—前238）黄歇，战国晚期楚国丞相。从古至今，太湖流域流传着春申君的传说。太湖流域本是吴越两国的领土，历史上楚国与这两国之间有敌对关系。那么，作为楚国人的春申君传说，为何在敌国及其他国家流传呢？本书为了解决这个问题，主要以治水空间为主题进行了探讨和分析。

　　根据史书记载，春申君的最后领土是江东"吴墟"（即旧吴地，以今苏州市为核心的地带）。这个地区恰恰属于现在的太湖流域。根据地方志记载，吴人奉祀春申君而建造春申君庙。[①] 那么，他们为何要祭祀春申君这个敌国或他国的人物呢？经本书论证，这与太湖流域的地域空间特征有密切关联。具体而言，首先，这个地域是由于太湖及其水系形成的自然空间，也是历代需要治水工程的治水空间。其次，太湖流域流传的春申君传说的主要内容是他在当地兴修水利的治水传说。因此，本书以治水、治水传说及治水空间为主题，主要探讨了太湖流域春申君传说的传承过程、传承机制及传承原因等问题。

　　本书的前半部分，主要根据史料的记载，分析了关于作为历史人物的春申君及其政绩，并参考以往研究，整理分析春申君的封号、身

[①] 例如，"春申君祠，在州西惠山下，即楚公子黄歇也。楚考烈王常以歇为相封于故吴邑。歇后为李园所杀，吴人遂立祠于其地以祀之。"（明）佚名：《（洪武）无锡县志》卷三下，清文渊阁四库全书本。"春申祠，在锡山之麓。黄歇徙封于吴，吴人祀焉。唐狄仁杰毁淫祠，及之改名土神庙。"（清）于琨：《（康熙）常州府志》卷十八，清康熙三十四年刻本。

份及"春申"之名等相关问题。此外，依据《中国基本古籍库》《中国方志库》及其他相关资料，整理分析了春申君从历史人物到传说人物的演变过程。本书的后半部分，是在前半部分的考察结果的基础上，从太湖流域的地域空间、治水传说谱系及地方认同等视角，对太湖流域春申君传说的传承过程、传承机制及传承原因等问题进行了探讨。具体内容如下。

春申君辅助楚顷襄王与考烈王，作为令尹掌握楚国的政权二十多年，在楚国的外交和军事方面做出了巨大贡献。以往关于春申君这个人物的研究，主要集中在春申君的身份（封号、出身）、"春申"之名等个人问题。其原因在于，有关春申君的资料有限（只以《战国策》《史记》及《越绝书》为主），在史书中没有关于他的前半生的记载，出身不详。但是，本书通过分析史料和以往研究，提出新的见解，即黄歇的出身有各种说法，除了直系王族以外，还有黄国之后裔、以旧黄国为封地的贵族及士人阶层等多种可能性。此外，考虑到"游学博闻"（《史记·春申君列传》）与外交方面的贡献，也许有楚国说客的可能性。

作为历史人物的春申君，其前半生不详，而后半生作为楚国的丞相，对楚国政治做出了巨大贡献。秦汉时期，春申君已经开始被传说化，具体表现为出现了"战国四君子""食客三千人""珠履"及"李园策谋"等春申君相关传说。此外，在《越绝书》中，有春申君在"吴墟"开设市场、管理粮食、建监狱及盖城门等记载。这不仅表明他对当地的政治与经济方面做出了一定的贡献，而且表明这个传说的地方化过程。秦汉以后，春申君传说除了史书以外，还依靠诗歌作品、族谱等各种形式传承下来，关于这个传说的地方化过程表现得更为明显。宋代，地方志这一记录形式出现，在地方志里，可以见到春申君封土（吴墟）的相关史迹，如菰城，黄公润；黄歇庙、春申君庙、春申君祠等供奉春申君的庙宇；春申君所开的"申港""春申浦""龙尾道"等记录。到了元代，史料中有春申君与江南、惠山（无锡市）及君山（江阴市）等与特定地域有关联的记载。明清时期，古籍里有春申君开凿上海的"母亲河"黄浦江的传说。可见，春申君与上海之间有着密切关系。

综上所述，春申君传说除了"战国四君子""食客三千人"等"政治英雄"的传说，还有主要与江南地区联系起来的春申君传说。春申君传说相关遗迹遍布于中国各地，其中密集分布在苏州、无锡、江阴、常熟、湖州、上海等江南地区。江南地区作为历代王朝的经济中心，太湖及太湖水系是它的核心地带。太湖流域丰富的水资源给当地人带来以稻作为中心的农业、手工业及水上贸易的发展，同时也必然面临洪水、干旱等自然灾害。因此，历代太湖居民为了维持自己的生活，格外重视水利工程，通过开凿、开通运河并设置塘堰、灌溉设备及水闸等，来改造并适应当地地理环境。所以，春申君传说与这个地域联系起来，广泛地流传与传播。春申君相关遗迹大多是"无锡湖""无锡塘""语昭渎""申浦""春申港""夏港""黄浦江"等与太湖水系有关的治水相关遗迹。

在河流、湖泊等自然空间，往往产生治水传说。太湖流域也不例外。在这个流域，历来有关于"治水之祖"大禹、吴太伯、伍子胥及范蠡等的祠庙，也有"太伯渎""蠡渎""蠡湖""胥浦""胥溪"等传说中他们开凿的河流。除了大禹，这些人物都是吴地的历史名人，对当地做出过很大贡献。对居住在太湖流域的人们来说，治水是与自己的生活息息相关的重要因素。因此，关于水利专家出现前的治水事迹，很容易被与历史人物特别是给当地做出贡献的人物联系在一起。于是，大禹、吴太伯、范蠡及伍子胥的传说通过他们在吴地的贡献和当地人对他们的怀念、认同，与当地水利工程联系在一起，从而创造了他们的治水传说。

太湖流域的春申君治水传说不是从某个"点"传播到各地，该传说广泛分布在太湖流域。与如上的治水人物相比，其流传与太湖流域的空间有着密切关系且范围更加广泛。关于春申君相关遗迹，例如"无锡湖（射贵湖、芙蓉湖）及其陂""语昭渎""无锡塘""申港河""黄埔墩""黄田港""申港""申浦""黄埭""春申湖""黄浦（春申浦、春申江）""春申塘"等，具体分布地区就是苏州、无锡、江阴、上海等地区。

值得注意的是，太湖流域春申君传说并不是单独存在的。而是在历代需要治水工程的太湖流域的治水空间上，当地人创造出了大禹、吴太伯、伍子胥及范蠡等治水人物及治水传说的谱系。春申君也属于太湖流域治水传说谱系之一，与其他太湖治水传说一起代代相传。

人物传说反映民众的感情与愿望，因此，可以说它是"充分融合了人民的思想、感情与想象的艺术品"[1]。太湖流域春申君传说也同样如此，根据古籍、地方志及相关遗迹等可知，春申君属于"兴利除害"或"攘除水患"的治水传说人物，因此春申君的传说反映了太湖流域居民的感情与愿望。在春申君治水传说的传承过程中，他所主持的治水和太湖居民对他的谢意，还有颂扬他的功劳和通过祭祀他实现愿望、预防水灾，这些因素就是其传承原因。

关于太湖流域春申君传说的传承机制，可以说是以作为历史人物的春申君及其政绩和太湖流域的特定地理空间共同构成了该传说传承的基础。太湖流域是自然空间，也是在太湖流域人们创造的人文空间，又是由于他们对太湖流域产生归属感而（地方认同）形成的认同空间。在这样的空间中，春申君传说除了通过口头、文本等语言叙事以外，还以与传说相关的风物（或文化景观）等景观叙事、祭祀与祭祀空间等民俗行为的形式代代相传。春申君传说相关的宫殿、城门及城墙等建筑物、带有信仰的祠庙、坟墓等物象，以及以春申君而得名的山川等，这些都是春申君传说的重要标志与象征物，使当地人回想起对春申君传说的集体记忆。其中，"春申君所开"的无锡湖、春申湖、语昭渎、黄埠墩、黄埭、无锡塘、春申塘、申港河、黄田港、申港、申浦、春申浦、黄浦江、春申江等景观，都是与春申君治水传说直接结合的，因而在该传说的传承与传播中扮演了至关重要的角色。

再者，分布于苏州、无锡、黄埭及上海的"春申祠""春申君庙"中，春申君被认为是"社神""土地神"。由此可见，人们通过把他神化，终于使他成为保佑当地人生活的神。我们可以认定这些祭

---

[1] 张紫晨：《中国古代传说》，吉林文史出版社1986年版，第328页。

祀行为（民俗行为）也算是太湖流域春申君治水传说的重要传承形式之一。

总而言之，太湖流域春申君传说在作为治水空间的太湖流域上，由住在太湖流域的人们所创造，依靠口头、文本等语言叙事、春申君相关遗迹等景观叙事、民间信仰等民俗行为流传于后代。"传说是一个社会群体对某一历史事件或历史人物的公共记忆。"[1] 对于太湖居民而言，春申君不仅是"政治英雄""悲剧英雄"，更是以"治水英雄"的形象被记忆下来。再者，太湖居民对太湖流域的地方认同是春申君治水传说传承的基础，反之，春申君治水传说又使得太湖居民不断地唤醒对这个地方的认同。这两者的互动关系是至关重要的。

当下随着现代的全球化和经济高速发展的城镇化，人口、物质、信息等的流动不断地进行，春申君传说也面临着重大的转换。在太湖流域，现在还保留着城隍庙（苏州市）、春申涧与黄埠墩（无锡市）、春申君黄歇墓与君山、黄山（江阴市）等不少与春申君相关的遗迹，且其中大部分与春申君治水的传说有关联。然而，现在也出现了新的文化现象。即是当地政府利用这些遗迹，开发为当地历史文化资源与旅游资源。

在太湖流域的城市中，在上海自古以来流传春申君开凿了上海的"母亲河"黄浦江的传说。并且，以前在上海有春申道院、春申君庙等祠庙，现在还有春申塘、春申君祠堂、黄渡社区以及与春申君相关的民间故事。春申君治水传说正是通过这些口头、物态的传承形式得以流传至今。

近年来，上海学者提出了"春申文化"的文化概念。可以说"春申文化"是以春申君开拓上海的传说和它的历代传承为基础被构建的文化概念。由于春申君作为上海的开拓者形象，"春申文化"也必然形成上海历史文化的文化资源。因而，"春申文化"是构成上海城市文化和城市形象的重要因素。并且"申""春申"意味着表示上海的地域文化符号。

---

[1] 万建中：《民间文学引论》，北京大学出版社 2006 年版，第 187 页。

值得重视的是,"春申文化"由上海市民、学者以及政府机关不断地重新建构的文化概念。因此,在现代上海流传的春申君治水传说,一方面,在一定的地域(例如新桥镇春申村、嘉定区安亭镇黄渡社区等)仍保留原来的传承内容和形式;另一方面,则变成为政府机关、学者、公民以及媒体参与下被创造的"春申文化",而实现了春申君治水传说的"公共化"。由此,"春申文化"作为现代上海的公共文化资源之一,在弘扬上海城市文化、城市形象中扮演了重要角色。

附 录

附录一 太湖历代灾异列表

年号	公元纪年	灾害情况
汉惠帝五年	前190年	夏,大旱,太湖涸
吴太平元年	256年	八月朔,大风拔木,太湖溢,平地水高八尺
南朝宋元嘉七年	430年	十一月,太湖溢,谷贵民饥
唐长庆二年	822年	太湖溢,平地乘舟
唐长庆四年	824年	夏大雨,太湖溢
太和六年	832年	太湖决,苏湖二州水溢入城
开成三年	838年	太湖决,苏湖二州水溢入城
宋太平兴国二年	977年	八月朔大风,太湖溢
咸平四年	1001年	九月太湖溢,坏庐舍
熙宁八年	1075年	夏大旱,太湖水退数里,内见邱墓街道;秋无稼,民饥
元丰元年	1078年	七月四日大风雨,水高二丈余,漂没塘岸
元丰四年	1081年	七月大水,西风驾湖水,浸没吴江民居,长桥亦摧其半
元丰五年	1082年	五年大水,太湖溢
政和元年	1111年	冬大雪,积丈余,洞庭山橘皆冻死
嘉定十六年	1223年	三月江湖合涨,累月不泄
元大德十年	1306年	七月大风,太湖溢,漂没田庐无算,充浦沉于湖
皇庆二年	1313年	七月大风,太湖溢
天历二年	1329年	祀冬大雪,太湖冰厚数尺,人履冰行,洞庭橘柑悉冻死

续表

年号	公元纪年	灾害情况
至顺元年	1330年	二月大水，七月复大水，太湖溢，害稼，饥疫
至顺二年	1331年	八月大水害稼，十月大风雨，太湖溢
明永乐三年	1405年	久雨，太湖溢，旁湖果木悉浸死
正统三年	1438年	八月，太湖水忽涨数尺，寻退。父老云：太湖不通潮，又无风雨，必有异。是秋，东洞庭施槃中乡榜，明年大魁天下
正统九年	1444年	七月十七日大风暴雨，昼夜不息，太湖水高一二丈，滨湖庐舍无存，诸山木尽拔，渔舟漂没
正统十四年	1449年	正月六日，太湖中大贡，小贡二山斗，开阖数次，共沉于水，已复起斗，逾时乃止。是年大水无秋
景泰五年	1454年	春大雨雪，自四年冬至正月，积雪丈余，太湖诸港渎皆冻断，舟楫不通，禽兽草木皆死。夏大水，秋亢旱，大饥疫
天顺五年	1461年	七月大风雨，太湖溢，漂没民居，死者甚众
成化十年	1474年	五月，东山产蛟，水暴涨，法海寺金刚漂出谷口
成化十年	1474年	七月十七夜，迅雷大雨，有肃杀声来自西北，抵马迹山雁门湾东去，坏庐舍，伤人畜，千斛巨舟摄于山麓
成化十二年	1476年	八月大水，十二月太湖冰，舟楫不通者逾月
成化十四年	1478年	四月，太湖诸山有虎
成化十七年	1481年	春夏无雨，秋蝗来，八月雨，至冬不止，太湖水溢，平地盈丈，禾稼无遗，明年大饥
弘治五年	1492年	春雨，夏大水，太湖泛滥，田禾淹
弘治十五年	1502年	冬大雪
弘治十六年	1503年	冬大雪，积四五尺，东西两山橘柚尽毙，无遗种，王文恪作《橘荒叹》
正德五年	1510年	夏，大风从东南来，太湖东偏水涸三十里，群儿从湖滨拾得金珠器物及青绿古钱，水两日不返，人共易之，竞入涥搜取，至三日有声如雷，水如雪山奔坠，搜者无少长皆没
正德八年	1513年	十二月大寒，太湖冰，行人履冰往来
嘉靖二年	1523年	五月大旱，不得稼。六月，太湖有龙与蚌斗，声震两山，龙自云端直下，其爪可数十丈，蚌于水面旋转如风，仰喷其涎，亦数十丈，三四日夕，乃息。久之，渔人于洞庭山侧得死蚌壳，可贮粟四五石。七月三日，大风拔木，太湖溢，漂溺民居
嘉靖三年	1524年	十月七日，有黑白二龙斗于太湖之滨，白龙败

续表

年号	公元纪年	灾害情况
嘉靖八年	1529年	六月九日，蝗飞蔽天，捕之，东洞庭得二百余石
嘉靖二十年	1541年	五月，东山有虎伤人，募长兴虞人射死于海坞
嘉靖二十四年	1545年	大旱，太湖涸
嘉靖二十八年	1549年	春，太湖溢
嘉靖三十五年	1556年	正月，五里湖啸，中无勺水
嘉靖四十年	1561年	春夏连雨，大水，高淳坝决，五堰之水下注，太湖横溢，六郡皆灾
隆庆二年	1568年	正月朔，大风，太湖涸
万历八年	1580年	冬，大寒，太湖冰，自胥口至洞庭山，下埠至马迹山，人皆履冰而行
万历十年	1582年	七月十三日，大风拔木，太湖啸，岁禩
万历十五年	1587年	七月二十一日，大风，湖水骤涨二丈
万历十六年	1588年	夏，淫雨逾月，湖水浮于岸，岁饥，复大疫
万历十七年	1589年	夏，大旱，太湖涸，民饥
天启四年	1624年	夏，大水，太湖溢，舟行阡陌间
天启七年	1627年	秋，大风拔木，太湖溢
崇祯十一年	1638年	秋旱，蝗来，沿湖依山田禾灾
崇祯十四年	1641年	夏，蝗，米腾贵，斗米三钱。洞庭两山，米贩不通，人思乱，知县牛若麟劝谕监生席本祯出米三千余石，减价平粜，山民安业
清顺治八年	1651年	大水，米腾贵，斗米四钱五分。夏四月，马迹山发蛟共十一穴，穴四围土石皆红
顺治十一年	1654年	冬大寒，太湖冰厚二尺，二旬始解
康熙四年	1665年	冬大寒，太湖冰断，不通舟楫匝月
康熙九年	1670年	六月十二日，太湖水陡涨丈余，间以狂飙，漂没人畜坟墓庐舍无算。先一夕渔舟宿太湖滨，夜半见水神列坐烟波间，绛服雕冠，如廷议国事者，久之而散，忽于湖中起一长堤如虹，横截水面，风大作，明旦遂有此异
康熙十九年	1680年	八月，大水，太湖溢
康熙二十二年	1683年	十一月，太湖冰冻月余，人履冰行
康熙三十九年	1700年	十一月，大寒，太湖冰，月余始解，两山橘树尽死
康熙四十六年	1707年	大旱

续表

年号	公元纪年	灾害情况
康熙四十七年	1708年	太湖水浮于岸
康熙五十一年	1712年	秋，淫雨，太湖溢
康熙五十三年	1714年	地震
雍正二年	1724年	七月，太湖中飞蝗蔽天，食滨湖芦叶殆尽，不伤稼
雍正四年	1726年	八月，淫雨败稼
乾隆二十一年	1756年	大疫
乾隆二十九年	1764年	正月，地震
乾隆三十四年	1769年	夏雨，太湖溢
乾隆四十年	1775年	自三月至八月不雨，东太湖涸
乾隆五十年	1785年	大旱，蝗蝻生
乾隆五十一年	1786年	大疫
乾隆五十九年	1794年	龙斗，风雨骤至，坏滨湖房舍无算
嘉庆九年	1804年	夏雨，积水伤稼
嘉庆十九年	1814年	大旱，地生毛
嘉庆二十一年	1816年	大水
道光元年	1821年	大疫
道光三年	1823年	大水，岁大饥
道光十八年	1838年	除夕，大雨，雷电
道光十九年	1839年	九月，地震
道光二十二年	1842年	夏，翠峰坞发蛟大雨，山水暴注，坏翠峰寺金刚。蛟窟在六角亭侧，巨石奋起，长十余丈
道光二十七年	1847年	夏，有龟千百浮太湖，来聚丰圻白马庙前湖滩，数日乃去
道光二十九年	1849年	夏，大水，为江南奇灾，街市水溢数尺
咸丰三年	1853年	三月，地震，越日又震，四月又震
咸丰六年	1856年	夏旱，小北湖涸。六月蝗从西北蔽空来，以官钱购捕，食芦叶，未伤稼
咸丰十一年	1861年	十二月，大雪，平地积四五尺。太湖冰，半月乃解（时粤贼踞东西山，湖州水军扼守大钱口，冰坚，营艇悉胶，贼遂入口）
同治元年	1862年	东山有野猪坏冢墓，食田蔬（或云上年自长兴山渡冰来）。孳生岁益繁，乡人群出捕逐，十余年乃绝

续表

年号	公元纪年	灾害情况
同治十一年	1872 年	三月，雨雹，大如拳
同治十二年	1873 年	夏旱，小北湖仅通河槽，旁尽涸
光绪二年	1876 年	六月，地震。七月，民讹言纸人魔魅，彻夜自惊扰，苏城获妖人冯阿土，伏法乃定
光绪十四年	1888 年	秋疫
光绪十五年	1889 年	淫雨，自八月至十月，谷熟未获，淹没成灾
光绪二十八年	1902 年	大疫，自春至冬

资料来源：《太湖备考》中《灾异》与《太湖备考续编·灾异》《太湖水利史稿》等由笔者制作。

附录二 春申君民间故事汇集

在这里所指的春申君民间故事，是从古至今依靠口头、文本形式传承的语言叙述。同一个故事有不同版本的话，均收录。

一 春申君与李园

（一）"楚考烈王无子，春申君患之，求妇人宜子者进之，甚众，卒无子。赵人李园，持其女弟，欲进之楚王，闻其不宜子，恐又无宠。李园求事春申君为舍人。已而谒归，故失期。还谒，春申君问状。对曰：'齐王遣使求臣女弟，与其使者饮，故失期。'春申君曰：'聘入乎？'对曰：'未也。'春申君曰：'可得见乎？'曰：'可。'于是园乃进其女弟，即幸于春申君。知其有身，园乃与其女弟谋。

"园女弟承间说春申君曰：'楚王之贵幸君，虽兄弟不如。今君相楚王二十余年，而王无子，即百岁后将更立兄弟。即楚王更立，彼亦各贵其故所亲，君又安得长有宠乎？非徒然也？君用事久，多失礼于王兄弟，兄弟诚立，祸且及身，奈何以保相印、江东之封乎？今妾自知有身矣，而人莫知。妾之幸君未久，诚以君之重而进妾于楚王，王必幸妾。妾赖天而有男，则是君之子为王也。楚国尽可得，孰与其临不测之罪乎？'春申君大然之。乃出园女弟谨舍，而言之楚王。楚王召入，幸之。遂生子男，立为太子，以李园女弟立为王后。楚王贵李园，李园用事。

"李园既入其女弟为王后，子为太子，恐春申君语泄而益骄，阴养死士，欲杀春申君以灭口，而国人颇有知之者。

"春申君相楚二十五年，考烈王病。朱英谓春申君曰：'世有无妄之福，又有无妄之祸。今君处无妄之世，以事无妄之主，安不有无妄之人乎？'春申君曰：'何谓无妄之福？'曰：'君相楚二十余年矣，虽名为相国，实楚王也。五子皆相诸侯。今王疾甚，旦暮且崩，太子衰弱，疾而不起，而君相少主，因而代立当国，如伊尹、周公。王长而反政，不，即遂南面称孤，因而有楚国。此所谓无妄之福也。'春申君曰：'何谓无妄之祸？'曰：'李园不治国，王之舅也。不为兵将，而阴养死士之日久矣。楚王崩，李园必先入，据本议制断君命，秉权而杀君以灭口。此所谓无妄之祸也。'春申君曰：'何谓无妄之人？'曰：'君先仕臣为郎中，君王崩，李园先入，臣请为君劐其胸杀之。此所谓无妄之人也。'春申君曰：'先生置之，勿复言已。李园，软弱人也，仆又善之，又何至此？'朱英恐，乃亡去。

"后十七日，楚考烈王崩，李园果先入，置死士，止于棘门之内。春申君后入，止棘门。园死士夹刺春申君，斩其头，投之棘门外。于是使吏尽灭春申君之家。而李园女弟，初幸春申君有身，而入之王所生子者，遂立为楚幽王也。

"是岁，秦始皇立九年矣。嫪毐亦为乱于秦。觉，夷三族，而吕不韦废。"①《战国策·楚策四》

（二）

"楚考烈王无子，春申君患之，求妇人宜子者进之，甚众，卒无子。赵人李园持其女弟，欲进之楚王，闻其不宜子，恐久毋宠。李园求事春申君为舍人，已而谒归，故失期。还谒，春申君问之状，对曰：'齐王使使求臣之女弟，与其使者饮，故失期。'春申君曰：'嫂

---

① （西汉）刘向集录：《战国策》，上海古籍出版社1998年版，第575—580页。

入乎？'对曰：'未也。'春申君曰：'可得见乎？'曰：'可。'于是李园乃进其女弟，即幸于春申君。知其有身，李园乃与其女弟谋。园女弟承间以说春申君曰：'楚王之贵幸君，虽兄弟不如也。今君相楚二十余年，而王无子，即百岁后将更立兄弟，则楚更立君后，亦各贵其故所亲，君又安长有宠乎？非徒然也，君贵用事久，多失礼于王兄弟，兄弟诚立，祸且及身，何以保相印江东之封乎？今妾自知有身矣，而人莫知。妾幸君未久，诚以君之重而进妾于楚王，王必幸妾。妾赖天有子男，则是君之子为王也，楚国尽可得，孰与身临不测之罪乎？'春申君大然之，乃出李园女弟，谨舍而言之楚王。楚王召入幸之，遂生子男，立为太子，以李园女弟为王后。楚王贵李园，园用事。

"李园既入其女弟，立为王后，子为太子，恐春申君语泄而益骄，阴养死士，欲杀春申君以灭口，而国人颇有知之者。

"春申君相二十五年，楚考烈王病。朱英谓春申君曰：'世有毋妄之福，又有毋妄之祸。今君处毋望之世，事毋望之主，安可以无毋望之人乎？'春申君曰：'何谓毋望之福？'曰：'君相楚二十余年矣，虽名相国，实楚王也。今楚王病，旦暮且卒，而君相少主，因而代立当国，如伊尹、周公，王长而反政，不即遂南面称孤而有楚国？此所谓毋望之福也。'春申君曰：'何谓毋望之祸？'曰：'李园不治国而君之仇也，不为兵而养死士之日久矣，楚王卒，李园必先入据权而杀君以灭口。此所谓毋望之祸也。'春申君曰：'何谓毋望之人。'对曰：'君置臣郎中，楚王卒，李园必先入，臣为君杀李园。此所谓毋望之人也。'春申君曰：'足下置之。李园，弱人也，仆又善之，且又何至此！'朱英知言不用，恐祸及身，乃亡去。

"后十七日，楚考烈王卒，李园果先入，伏死士于棘门之内。春申君入棘门，园死士侠刺春申君，斩其头，投之棘门外，于是遂使吏尽灭春申君之家。而李园女弟初幸春申君有身而入之王所生子者遂立，是为楚幽王。

"是岁也，秦始皇帝立九年矣。嫪毐亦为乱于秦，觉，夷其三族，

而吕不韦废。"①《史记·春申君列传》

（三）

"昔者，楚考烈王相春申君吏李园，园女弟女环谓园曰：'我闻王老无嗣，可见我于春申君。我欲假于春申君。我得见于春申君，径得见于王矣。'园曰：'春申君，贵人也，千里之佐，吾何讬敢言？'女环曰：'即不见我，汝求谒于春申君：才人告，远道客，请归待之。彼必问汝：汝家何等远道客者？因对曰：园有女弟，鲁相闻之，使使者来求之园，才人使告园者。彼必有问：汝女弟何能？对曰：能鼓音，读书通一经。故彼必见我。'园曰：'诺。'

"明日，辞春申君：'才人有远道客，请归待之。'春申君果问：'汝家何等远道客？'对曰：'园有女弟，鲁相闻之，使使求之。'春申君曰：'何能？'对曰：'能鼓音，读书通一经。'春申君曰：'可得见乎？明日，使待于离亭。'园曰：'诺。'既归，告女环曰：'吾辞于春申君，许我明日夕待于离亭。'女环曰：'园宜先供待之。'

"春申君到，园驰人呼女环到，黄昏，女环至，大纵酒。女环鼓琴，曲未终，春申君大悦。留宿。明日，女环谓春申君曰：'妾闻王老无嗣，属邦于君。君外淫，不顾政事，使王闻之，君上负于王，使妾兄下负于夫人，为之奈何？无泄此口，君召而戒之。'春申君以告官属：'莫有闻淫女也。'皆曰：'诺。'

"与女环通，未终月，女环谓春申君曰：'妾闻王老无嗣，今怀君子一月矣，可见妾于王，幸产子男，君即王公也，而何为佐乎？君戒念之。'春申君曰：'诺。'

"五日而道之：'邦中有好女，中相，可属嗣者。'烈王曰：'诺。'即召之。烈王悦，取之。十月产子男。

"十年，烈王死，幽王嗣立。女环使园相春申君。相之三年，然后告园：'以吴封春申君，使备东边。'园曰：'诺。'即封春申君于吴。幽王后怀王，使张仪诈杀之。怀王子顷襄王，秦始皇帝使王翦灭

---

① 《史记》卷七十八《春申君列传》，中华书局1997年版，第2387页。

之。"①《越绝书·越绝外传春申君》

二 春申君不悟

"楚太子以梧桐之实养枭，而冀其凤鸣焉。春申君曰：'是枭也。生而殊性，不可易也，食何与焉？'朱英闻之，谓春申君曰：'君知枭之不可以食易其性而为凤矣，而君之门下无非狗偷鼠窃亡赖之人也，而君宠荣之，食之以玉食，荐之以珠履，将望之以国士之报。以臣观之，亦何异乎以梧桐之实养枭而冀其凤鸣也？'春申君不悟，卒为李园所杀，而门下之士，无一人能报者。"②《郁离子》

三 三茅阁和春申祠（上海）

"现今上海延安东路河南路口一带，旧称三茅阁桥。三茅阁桥又因三茅阁得名，阁中所供的道教茅山派祖师，一共是三位仙人，即大茅司命真君、中茅定箓真君和小茅保生真君，合称三茅真君。原先他们都住在句曲山华阳洞里，后来上海有个信道的人专程去句曲山请来三茅的神像，又建起三茅阁来安置他们，一时里香火兴旺得很。

"三茅阁的旁边是春申祠，供奉的是春申君。从前吴淞江水患，春申君领着大家开掘水道导流入海，这条水道就是黄浦江，也叫春申江。虽说春申祠的历史远比三茅阁悠久，但自从三茅真君来上海落脚之后，春申君倒反而大受冷落。因为好多人都觉得三茅兄弟司命保生，主人箓寿，而春申君的本领不过是挖了一条河，和自己没啥直接关系，所以都把钱财往三茅阁里抛了。三茅真君刚在春申祠旁落户时，看见邻居还比较客气。后来，眼看自家的排场日渐扩大，邻居的门面愈益冷落，未免就自高自大起来，或是讥笑春申君的金身坏了没人给修，或是奚落春申君的皂靴破了没人给换。好在春申君岁数大，肚量也大，笑一笑权当没有听见。有时实在被逼得

---

① 李步嘉校释：《越绝书校释》，中华书局2013年版，第359—360页。
② （明）刘基撰：《郁离子》，上海古籍出版社1981年版，第5页。

太紧了，也不过露出一句：'天下没有不断的香火，谁知道将来如何呢？'

"哪晓得，这句话竟然被春申君讲中了。先是太平天国造反，朝廷不惜引狼入室，请来洋鬼子帮忙围剿，战火延及上海。上海的老百姓早听讲洋鬼子个个都是吃人生番投胎而来，恐怕涉祸，纷纷往三茅阁和春申祠里求签请教。去春申祠里烧香的人，得到的指点是'一水贤于百万兵'，去三茅阁里烧香的人，得到的指点是'召神驱妖禳兵灾'。于是信奉春申君的人都急忙打点行装，跑到浦东去暂避，靠着黄浦江水的阻隔，倒也躲过了洋鬼子的风头；而信奉三茅真君的人都争着把钱财用来请三茅阁道士请符箓、祈神灵，到头来非但没有逃过厄运，更有连身家性命也一起送到洋鬼子魔爪下的。再朝后，洋鬼子得寸进尺，硬逼朝廷把上海的地皮租一块给他们，正巧把三茅阁的位置也划了进去，跟手便把它给拆掉了。

"这下子，上海的老百姓算是比较出了三茅真君和春申君的优劣高低。他们在南市盖起一座新的春申祠，把春申君迎进新居，而三茅真君被洋鬼子扔出来后，便不再有人搭理，只好在三茅阁桥上临时居留，向过路行人弄点烟火。到后来终于悄悄地离开上海，又回句曲山里去了。"[①]

四　申江春梦（上海）

"战国时代，楚国有一个贵族姓黄名歇，楚王封他为春申君，封地就是今天上海黄浦江两岸一带。那时黄浦江还没有名称，而且经常泛滥发大水。春申君带领民工进行疏导，解除了水灾，并灌溉两岸千亩良田。后人为了纪念他的功绩，就把这条江用黄歇的姓来命名，称之为黄浦江，又因他的封号为春申君，故又名申江。不过，那时申江两岸，多处还是一片荒滩，少人居住。直到宋朝，浦东地区逐渐人烟

[①] 讲述者：完颜绍元（故事家）。整理者：完颜绍元。采录时间和地点：1987年8月于新港街道。流传地区：上海南市区、松江县一带。虹口区民间文学三套集成办公室编辑：《中国民间文学集成上海卷虹口区分卷》，1990年，第165—166页。

兴旺，成了一个比较热闹的所在。

"那时，浦东川沙有一个读书秀才，命运不济，几经应考都是名落孙山。因此，他时常独自一人漫步荒滩，对天长叹。

"有一年春天的一个夜晚，秀才信步来到申江边，看见河滩上暴露着一副尸骨。秀才心想：这不知是哪个先辈的遗骨，如此对待先人实是不恭不敬，我当行个方便把它埋了。于是就在沙滩上挖了个坑，将尸骨埋好。这一番忙碌，他觉得很是疲惫，就卧靠着新坟歇息，不觉进了梦乡。

"睡梦之中，来了一位绝色佳人，对秀才道了一个万福，轻声细语地说道：'今日蒙君葬骨之恩，妾身特来拜谢，并愿陪君枕席之欢，共享天伦之乐，若不嫌弃，贱妾万幸。'秀才听罢，不由勃然大怒道：'吾与汝生前无半面之交，今日葬汝，只为心中不忍，岂是为了图谋苟合！汝一女子，不守节操，前来迷惑于我，可恼啊可恼！'美人听后，赔笑说道："妾身乃春申君一名侍女，不幸蒙难死去，暴尸沙滩。今蒙君家恩助，才得安身九泉。君家还不失为一名正人君子。敬佩！此恩此德，容来日图报。"说完，化作一阵清风散去。秀才惊醒过来，但见一轮明月之下，满目荒凉，哪有什么绝色佳人的踪影。秀才惆怅回家。这年，他正好二十岁。

"六十年后，秀才又梦见那位佳人，她说道：'君寿原该六十而终，贱妾为感葬骨之恩，特为君在阴司请到二十年阳寿，如今你已八十，大限将至，你当速速善后，贱妾当在阴府恭候。'秀才醒来，马上关照子辈善后事情。第二天，秀才果然无病而终。"①

五　黄浦江（上海）

"很久很久以前，上海还是一片荒凉的沼泽地，沼泽地当中弯弯曲曲有一条河流，河床很浅。雨水多了，泛滥成灾；雨水少了，河底

---

① 搜集整理者：庄振祥（故事手）。采录时间和地点：1988年8月于南汇县东海农场。流传地区：浦东一带。虹口区民间文学三套集成办公室编辑：《中国民间文学集成上海卷虹口区分卷》，1990年，第65—66页。

朝天，人们都咒骂它，称它为断头河。断头河两岸，住着几百户人家，他们虽然一天到晚开荒种地，捕鱼捉蟹，仍旧不能温饱，大家都发愁，这样的苦难日子恐怕没有尽头了。

"这一年，皇帝派黄歇来治理断头河的河道。他不怕辛苦，走遍了断头河的滩滩湾湾，又访问了居民百姓，终于弄清了断头河的来龙去脉，拟定了治水理河的办法。第二年秋后，他就带领百姓筑坝挖河，自己也同百姓一道挑泥担土，苦干了多少日日夜夜，眼看河床深了，河面也阔了，离大功告成已经不远了，可是钱也花得差不多了。难道能半途而废？黄歇急得像热锅上的蚂蚁，团团乱转，怎么也想不出一个好办法来。

"当夜黄歇回到家里唉声叹气。黄夫人看丈夫愁容满面，忍不住问他：'这些日子你太劳累了，是身体不舒服，还是别的有什么事情？'黄歇摇摇头，把碰到的困难一五一十讲了。夫人低头想了一歇，对黄歇说：'勿要急，我可以帮你一点忙，我们婚后几十年，我天天纺纱织布，已经积蓄了一点银子，数目虽小，也可表表我的心意。要是大家都能这样，聚沙成塔，就能把最后一关挺过去了。'

"百姓听得黄歇夫人为治理河道，把自己的积蓄也捧出来了，非常感动，就此家家户户都学黄夫人的样，纷纷拿出钱来，凑起一大笔款子。不多久，断头河就被疏浚治理得畅通长流，向北直接长江口，一直流进东海。从此，大江南岸雨多不怕涝，雨少不愁旱，农业和渔业都兴旺发达起来，百姓过上了好日脚。

"百姓感激黄歇的恩德，颂扬他的治水功劳，就把这条大江叫作黄歇浦，简称黄浦；后来黄歇被封为春申君，所以也叫黄歇浦为春申江。上海简称为'申'，出典就在此地。"[1]

---

[1] 采录者：朝阳，男，57岁，上海民间文艺研究会，干部，大专。附记：这篇传说原载《上海的传说》，上海翻译出版公司1985年版。讲述者及其基本情况已无从查考。《中国民间故事集成》全国编辑委员会、《中国民间故事集成·上海卷》编辑委员会：《中国民间故事集成·上海卷》，中国ISBN中心2007年版，第445—446页。

六　春申君治河为百姓（上海）

"东海之滨，长江入海处有一座美丽的城市叫作上海。现在的上海已经是中国最大的城市，总人口达1000多万。可是，古时候这里只是海边的一个荒滩。那么，上海又是怎样兴起的呢？说来还和战国时的春申君有关。

"战国时候，那里是楚国公子春申君黄歇的封地。那时候的上海只是偏僻荒凉的海边沼地，住着几百户人家。沼地中蜿蜒流淌着一条河流，由于泥沙淤积，河床很浅。海边多雨，经常泛滥成灾。人们辛辛苦苦在沼地上开荒种粮，只要一场暴雨，就被毁得一干二净。人们只好靠捕捉虾填充肚子。沼地潮湿，很多人生病，失去了劳动力只好活活饿死。人们恨死了那条河，把它称作断头河。

"黄歇看到河畔的百姓生活艰难，心里非常着急。他决心要治理好这条河流，让百姓们过上好日子。战国的达官贵人们都养有许多门客，黄歇的门客中也有几个懂水利的。黄歇就带着他们来沼地查看。他们的足迹踏遍了断头河两岸，终于弄清了水流的情况，拟定了治理河水的方案。

"第二年冬天枯水季节，黄歇拿出所有的家产，备齐了必用的工具，亲自带领百姓挖河筑堤。他们把河挖得很深很深，河面挖得很宽很宽。挖出的河泥堆在岸边，就成坚固的河堤。挖河的工程太大太大了。他们用好几年时间，眼看大功就要告成了，黄歇的家产却用光了。没有钱怎么办？难道就这么功亏一篑？黄歇急得饭也吃不下，觉也睡不好。

"他的夫人见状，询问原因，黄歇把他的苦恼全部告诉了夫人。夫人听后，笑着说：'夫君别急，这点小事我能够帮你。'说着，她打开床下的一只箱子说：'这是我嫁给你几十年来带领丫鬟们纺纱织布积攒的银两，数目虽少，也算我的一份心意。夫君再去发动众人，只要人人都肯拿出一点，聚集起来就是一笔不小的数目。'

"黄夫人的义举感动了大家，大家纷纷捐钱捐物，很快凑足了银两。没多久，治河工程就完成了。疏浚后的断头河又宽又深，直通长江入东海。从此，河流两岸人民再也不怕干旱水涝，过上了好日子。"①

七　春申君与春申塘（上海）

"我们这里老代人说，下大雨了，稻田都淹死。淹死了，后来一段时间呢，（不知）什么时候呢，出来了一个春申君。春申君看到老百姓的水稻都淹死了，后来在（稻田的）前面开了一条河——春申塘。开了春申塘以后呢，水往河里去了。所以，河水流通以后，我们这里住在的老百姓做的庄稼，全部好起来。没有庄稼淹死的。后来建起来春申君祠堂，要想念他和他的水利工程。所以呢，这里建了祠堂。"②

八　黄知县探黄歇墓（江阴市）

"在明弘治年间，知县黄傅年仅弱冠，人称小黄知县。某年某月的一日，君山东岳殿前，忽陷一窟，深不见底，无人敢下。黄傅命衙役准备火把，亲自下到窟底，见有一门，门后有一隧道，进去数十步，有地室，油灯尚明，但光已非常暗淡，中间以铁链悬一棺，棺前一石案，摆着祭品。小黄知县一看墓志铭，方知是春申君黄歇的墓。他在石案上发现一张纸，上书一偈语，说某年某月，小黄知县到此添油，感到十分惊讶，立即命人买了油入墓添油，灯光又重放光明，然后再将塌陷的地方填塞。"③

九　黄歇与黄巷（无锡市玉祁镇）

"古代，境内有一个村名叫黄巷（玉西与民主一带），传说与历史上的一位名人黄歇有关。战国时期，任职二十余年的楚国丞相黄歇

---

① 陈图麟等主编：《中国民间传说故事》，北方妇女儿童出版社2001年版，第115—117页。

② 访谈时间：2014年12月26日。地点：春申君祠堂。对象：A先生，男，59岁，员工。采访人：中村贵。

③ 唐汉章编：《江阴文物胜迹》，上海古籍出版社2011年版，第121—122页。

（春申君），在治理江南水患、拓补荒田、发展经济等方面作出了重大的贡献。上海的黄浦江、苏州的黄埭荡、无锡的黄埠墩、江阴的黄田港等多处留下了黄歇的美名，玉祁的黄巷亦是其中之一。

"黄歇是治理芙蓉湖的第一位功臣，当时的芙蓉湖湖岸与沼泽尚不清晰，由于水域辽阔，一遇水灾损失颇大。黄歇组织儿孙与民工一起，采取先高后低、围泄结合的方法，治理水荒，从而使境内呈现踞立于湖中的多处湿地高阜，供后人开发利用。谁知楚国宫廷多变，晚年的黄歇祸及于身，祖孙三代20余人遭妻兄李园谋害，迫得黄氏宗族各奔东西，分散到四方隐居。

"黄歇侧室一支见其先祖在治理芙蓉湖时受到邑民的爱戴，又曾在大墩西北一里棚居住过，就恋上了这块水乡沃土，在此另立基业，谋求发展，由此称黄巷。黄氏后裔以先祖为楷模，与水抗争，宜农则农、宜渔则渔、宜林则林，在东南一侧筑塘造田，并筑垛圩水（车家塘地名就此产生），发展农业生产。并在东北一侧栽种杨柳，以多供木柴，故传下了'闻说春申旧有庄，村南村北尽垂杨'之诗句。其后有杨姓到此定居，就称杨树园。

"黄歇作为名相，又是治水功臣，邑民为永远纪念他，就在黄巷南侧一公里的高岗建造黄歇庙（又称土神寺、大王庙、社庙），在斗拱交错的堂内大厅上方挂有'泽被群黎'的巨字匾额，厅柱两边有醒目的对联：'志异治水，功盖吴越，挖筑拾年湖塘；拓田筑城，都继泰伯，开发万古江南。'每逢农历二月二十五日黄歇生日之际，举行庙会，昼夜香祀，社戏三日，意在不忘黄歇'治无锡湖，立无锡塘'的功德，又把锡邑内留下数以百计的塘统称'无锡塘'。其后，黄歇的后裔又与周围的邑民一起，治理河道，开拓交通，治湖造田，从未间断。故境内的车家宕、魏家宕、沿河宕、唐家宕、郑家宕、邬家宕、印家宕、刘家宕、汤家宕、袁家宕、下薛宕、施家宕、瓦薛宕等相继形成。"[1]

---

[1] 无锡市玉祁镇志编纂委员会编：《玉祁镇志》，江苏人民出版社2009年版，第728页。

十　武进黄山的来历（常州新北区孟河镇）

"黄山，也叫'小黄山'、孟城山，在今常州新北区孟河镇西北不远的长江边，是宁镇山脉的余脉。之所以叫'黄山'或'小黄山'，这里面有一个古老的传说。

"相传战国时期，楚国有一位鼎鼎有名的大臣姓黄名歇（？—前238），是一位才华横溢具有远见卓识的年轻政治家。楚顷襄王时，任左徒。楚太子'完'（即史称的'考烈王'）登基即位后，便任用黄歇为相国，其门下有3000食客。当时秦国强盛，不断向中原诸侯各国发动战争，攻城略地，致使许多诸侯国家灭亡。当秦国兵围赵国都城，赵国国君派使者向楚国救援时，黄歇力谏考烈王出兵抗秦，终于打退了秦国军队的进攻，解了邯郸之围，楚国名声因此一时威震天下，使秦国不敢再轻举妄动。黄歇也因此与魏国信陵君、赵国平原君、齐国孟尝君齐名，名曰：'春申君'。

"黄歇之所以被称为'春申君'，是因为考烈王先将淮北地十二县作为封邑褒奖他。后来考烈王十五年（前248），又将江东（今江苏南部、浙江北部、上海市一带，中心是吴，即今苏州）作为封地赐给了黄歇。上海简称'申'，黄浦江又叫'春申江'，上海市有'黄浦'、'歇浦'等地名，也是因为后人纪念黄歇春申君的缘故。

"楚国成为'七雄'、'五霸'之一后不久，不幸的是楚王室发生了内讧，争权夺利，考烈王也因此被杀，楚国国力从此江河日下。春申君对此非常痛心与失望，便萌生退意，悄悄来到其封地内的这座濒临长江的大山中潜心读书，过起了隐居生活。因为他姓黄，又曾在毗陵即常州武进治水，使芙蓉湖成了良田，庄稼丰收，深为老百姓爱戴，文人墨客敬仰，人们便将他读书处的这座山叫作'黄山'或'小黄山'了。

"孟河医派四大名医之一的费伯雄先生（1800—1879），是土生土长的孟河（城）人，少年时曾多次与小朋友们上黄山踏青、游戏。成年后，更是对黄山情有独钟，多次独自或与亲友们攀登黄山，在黄歇读书处凭吊，流连忘返，发思古之幽情，表达对春申君这位伟大先贤的敬仰之情，写下了著名的《游黄山记》这篇脍炙人口的散文。费先生文章一开头便将黄山名字的来历讲得一清二楚：'山以黄名，志旧迹也。昔者春申君尝读书于此，因以名。'由于黄山'其山下有竹林，特产方竹。迤北为渔庄，板桥三尺，流水一湾，竹径茅庐，鳞次栉比，宛如在画图中也。登高东望，大江接天。沙鸟风帆，出没变现，隆冬雨雪，云气郁然，雪色江芦，千里一白。一年之内，致各不同'，堪为世外桃源。于是，打这以后，连种田的或打鱼的人都纷至沓来，'欲求春申君之故址'，黄山也因此名闻天下，尤为迁客骚人，特别是那些意欲退却士林官场的清高之士所羡慕和向往。

"公元前318年左右，作为汉相萧何之后，曾任淮阴令的萧整，在'永嘉之乱'后的东晋初，率大批族人南渡来到这黄山脚下的'武进县之东城里'，即今孟河万绥一带定居，生根开花，繁衍子孙，使常州成为全国萧姓三大地望（山东枣庄市、山东苍山县、江苏常州市）之一，推究原因，除了这里富饶，社会比较安定，有利于休养生息外，个中或许还包涵着萧整及其族人们对春申君的敬仰，有一种以他为榜样的情结吧！昭明太子也曾在此筑室读书，绝非偶然。

"民国九年八月，我国著名历史学家屠寄（1856—1921）与好友潘祠会（江苏宜兴人），应当时任黄山旃檀禅寺主持的天宁寺长老冶开清镕（1852—1922）之请，在旃檀禅寺'又恢复其未竟，丹艧一新。且于法师常护七旬寿诞，演传昆尼戒法，一坛云集受戒弟子数百千指'之时，两人便合撰了有名的《黄山旃檀禅寺碑记》。他们在碑记中写道：'江苏常州武进西北隅，有黄山者，史载战国时楚春申君黄歇公子读书处，后人因名黄山。至梁代武帝萧衍崇信佛法，礼释志公为国师，造寺慈山，供佛庇僧，名九龙寺……'我们从这个《碑记》中，不难发现孟河黄山有着非常丰富的文化内涵，是研究齐梁文化的最珍贵的遗存处之一。今此碑保存完好，字迹清晰。2010年1月，我们曾陪同屠寄先生的后人屠乐勤女士及周有光先生的儿子、中国科学院的周晓明教授等前去孟河观看此碑。南京的一些研究六朝史的专家学者也认为此碑非常具有历史价值，是研究齐梁文化的瑰宝。"①

附录三 非太湖流域春申君传说相关遗迹的现状

非太湖流域的春申君相关遗迹遍布河南、安徽、两湖地区、四川及重庆。这些地区几乎都有以前是春申君的封土或故乡的传说，因而建立他的坟墓，以其物象形式传承春申君传说。再者，近年来与上述所举的太湖流域的例子一样，当地政府利用春申君相关遗迹进行景区开发。就是说，这些地区也将春申君相关遗迹文化资源化与旅游资源化。另外，根据春申君黄歇是黄国（春秋时被楚国灭亡）的后裔之说，也有地域祀奉春申君为黄氏祖先之一。

一 河南省信阳市潢川县：春申君黄歇公陵园

春申君黄歇公园建于 2011 年，园里有春申君塑像、华表、墓碑及坟墓等。据（乾隆）《光州志》载："光州内有黄歇宅，州境即在所赐十二县中，今州治其遗宅也。"光州（现潢川县）是在战国楚考烈王赐给春申君"淮北十二县"范围内，《光州志》载在光州有他的住宅。可见，近代以前在该地被认为是春申君的封土。此外，关于春申君相关遗迹有："春申君丹炉""春申君漆井""春申君墓"及"春申君墓碑"等。② 再者，在《潢川县志》大事记里载："五十三年

---

① 口述人：陈国良（88岁），原武进县安家舍（镇）人。新中国成立以前，曾在孟河、万绥、小河一带寺院事佛。新中国成立后还俗，有点儿文化，现身体尚健。流传地区：今常州新北区孟河镇、春江镇、罗溪镇及武进区奔牛镇一带。搜集整理：绿如蓝。薛锋、储佩成主编：《常州齐梁文化遗存》，南京大学出版社2011年，第301—303页。

② 在《潢川历史文化大观》里说："近年又在潢川出土的清乾隆七年（1742）九月《光州十景》的石刻中有《春申遗宅》一首，并注'周东三里河北有春申君丹炉，在光州治后有春申君漆井'……1930年吉鸿昌将军率部驻潢期间，曾在专署后院内的春申君墓地旁建立墓碑。碑上除'春申君墓'四个醒目的大字外，还注明：'春申君故居即在此。黄歇被杀后，其门客将其遗骸偷葬于故宅内。'"江开勇主编：《潢川历史文化大观》，中州古籍出版社2009年版，第226页。

（楚考烈王元年，前262），楚以黄歇为令尹，历25年，号春申君，获封地12县。于黄国境地建黄歇宅，后修春申君墓，其遗址在现潢川县政府院。后人把潢川北城称为春申镇，以示纪念。"① 现在在潢川流传此地是春申君的封土，并有他的住宅与坟墓的传说。

潢川县是古代黄国古都，也是黄氏发源地，因而春申君黄歇被认为是黄氏祖先之一。于是，潢川县以黄国古城、春申君封土、黄氏发源地为城市形象，春申君黄歇公陵园是体现这些城市形象的象征标志，意在"将围绕让'黄国文化光大潢川'的主题，进一步做好黄国文化的保护开发和建设，打好黄国文化牌，弘扬根亲文化"②。陵园把春申君与当地历史资源（黄国文化）联系起来，将春申君放在黄国文化的文化遗产的位置，通过他与黄国的关系，认定春申君是黄氏祖先之一。

总之，在潢川县的春申君黄歇公陵园是以春申君旧封地为基础，与当地历史文化、黄氏氏族文化相结合，体现当地文化的标志性建筑物。

二 安徽省淮南市谢家集区李郢孜镇：春申君陵园

据说，春申君公元前238年在棘门（现安徽省六安市寿县）被李园谋杀后，埋葬于此地。清《凤台县志》载："（春申君墓）在城内东北，今人指县署西大官塘中土堆为春申君墓。又，县东隗家店西大阜名黄歇冢，或是也。"③ 可见，清代在凤台县（现安徽省淮南市）有春申君墓、黄歇冢等春申君相关遗迹。再者，在《淮南市志》云："（黄歇墓）位于谢家集赖山乡村，俗称黄泥古堆，墓葬西约1公里为李一矿，东距长丰县武王墩约2公里，南110米处是沈郢孜自然村。封土高出地表约19米，面积3500平方米，1978年底至1980年

---

① 潢川县志编纂委员会编：《潢川县志》，生活·读书·新知三联书店1992年版，第7页。
② 《潢川县召开春申君黄歇公陵园建设汇报会》，来源：潢川人民政府网站，2011年3月24日，http://www.huangchuan.gov.cn/zwgk/ShowArticle.asp?ArticleID=19220。
③ （清）李兆洛编：《嘉庆凤台县志》，黄山书社2009年版，第588页。

初市博物馆会同省文物工作队对该墓进行了勘探调查……1986年11月市人民政府公布黄歇墓为重点文物保护单位。"① 该墓难以认定是否是春申君墓（也许是"衣冠冢"），但据说春申君埋葬到此地，他的坟墓也现存。

2006年，春申君陵墓被选为"淮南十景"，它被作为淮南市的文化景观成了历史资源，并且李郢孜镇政府将它视为"两墓一寺"（即春申君黄歇墓、清朝水师提督杨歧珍墓及赖山清真寺）之一、通过旅游景区的开发，视它为当地历史文化。②

三　安徽省六安市寿县：春申君铜像

寿县旧称寿春，楚国最后都城。楚考烈王十年（前253）"楚东徙都寿春，命曰郢"③。《史记·楚世家》据史书记载，公元前251年春申君从淮北十二县移到江东的吴墟（旧吴地）。虽然他的封地不是寿春，但是他可能逗留一段时间或统治过一段时间，所以说他与寿春一定有关系。历代在这里留下了不少关于春申君相关遗迹。如，春申台、春申君墓、西南小城（楚相春申君黄歇所居）、黄间山等。现在这些遗迹都几乎消失殆尽，只有在春申广场（2009年开放）的春申君铜像还屹立如初。

本来，此地是楚国最后都城，因此当地政府以"楚文化"为关键概念推进当地历史文化资源化。其中，春申君被认为是以丞相身份代表楚文化的象征性人物。在2009年春申广场落成时领导演讲中说道："今天落成的春申广场，是新城区建设的重点工程之一，取战国时楚国令尹春申君的春申二字为名，意在纪念春申君，弘扬楚文化，着力打造我县的文化名片。"④ 这个演讲也能说明春申君在寿县作为楚文

---

① 淮南市地方志编纂委员编：《淮南市志》，黄山书社1998年版，第1343页。
② 请参阅《春申君陵园简介》，来源：淮南市人民政府网站，日期：2011年8月31日，http://www.hnzwgk.gov.cn/contents.php?id=134723。
③ 《史记》卷四十《楚世家》，中华书局1997年版，第1736页。
④ 《寿县举行纪念新中国成立60周年暨春申广场落成典礼仪式》，来源：安徽省寿县旅游局，2009年9月27日，http://www.sxlyw.gov.cn/index.php/place_express/id/153。

化代表扮演了重要角色。

可以说，在寿县的春申君铜像是作为楚国古都的寿县利用春申君与楚文化而进行城市开发的重要标志。另外，2010年寿县政府在上海举办"春申君论坛"，通过该论坛促进与上海市的经济文化交流。他们认为"春申君"不仅是当地的文化资源，而且是在各地广泛流传的春申君传说的基础上跨越地域可共享的文化资源。

四 湖北省荆州市监利县黄歇口镇：黄歇口镇（镇名）

在《（康熙）监利县志》中记载："黄歇口，春申君故宅也。出府志胡曾有过黄歇口吊古诗。"[1] 可见，春申君古宅在黄歇口镇，此地之名来源于春申君。关于镇名的由来，还有春申君到他国去访问时逗留在此地河口，或渡过这个河口等传说。总之，在镇名里留下了春申君的名字，并且其由来是根据史书所载的他作为使者出访他国而来。

五 湖北省荆门市沙洋县后港镇黄歇村：黄歇村（村名）、黄歇冢

在沙洋县后港镇有以春申君黄歇取名的村庄，叫黄歇村。相传，春申君被谋杀后他的尸体被埋葬在此地，并且因为此地是他的故乡，故以他的名字为村名。据悉，沙洋县政府正在推进以这个传说为中心的、修复黄歇冢及重建黄氏宗庙为主的"黄歇冢景区开发项目"，该项目中春申君遗迹被作为当地的文化景观资源[2]。在这里，先有春申君埋葬地和他的故乡的传说，此后开始修复他的坟墓、重建黄氏宗庙（这与黄歇是黄氏祖先有关），后又将这些建筑物列为历史文化资源与旅游资源。就是说，春申君与黄歇村是通过他自身的故事和出身地联系起来。

---

[1] （清）郭徽祚：《（康熙）监利县志》卷一，康熙四十一年刻本。
[2] 《黄歇冢景区开发项目》，来源：沙洋县政府网站，2010年1月20日，http：//www.shayang.gov.cn/a/tzsy/tzsy4/2010/0120/1118.html。

六　湖南省常德市：春申阁

在常德沅江堤坝有"常德诗墙"，也有四座楼阁。其中之一就是春申阁。在春申阁有长联，内容如下："争雄于战国四佳公子之间，稽古查今，审时度势，词源泻海，解储君久系长绳，辩口悬河，止敌将深侵劲旅，救赵却秦师，越韩吞鲁邑，遂使宗邦气压鲸涛，威扬雁塞，独惜心灯半灭，柱死棘门，食客满堂，徒夸朱履。"可见，长联里以"战国四佳公子""救赵却秦师""珠履"等他的政绩及其故事，描写春申君形象。

据地方志记载，在常德本来就有春申君相关遗迹。例如：

> 春申君墓，在开元寺，春申坊即其故宅。①《方舆胜览》
> 春申君宅，府北开元寺。相传为春申君宅，今入为府第。②《（嘉靖）常德府志》
> 本府治城中珠履坊，相传楚春申君黄歇馆客之所。③《（嘉靖）常德府志》

从此可见，以前在常德有"春申君墓""春申君宅"及"珠履坊"。傅启芳在《常德方志考》中说："在常德城内曾有纪念春申君的建筑，一是春申君墓，旧址在今三味书店；二是珠履坊。前者直到'文革'时期才被毁掉，后者至清末犹存，今虽然旧迹不再，但它毕竟是常德楚文化曾有过的标志，我市一些造诣高深的学者对它的形成及春申君的历史作为曾进行过富有成果的研考，对人们了解和弘扬常德这一历史文化大有裨益，令人欣慰和鼓舞。"④ 就是说，到近现代在常德还存在"春申君墓"与"珠履坊"。虽然这些遗迹现在已遗失，但当地人认为常德是以前楚国领土，并春申君及其故事是常德历

---

① （宋）祝穆：《方舆胜览》卷三十，清文渊阁四库全书本。
② （明）陈洪谟：《（嘉靖）常德府志》卷三，明嘉靖刻本。
③ （明）陈洪谟：《（嘉靖）常德府志》卷四，明嘉靖刻本。
④ 傅启芳：《常德方志考》，大众文艺出版社2007年版，第73页。

史文化的一部分。不过，春申君被谋杀后，他的尸体是否埋葬在常德，或者人们只是为了纪念春申君才建立坟墓与"珠履坊"，这些因为证据不足，难以证明。

如上所述，以前常德有春申君墓、春申君宅及"珠履坊"等相关遗迹。现存的春申阁也是为了纪念春申君而建立。根据上面的文献记载，春申君传说在常德主要依靠他的政绩及其故事（珠履）传承下来。

七 四川省达州市达州区：万顷池

相传万顷池是春申君故乡，在古籍里有如下记载：

> 万顷池，图经云："楚公子黄歇所居之遗也。"①《元丰久域志》
> 万顷池，周回七百里。俗传春申君居也。②《文献通考》
> 万顷池，在达州。相传为春申君故居也。其旁平，田可百顷及有花果园林。③《明一统志》

实际上，达州离古代楚国核心地区（现湖南省、湖北省）有相当的距离，根据现存资料来看，不能明确证明万顷池是春申君故里。关于春申君故里，司马迁只说："春申君者，楚人也，名歇，姓黄氏。"④ 可见，汉代已经对他的故里不清楚，但现在有河南潢川、湖南常德、湖北武汉等多种说法，四川达州之说是其中之一。

另外，CCTV4《走遍中国》栏目于2010年6月6日播送的专题片《传说中的春申君故里》，以达州是春申君故里这个传说为基础，对万顷池的所在等一系列传说，对当地学者和农民做了调查专访，节

---

① （宋）王存撰，王文楚、魏嵩山点校：《元丰久域志》卷八《新定久域志（古迹）·达州》，中华书局1984年版，第681页。
② （元）马端临：《文献通考》卷三百二十一《舆地考七》，清浙江书局本。
③ （明）李贤：《明一统志》卷七十，清文渊阁四库全书本。
④ 《史记》卷七十八《春申君列传》，中华书局1997年版，第2387页。

目内容丰富多彩，但是没有谈及达州与春申君之关系。①

总之，达州是春申君故乡的说法只能说是传说而已，但达州政府以"春申君故里"与"真佛山""中国红色第一街"一起打出"达县文化名片"，积极推广作为当地文化资源的"春申君故里"。此外，在2010年上海举行世博会之际，达县制作了春申君铜像寄赠给上海市。其目的是促进与上海市的经济文化交流，并把春申君作为中国的文化资源推向世界。②

八 重庆市巫溪县：红池坝

在《巫溪县志》载："红池坝古名叫万顷池，是战国时楚相春申君的故居。"③ 万顷池旧称红池坝，因而在巫溪县也有流传此地是春申君故里的传说。例如，红池坝国家森林公园简介："这里是战国四君子之一，楚国重臣春申君的故乡。"

冉瑞铨根据在红池坝周边出土的编钟，推测本地与春申君有关系。他认为当时该地属于楚国领土，并且这些编钟是被鉴定为战国时期的，从而指出："红池坝是古代汉中入蜀的交通要道，是巴蜀楚秦的咽喉，根据文献记载与出土文物佐证，结合史实传说考证，红池坝是春申君故里，是完全可以确信的。"④ 他虽然依靠出土文物与历史考证提出红池坝与春申君之间的关系，然而，到目前为止关于红池坝的资料不足，不能直接证明红池坝是春申君故里。这里只把简介记录下来而已。

九 湖北省武汉市江夏区黄质山：春申君塑像和石碑

在武汉市江夏区黄质山，有春申君雕像和《歇公生平简介》与

---

① 《传说中的春申君故里》，来源：央视网视频，2010年6月6日，http://tv.cntv.cn/video/C10352/cdac4cccaf014cd93e4d5b946c19182f。
② 请参阅刘兴江、何淑容、李国芬、邱昌浪《达县打造春申君文化产业园的对策研究》，《达州新论》2013年第1期。
③ 巫溪县志编纂委员会编：《巫溪县志》，四川辞书出版社1993年版。
④ 冉瑞铨：《红池坝是春申君故里的考证》，载《巫溪文史资料选辑·第十一辑》，重庆市巫溪县政协学习文史联谊委员会编，2001年，第317页。

《歇祖遗诗》等两块石碑。然而根据现有资料，此地没有流传春申君的传说，并且在《歇公生平简介》介绍春申君为："歇公字光明，号啸天（前314—前238），战国末期人，出生在新罗（韩国）。公元前二九八年自新罗徙居湖广江夏……"这一句引起大家的争议。据网络信息，该记载是根据某个黄氏的家谱写的，作者也是黄氏一族。[①] 这个"怪碑"也许根据在此地流传的"天下黄姓初江夏，万派朝宗江夏黄"之说，由黄氏氏族与春申君的关系来构建他的雕塑和石碑，但具体不详，待进一步考证[②]。

十　法国马赛市：春申堂

2004年6月，上海市人民政府在法国马赛市举办了中国法国共办文化年马赛（上海市和马赛市1987年签订了姐妹城市的协定）"上海周"活动。上海市人民政府赠送给马赛市一座上海园。它是占地1600平方米的中国式园林，其主建筑叫作"春申堂"。据报道，"'春申堂'内，悬挂着'小桥流水，春满华夏苑；申城马港，同谱友谊篇'的楹联，中法两国的美好情谊，在字里行间得到了升华。这座仿明古典建筑古色古香，是展示中国传统艺术如茶艺、陶艺、服饰艺术等的理想场所"[③]。在马赛，春申堂已经不仅是纪念春申君的建筑，而且更是代表中国、上海的标志性建筑，又是象征中国和法国友好关系标志性建筑。在这里，"春申"已经脱离了春申君传说，而变成一个国际交流文化符号。

---

① 姚泉名：《春申君江夏墓地的古怪碑刻——武汉名人墓茔杂志之黄歇篇》，来源：夯湖居博客，2008年12月6日，http://blog.sina.com.cn/s/blog_4873f3e30100bfar.html。
② 《天下黄姓宗江夏　江夏区"亲情"招商引资》，来源：《长江日报报业集团数字报纸》，2009年10月26日，http://cjrb.cjn.cn/html/2009-10/26/content_2129207.htm。
③ 龙珍、宋鹏霞：《城市魅力：中国园林落户法国"上海园"月底马赛迎客》，来源：世博网，2004年6月24日，http://www.expo2010.cn/expo/chinese/sbdt/news/jrzg/userobject1ai3749.html。

参考文献

一 古籍

（西汉）刘向集录：《战国策》，上海古籍出版社1998年版。

（东汉）赵晔撰，（元）徐天祜音注，苗麓校点，辛正审订：《吴越春秋》，江苏古籍出版社1999年版。

（东汉）袁康撰，吴平辑录，乐祖谋点校：《越绝书》，上海古籍出版社1985年版。

（东汉）应劭撰，王利器校注：《风俗通义校注》，中华书局2010年版。

（唐）陆广微撰，曹林娣校注：《吴地记》，江苏古籍出版社1999年版。

《全唐诗》，中华书局1999年版。

（宋）洪兴祖撰：《楚辞补注》，中华书局2002年版。

（宋）单锷撰：《吴中水利书（及其他二种）》，中华书局1985年版。

（宋）朱长文撰，金菊林校点：《吴郡图经续记》，江苏古籍出版社1999年版。

（宋）范成大撰，陆振岳点校：《吴郡志》，江苏古籍出版社1999年版。

（宋）龚明之撰，孙菊园校点：《中吴纪闻》，上海古籍出版社1986年版。

（宋）乐史撰，王文楚等点校：《太平寰宇记》，中华书局2007年版。

（宋）叶廷珪撰，李之亮校点：《海录碎事》，中华书局 2002 年版。

（宋）王存撰，王文楚、魏嵩山点校：《元丰久域志》，中华书局 1984 年版。

（宋）王象之撰：《舆地纪胜》，中华书局 1992 年版。

（宋）祝穆撰，祝洙增订，施和金点校：《方舆胜览》，中华书局 2003 年版。

（清）黄式三撰，程继红点校：《周季编略》，凤凰出版社 2008 年版。

（清）徐元诰撰，王树民、沈长云点校：《国语集解》（修订本），中华书局 2002 年版。

（清）阮元校刻：《十三经注疏（清嘉庆刊本）》，中华书局 2009 年版。

（清）王先慎撰，钟哲点校：《韩非子集解》，中华书局 1998 年版。

（清）王先谦撰，沈啸寰、王星贤点校：《荀子集解》，中华书局 1988 年版。

（清）金友理撰，薛正兴校点：《太湖备考》，江苏古籍出版社 1999 年版。

（民国）倪锡英撰：《上海》，南京出版社 2011 年版。

《二十四史》，中华书局 1997 年版。

章树福纂辑，邹怡标点：《（清）黄渡镇志》，上海社会科学院出版社 2004 年版。

张智主编：《中国风土志丛刊》，广陵书社 2003 年版。

二　中文专著

白寿彝：《民族宗教论集》，河北教育出版社 2001 年版。

蔡丰明：《上海都市民俗》，学林出版社 2001 年版。

蔡利民、负信常：《苏州城隍庙》，宗教文化出版社 2011 年版。

陈杰：《实证上海史：考古学视野下的古代上海》，上海古籍出版社 2010 年版。

陈直：《史记新证》，中华书局 2006 年版。

程蔷：《中国民间传说》，浙江教育出版社 1989 年版。
程蔷：《中国民间传说》，浙江教育出版社 1995 年版。
陈伟：《燕说集》，商务印书馆 2010 年版。
戴均良等主编：《中国古今地名大词典》，上海辞书出版社 2005 年版。
范荧：《上海民间信仰研究》，上海人民出版社 2006 年版。
冯贤亮：《太湖平原的环境刻画与城乡变迁（1368—1912）》，上海人民出版社 2008 年版。
傅启芳：《常德方志考》，大众文艺出版社 2007 年版。
高丙中：《民俗文化与民俗生活》，中国社会科学出版社 1994 年版。
高丙中：《民间文化与公民社会：中国现代历程的文化研究》，北京大学出版社 2008 年版。
高丙中：《中国民俗概论》，北京大学出版社 2009 年版。
淮南市地方志编纂委员会编：《淮南市志》，黄山书社 1998 年版。
黄德馨编：《楚国史话》，华中工学院出版社 1983 年版。
顾炳权编：《上海历代竹枝词》，上海书店出版社 2001 年版。
顾金孚编：《江南水乡文化概论》，浙江工商大学出版社 2012 年版。
费孝通：《乡土中国》，北京出版社 2011 年版。
虹口区民间文学三套集成办公室编辑：《中国民间文学集成上海卷虹口区分卷》，1990 年。
侯甬坚：《历史地理学探索（第二集）》，中国社会科学出版社 2011 年版。
胡兆量、阿尔斯朗、琼达等：《中国文化地理概述》，北京大学出版社 2009 年版。
华林甫：《中国历史地理学》，山东教育出版社 2009 年版。
胡昌新：《上海水史话》，上海交通大学出版社 2006 年版。
胡晓明：《文化江南札记》，华东师范大学出版社 2007 年版。
胡晓明：《文化的认同》，安徽教育出版社 2008 年版。
潢川县志编纂委员会编：《潢川县志》，生活·读书·新知三联书店 1992 年版。

黄晖撰：《论衡校释》，中华书局1990年版。

黄景春：《民间传说》，中国社会出版社2006年版。

江开勇主编：《潢川历史文化大观》，中州古籍出版社2009年版。

蓝勇编：《中国历史地理》，高等教育出版社2010年版。

李步嘉校释：《越绝书校释》，中华书局2013年版。

李孝聪：《中国区域历史地理》，北京大学出版社2004年版。

李玉洁：《楚国史》，河南大学出版社2001年版。

李孝聪：《中国区域历史地理》，北京大学出版社2004年版。

林兆页：《中国历史地理学研究》，福建人民出版社2006年版。

刘和惠：《楚文化的东渐》，湖北教育出版社1995年版。

鲁西奇：《区域历史地理研究：对象与方法——汉水流域的个案考察》，广西人民出版社1999年版。

缪文远：《战国史系年辑证》，巴蜀书社1997年版。

马学强：《上海通史》第2卷，上海人民出版社1999年版。

茅盾：《中国神话研究初探》，上海古籍出版社2005年版。

冀朝鼎：《中国历史上的基本经济区与水利事业的发展》，中国社会科学出版社1998年版。

管真：《图说上海6000年》，上海世界书局2010年版。

钱穆：《史记地名考》，九州出版社2011年版。

钱穆：《先秦诸子系年：外一种》，河北教育出版社2000年版。

阮仁泽、高振农主编：《上海宗教史》，上海人民出版社1992年版。

邱扶东：《民俗旅游学》，立信会计出版社2006年版。

上海市群众艺术馆编：《上海的传说》，上海翻译出版公司1985年版。

上海通社编：《上海研究资料》，上海书店1984年版。

上海县水利局编：《上海县水利志》，上海社会科学院出版社1994年版。

石泉主编，何浩、陈伟副主编：《楚国历史文化辞典》，武汉大学出版社1997年版。

《太湖水利史稿》编写组：《太湖水利史稿》，河海大学出版社1993

年版。

谭晓静：《文化失忆与记忆重构——黄道婆文化解读》，人民出版社2013年版。

唐汉章：《江阴文物胜迹》，上海古籍出版社2011年版。

唐晓峰、黄义军：《历史地理学读本》，北京大学出版社2006年版。

童书业：《童书业历史地理论集》，中华书局2004年版。

田兆元、敖其主编：《民间文学概论》，华东师范大学出版社2009年版。

王建革：《水乡生态与江南社会（9—20世纪）》，北京大学出版社2013年版。

万建中：《民间文学引论》，北京大学出版社2006年版。

万建中主编：《新编民间文学概论》，上海文艺出版社2011年版。

王明珂：《华夏边缘：历史记忆与族群认同》（增订本），浙江人民出版社2013年版。

王晓葵、何彬：《现代日本民俗学的理论与方法》，学苑出版社2010年版。

王永谦：《土地与城隍信仰》，学苑出版社1995年版。

魏昌：《楚国史》，武汉出版社2002年版。

魏嵩山：《太湖流域开发探源》，江西教育出版社1993年版。

魏建震：《先秦社祀研究》，人民出版社2008年版。

薛国屏：《中国古今地名对照表》，上海辞书出版社2010年版。

乌丙安：《民俗学原理》，辽宁教育出版社2001年版。

无锡市吴文化研究会：《吴文化》特辑《春申君黄歇》总第28期，江南晚报社2007年版。

许纪霖、罗岗等：《城市的记忆：上海文化的多元历史传统》，上海书店出版社2011年版。

徐茂明：《互动与转型：江南社会文化史论》，上海人民出版社2012年版。

杨宽：《战国史》，上海人民出版社2003年版。

叶春生主编：《区域民俗学》，黑龙江人民出版社2004年版。

余味：《春申君黄歇》，内蒙古人民出版社2007年版。

余味：《未了春申情》，华夏出版社2009年版。

尹文撰，张锡昌摄：《江南祠堂》，上海书店出版社2004年版。

张晨霞：《帝尧传说与地域文化》，学苑出版社2013年版。

张乃清主编：《春申风物》，春申潮报编辑部1998年版。

张乃清：《春申潮》，上海人民出版社2009年版。

张全明：《中国历史地理学导论》，华中师范大学出版社2006年版。

张正明：《楚史》，湖北教育出版社1995年版。

张正明：《秦与楚》，华中师范大学出版社2007年版。

张仲清：《越绝书译注》，人民出版社2009年版。

张紫晨：《中国古代传说》，吉林文史出版社1986年版。

张紫晨：《民间文学基本知识》，上海文艺出版社1979年版。

郑土有、王贤淼：《中国城隍信仰》，上海三联书店1994年版。

郑威：《楚国封君研究》，湖北教育出版社2012年版。

周星主编：《国家第与民俗》，中国社会科学出版社2011年版。

周迅：《中国的地方志》，商务印书馆1998年版。

周振鹤：《中国历史文化区域研究》，复旦大学出版社1997年版。

仲富兰：《民俗传播学》，上海文化出版社2007年版。

仲富兰：《上海民俗》，文汇出版社2009年版。

《中国民间故事集成》全国编辑委员会、《中国民间故事集成·上海卷》编辑委员会：《中国民间故事集成·上海卷》，中国ISBN中心2007年版。

中国民间文艺研究会理论研究部编：《中国民间传说论文集》，中国民间文艺出版社1986年版。

钟敬文主编：《民俗学概论》，上海文艺出版社2009年版。

钟敬文主编：《民间文学概论》，高等教育出版社2010年版。

邹逸麟主编：《中国历史人文地理》，科学出版社2001年版。

邹逸麟：《中国历史地理概述》，上海教育出版社2013年版。

［澳大利亚］谭达先：《中国的解释性传说》，商务印书馆2002年版。

三 译著

［美］保罗·康纳顿:《社会如何记忆》,纳日碧力戈译,上海人民出版社 2000 年版。

［法］莫里斯·哈布瓦赫:《论集体记忆》,毕然、郭金华译,上海人民出版社 2002 年版。

［法］米歇尔·福柯:《知识考古学》,谢强、马月译,生活·读书·新知三联书店 2003 年版。

［英］迈克·克朗:《文化地理学》,杨淑华、宋慧敏译,南京大学出版社 2005 年版。

［英］E. H. 卡尔:《历史是什么?》,陈恒译,商务印书馆 2007 年版。

［日］柳田国男:《传说论》,连湘译,中国民间文艺出版社 1985 年版。

［日］窪德忠:《道教诸神》,萧坤华译,四川人民出版社 1989 年版。

［日］柳田国男:《民间传承论与乡土生活研究法》,王晓葵、王京、何彬译,学苑出版社 2010 年版。

［日］福田亚细男:《日本民俗学方法序说》,於芳、王京、彭伟文译,学苑出版社 2010 年版。

四 期刊论文

毕旭玲:《21 世纪初上海城市民俗文化的新发展》,《上海文化》2013 年第 10 期。

蔡丰明:《上海城市传统民俗文化空间》,《民间文化论坛》2005 年第 5 期。

陈辰、裘鸿菲:《纪念性景观中的叙事应用——以武汉市大禹神话园为例》,《华中建筑》2014 年第 2 期。

曹竟成:《黄浦江究竟是谁开凿的》,《治淮》1995 年第 6 期。

陈雨:《景观叙事——关于淮南新四军纪念园景观设计的哲学探讨》,

《国际城市规划》2007 年第 3 期。

褚绍唐、黄锡荃、王中远：《黄浦江的形成和变迁》，《上海水务》1985 年第 3 期。

崔新建：《文化认同及其根源》，《北京师范大学学报》（社会科学版）2004 年第 4 期。

方川：《20 年来城市民俗研究的开拓、精进与前瞻》，《淮南师范学院学报》2005 年第 1 期。

高丙中：《中国民俗学的新时代：开创公民日常生活的文化科学》，《民俗研究》2015 年第 1 期。

顾希佳：《传说群：梁祝故事的传说学思考》，《民俗研究》2003 年第 2 期。

龚家政：《春申君和申江正误》，《上海师范大学学报》（哲学社会科学版）1998 年第 2 期。

韩隆福：《试谈楚国末年的春申君》，《安徽史学》1985 年第 4 期。

何浩：《鄢陵君与春申君》，《江汉考古》1985 年第 2 期。

何琳仪：《楚鄢陵君三器考辨》，《江汉考古》1984 年第 1 期。

胡大平：《地方认同与文化发展》，《苏州大学学报》2012 年第 2 期。

蒋晓莹：《战国四君之称号考》，《青年文学家》2009 年第 6 期。

李伯重：《简论"江南地区"的界定》，《中国社会经济史研究》1991 年第 1 期。

李家勋、哈余庆、苏希圣：《春申君〈上秦王书〉及晚楚时期春申君的历史贡献》，《皖西学院学报》2012 年第 4 期。

刘博、朱竑、袁振杰：《传统节庆在地方认同建构中的意义——以广州"迎春花市"为例》，《地理研究》2012 年第 12 期。

刘博、朱竑：《新创民俗节庆与地方认同建构——以广府庙会为例》，《地理科学进展》2014 年第 4 期。

刘泽华、刘景泉：《战国时期的食邑与封君述考》，《北京师范大学学报》（社会科学版）1982 年第 3 期。

骆科强：《春申君迁吴及其对开发江东的贡献》，《喀什师范学院学报》2007 年第 5 期。

骆科强：《春申君的身份及其生年的大致推定》，《喀什师范学院学报》2008年第2期。

骆科强：《春申君纳李园妹辨及其相关问题》，《南都学坛》（人文社会科学版）2008年第4期。

马育良：《春申君、楚寿春城与晚楚文化的东渐》，《皖西学院学报》2010年第6期。

钱林书：《战国"四公子"的君号》，《文史知识》1997年第8期。

唐文跃：《地方感研究进展及研究框架》，《旅游学刊》2007年第11期。

田兆元：《神话的构成系统与民俗行为叙事》，《湖北民族学院学报》（哲学社会科学版）2011年第6期。

万建中：《非物质文化遗产与"物质"的关系》，《北京师范大学学报》（社会科学版）2006年第6期。

王晓葵：《记忆论与民俗学》，《民俗研究》2011年第2期。

魏昌：《春申君黄歇与楚国晚期政治》，《荆州师专学报》（社会科学版）1993年第1期。

乌丙安：《论中国风物传说圈》，《民间文学论坛》1985年第2期。

萧放：《中国历史民俗学的理论与方法论纲》，《北京师范大学学报》（社会科学版）2010年第2期。

徐赣丽：《民间传说与地方认同——以广西博白绿珠传说为例》，《广西师范学院学报》（哲学社会科学版）2011年第2期。

严霁虹、钟韵康：《春申君邑开吴土》，《荆州教育学院学报》（社会科学版）1992年第3期。

［日］岩本通弥：《作为方法的记忆——民俗学研究中"记忆"概念的有效性》，王晓葵译，《文化遗产》2010年第4期。

阎江：《传说、祠庙与信仰的互动——黄大仙信仰的岭南阶段及其发展》，《长江大学学报》（社会科学版）2007年第4期。

杨·巴雅尔：《当代社会与民俗复兴》，《内蒙古师范大学学报》（哲学社会科学版）2006年第2期。

余红艳：《走向景观叙事：传说形态与功能的当代演变研究——以法

海洞与雷峰塔为中心的考察》,《华东师范大学》(哲学社会科学版) 2014 年第 2 期。

于束华:《论楚春申君治吴及其政治谋略》,《湖北成人教育学院学报》2008 年第 2 期。

宛晋津:《建邑前后的寿春》,《六安师专学报》(综合版) 1998 年第 3 期。

张晨霞:《帝尧传说、文化景观与地域认同——晋南地方政府的景观生产路径之考察》,《文化遗产》2013 年第 1 期。

张兴杰、王秋梅、李文高:《公子乎?士人乎?——春申君身份新论》,《甘肃社会科学》1996 年第 2 期。

赵光贤:《关于大禹治水的传说》,《历史教学》1955 年第 4 期。

赵世瑜:《传承与记忆:民俗学的学科本位——关于"民俗学何以安身立命"问题的对话》,《民俗研究》2011 年第 2 期。

赵政:《春申塘开浚整治与春申君历史探究》,《上海水务》2005 年第 2 期。

郑衡沁:《以祠神为纽带和标志的迁移人群的地方认同和融合——以宁波沿海海神信仰为例》,《亚热带资源与环境学报》2011 年第 4 期。

郑衡沁:《民间祠神视角下的地方认同形成和结构——以宁波广德湖区为例》,《地理研究》2012 年第 12 期。

周雨烨:《春申君与上海地域形象建构研究》,载《俗文学与民间文化学术研讨会暨第八届民间文化青年论坛论文集》,华东师范大学,2010 年 7 月。

朱爱东:《城市民俗的多元化特征》,《民俗研究》2000 年第 4 期。

朱竑、刘博:《地方感、地方依恋与地方认同等概念的辨析及研究启示》,《华南师范大学学报》(自然科学版) 2011 年第 1 期。

庄春萍、张建新:《地方认同:环境心理学视角下的分析》,《心理科学进展》2011 年第 9 期。

邹明华:《专名与传说的真实性问题》,《文学评论》2003 年第 6 期。

五　学位论文

骆科强：《春申君相关问题研究》，硕士学位论文，华中师范大学，2006年。

毕旭玲：《20世纪前期中国现代传说研究史》，博士学位论文，华东师范大学，2008年。

程洁：《上海竹枝词研究》，博士学位论文，华东师范大学，2010年。

姜南：《云南诸葛亮南征传说研究》，博士学位论文，华东师范大学，2011年。

张晨霞：《晋南帝尧传说研究》，博士学位论文，华东师范大学，2012年。

六　外文论著

Redfield Robert, *Peasant Society and Culture*, Chicago: University of Chicago Press, 1956.

Harold M. Proshansky, Abbe K. Fabian, Robert Kaminoff, "Place-identity: Physical World Socialization of the Self", *Journal of Environmental Psychology*, 1983.

柳田国男：《伝説》，岩波書店1940年版。

千葉徳爾：《民俗と地域形成》，風間書房1966年版。

千葉徳爾：《地域と伝承》，大明堂1970年版。

千葉徳爾：《地域と民俗文化》，大明堂1974年版。

福田アジオ、宮田登：《日本民俗学概論》，吉川弘文館1983年版。

宮田登：《新版　日本の民俗学》，講談社1985年版。

桜井徳太郎：《歴史民俗学の構想—桜井徳太郎著作集第八巻》，吉川弘文館1989年版。

瀧川資言：《史記会注考証》，大安出版社2000年版。

永田徳夫：《〈資治通鑑〉における春申君》，《駒場東邦研究紀要》

第 35 号，第 1—17 頁，2007 年 3 月。

新谷尚紀：《民俗学とは何か—柳田・折口・渋沢に学び直す》，吉川弘文館 2011 年版。

大戸千之：《歴史と事実—ポストモダンの歴史学批判をこえて》，京都大学学術出版会 2012 年版。

福田アジオ、菅豊、塚原伸司：《"二〇世紀民俗学"を乗り越える—私たちは福田アジオとの討論から何を学ぶか?》，岩田書院 2012 年版。

后　　记

本书是在我博士学位论文的基础上修改而成。虽然是自己一个人在撰写，但是，在孤单、痛苦、折磨、烦恼时，总是得到老师、同门、朋友、家人等的支持、鼓励、关心，正是这些温暖的力量支撑了我完成了本书的撰写。

在写作的过程中，我得到了很多老师、同学以及朋友们的大力支持与热情帮助，借此机会向他们致以最深的谢意。

首先，感谢我的导师田兆元教授。我还清晰地记得，2008 年第一次与田教授见面的情景，那时，我是西装革履的初来乍到的日本青年，由于语言能力有限和过于紧张，我仅表达了对田教授愿意指导的谢意。当时，我深深地感受到了田教授对我的热情接纳与细致关怀，令我内心倍感温暖。田教授学识渊博、治学严谨、诲人不倦，田教授的指导使我受益匪浅。从研究中国古代史转到研究民间文艺学，对我来说是一大挑战。从论文选题、撰写、修改直到定稿，田教授深入浅出、形象生动、循循善诱，对我这个愚钝的留学生弟子进行了细致入微的指导。感谢田教授对我的教育培养，在此，我要向田教授深深地鞠上一躬。田教授严谨的治学态度和纯粹的学术追求我将铭记在心！

其次，我还要感谢南方科技大学社会科学高等研究院的王晓葵教授、华东师范大学民俗学研究所的仲富兰教授，两位教授的学术见解启发了我的思维。也要感谢上海社会科学院文学研究所毕旭玲师姐，她给我提供了大量有价值的研究春申君的相关资料。感谢日本西南学院大学国际文化学科的王孝廉教授、我的硕士、博士导师，日本西南学院大学国际文化学科的边土名朝邦教授，他们的认可和鼓励给予了我论文写作的动力。

除此之外，也要感谢山西师范大学戏剧与影视学院孟伟讲师、华东师范大学民俗学研究所戴望云博士、山东师范大学文学院韩立坤讲师、安徽师范大学经济管理学院丁玲讲师、牡丹江师范学院中国抗联研究中心副主任李洪光教授，日本京都大学亚非地域研究科黄洁特任研究员，他们在百忙之中为我修改了论文的错别字、标点符号，以及语法错误。

衷心感谢提供奖学金的中国政府，这份奖学金使我在博士阶段无生活之忧，能集中精力进行学习研究。

衷心感谢母校华东师范大学，在这里我度过了人生最美好的六年！博士毕业后，我在华东师范大学社会发展学院博士后流动站读博士后，2018年3月有幸入职于社会发展学院民俗学研究所当讲师。以后我一定会用我所学回报母校，为母校争光！

因本人才疏学浅，论文中难免存在不少疏漏之处，还请各位老师专家批评指正，不吝赐教。路漫漫其修远兮，吾将上下而求索。

最后，我将这部倾注了努力与汗水的著作，敬献给我最亲爱的父母与两个弟弟，感谢家人在背后对我的默默支持。

中村贵
2019年8月5日夜于华师校舍